Sara Wolf

Heartless

Der Kuss der Diebin

Schon als Jugendliche wollte SARA WOLF Schriftstellerin werden. Sie schrieb zunächst Fanfiction, bevor sie sich an eigene Geschichtenuniversen heranwagte. Neun (!) unveröffentlichte Manuskripte später erschien ihr erstes Buch bei einem Verlag.
Sara Wolf lebt in San Diego, Kalifornien, wo sie ihre Zeit damit verbringt, zu schreiben, zu backen und ihren Katzen verrückte Grimassen zu schneiden. In den USA hat sie bereits einige Bücher veröffentlicht – im deutschsprachigen Raum ist »Heartless« ihr Debüt.

SARA WOLF

HEARTLESS

DER KUSS DER DIEBIN

Band 1

Deutsch von
Simone Wiemken

Ravensburger

MIX
Papier aus verantwortungsvollen Quellen
FSC® C111262

1 3 5 4 2

Ungekürzte Ausgabe

Postfach 2460, D-88194 Ravensburg

Die leicht veränderte Originalausgabe erschien
unter dem Titel »Bring me their hearts«.

Lektorat: Gabriele Dietz
Umschlaggestaltung: Carolin Liepins, München
Verwendete Fotos von © Irina Bg/Shutterstock, © Galina F/Shutterstock,
© Honshovskyi Vadym/Shutterstock, © Gavran 333/Shutterstock,
© evgeny freeone/Shutterstock, © Mikado 767/Shutterstock,
© Evgeniia Litovchenko/Shutterstock

Printed in Germany

ISBN 978-3-473-58625-7

www.ravensburger.de

Für alle, die ihr Herz verloren haben
und für etwas brennen

1

Der hungrige Wolf und die schwarze Rose

König Sref von Cavanos mustert mich mit den kalten Augen eines Raben, der über einem Kadaver kreist – geduldig und bereit, mich zu verschlingen, sobald ich mir eine Blöße gebe.

Normal, denke ich. Vollkommen normal. Schlag verführerisch die Wimpern auf. Lache, als hättest du nichts im Kopf. Bei den Zähnen des Alten Gottes, was zum Teufel tun normale Mädchen?

Die beiden neben mir wissen es bestimmt. Wir sind zu dritt, drei Mädchen in zuckergussrosa Kleidern, die vor König Srefs Thron knien. Wir tragen Schleier, die das Gesicht verbergen. Ich würde die beiden anderen ja fragen, aber wir werden von allen hochnäsigen Edelleuten im Raum angestarrt. Zumindest gilt das für die beiden. Ich amüsiere mich insgeheim darüber, wie geziert sie ihren wohlfrisierten Kopf neigen und die Lippen zum Schmollmündchen verziehen. Sieh hübscher aus als das Mädchen neben dir, ist der Name des Spiels, das ihre Mütter ihnen vom Tag ihrer Geburt an beigebracht haben.

Meine Mutter hat mir beigebracht, wie man stirbt, und sonst nichts.

»Ihr seid alle drei so reizend wie Rosenknospen«, sagt der König schließlich. Er hat ein vom Alter verwittertes Gesicht, aber das steht ihm. Die Falten um seine stahlgrauen Augen verleihen ihm eine gewisse Würde. Dass sein Lächeln die Augen nicht erreicht, verrät mir, dass es nicht echt ist. Er ist alt, er ist mächtig und er ist gelangweilt – die gefährlichste Mischung, die ich mir vorstellen kann.

»Danke, Euer Majestät«, sagen die beiden Mädchen gleichzeitig, und ich mache es ihnen hastig nach. Da ich nicht weiß, wie sie heißen, habe ich ihnen die Namen Charm und Grace gegeben. Sie wagen es nicht, den Blick vom Marmorboden zu heben, aber ich schaue mich unauffällig um und kann mich nicht sattsehen an den üppigen Seidenroben der Edelleute und den goldenen Schlangen, die in die prunkvollen Steinsäulen eingemeißelt sind. Wenn man drei Jahre im Wald festgehalten wird und einer Hexe dient, kann man es kaum erwarten, irgendwas zu betrachten, das kein Baum ist. Oder ein Haufen Hirschkot.

Ich wage nicht, den Kopf zu heben, um nicht aufzufallen, aber ich schaue zumindest so weit hoch, dass ich die Füße von Königin Kolissa und ihrem Sohn sehen kann. Kronprinz Lucien d'Malvane, Erzherzog von Tollmount-Kilstead, Der im Feuer Geborene, der Schwarze Adler – er hat ein Dutzend Namen, einer dämlicher als der andere. Wenn es etwas gibt, das ich an meinem ersten Tag am Königshof gelernt habe, dann das: Je mehr Namen jemand hat, desto weniger tut er tatsächlich.

Bis jetzt habe ich von ihm nicht mehr gesehen als seine Stiefelspitzen, und doch weiß ich schon jetzt, dass er nutzlos ist.

Und wenn es nach mir geht, wird er auch bald herzlos sein.

»Ich heiße Euch als neue Mitglieder unseres Hofstaats willkommen«, sagt König Sref mit volltönender Stimme, allerdings nur, weil es sich so gehört, und nicht, weil wir ihm irgendetwas bedeuten würden.

»Vielen Dank, Euer Majestät«, sagen Charm und Grace, und ich wiederhole es. Allmählich bekomme ich die Sache hier in den Griff – man muss sich einfach nur dauernd bedanken und hübsch aussehen. Sich in den Palast einzuschleichen, ist vielleicht doch leichter, als ich dachte. Nach dem König spricht Königin Kolissa mit zuckersüß gehauchter Stimme.

»Ich hoffe, Ihr macht Euren Familien Ehre und folgt den Idealen unserer großen Nation«, sagt sie.

»Vielen Dank, Euer Majestät.«

Ich höre, wie die Königin etwas murmelt. Eine tiefe Stimme antwortet ihr und sofort wird sie etwas lauter. Sie spricht aber immer noch so leise, dass nur wir drei, die vor dem Thron knien, es hören.

»Bitte sag etwas, Lucien.«

»Das ist doch sinnlos, Mutter, und ich ziehe es vor, sinnlose Dinge zu vermeiden.«

»Lucien …«

»Ihr wisst, ich hasse diese altmodische Zeremonie. Seht sie Euch doch an – sie sind nur hier, weil ihre Familien es von ihnen erwarten. Kein Mädchen mit etwas Selbstachtung würde freiwillig an diesem peinlichen Auftritt teilnehmen.« Die Stimme des Prinzen klingt hasserfüllt und ist nicht mit den betont gefühllosen Äußerungen seines Vaters oder den klebrig süßen Worten seiner Mutter zu vergleichen. Ich verziehe unwillkürlich das Gesicht. Anders als bei den beherrschten Edelleuten brodeln seine Emotionen dicht unter der Oberfläche. Er hat noch nicht gelernt, sie zu verbergen.

»So ist die Tradition«, beharrt die Königin auf ihrem Standpunkt. »Also sag etwas zu ihnen, wie es sich gehört.«

Stuhlbeine scharren über den Marmor. »Erhebt Euch!«, befiehlt der Prinz.

Sofort raffen die Mädchen ihre Röcke und erheben sich elegant wie Schwäne. Ich mache es ihnen nach und muss mir einen Fluch verkneifen, weil mich meine reich verzierten Schuhe beinahe zu Fall gebracht hätten. Notiz an mein altes Ich: Vier Tage Training reichen definitiv nicht aus, um zu lernen, wie man auf diesen mit Schleifchen versehenen Fußangeln läuft. Es ist mir ein Rätsel, wie Charm und Grace das so mühelos beherrschen, doch dass sie knallrot geworden sind, kann ich nur zu gut nachempfinden.

Ich schaue zum Prinzen auf, der jetzt vor seinem Thron steht und auf uns herabsieht. Obwohl er höher steht als ich, erkenne ich, dass er groß ist – groß wie ein Krieger. Unter seiner silbernen Weste ist er schlank und das Samtcape fällt über breite Schultern. Ein Jahr? Nein, er ist vermutlich mindestens zwei Jahre älter als mein sechzehnjähriger, niemals alternder Teenagerkörper; das erkenne ich an seinen Muskelpaketen. Jetzt ist auch klar, wieso man ihn Schwarzer Adler nennt: Seine Haare sind schwärzer als das Gefieder eines Raben, vorn sind sie zerzaust, hinten zu einem langen Zopf geflochten. Er sieht aus, wie sein Vater vermutlich in jungen Jahren ausgesehen hat. Seine stolze Habichtnase und die hohen Wangenknochen lassen ihn beinahe arrogant wirken. Auch die Hautfarbe ist die seines Vaters, sonnengebleichte Eiche, aber die Augen hat er von seiner Mutter – sie sind nicht nur schwarz, sie blicken auch finster. Er strahlt so viel Stolz und Düsternis aus, dass ich ihn von ganzem Herzen hasse. Ich hasse es, dass jemand, der so viel Macht und Reichtum erben wird, auch noch so verdammt gut aussieht. Ich will, dass er einen Buckel hat und überall Warzen. Ich will, dass er ein schwächliches Kinn und Triefaugen hat. Aber die Welt ist wie üblich nicht fair. Das habe ich schon an dem Tag begriffen, an dem meine Eltern getötet wurden.

Der Tag, an dem aus mir ein Monster wurde.

Die Mädchen neben mir fangen beinahe an zu sabbern. Ich bemühe mich nach Kräften, gelangweilt zu wirken. Auf dem Weg hierher habe ich viel besser aussehende Jungen gesehen.

Nun gut – es war nur einer. Er hat einem der Maler im Künstlerviertel Modell gestanden, aber das spielt jetzt keine Rolle mehr, denn die nächsten Bemerkungen, die uns Prinz Lucien voller Verachtung an den Kopf wirft, lassen mich vergessen, dass ich ihn eigentlich ganz ansehnlich finde.

»Eine Lady ist nicht nur Dekoration«, sagt er und seine Stimme grollt wie Donner. »Sie ist die Mutter unserer Zukunft, die Lehrerin unserer Nachkommen. Eine Lady muss ein Gehirn zwischen den Ohren haben, wie wir alle. Was nützt Schönheit ohne Geist? Sie ist nicht mehr als eine Vase mit Blumen, die verwelken und dann weggeworfen werden.«

Ich weiß aus Büchern, geschrieben von den klügsten Wissenschaftlern, dass die Erde rund ist, sich um die Sonne dreht und dass sich an den kältesten Orten im Osten und Westen magnetische Pole befinden, aber ich kann unmöglich glauben, dass es wirklich jemanden gibt, der *so* eingebildet ist.

Die Edelleute fangen an zu tuscheln, verstummen aber sofort, als König Sref die Hand hebt. »Dies sind die Frühlingsbräute, mein Prinz«, verkündet der König geduldig. »Sie sind von edlem Geblüt. Sie haben ernsthaft studiert und gelernt, um hier sein zu dürfen. Sie haben mehr Respekt verdient, als du ihnen zollst.«

Da bekommt jemand einen Rüffel, denke ich belustigt.

Prinz Lucien sieht den König finster an.

»Natürlich, Euer Majestät.« Es ist nicht zu überhören, wie sehr er es hasst, seinen Vater »Euer Majestät« zu nennen. Du solltest froh sein, Prinz, denke ich, dass du in dieser grausamen Welt einen Vater hast.

»Aber«, der Prinz wendet sich an die Edelmänner des Hofstaats, »nur zu oft erwarten wir bei einer vornehmen Abstammung automatisch Vernunft und ein gutes Urteilsvermögen.«

Sein Blick wandert durch den Saal, doch diesmal geben die Edelleute keinen Mucks von sich. Das Scharren ihrer Füße und das verlegene Räuspern sind laut und unangenehm. Ich bin noch nicht lange hier, aber ich begreife, was los ist. Ich habe ein solches Verhalten bei den jungen Wölfen im Wald gesehen. Der Prinz fordert die Edelleute heraus, und wenn ich mir die weißen Fingerknöchel des Königs und das entsetzte Gesicht der Königin ansehe, vermute ich, dass es ein gefährliches Spiel ist, das er da spielt.

»Lasst uns die Frühlingsbräute willkommen heißen, wie es die Könige zu Zeiten des Alten Gottes getan haben.« Der Prinz streckt beide Hände aus. »Mit einer Frage, die ihren Charakter auf die Probe stellt.«

Die Edelleute fangen sofort an zu tuscheln. Die silbernen Halbkreise mit den drei Speichen, die an jedem Gebäude der Stadt hängen, zeigen deutlich: Hier in Vetris herrscht der Neue Gott, Kavar. Vor dreißig Jahren wurde für Kavar der Sonnenlose Krieg geführt und die Anhänger des Alten Gottes wurden getötet oder aus Vetris verjagt. Seine Statuen wurden niedergerissen und seine Tempel zerstört. Einer Tradition des Alten Gottes zu folgen, ist ein Todesurteil. Der König weiß das und kommt seinem Sohn schnell zu Hilfe.

»Die Könige des Alten Gottes waren fehlgeleitet, aber sie haben die Fundamente errichtet, die unser Land erblühen ließen. Straßen, Mauern, Dämme, das alles verdanken wir den alten Königen. Ihre Existenz zu verleugnen, wäre ein Verbrechen gegen unsere Geschichte, gegen die Wahrheit. Lasst uns noch eine letzte alte Tradition wahren und uns dann bereitwillig von diesen veralteten Formalitäten verabschieden.«

Noch mal gut gegangen. Man muss kein Edelmann sein, um das zu begreifen. Prinz Lucien scheint es nicht zu passen, wie sein Vater den Hofstaat beschwichtigt, aber er verbirgt seinen Missmut und richtet seine Aufmerksamkeit wieder auf uns.

»Beantwortet meine Frage, so gut Ihr könnt, sobald Ihr Euren Schleier hebt. Welchen Wert hat der König?«

Einen Moment lang herrscht Stille. Ich kann förmlich hören, wie die Zahnrädchen in den Köpfen der Mädchen rattern. Die

Edelleute murmeln, lachen und kichern und werfen uns erwartungsvolle Blicke zu. Der Wert des Königs ist unermesslich. Etwas anderes zu sagen, wäre Wahnsinn. Verachtung und Schadenfreude sind im Saal spürbar. Meine Haut fängt an zu kribbeln.

Schließlich hebt Charm ihren Schleier und räuspert sich.

»Der Wert des Königs ist … eine Million – nein! Eine Milliarde Goldmünzen. Nein – sieben Milliarden!« Das Gelächter der Edelleute wird lauter. Charm läuft knallrot an. »Verzeiht, Euer Majestät. Mein Vater hat mich nie Zahlen gelehrt. Nur Handarbeiten und solche Dinge.«

König Sref lächelt freundlich. »Das ist schon in Ordnung. Das war eine sehr gute Antwort.«

Der Prinz sagt nichts. Er wirkt nicht beeindruckt und zeigt auf Grace. Sie knickst und hebt ihren Schleier.

»Der Wert des Königs kann nicht gemessen werden«, antwortet sie laut und klar. »Er ist so hoch wie der höchste Gipfel des Tollmount-Kilstead-Gebirges, so weit wie der Endlose Sumpf im Süden. Höher als die tiefsten Tiefen des Ozeans.«

Diesmal lachen die Edelleute nicht. Jemand fängt an zu klatschen und gedämpfter Applaus breitet sich aus.

»Eine wohlüberlegte Antwort«, lobt der König. Das Mädchen macht ein zufriedenes Gesicht, knickst noch einmal und wirft Prinz Lucien einen hoffnungsvollen Blick zu. Seine mürrische Miene verfinstert sich noch mehr.

»Ihr da, die Tölpelhafte.« Der Prinz zeigt auf mich. »Was sagt Ihr?«

Die Beleidigung ärgert mich, aber nur einen kurzen Moment.

Natürlich wirke ich ungeschickt, verglichen mit ihm. Das würde jeder. Ich wette, der Einzige, den er richtig toll findet, ist der Spiegel in seinem Zimmer.

Ich halte seinem Blick stand, obwohl er sich wie Sonnenbrand in meine Haut frisst. Es ist deutlich zu spüren, wie sehr er mich, die Mädchen neben mir und alle Edelleute im Saal verabscheut. Er erwartet nichts von mir, von niemandem, das sehe ich an der abschätzigen Art, wie sich seine Augen verengen, kurz bevor ich etwas sage.

Er erwartet nichts Neues. Er wird sich wundern.

Ich hebe langsam meinen Schleier und verkünde: »Der König ist genau eine Kartoffel wert.«

Im Saal herrscht Stille. Dann schnappen die Edelleute schockiert nach Luft und fangen an zu murmeln. Die Celeon-Wachen greifen ihre Hellebarden fester, verengen ihre Katzenaugen zu Schlitzen und ihre Schwänze peitschen hin und her. Jeder von ihnen könnte mich so leicht in Stücke reißen wie ein Blatt Papier, aber das würde mich nicht töten. Es würde nur dazu führen, dass der gesamte Hofstaat in mir eine Herzlose erkennt – die Dienerin einer Hexe –, und das wäre eindeutig schlimmer, als wenn meine Eingeweide auf dem Marmorboden verteilt würden. Hexen beten den Alten Gott an und haben im Sonnenlosen Krieg gegen die Menschen gekämpft. Wir sind der Feind.

Ich bin der Feind in der Maske eines vornehmen Mädchens, das gerade in der verrückten Hoffnung, die Aufmerksamkeit des Prinzen zu erregen, den König beleidigt hat.

Die Königin presst sich ihr Taschentuch an die Brust und ist offensichtlich empört. Der König hebt eine Braue. Der Prinz allerdings fängt an zu lächeln. Es ist ein strahlendes Lächeln. Es breitet sich so langsam auf seinem Gesicht aus, dass ich kaum sehen kann, wie es entsteht, doch schließlich grinst er übers ganze Gesicht. Er sieht wirklich gut aus, denke ich, zumindest solange er sich nicht wie ein hasserfüllter Haufen Hundesch…

Er verkneift sich das Grinsen und räuspert sich.

»Möchtet Ihr das erläutern oder soll ich Euch gleich wegen Majestätsbeleidigung in den Kerker werfen lassen?«

Die Celeon-Wachen rücken vor und mein Unherz fängt an zu zittern. Für meinen Geschmack findet der Prinz ein wenig zu viel Gefallen an der Idee, mich in den Kerker zu sperren. Ich hebe den Kopf, achte darauf, meine Schultern nicht nach vorn sinken zu lassen, und verziehe keine Miene. Ich bin stark. Ich werde hier einen Eindruck hinterlassen oder mein loses Mundwerk bringt mich um. So einfach ist das.

Nur dass es nicht so einfach ist.

Weil ich nicht sterben kann.

Weil ich nicht wie die beiden Mädchen neben mir hergekommen bin, um den König zu beeindrucken und einen Edelmann zu heiraten oder meinem Vater einen Platz am Hof zu sichern.

Ich bin hier wegen Prinz Luciens Herz.

Im wahrsten Sinne des Wortes, nicht im übertragenen Sinn. Wobei Letzteres einfacher wäre, oder? Es ist ein Kinderspiel, Jungs dazu zu bringen, sich zu verlieben, zumindest glaube ich mich daran zu erinnern, dass es so war, als ich noch ein menschliches Leben hatte. Dazu braucht es nur Komplimente, ein paar verführerische Augenaufschläge, ein tief ausgeschnittenes Kleid, und schon sind sie Wachs in deinen Händen. Aber ich bin hier, um mir das Organ zu holen, das in seiner Brust schlägt, entweder mit einem Trick oder mit Gewalt. Doch um nah genug an ihn heranzukommen, muss ich sein Vertrauen gewinnen. Der Prinz erwartet Idioten und Schleimer. Ich muss ihm beweisen, dass ich weder das eine noch das andere bin. Ich muss brillant sein, ein diamantenbesetzter Dolch im Rücken seines gelangweilten Lebens.

»Für die gewöhnlichen Leute in diesem Land«, beginne ich zu erklären, »kann eine Kartoffel darüber entscheiden, ob sie im Winter verhungern oder bis zum Frühling überleben. Eine einzige Kartoffel bedeutet Leben. Eine Kartoffel ist ein Segen. Für die Untertanen des Königs, die in den Dörfern seines Reichs leben, gibt es nichts Wertvolleres als eine Kartoffel.«

Das Gemurmel im Saal ist deutlich gedämpft und die Edelleute machen verwirrte Gesichter. Ich wette, sie haben keine Vorstellung davon, wie es sich anfühlt, Hunger zu leiden. Aber ich kenne es nicht anders.

Wieder sehe ich dem Prinzen ins Gesicht. Auch er wirkt verblüfft, aber auf eine andere Art. Er betrachtet mich, als hätte er noch nie zuvor einen Menschen gesehen, als wäre ich irgendein seltenes Exemplar, das man im kühlen Keller aufbewahrt, bis es später von Wissenschaftlern untersucht werden kann. Alle Langeweile ist aus seinem Blick verschwunden und einem merkwürdigen steifen Schockzustand gewichen. Ich sollte schüchtern wegschauen, aber ich tue das Gegenteil: Ich lasse meine Augen die finsteren Worte sagen, die mein Mund nicht aussprechen darf.

Ich bin keine Blume, die du nach Lust und Laune pflücken

kannst, wütender Wolf – ich bin deine Jägerin und habe den Bogen bereits gespannt. Ich bin eine Herzlose, eine der Kreaturen, vor denen dein Volk vor dreißig Jahren in panischer Angst geflohen ist.

Ich leiste mir den Anflug eines Lächelns.

Und wenn du schlau wärst, würdest du auch fliehen.

Die Königin lächelt, drückt den Arm des Königs und der König lacht. Diesmal ist es nicht vorgetäuscht, sondern klingt wie ein echtes Lachen. Während er zu mir herablächelt, wirkt er einen kurzen Augenblick lang zehn Jahre jünger.

»Wie ist Euer Name, kluge kleine Braut?«

Ich sollte antworten: Zera, kein Nachname, Tochter eines Händlerpaars, deren Gesichter ich fast vergessen habe. Ich bin eine Waise, eine Diebin, liebe schlechte Romane und guten Kuchen und bin Dienerin der Hexe Nightsinger, die mich hergeschickt hat, damit ich Eurem Sohn das Herz aus der Brust reiße.

Stattdessen mache ich einen wackligen Knicks und präsentiere mit einem Lächeln meine Lüge: »Zera Y'shennria, Euer Majestät, Nichte von Quin Y'shennria, Herrin des Hauses von Y'shennria und Ravenshaunt. Ich danke Euch, dass ich heute hier sein darf.«

Vielen Dank und es tut mir leid.

So leid es einem Monster eben tun kann.

Zwei Wochen vorher

Ich wurde niedergestochen.

Das ist nichts Neues für mich.

»Bei Kavars Zähnen.« Ich fluche im Namen des Neuen Gottes und verrenke mir fast den Arm, um an den Dolch in meinem Rücken zu kommen. »Das war mein Lieblingskleid.«

Da wandert man arglos auf dem Waldweg nach Hause und im nächsten Augenblick wird man abgestochen wie ein Dorfschwein. Ich nehme mir vor, diesen Tag in meinem nicht vorhandenen Tagebuch als den besten aller Zeiten zu vermerken.

Die schlanke Figur, die mir den Dolch in den Rücken gestoßen hat, steht jetzt vor mir. Ein dunkler Umhang mit Kapuze verhüllt sein Gesicht und seinen Körper. Ich habe keine Ahnung, wer er ist, aber er war zu schnell, um ein Mensch zu sein, und er ist zu groß für einen dieser bleichen Beneather, die unter der Erde leben. Der schlagende blaue Schwanz mit der Fellspitze verrät den Angreifer – es ist ein Celeon-Attentäter, ein Angehöriger dieser katzenhaften Rasse, die schnell denken und noch schneller zuschlagen kann.

»Willst du einfach nur da rumstehen?«, keuche ich, und meine Finger ertasten das Blut, das über den Spitzenbesatz meines Kleids rinnt. »Wenn du mich schon umbringen willst, würde ich es begrüßen, wenn du es etwas zügiger machen könntest.«

»Du bist nicht tot«, knurrt der Celeon. Ihre Stimmen klingen immer sanft und rau zugleich, als würde man ein Seidenbanner über Kies zerren. Unter seiner dunklen Kapuze funkeln goldene Augen.

»Ein Meister der Beobachtung *und* ein Meister des Dolchangriffs auf junge Mädchen, die nichts ahnend auf dem Heimweg sind!« Ich zwinge mich trotz der Schmerzen zu einem Lächeln. »Welch eine Ehre. Ich würde mich ja verneigen, aber das Messer, das du mir in deiner Freundlichkeit geschenkt hast, macht das schwierig.«

»Ich habe dein Herz getroffen«, beharrt er. »Du müsstest tot sein.«

»Ich würde gern behaupten, dass du der erste Mann bist, der etwas so Romantisches zu mir sagt.« Ich strecke den Arm so weit nach hinten, dass ich den Griff des Dolchs erwische, und reiße ihn mit einem Ruck heraus. Der glühende Schmerz wird zu einem dumpfen Pochen. »Aber Pech gehabt, ich bin Diebin von Beruf, keine Lügnerin.« Ich zeige mit dem blutigen Dolch auf ihn. »Du hast zehn Sekunden, mir zu sagen, wer dich geschickt hat. Celeon-Attentäter sind nicht billig, also muss es ein Edelmann gewesen sein. Wen habe ich diesmal verärgert?«

Sein Schwanz zuckt – ein eindeutiges Zeichen, dass er überlegt, wie er den Abstand zwischen uns überwinden und die Sache beenden kann.

»Neun«, beginne ich zu zählen.

Es ist Vollmond und die Drillingsmonde stehen über uns am Himmel, die beiden Roten Zwillinge sind durch einen Hauch Sternenstaub miteinander verbunden und der Blaue Riese ist aufgebläht wie der Bauch eines Glühwürmchens. Sie werfen ihr helles Licht auf den Wald und den Knochenpfad, der sich durch ihn windet. Mir bleibt alle Zeit der Welt, meine Umgebung zu betrachten, denn der Celeon zieht es vor, zu schweigen.

»Acht.« Der Countdown läuft. »War es die Dame mit dem Greifenbanner und der edlen Kutsche, die hier vorbeikam? Sie sollte mir *danken*, dass ich sie von ihrer Smaragdtiara befreit habe. Die passte so gar nicht zu ihrem Teint.«

Er schweigt immer noch. Ein Schwarm weißer Krähen fliegt über uns hinweg und landet in den Bäumen, um sich das Spektakel mit ihren unbarmherzigen roten Augen anzusehen. Nur mit Mühe unterdrücke ich einen Wutanfall. Das Letzte, was ich jetzt brauchen kann, ist eine Horde Hexen, die zusehen. Ich hasse es, beobachtet zu werden, wenn ich arbeite.

»Hör mal zu, mein lieber Celeon.« Ich werfe mir den Dolch von einer Hand in die andere und betrachte die scharfe Spitze. »Du hast mir in den Rücken gestochen. Aber das kann ich verzeihen. Das tun eine Menge Leute und die Hälfte von ihnen sind jetzt meine besten Freunde. Ich gehe sogar zu ihren Beerdigungen. Ich bin sogar diejenige, die sie beerdigt. Allein. Im Wald. Nur ich, ihre Leiche und eine Schaufel. Aber das sind unbedeutende Details. Wir sind jetzt übrigens bei fünf angekommen. Der Countdown läuft natürlich trotz meines geschliffenen Vortrags.«

Der Celeon streift die Kapuze ab, runzelt die Stirn und zieht seine blauen Augenbrauen zusammen. Seine Ohren sind lang und schmal, sehr gerade und ohne sichtbare Öffnungen. Celeons sehen aus wie große Katzen, jedenfalls wenn Katzen Echsen wären, deren Oberkörper lang gezogen wurde und die auf vogelartigen Beinen laufen.

»Ich verrate meine Auftraggeber nicht«, knurrt er.

»Falsche Antwort!«, verkünde ich, werfe den Dolch zwischen seinen Beinen hindurch und nagle damit seinen Schwanz am Boden fest. Er heult auf und fällt in den Dreck, denn die Schmerzen in seinem empfindlichsten Körperteil reichen beinahe aus, um ihn zu lähmen. Celeons sind zwar fünfmal schneller und stärker als jeder Mensch, aber auch sie haben ihre Schwachstellen. Während er jetzt versucht, sich zu befreien, trete ich vorsichtig zwischen seine gespreizten Beine und gehe in die Hocke, um auf Augenhöhe mit ihm zu sein. Ich kann mein Spiegelbild in seinen goldenen Augen sehen, die er vor Angst so weit aufgerissen hat, dass sie aussehen wie Münzen. Ich schnippe ihm mit den Fingern gegen die pelzige Stirn und sofort weiten sich seine schlitzförmigen Pupillen.

»Und deshalb solltest du einen Schwanzpanzer tragen wie jeder andere, du Dummchen.«

»Wie?« Er keucht es nur, das Maul so weit geöffnet, dass ich einen Blick auf seine fiesen Reißzähne werfen kann. »Ein solcher Wurf – wer bist du?«

»Das hat dir dein Auftraggeber nicht gesagt? Das klingt fast so, als wollte er deinen Tod. Und ich würde seine Erwartungen nur ungern erfüllen.«

Ich bücke mich und reiße den Dolch heraus. Wieder befreit, kriecht der Celeon hastig von mir weg und hält seinen purpurn blutenden Schwanz fest umklammert.

»Ich bin Zera!«, verkünde ich. »Zweite Herzlose der Hexe Nightsinger. Und noch ein guter Rat: Lass dich nie wieder auf dem Knochenpfad blicken.« Ich verstumme kurz. »Und wenn du doch wiederkommst, bring mir ein neues Kleid mit! Das schuldest du mir!«

Die weißen Krähen in den Bäumen fangen an zu krächzen, es ist ein Höllenlärm. Der Celeon schaut von ihnen zu mir, das spitze Gesicht zu einem Fauchen verzogen. Er weiß, was diese Krähen sind, und hasst sie, wie es alle Celeons tun. Nachdem er sich verzogen hat, wische ich das rote und das purpurne Blut vom Dolch. Die Schmerzen in meinem Rücken sind kaum noch auszuhalten.

»Kavardammt, das tut weh!« Jetzt, wo das Adrenalin verflogen ist, ist jede Bewegung eine Qual.

»Was sagte ich darüber, was ich davon halte, den Namen des Neuen Gottes in meiner Gegenwart zu erwähnen?« Eine der Krähen ist vor meinen Füßen gelandet und spricht jetzt mit der Stimme einer Frau zu mir.

»Bitte heil mich«, keuche ich. »Keine Vorträge. Bitte.«

»Tu es mir zuliebe«, sagt die Krähe.

»Tue ich das nicht immer? Deswegen bewahrst du doch mein Herz in diesem grässlichen Glas auf – damit ich grundsätzlich das tue, was du sagst.«

Die Krähe ist geduldig. Wie gewöhnlich. Schließlich atme ich aus.

»Meinetwegen. Kavar ist ein Arsch. Amen.«

»Zera!«

»Ich schreibe dir eine zehnseitige Abhandlung, wie viel bedeutender der Alte Gott ist, sobald du mich geheilt hast. Bitte. Ich sterbe.«

»Zum dritten Mal in dieser Woche«, bemerkt die Krähe trocken.

»Und zum siebenundvierzigsten Mal insgesamt! Wusstest du, dass die Menschen überzeugt sind, dass diese Zahl Unglück bringt? Sie soll ihr Getreide verseuchen, hab ich gehört.«

»Hast du schon wieder im Menschendorf herumgeschnüffelt? Ich habe dir gesagt, dass du dich von ihnen fernhalten …«

»Nun mach schon!«, falle ich ihr ins Wort. »Bevor ich anfange zu schimmeln.«

Mit einem Vogelseufzer hüpft sie um mich herum. Wenn ich so dusslig bin, auf einen zu hohen Baum zu klettern und mir die Beine zu brechen oder wenn ich zwischen eine Wolfsmutter und ihre Jungen gerate und in Fetzen gerissen werde, heile ich mich selbst. Mein Herz, das in einem Glas auf dem Kaminsims meiner Hexe steht, durchdrungen von ihrer Magie, sorgt dafür. Aber heute Abend ist meine Hexe hier. Ich spüre den Stich einer Federspitze in meiner frischen Wunde und muss mir einen weiteren Fluch verkneifen. Die Krähe spricht, aber ich kann die Worte nicht verstehen. Das kann keiner außer ihr selbst und dem Alten Gott, der darauf reagiert, indem er ihr Magie schenkt. Oder so ähnlich. Ich habe keine Ahnung, wie Hexenmagie funktioniert, aber ich weiß, dass sie es tut. Die Schmerzen verschwinden sofort, gefolgt von dem merkwürdigen Gefühl, als würde sich meine Haut schließen wie die Naht einer Bluse in der Hand einer Schneiderin. Ich taste mit den Fingern danach und fühle nur glatte Haut und zerfetzten Stoff.

»Würde es dich umbringen, wenn du den Alten Gott bittest, auch mein Kleid zu flicken?« Ich stehe vom Boden auf.

Die Krähe sträubt ihre Brustfedern. »Gut möglich.«

»Dann frag ihn sofort.« Die Krähe sitzt nur da und blinzelt mich an. Ich klatsche in die Hände. »Nun mach schon!«

»Mein Tod wäre auch dein Tod. Du bist als meine Herzlose mit mir verbunden«, sagt sie. »Das weißt du.«

Ich stöhne und lasse mich neben dem schlammigen Weg ins Gras fallen. »Das Leben ist nicht lebenswert, wenn ich keine feinen Kleider aus Samt und Seide habe, um darin herumzustolzieren.«

»Es war doch nicht mal dein Kleid. Du hast es gestohlen«, bemerkt die Krähe.

»Was glaubst du, wieso ich es so gern mag?«

Wieder stößt die Krähe einen Seufzer aus. Ihre Gefährten hocken noch in den Bäumen und ich winke ihnen zu.

»Es ist mir eine Ehre, meine Damen und Herren! Ich hoffe, Eure Hexenkünste gelingen heute Abend ganz hervorragend!«

Die Krähe auf dem Boden hüpft auf meine Schulter und ihre Krallen bohren sich in meine Haut. »Hast du herausgefunden, wer diesen Waveborn geschickt hat, um dich zu töten?«

Waveborn – so nennen Hexen die Celeons. Vor sehr langer Zeit ging ein Hexenzauber schief und traf einen kleinen Kontinent im Norden wie eine mächtige Welle. Sie verwandelte die Celeons von wilden Tieren in fühlende Wesen. Die meisten Celeons betrachten dieses Empfindungsvermögen als Fluch, als Abweichung von ihrer eigentlichen Natur, und hassen die Hexen deswegen aus tiefster Seele.

»Hier in der dritten Ära nennen wir sie Celeons, Nightsinger. Das beleidigt sie nicht ganz so sehr«, bemerke ich. »Und nein. Er hat kein Wort gesagt.«

»Firewalker«, Nightsinger deutet mit einem Flügel auf eine andere Krähe, »berichtet, dass seine Herzlosen auf genau dieselbe Weise angegriffen wurden. Anonyme Attentäter, die ausgesandt werden, ohne dass man ihnen sagt, wer das Ziel ist.«

»*Was* das Ziel ist«, verbessere ich sie.

»Korrekt.«

»Dann sind sie nicht hinter den Hexen her?«

»Ausnahmsweise nicht.«

Ich stütze mein Kinn in die Hand. »Also bezahlt jemand Attentäter, um Herzlose zu töten. Ohne ihnen zu sagen, dass ihre Opfer Herzlose sind.«

»Stimmt.«

»Wieso? Und wer kann es sich in diesen schlechten Zeiten leisten, so viel Geld zu verschwenden?«

Nightsinger richtet eins ihrer roten Augen auf mich. Ich kenne diesen Blick. Es ist dieser Lass-uns-möglichst-lange-um-wichtige-Dinge-herumreden-Blick. Hexen lieben diesen Blick. Ich liebe diesen Blick – liebe es, ihn zu hassen. Natürlich nur insgeheim, denn welche magische Sklavin, die noch bei Verstand ist, würde so etwas laut vor der Hexe aussprechen, in deren Hand ihr Schicksal liegt?

»Ich sollte zur Sitzung zurückkehren«, sagt sie schließlich. »Und du gehst nach Hause. Hast du die Kräuter für das Abendessen?«

Ich deute auf den Korb, den ich fallen gelassen habe und der voller Schneeglöckchen und Nelkenbasilie ist.

»Gut.« Nightsinger fliegt auf und schlägt kräftig mit den Flügeln. »Ich habe dir Essen hingestellt. Versuch, nicht wieder alles einzusauen.«

»Kann ich nicht versprechen«, sage ich und sehe zu, wie sie sich wieder zum Schwarm gesellt. Die Krähen fliegen davon und es hat etwas Unheimliches, wie genau jeder Schwung und jeder Flügelschlag aufeinander abgestimmt sind. Nightsinger hat einmal versucht, mir diese Hexenversammlungen zu erklären, und es ist meiner überragenden Intelligenz zu verdanken, dass ich kein Wort davon verstanden habe. Offenbar ist es für den Hexenzirkel nur sicher, sich zu treffen, wenn die drei Monde voll sind. Sie tauschen Informationen und Magie aus, und da Hexen abgeschieden und im Verborgenen leben, treffen sie sich als Krähen, denn so können sie lange Strecken fliegen und sind auch ohne Worte miteinander verbunden. Ein kleiner Vorteil ist, dass die Tiere, in die sich die Hexen verwandeln, immer unnatürlich weiß sind. Andernfalls wüssten wir nie, wann eine in der Nähe ist.

Nachdem der Schwarm verschwunden ist, atme ich erleichtert auf. Auch wenn ich schon eine ganze Weile damit lebe, ist mir Magie immer noch zuwider. Schließlich hat sie mich an dieses Leben als Herzlose gekettet.

Ich lege die Hand auf mein Unherz und lausche der Stille in meiner Brust. Nach drei Jahren weiß ich kaum noch, wie es sich angefühlt hat, ein Herz zu haben. Ich erinnere mich an Wärme und ein ziehendes Gefühl, und wenn ich tief genug in meinen Erinnerungen grabe, ist da auch Schmerz. Schmerz wie ein Blitz, plötzlich, stechend und grauenvoll. Schmerz, so unerbittlich wie das Ende von allem. Wenn ich darüber nachdenke, wird der Schmerz nur schlimmer. Also lasse ich es. Ich streife durch den Wald. Und wenn das nicht mehr hilft, werfe ich meinen Umhang über, setze eine Maske auf und bestehle die Edelleute, die auf dem Knochenpfad unterwegs sind – ich raube Juwelen, Kleider, alles Mögliche. Alles, was hübsch ist. Alles, was mir wieder das Gefühl gibt, ein Mensch zu sein, sobald ich es trage.

Ich hole den Korb mit den Kräutern und gehe weiter durch

den Wald, tauche in die Schatten der Bäume ein. Sie duften nach Nadelholz und auf gewisse Weise sind sie eigentlich schön, aber dennoch die Gitterstäbe meines Gefängnisses. Das ist einer der Nachteile, eine Herzlose zu sein – ich kann mich nicht weit von der Stelle entfernen, an der die Hexe mein Herz aufbewahrt: höchstens zwei Kilometer. Wenn ich weiter weggehe, zerreißt mich der Schmerz und verwandelt mich in ein kraftloses, schreiendes Etwas.

Auf einer kleinen Anhöhe steht ein feuerroter Fuchs, der mich neugierig betrachtet. Ich winke ihm zu. Er rührt sich nicht und starrt mich weiter an. Ein aufmerksamer Zuhörer! Die sind in letzter Zeit wirklich selten. Ich räuspere mich.

»Du willst bestimmt wissen, ob ich Nightsinger hasse, oder? Jeder, der noch halbwegs bei Verstand ist, würde die Person hassen, die sein Leben in der Hand hält. Das ist doch nur logisch und nicht anders zu erwarten!«

Der Fuchs blinzelt mich ausdruckslos an.

»Die Antwort«, ich hebe einen Finger, als wäre ich die Lehrerin und der Fuchs mein Schüler, »ist Ja. Und Nein. Weil nichts im Leben einfach ist. Es ist ein verrücktes Chaos widersprüchlicher Gefühle.«

Der Fuchs blinzelt wieder. Ich hebe beide Hände.

»Hör auf, mich anzustarren! Beschwer dich bei den Göttern, wenn ich dir auf die Nerven gehe!«

Der Fuchs ist verständlicherweise nicht so gereizt, wie ich es bin. Ohne ein Wort des Dankes für meine weisen Worte verschwindet er von der Anhöhe.

Ich rücke den Korb höher auf meine Hüfte und seufze. »Mit

Tieren zu reden, als wären es *Menschen*, die dich *verstehen* können, ist so was von daneben, Zera. Wieso versuchst du nicht, etwas Neues und Sinnvolles zu finden, mit dem du den Rest der Zeit deiner Unsterblichkeit verbringen kannst? Vielleicht etwas, das nicht den Eindruck erweckt, als wärst du verrückt geworden.«

Ich gehe weiter. Die Antwort auf die Frage des Fuchses – *meine Frage* – ist diese: Ich hasse Nightsinger nicht dafür, dass sie mein Herz genommen hat, trotz allem, was das für meinen Körper und meine Seele bedeutet. Wie könnte ich? Sie hat mich vor den Banditen gerettet, die meine Familie ermordet haben, vor der Dunkelheit des Todes, und seitdem diene ich ihr. Ich bin ein Monster, aber nicht blöd. Ich weiß, dass man sich für eine gute Tat revanchieren muss. Es ist allerdings eine sehr, *sehr* lange Revanche. Das Leben hier in diesem undurchdringlichen Wald, meine leere Brust, die Erinnerung an das, was ich getan habe – das alles erdulde ich nun schon seit drei Jahren. Ich erinnere mich kaum noch an das Leben vor meinem Tod – das kann kein Herzloser. Diese Erinnerungen verblassen, sobald uns das Herz aus der Brust gerissen wird. Aber ich kann mich an jede Sekunde meines Todes erinnern. Und an alles, was danach kam.

Ich warte. Und wie ein treuer, böser Hund meldet sich wie immer die dunkle Stimme in meinem Kopf, als wollte sie mit mir spielen.

Fünf, zischt sie mir zu wie eine Schlange, die sich durchs Mitternachtsgras windet. **Du hast fünf von ihnen getötet. Einen Alten, einen Jungen, einen, dem das linke Auge fehlte, einen, der nie geschrien hat (kein einziges Mal), und einen mit**

einem schiefen Lächeln, das ihm schnell vergangen ist. Du wünschst dir, dass er länger geblieben wäre. Du wünschst dir, dass Nightsinger ihn ebenfalls in einen Herzlosen verwandelt hätte, unsterblich wie du, zu ewigem Leid verdammt wie du …

Ich habe zwar kein Herz mehr, aber ich habe immer noch einen Magen, und der dreht sich jetzt um. Ich gehe schneller, als könnte ich vor dem, was ich getan habe, davonlaufen. Die Bäume neigen sich von mir weg und formen einen Pfad, den niemand anders sehen kann. Äste beben, Wurzeln spannen sich und die Rinde ächzt vor Anstrengung. Sie schützen Nightsinger freiwillig – im Gegensatz zu mir hatten sie die Wahl.

Während ich noch in Selbstmitleid gefangen bin, taucht zwischen den schwankenden Bäumen ein gut aussehender Junge in einer orangefarbenen Tunika auf. »Du hast den Celeon nicht umgebracht, Zera«, wirft er mir vor.

Der Anblick des Jungen reicht aus, um die schreckliche Stimme verstummen zu lassen. Endlich kann ich mich auf etwas anderes konzentrieren als auf die Vergangenheit. Hochmütig werfe ich mein Haar zurück.

»Ich tue vieles nicht. Zum Beispiel trage ich kein Braun oder interessiere mich nur für Schwerter. Und ich töte auch keine vollkommen unschuldigen Attentäter.«

Der Junge schnaubt unbeeindruckt. Er ist jünger als ich, und das wird man ihm immer ansehen, bis Nightsinger ihm sein Herz zurückgibt und er wieder anfängt zu wachsen. Seine schwarzen Locken hängen ihm in die braunen Augen, er hat dunkle Haut und immer noch etwas Babyspeck auf den Hüften. Sein voller Name lautet Crav il'Terin Maldhinna, Sohn von

Mald, der Eisenfaust. Er ist ein Kriegerprinz aus dem Endlosen Sumpf und der dritte und letzte Herzlose der Hexe Nightsinger, aber ich habe meinen eigenen Spitznamen für ihn, der ihm sogar gefällt.

»Schau mal, Crabby.« Ich stelle mich neben ihn und halte die Hand über seinen Kopf, der mir bis an die Schulter reicht. »Du bist bis in alle Ewigkeit nur fast so groß wie ich.«

»Fall tot um«, kontert er.

»Gern.« Ich tätschle seinen Arm. »Aber erst, nachdem ich etwas gegessen habe. Nightsinger sagt, sie hat uns was hingestellt. Hast du schon gegessen?«

Er fährt sich mit dem Arm über den Mund und auf dem Ärmel bleibt ein roter Fleck zurück. »Ein bisschen. Ich habe keinen Hunger.«

»Blödsinn. Wir haben immer Hunger.«

»Ich nicht.« Er reckt trotzig und stolz sein Kinn. Er wurde erst vor einem Jahr zum Herzlosen und wehrt sich dagegen immer noch auf alle möglichen kindischen Arten, genau wie ich es früher getan habe. »Aber jetzt sag schon. Wieso hast du diesen Celeon nicht getötet? Er hat dich angegriffen.«

Wir gehen gemeinsam weiter und die Bäume weichen uns aus. In einem leuchtend purpurroten Dickicht aus Fingerhut und Nachtschatten steht ein rundes Steinhaus, nicht größer als die Katen im Dorf und auch kein bisschen prunkvoller. Das Dach besteht aus Segeltuch und ein Zauber verhindert, dass Regen oder Schnee eindringen. Aus einem Blechschornstein steigt Rauch auf. Aus den wenigen Fenstern dringt warmes Kerzenlicht. Ich weiß nicht, was es mit diesem Fleckchen Erde auf sich hat, aber die Glühwürmchen scheinen es anziehender zu finden als jeden anderen Teil des Waldes, denn hier schweben ganze Schwärme herum und verbreiten ihr türkisfarbenes Flackerlicht.

»Nicht alles, was mich angreift, muss sterben, Crav«, erkläre ich geduldig. Ich rechne aber nicht damit, dass er es versteht – die Leute vom Endlosen Sumpf folgen ihren eigenen Regeln.

»Die Zahl meiner Wunden ist die Zahl meiner toten Feinde.« Das ist sein liebster Kriegerspruch. Ich lache und raffe meinen blutbefleckten Rock, um die paar Stufen zur Tür hinaufzugehen.

»Er war nicht mein Feind.«

»Er hat versucht, dich umzubringen!«, widerspricht Crav.

»Aber nur, weil er nicht wusste, was ich bin. Ahnungslos zu sein ist kein Verbrechen, Crabby, es ist ein heilbarer Zustand.«

Ich schlage den Türvorhang zurück. Drinnen riecht es wie üblich streng nach Kräutern und Gewürzen und an einer Wand brennt ein Kaminfeuer. In der Mitte des Raums befindet sich eine Grube, ausgelegt mit Steinen aus dem Fluss, und auf den Steinen liegt ein toter Hirsch, dessen Augen ins Leere starren. Als ich das erste Mal das Häuschen betrat und einen ähnlichen Hirsch sah, dachte ich noch, dass Nightsinger einen ziemlich schlechten Geschmack hätte, was die Einrichtung ihrer Hütte betrifft. Aber ich lernte schnell, dass diese vermeintliche Dekoration einen Zweck erfüllt – Herzlose müssen rohes Fleisch essen, um am Leben zu bleiben. Mit Leben meine ich: weiterhin als fühlendes Wesen zu funktionieren, das Kontrolle über sein Handeln hat. Wir sind Monster, keine Frage. Aber solange wir rohes Fleisch essen, können wir … *weniger* monsterhaft sein. Wir spüren einen Drang zu töten, zu zerstören, eine Leere in unserer ausgehöhlten Brust, und in dieser Leere nistet eine brennende Glut. Diese Glut erlischt nie. Aber solange wir regelmäßig rohes Fleisch essen, kann sie nicht wachsen, kann sie ihre Düsternis nicht durch unsere Adern strömen lassen, unsere Gedanken nicht völlig beherrschen und uns in etwas noch viel Schlimmeres verwandeln.

Bestien. Hungrige Monster. Was man in Büchern über uns lesen kann, macht mir Angst. Obwohl ich Spaß daran habe, gegen jede Tradition zu rebellieren, esse ich doch wie eine gute Herzlose jeden Tag zur selben Zeit widerliches rohes Hirschfleisch. Weil ich nicht den Verstand verlieren will.

Weil ich die Bestie in mir schon einmal gesehen habe. Und mir an diesem Tag geschworen habe, sie nie wieder freizulassen.

Fünf Männer sind deinetwegen gestorben, du verabscheuungswürdiges Wesen …

Ich verdränge die düsteren Gedanken, indem ich ein Stück Fleisch aus dem Hirsch herausreiße und ein paar Kräuter aus meinem Korb darüberstreue. Ich schlucke das Ganze, ohne zu kauen, und versuche, meinen Ekel als Begeisterung zu tarnen. Die Glut in mir kann mit Essen zwar nicht vollständig gelöscht werden, aber zumindest fühle ich mich jetzt ein wenig besser.

Ich wasche mir in dem Steinbecken in der Ecke die Hände und setze mich zu Crav auf ein Kissen.

»Und wie war dein Tag?«

Er verzieht das Gesicht. »Du hättest den Celeon wenigstens für den Rest seines Lebens verkrüppeln können.«

»Mein Tag war super, danke der Nachfrage«, stichle ich weiter und stehe auf. »Wo ist Peligli?«

»Schläft? Ich bin doch nicht ihr Babysitter.«

»Peligli!«, brülle ich die Treppe hoch. »Essen ist fertig!«

Erst rascheln Decken, dann tappen winzige Füße über den Holzboden und schließlich höre ich ein hohes Stimmchen, das »Zera, Zera, Zera, Zera« ruft. Ein rothaariger Wirbelwind springt die Treppe herunter und direkt auf mich zu. Peligli – die erste Herzlose von Nightsinger – schaut zu mir auf, das runde vierjährige Gesicht blass, aber mit roten Wangen, und ihre mitternachtschwarzen Augen funkeln.

»Zera! Du bist wieder da! Hast du heute irgendwelchen Glitzerkram geklaut?«, fragt sie.

»Keinen Glitzerkram. Aber ich habe ein paar gemeine Dinge getan, also war der Tag nicht ganz vergeudet.« Ich lächle und wische ihr mit dem Daumen den Schlaf aus den Augen. Peligli hebt die Hände auf eine Art, die »Ich will auf den Arm« bedeutet, und so setze ich sie auf meine Hüfte und trage sie zum Hirsch.

»Ich mag gemeine Dinge«, verkündet sie.

»Nein, magst du nicht.«

»Mag ich doch«, beteuert sie und strampelt mit den Füßen, weil sie sofort runterwill. Ich gehorche und sehe zu, wie sie auf ihr Abendessen zustürmt. »Gemeine Dinge sind indersans.«

»Interessant«, verbessert Crav sie lustlos.

Sie lächelt ihn an. »Ja!«

Peliglis voller Name ist Peligli, nicht mehr und nicht weniger. Mich und Crav hat Nightsinger in Herzlose verwandelt, weil wir an der Schwelle des Todes standen, aber Peligli ist aus freiem Willen zu ihr gekommen. Sie hat vor dem Sonnenlosen Krieg als Waisenkind in den Straßen von Vetris gelebt, und als sie Nightsinger sah, ist sie ihr gefolgt und nicht mehr von der Seite gewichen. Auch wenn sie aussieht wie die Jüngste von uns, ist sie schon seit fast vierzig Jahren herzlos. Sie behauptet, dass Nightsinger sie nicht in den Krieg ziehen ließ, und das war ein Segen. Ich kann mir nicht vorstellen, dass der Krieg gut für ein kleines Kind ist, vor allem wenn es auch noch kämpfen muss.

Genau das haben Herzlose im Sonnenlosen Krieg getan – getötet. Das ist es, was wir tun. Dafür existieren wir. Eine Hexe ist einfach nur eine Person mit magischen Fähigkeiten. Und auch wenn es erstaunlich ist, riesige Feuerbälle aus der Luft herbeizaubern oder sich in jedes nur denkbare Tier verwandeln zu können, macht einem das Feinde. Zumindest bringt es die Menschen dazu, sich vor dir zu fürchten. Weil Menschen sich vor allem fürchten, vor allem vor riesigen Feuerbällen. Echte Jammerlappen.

Mein Blick wandert über die Reihen zerlesener Bücher in Nightsingers Regalen. Es sind Bücher über Hexen und ihre Geschichte. Ich habe jedes einzelne schon tausend Mal gelesen, denn im Wald zuzusehen, wie Schlamm auf Baumwurzeln trocknet, ist schon nach einem Monat einfach nur langweilig. Aus den Büchern weiß ich, dass Herzlose die Soldaten der Hexen sind. Leibwächter. Kanonenfutter, wenn man es freundlich ausdrücken will. Aber Kanonen gibt es nur in Pendron und sie gehen ständig nach hinten los und … Also sind wir im Grunde nur Marionetten aus Fleisch und Blut. Das Polster zwischen einer Hexe und ihren Feinden. Wieso soll man seine Feinde selbst töten, wenn diese Aufgabe auch ein unsterblicher magischer Sklave übernehmen kann?

Crav und Peligli zusammen zu sehen, lässt mich daran denken, dass auch sie jederzeit zu Mördern werden können. Sie lieben Nightsinger mehr als ich, denn sie sind noch zu jung, um zu begreifen, dass ein freundlicher Gefängniswärter immer noch ein Gefängniswärter ist. Sie würden alles für sie tun, aber ich will nicht, dass sie so werden wie ich. Ich will nicht, dass Blut von diesen kleinen Händen tropft. Bisher habe ich jeden Söldner auf der Jagd nach Kopfgeld für Hexen vertrieben. Jeden neugierigen Jäger verscheucht, der zu tief in den Wald vorgedrungen ist, und das alles, damit Crav und Peligli es nicht tun müssen. Das ist meine Aufgabe, bis Nightsinger stirbt und uns alle mitnimmt. Oder bis sie mir mein Herz zurückgibt.

Denn das kann sie. Eine Hexe kann ihrem Herzlosen sein Herz wiedergeben, und dann kehrt er in seinen alternden menschlichen Körper und sein altes Leben zurück. Auch die Erinnerungen an das Leben vor der Herzlosigkeit tauchen dann wieder auf. Aber Nightsinger hat mir gesagt, dass sie uns (mich) hier braucht, um sie vor den Menschen zu beschützen, die hinter ihr her sind. Das hindert mich jedoch nicht daran, sie anzuflehen, uns gehen zu lassen. Ich habe auf Knien gebettelt, habe Teile meiner Seele geopfert, um ihr jeden Wunsch zu erfüllen, immer wieder gefragt, ob ich etwas tun kann, um ihre Entscheidung zu ändern, aber sie hat stets nur freundlich abgelehnt.

Ich finde mich vorläufig damit ab. Auch wenn ich den Wald nicht verlassen kann, höre ich doch die Händler und die Adligen von niederem Rang in ihren Kutschen reden, bevor ich sie ausraube. Ich weiß, dass alle Welt die Hexen hasst, dass fast alle von ihnen im Sonnenlosen Krieg getötet wurden und dass die Überlebenden in Wäldern und Höhlen hausen, an düsteren Orten, wo sie vor den Blicken der menschlichen Jäger geschützt sind.

Aber auch wenn es unmöglich ist, wenn es sich anfühlt, als würde es niemals geschehen, klammere ich mich doch an den kleinen Hoffnungsschimmer, dass ich eines Tages mein Leben zurückbekomme und damit machen kann, was immer ich will. Ich beneide den Celeon-Attentäter, ich platze fast vor Eifersucht auf jeden Menschen, der mir auf dem Knochenpfad begegnet. Natürlich haben auch die Menschen Probleme, aber sie können tun, was sie wollen, und gehen, wohin es ihnen passt. Die Welt gehört ihnen, sie müssten nur innehalten und es begreifen. Sie halten das größte Geschenk von allen in ihren Händen – ihr eigenes Schicksal.

Meins wurde mir am Tag meines Todes entrissen und seitdem jage ich ihm hinterher. Das ist schon irgendwie tragisch.

Ich strecke mir selbst die Zunge heraus, denn der Geschmack meiner Gedanken ist bitter und ich komme mir ein bisschen lächerlich vor. Tragisch? Ich? Tadellos gekleidet und absolut geistreich trifft viel besser auf mich zu. Und es klingt deutlich weniger nach Selbstmitleid.

Crav weiß immer, was ich denke. Er hat eine fast unheimliche Begabung, in Gesichtern zu lesen. Vielleicht liegt das an seiner Kriegerabstammung, weil er sich ständig mit seinen Geschwistern messen musste. Er setzt sich neben mich und wir starren den Hirschkadaver an.

»Nightsinger wird ihn mit Magie entsorgen«, sagt er.

»Dem Alten Gott sei Dank.« Ich seufze. »Kannst du dir vorstellen, was das sonst für eine Schweinerei wäre?«

Einen Moment lang herrscht Schweigen zwischen uns. Draußen zirpen die Grillen.

»Hast du sie schon gefragt?«, erkundigt sich Crav leise. »Wegen unseren Herzen?«

Ich werfe ihm einen scharfen Blick zu. »Woher weißt du das? Hast du uns belauscht?«

»Sie lässt immer die Tür offen«, verteidigt er sich. »Und du fragst immer um diese Zeit. Ich bleibe dann auf und höre zu.«

»Das darfst du nicht«, sage ich streng. »Von heute an ist damit Schluss.«

»Es geht auch um mein Herz!«, protestiert er. »Ich will wissen, wann ich es zurückkriege.«

Ich dachte immer, ich wäre die Einzige, deren Hoffnungen wieder und wieder zunichte gemacht werden. Ich habe Nightsinger extra dann gefragt, wenn wir allein waren, damit nicht auch Crav und Peligli am Boden zerstört wären. Aber das hätte ich mir sparen können. Er hat uns die ganze Zeit belauscht.

»Du solltest sie noch einmal fragen«, verlangt Crav. »Ich glaube, diesmal könnte es wirklich klappen und sie gibt sie uns zurück …«

»Das wird sie nicht tun!«, fahre ich ihn an. »Wir kriegen sie niemals zurück, kapiert? Nicht jetzt und auch später nicht.« Mein Ton erschreckt Peligli. Auch Crav zuckt zusammen, seine Augen füllen sich mit Tränen und ich bedaure sofort, was ich gesagt habe. »Crav – oh nein. Es tut mir leid, ich …«

Er springt auf und rennt zur Tür hinaus. Ich laufe ein paar Schritte hinter ihm her, aber Crav ist der Schnellste von uns. Wenn er nicht eingeholt werden will, dann kriege ich ihn nicht. Außerdem fehlt mir im Moment die Ausdauer, ihm durch den Wald nachzujagen, denn diese Messerwunde heute hat mich mehr Kraft gekostet als gewöhnlich.

Peligli zupft an meiner Hand, auch ihre Augen sind voller Tränen. »Das … das ist doch gelogen, oder? Wir kriegen sie wieder … irgendwann?«

Sie hat sich freiwillig verwandeln lassen, aber selbst ihre junge Seele leidet unter den Jahrzehnten der Herzlosigkeit. Es spielt keine Rolle, wie jung und willig man ist, jeder Herzlose wird irgendwann müde. Irgendwann haben wir es satt, rohes Fleisch zu essen. Immer wieder und wieder die wenigen selben Orte zu sehen. Zuhören zu müssen, wenn sich die grässliche rote Glut mit ihren giftigen Worten ins Gehirn frisst. Wir haben es satt, uns leer, nicht vollkommen und unvollständig zu fühlen. Aufzuwachen in dem Wissen, dass uns nur ein paar versäumte Mahlzeiten davon trennen, Monster zu werden. Und wir haben es satt, uns nicht mehr daran erinnern zu können, wie wir gelebt und wen wir geliebt haben.

Ich gehe mit Peligli durch den Garten, wiege sie in den Armen und die Glühwürmchenschwärme beleuchten ihr verweintes Gesicht. Sie weint, bis nur noch Schluchzer kommen, bis ihr kleiner Körper so erschöpft ist, dass sie in das blasse Abbild von Schlaf fällt, der alles ist, was uns Herzlosen bleibt. Wir *brauchen* keinen Schlaf, denn wir haben die Magie, die uns täglich regeneriert, aber manchmal vergessen unsere menschlichen Gehirne diese Tatsache und fallen zurück in alte Angewohnheiten. Ich gehe wieder ins Haus und lege Peligli sanft auf das mit Flachs ausgepolsterte Schaffell, das sie ihr Bett nennt.

»Tut mir leid«, flüstere ich und decke sie zu. »Tut mir leid, dass ich so gemein war.«

Gemein trifft es kein bisschen, höhnt die rote Glut. **Sieh sie dir doch an, du hast ihr das Herz gebrochen. Mensch oder Herzlose, das spielt keine Rolle, denn du bist einfach eine widerwärtige …**

»Das Feuer brennt heute richtig gut, stimmt's?«, murmle ich, um die Stimme zu übertönen. »Sehr … heiß. Voller … Flammen.« Ich verstumme und sage dann zu niemand Besonderem: »Erinnert mich daran, bloß nie Dichterin zu werden.«

Ich trete an den Kamin und wärme mir die Hände. Es ist ein ungewöhnliches Feuer mit blauschwarzen Flammen von der Farbe schlimmer Prellungen, aber Nightsinger hat nie erklärt, woran das liegt. Ehrlich gesagt, habe ich auch nie gefragt, weil ihre Erklärungen ohnehin meistens keinen Sinn ergeben. Meine Finger wandern zu dem Eisenkäfig über dem Feuer. Er ist sehr stabil und die Gitterstäbe sind dick, allerdings nicht so dick, dass man die drei Gläser darin nicht sehen könnte und die drei Herzen, die in ihnen schlagen. Ich habe Nightsinger einmal gefragt, wieso sie sie über dem Feuer aufbewahrt. Sie hat gelächelt und gesagt, dass sie warm gehalten werden müssten, entweder durch einen Zauber oder durch Feuer. Der Käfig ist ein wenig verbeult. Als ich noch nicht lange hier war, hat mich die Wut gepackt und ich habe mit dem Schwert meines Vaters darauf eingeschlagen, bis meine Hände bluteten und meine Beine unter mir nachgaben. Ich hatte versucht, mein Herz zu zerstören und alles zu beenden. Später habe ich gelernt, dass die Bücher es »Zerspringen« nennen und dass es die einzige Methode ist, uns zu töten. Unsere Hexe umzubringen funktioniert natürlich auch.

Obwohl der Käfig ganz gewöhnlich aussieht, ist er magisch. Es ist nicht mal möglich, etwas durch die Gitterstäbe zu schieben, denn es gibt dort eine unsichtbare Sperre. Damit verhindert Nightsinger, dass wir uns selbst umbringen.

Wie ich bereits zu dem Fuchs sagte: Es ist kompliziert.

Peliglis Herz ist das kleinste. Ihr Glas ist alt, verkratzt und im Laufe der Zeit ganz matt geworden. Cravs ist aus Seeglas und es sind Efeuranken eingraviert. Sein Herz ist etwas größer als Peliglis und im Moment schlägt es schnell, als wäre es angestrengt. Wahrscheinlich rennt er immer noch durch den Wald. Ich werde mich morgen früh mit einem ausgiebigen Kampftraining bei ihm entschuldigen. Das wird ihm gefallen.

Mein Herz steht zwischen den beiden anderen. Elizera – oder kurz Zera –, kein Familienname, an den ich mich erinnern könnte, zweite Herzlose der Hexe Nightsinger. Zum Zeitpunkt ihres Todes sechzehn Jahre alt. Mein Herz ist das größte und es liegt am Boden eines geschwungenen roten Glases. In den Büchern steht, dass die Hexen die Gläser selbst anfertigen, allerdings bevorzugen einige Beutel oder Kästchen. Diese Magie üben sie schon in jungen Jahren und werden mit zunehmendem Alter immer besser darin. Das gilt auch für Nightsinger, denn wenn man Peliglis schlichtes Glas mit dem von Crav vergleicht, ist deutlich zu erkennen, dass sie Fortschritte gemacht hat. Wie viele Gläser werden in zehn oder zwanzig Jahren neben unseren stehen? Ich bete zu jedem Gott, der zuhört, dass mein Herz dann nicht mehr dort ist. Ich will nicht erleben, dass irgendwann ein Glas auftaucht, das noch schöner ist als das von Crav.

Die Tür am oberen Ende der klapprigen Treppe öffnet sich mit einem Quietschen und ein Lichtschein fällt auf mein Gesicht.

»Zera?«, ruft Nightsinger. »Kannst du bitte einen Moment nach oben kommen?«

»Das könnte ich«, erwidere ich. »Ich kann aber auch hier unten bleiben und mir keine lästige Pflicht aufbürden lassen.«

Sie lacht. »Söldner zu verjagen ist doch keine lästige Pflicht für dich.«

»Das stimmt. So was mache ich mit links. Aber es nervt trotzdem.«

»Keine Söldner, versprochen.«

»Dann ist es ein Jäger?« Ich stöhne. »Die sind viel schwerer zu vertreiben. Und dann jammern sie dauernd über die hungernden Kinder, die sie füttern müssen. Erinnerst du dich an den, dem du das Wildschwein geben wolltest und der dir beinahe einen Pfeil in den Kopf geschossen hat, weil du eine ›Ungläubige‹ bist?«

»Es geht nicht um Jäger«, unterbricht sie mich. »Nur eine kleine Unterhaltung zwischen uns beiden.«

Ich seufze und trotte die Stufen hoch. Mein Magen rumort. Es macht mich immer nervös, wenn sie mich in ihr Zimmer ruft. Das liegt daran, dass es dort so intensiv nach Lilien und Sandelholz riecht. Oder vielleicht auch an der Magie, die so schwer in der Luft hängt, dass ich das Gefühl habe, dicken Nebel einzuatmen.

Ich stoße die Tür auf und meine Augen müssen sich erst an die vielen tausend Glasblumen gewöhnen, die den Raum erhellen. Das ist Nightsingers Lieblingsbeschäftigung – sie formt Pflanzen aus Glas. Sie stehen zu Dutzenden in Vasen, liegen in Körben und manche schweben einfach in der Luft. Hauchzarte, unglaublich detaillierte Blütenblätter von Orchideen und Rosen fangen das Kerzenlicht ein und verwandeln es in tausendfaches Funkeln. Da sind Blüten, die ich nicht kenne; es gibt solche, die von innen leuchten oder sich langsam um sich selbst drehen. Einige atmen ein und aus, als wären sie lebendig, und ihr Kristallpollen fällt auf den Holzboden wie Schnee. Ich habe schon erlebt, wie sie die Pflanzen benutzt, um zu »sehen« – die Blumen zeigen ihr bestimmte Bereiche des Waldes. Wie das funktioniert? Ich vermute, dass sie mit den Bäumen verbunden sind, die uns verbergen, aber ehrlich gesagt, habe ich keine Ahnung von diesem ganzen magischen Zeug.

Nightsinger sitzt inmitten ihrer Blumen auf einem schlichten Holzstuhl. Abgesehen von ihren Kristallen ist der Raum vollkommen leer. Es gibt hier kein Bett, keinen Ankleidetisch, nicht einmal einen Schreibtisch.

Wenn sie nicht als Krähe unterwegs ist, macht Nightsinger wirklich Eindruck. Ihr üppiger Busen sprengt fast ihr weißes Kleid und ihre Taille und ihre Arme sind breit und kräftig. Sie ist so groß, dass sie sich ducken muss, wenn sie durch die Haustür geht, und obwohl sie deren Höhe mit einem Zauber verändern könnte, tut sie es nicht. Eine dunkelblonde Mähne fällt ihr über den Rücken, immer glänzend und nur an den Enden leicht gelockt. Sie hat sinnliche Lippen, ein rundes Gesicht und haselnussbraune Augen, die so scharf blicken wie die eines Fuchses und genauso viele wilde Geheimnisse bergen.

Sie erhebt sich von ihrem Stuhl und kommt auf mich zu. Es sind ihre Bewegungen, die mich am meisten faszinieren. Sie schreitet so fließend, als würden ihre Füße den Boden nicht berühren. Eine Herzlose kann für einen Menschen gehalten werden, aber jeder, der auch nur einen Blick auf Nightsinger wirft, erkennt sofort, dass an ihr nichts Menschliches ist. Sie ist eine geborene Hexe und hat schon von Kindesbeinen an gelernt, dass es vollkommen normal ist, Herzlose zu besitzen, genauso normal wie atmen. Und sie ist bei Weitem nicht die Schlimmste von ihnen. Ich habe genug gelesen, um zu wissen, dass Nightsinger sich nur Kinder nimmt, die zu früh sterben mussten, Kinder, die eine zweite Chance verdienen. Es gibt – oder *gab* in der Vergangenheit – auch ganz reizende Hexen, die Menschen das Herz raubten, nur um sie leiden zu sehen. Für manche war das einfach ein Statussymbol, denn nur besonders starke Hexen konnten mehrere Herzlose auf einmal am Leben halten. Je mehr sie hatten, desto machtvoller wirkten sie. Die meisten von ihnen starben im Sonnenlosen Krieg. Die wenigen Überlebenden neigen dazu, ihre Herzlosen sorgfältig auszusuchen. Und weniger oft.

»Es gibt Neuigkeiten, Zera, die wir dir mitteilen wollen«, beginnt Nightsinger. Erst jetzt bemerke ich die beiden weißen Krähen, die in einer Ecke auf der Fensterbank hocken. »Wenn ihr so gut wärt, meine Freunde.«

Die Krähen fliegen auf den Boden und eine Aura aus magischem Licht umgibt sie. Dann flackert dieses Licht, verwandelt sich in zwei Personen, und das magische Leuchten erlischt. Vor uns stehen jetzt zwei Hexen – ein Mann mit Glatze, der einen tadellos gebügelten Anzug aus golddurchwirktem Stoff trägt, und eine Frau mit kurzen, unfassbar blauen Haaren und einem weiten Kleid, das so dünn ist, dass es kaum etwas von ihrer tiefschwarzen Haut verdeckt. Beide sind sehr groß – aber nicht so groß wie Nightsinger – und sie haben dieselbe unheimliche Ausstrahlung, von der ich eine Gänsehaut bekomme.

»Zera, das sind Firewalker«, Nightsinger zeigt auf den Mann, der mir steif zunickt, »und Seawhisper. Sie sind deinetwegen gekommen.«

»Meinetwegen?«, frage ich nervös. »Und ich habe nicht mal eine Tasse Tee anzubieten.«

»Schweig.« Firewalker tritt vor und mustert mich mit seinem scharfen Blick. »Du wirst nur zuhören und nicht sprechen.«

Oh, super. Einer von *diesen* Männern. Seawhisper weist ihn zurecht.

»Komm schon, ein bisschen Geduld kannst du wohl aufbringen, oder?« Sie sieht mich an. »Ich muss mich für ihn entschuldigen. Er ist ein wenig … *altmodisch*, was den Umgang mit Herzlosen betrifft.«

»Wir können keine Zeit damit verschwenden, unsere Untergebenen zu verhätscheln«, faucht er sie an. »Wir brauchen sie *jetzt* in Vetris. Der Frühlingsempfang …«

»… ist in vier Tagen«, unterbricht ihn Nightsinger geduldig.

»Wir haben genügend Zeit, um wenigstens zu erklären, was los ist. Eine verwirrte Herzlose nützt niemandem.«

Firewalker will ihr widersprechen, entscheidet sich dann aber doch dagegen. »Meinetwegen. Erklär es ihr. Aber tu es jetzt. Ihre Kutsche wartet und Menschen sind bekannt für ihre Ungeduld.«

»Vetris? Kutsche? Frühlingsempfang?«, wiederhole ich. »Redet der immer so viel Schwachsinn oder gibt es heute einen besonderen Anlass?«

Firewalker funkelt mich auf eine Weise an, die er vermutlich für extrem bedrohlich hält, aber ich finde, dass er einfach nur aussieht, als würde er unter Verstopfung leiden. Seawhisper kniet sich vor mir auf den Boden, um auf Augenhöhe mit mir zu sprechen. Ihr Blick ist freundlich, aber ihre nächsten Worte sind ernst.

»Wir glauben, dass die Menschen im Begriff sind, einen neuen Krieg zu beginnen, Zera«, sagt sie. Ich schaue zu Nightsinger hinüber, aber sie verzieht keine Miene. »Der Attentäter, der dich heute angegriffen hat – hast du sein Messer noch?«

Ich suche in den Taschen meines blutbefleckten Kleids danach und reiche es ihr. Mit geschickten Fingern öffnet sie eine kleine Klappe am Griff und ich kann sehen, dass er innen hohl ist und dass sich dort ein Röhrchen mit einer weißen Flüssigkeit befindet. Sie riecht beißend und bitter.

»Liegt es an diesem Zeug, dass die Stichwunde schmerzhafter ist als sonst?«, frage ich. Seawhisper nickt.

»Weißes Quecksilber. Das ist eine Chemikalie, die die Menschen während des Sonnenlosen Krieges entdeckt haben.«

»Sie haben sie *entwickelt*, um uns damit zu töten«, widerspricht Firewalker eisig. »Das ist der einzige Grund, warum wir in der letzten Schlacht am Moonlight Keep so geschwächt waren. Wenn wir auch nur eine winzige Menge davon abbekommen, ist unsere Magie für Stunden gelähmt, was uns zu leichten Zielen macht.«

Seawhisper nickt. »Ein Mensch – wir wissen nicht, wer es ist – hat Attentäter mit diesen Waffen ausgerüstet und an Orte geschickt, an denen Hexen vermutet werden. Wir glauben, dass es zunächst darum geht, zu testen, welche Wirkung das weiße Quecksilber auf Herzlose hat, damit sich die Menschen besser auf den Krieg vorbereiten können.«

Ich runzle die Stirn. »Aber das Zeug hat mich nicht umgebracht und auch kein bisschen handlungsunfähig gemacht.«

»Es soll nicht *dir* schaden.« Firewalker starrt mich ernst an. »Weißes Quecksilber unterdrückt die Magie und das betrifft auch die magische Verbindung zwischen einer Hexe und ihren Herzlosen. Es bedarf also mehr Magie, um einen mit Quecksilber infizierten Herzlosen zu heilen. Benutz dein Spatzenhirn – stich alle Herzlosen einer Hexe nieder, zwing sie, sie zu heilen, und was bleibt übrig?«

»Also, das ist einfach – eine geschwächte Hexe.«

Er nickt. »Ein leichtes Opfer sogar für einen Menschen ohne die geringste Kampferfahrung.«

»Raffiniert. Und fies.« Ich hebe die Hand zum Mund. »Aber was hat das mit mir zu tun?«

Die beiden Hexen sehen zu Nightsinger hinüber, die mir sanft die Hand auf die Schulter legt. »Die Hohen Hexen haben einen Plan geschmiedet, Zera, um den Krieg hinauszuzögern. Weißt du, was der Frühlingsempfang ist?«

»Irgendeine alte vetrisische Zeremonie voller Pomp, Glitzerkram und Zuckerguss?«

»Schluss mit dem Geschwätz«, faucht Firewalker. »Du gehst nach Vetris. Du wirst dich als Adelsspross ausgeben, so tun, als wolltest du den Prinzen heiraten, und sobald sich die Gelegenheit bietet, wirst du ihm sein Herz herausreißen und ihn zu einem von Nightsingers Herzlosen machen.«

Schweigen. Dann pruste ich los. »Deine Witze sind mindestens so schlecht wie meine. Mindestens.«

»Wir brauchen den Prinzen als Gefangenen«, sagt er. »Als Geisel, damit wir ein Druckmittel gegen die Menschen haben.«

Ich sehe Nightsinger an, aber sie schweigt. Genau wie Seawhisper, als würden die beiden meine Reaktion abwarten. Die ganze Idee ist so abwegig, dass ich kaum ein Lachen unterdrücken kann.

»Selbst wenn ich bereit wäre, mich herauszuputzen und Hochverrat zu begehen, vergesst ihr dabei, dass ich mich nicht mehr als zwei Kilometer von meinem Herzen entfernen kann, ohne dass aus mir ein kraftloses, schreiendes Etwas wird. Sollte das nicht lieber eine Hexe übernehmen?«

»Das geht nicht«, antwortet Nightsinger ruhig. »Die Menschen haben einen Turm errichtet, den sie Crimson Lady nennen. Wir wissen nicht genau, wie er funktioniert, aber er spürt magische Energie innerhalb der Stadtmauern auf. Wir haben in nur wenigen Tagen alle Hexen in Vetris verloren.«

»Sie wurden ertränkt«, berichtet Seawhisper betroffen, und diesmal lächelt sie nicht.

»Aber …« Ich greife nach jedem Strohhalm, denn allmählich erkenne ich, dass sie es tatsächlich ernst meinen. »Warum ich? Ich werde von deiner Magie am Leben erhalten. Dieser Turm wird mich aufspüren …«

»Du verfügst nicht über magische Fähigkeiten wie wir.« Firewalker verdreht die Augen. »Du bist nur durch sie an diese Welt gebunden. Dieser teuflische Turm kann eine Herzlose ebenso wenig aufspüren wie das bloße Auge den Wind sehen kann.«

»Und ihr habt entschieden, dass *ich* für diese Aufgabe am besten geeignet bin? Haben die anderen Hexen keine Herzlose, die besser weiß, wie man tanzt und reihenweise vornehme Ärsche hofiert?«

»Es gibt ein paar, die vom Alter her auf den Frühlingsempfang gehen könnten«, bestätigt Nightsinger. »Das ist eine Zeremonie in Vetris, bei der Hochzeitskandidatinnen für die königlichen Nachkommen an den vetrisischen Hof eingeladen werden. Der Prinz hat schon so viele mögliche Bräute abgelehnt, dass die Menschen allmählich verzweifeln. Das ist die perfekte Gelegenheit. Und die Hohen Hexen haben entschieden, dass du die Herzlose mit dem ansprechendsten Äußeren bist.«

Seawhisper mischt sich ein. »Wenn wir den Prinzen als Herzlosen haben wollen, müssen wir ihm eine besonders schöne Falle stellen. Und du bist der perfekte Köder!«

»*Sch-schön?*«, stottere ich. »Schön nervtötend? Oder schön frech?«

»Schön wie … nun, du hast ein hübsches Gesicht«, sagt Seawhisper, und ihr Blick wandert zu meiner Brust. »Neben anderen … Vorzügen.«

»Das ist doch wohl ein Witz. Ihr habt mich ausgewählt wegen meiner …«

»Unseren Informationen zufolge steht er auf einen bestimmten Typ, verstehst du?« Seawhisper hebt die Hände. »Und du entsprichst ihm.«

»Hört mal, ich fühle mich geschmeichelt, aber …«

»Verkneif dir die Bescheidenheit«, fährt mich Firewalker an. »Für so was fehlt mir die Geduld.«

»Fire«, ermahnt ihn Seawhisper streng. »Das reicht. Sie muss das erst verarbeiten.«

»Ich wünschte, du würdest endlich aufhören, Entschuldigungen für sie zu suchen«, antwortet er eisig. »Sie ist eine Herzlose. Es ist ihre Pflicht, zu gehorchen, und nicht, Fragen zu stellen.«

»Ich gehorche nur Nightsinger.« Ich richte mich zu meiner ganzen Größe auf. »Meine Treue gehört keinem anderen und schon gar nicht einem Ekel wie dir.«

Firewalkers Gesicht verdüstert sich, aber Seawhisper tritt mit einem fröhlichen Lächeln zwischen uns. »Dann machst du es, nicht wahr?«

»Ihr habt noch nicht erklärt, was ich machen soll, abgesehen davon, dass ich den Prinzen verführe und sein Herz nehme. Es gibt doch nur einen Prinzen, oder?«

»Den achtzehnjährigen Lucien Drevenis d'Malvane«, sagt Nightsinger mit ihrer sanften Stimme. »Erbe von ganz Cavanos und dem Hochlandreich, Erzherzog von Tollmount-Kilstead. Auch bekannt als Schwarzer Adler des Westens.«

»Das ist eine beeindruckende Liste von Titeln, aber ich kann diesen Wald immer noch nicht verlassen …«

Seawhisper hält mir etwas vor die Nase – ein zierliches herzförmiges Medaillon, in das Sterne und die drei Monde eingraviert sind. Nichts ahnend nehme ich es entgegen, und das Metall pocht in einem Rhythmus, der mir sehr bekannt vorkommt.

»Ist das …?«

»Es enthält ein Stückchen von deinem Herzen«, bestätigt Seawhisper. »Ich habe das Medaillon selbst hergestellt. Es ermöglicht dir, dich viel weiter von deinem Herzen zu entfernen als sonst. Auf jeden Fall weit genug, um nach Vetris zu gehen.«

»Sie vergisst zu erwähnen, dass die magische Fähigkeit, so etwas zu erschaffen, im Krieg verloren gegangen ist«, mischt sich Firewalker ein. »Und dass vier Hexen bei dem Versuch, diesen Zauber auszuführen, gestorben sind.«

»Ach, hör doch auf damit.« Seawhisper knufft seinen Arm. »Es ist alles für den guten Zweck, richtig? Ich bin sicher, es ist jedes Opfer wert. Vorausgesetzt, dass Zera einwilligt zu gehen.«

»*Müsst* ihr ihn zu einem Herzlosen machen? Wieso könnt ihr ihn nicht einfach entführen?«, frage ich.

Firewalker schnaubt. »Weil man einem Herzlosen sagen kann, was er tun soll. Man kann ihm Befehle erteilen.«

»Befehle?« Ich ziehe die Nase kraus. Firewalker wirft Nightsinger einen verächtlichen Blick zu.

»Sag nicht, dass du ihnen noch nie einen Befehl erteilt hast«, spottet er. Nightsinger kann ihm nicht in die Augen sehen. Firewalker lacht, zum ersten und vermutlich auch zum letzten Mal. Dann starrt er mich an. »Zum Totlachen. Aber wohl nicht anders zu erwarten. Nightsinger war schon immer viel zu weich.«

»Was soll das heißen?«

»Wenn eine Hexe ihrem Herzlosen mit genügend magischem Nachdruck einen Befehl erteilt, kann sie ihn zum Gehorsam zwingen. Deswegen brauchen wir den Prinzen herzlos, denn andernfalls würde er fliehen oder versuchen, uns zu töten. Oder vielleicht eine Nachricht an seinen Vater senden. Aber sobald er ein Herzloser ist, kann Nightsinger ihm befehlen, absolut verschwiegen und gehorsam zu sein. Das wirst du doch, oder?«

Firewalker sieht Nightsinger an, doch sie weicht seinem Blick aus. Ich habe das nicht gewusst. In den Büchern steht nichts darüber. Ich dachte immer, das Schlimmste wäre, dass wir gezwungen sind, rohes Fleisch zu essen oder Eindringlinge aus dem Wald zu jagen. Aber das? Sie hat die totale Kontrolle über uns, auch wenn sie sie nie nutzt? Sie richtet ihre braunen Augen auf mich und es liegt eine tiefe Traurigkeit in ihrem Blick.

»Wirst du es tun, Zera? Wirst du Prinz Luciens Herz rauben?«

Es ist eine Frage, kein Befehl. Nightsinger ist anders als Firewalker und all die anderen Hexen, die ihre Herzlosen anscheinend nach Lust und Laune herumscheuchen. Ich habe plötzlich einen Druck auf der Brust, der mich zu ersticken droht. Nightsinger hat gesagt, die Menschen wären verzweifelt, aber die Hexen müssen genauso verzweifelt sein, wenn sie den Prinzen unbedingt in ihre Gewalt bringen wollen. So unbedingt, dass sie all ihre Hoffnungen auf jemanden wie mich setzen? So unbedingt, dass sie irgendein Mädchen vor ihn hinschubsen und das Beste hoffen? Ich komme mir vor wie ein Stück Fleisch. Nightsinger tritt wortlos hinter mich, nimmt mir das Medaillon aus den Händen und legt mir die Kette um den Hals.

»Wird die Crimson Lady diese magische Kette nicht aufspüren?«, frage ich.

»Das sagte ich doch schon.« Firewalker verliert allmählich die Geduld. »Sie können magische Sklaven nicht …«

»Ja, ja. Sagen wir, ich gehe nach Vetris«, unterbreche ich ihn. »Und was dann? Gehe ich auf den Prinzen zu und sage ›Hallo, mein Hübscher, ich hoffe, du stehst drauf, verletzt zu werden‹, und reiße ihm das Herz heraus?«

»Wenn es nur so einfach wäre.« Seawhisper schüttelt den Kopf. »Es gibt eine Adlige am Hof – sie wartet am Waldrand in ihrer Kutsche auf dich. Sie gehört zu einer der wenigen Menschenfamilien, die noch den Alten Gott verehren. Sie wird behaupten, du wärst ihre lange verschollene Nichte, und dir helfen, in den Palast zu gelangen.«

»Wie kannst du so sicher sein, dass sie keine Verräterin …?«

»Das reicht«, faucht Firewalker. »Deine Fragen sind sinnlos. Wir haben alles arrangiert – du musst gehen, und zwar *jetzt*. Nightsinger, wenn sie nicht zustimmt, befiehl ihr …«

»Lasst ihr uns einen Moment allein?« Nightsingers Stimme ist laut und klar. Firewalker wirkt gereizt, aber Seawhisper nimmt ihn taktvoll am Arm und zieht ihn hinter sich her. Das magische Leuchten erscheint, die beiden verwandeln sich in weiße Krähen und fliegen zum Fenster hinaus. Nightsinger betrachtet mich mit einem Lächeln.

»Bitte entschuldige sie. Sie sind … gestresst. Das sind wir alle, seit wir von dem bevorstehenden Krieg erfahren haben.«

»Wollen sie das Schicksal wirklich in meine dreckigen kleinen Hände legen?« Ich hebe die Finger, der Schmutz des Waldes sitzt tief unter den abgekauten Nägeln. Nightsinger ergreift sie sanft.

»Eigentlich will ich das nicht. Aber wir sind zahlenmäßig unterlegen. Und diese Waffen mit dem weißen Quecksilber, die die Menschen jetzt herstellen …« Sie atmet hörbar aus. »Ich will ehrlich zu dir sein, Zera. Wir werden keinen weiteren Krieg überleben, es sei denn, wir reagieren, bevor es die Menschen tun, und zwar schnell. Dein Auftrag ist nicht unser einziger Plan, aber du gehörst zu den wenigen, die uns vielleicht genug Zeit verschaffen können, um die anderen vorzubereiten. Wir sind überzeugt, dass der König seinen einzigen Erben retten will und uns nicht angreift, solange wir ihn in unserer Gewalt haben.«

Ich starre eine schwebende Glasrose an, in der sich mein Gesicht verzerrt spiegelt. Nightsingers Finger sind kühl, ihre Nägel lang und damenhaft.

»Nightsinger, ich …«

»Ich werde dich nicht bitten, uns zu verteidigen, ohne dir im Gegenzug etwas zu geben«, sagt sie hastig. »Das habe ich schon viel zu lange getan. Wenn du es wagst, gebe ich dir dein Herz zurück. Und Peligli und Crav auch – ihr alle bekommt euer Herz. Wenn du erfolgreich bist, sollst du die Freiheit erhalten, nach der du schon so oft gefragt hast.«

Hoffnung erfüllt meine Brust wie ein strahlendes Licht. Wieder ganz sein? Mensch sein, gehen, wohin ich will, richtiges Essen genießen, nur eine einzige, die eigene Stimme hören, die dann noch in meinem Kopf spricht? Die Erinnerungen an meine Mutter, meinen Vater zurückbekommen und an die Liebe, die sie für mich empfunden haben? Das ist alles, was ich ersehnt habe, die ganzen drei Jahre lang, die ich nun schon in diesem dunklen Wald verbringe, getrieben von brüchigen Erinnerungen an meine Vergangenheit. Ein Anflug von Bedauern lässt mich zögern. Wenn ich Ja sage, bedeutet das, dass es ein neues Glas in Nightsingers Käfig geben wird. Aber wenn ich Ja sage, wird es *das einzige* Glas sein.

»Ich tue es«, verkünde ich.

»Es wird schwierig und gefährlich sein.«

»Das macht nichts.« Ich richte mich auf. »Auch wenn du von mir verlangt hättest, für mein Herz hundert Feuer speiende, unterirdisch lebende Valkerax zu töten, würde ich es tun. Aber das hast du nicht. Du willst, dass ich einem hochnäsigen Schnösel das Herz raube. Und das ist viel einfacher.«

Nightsinger lächelt mich an, was selten vorkommt. Wir gehen die Treppe hinunter. Crav ist wieder da und schläft neben Peligli auf seinem Schaffell. Ich will meine Sachen packen, aber Nightsinger hält mich flüsternd davon ab.

»Lady Y'shennria wird dir neue Kleider geben. Komm, ich bringe dich zu ihr.«

Ich werfe einen Blick auf den schlafenden Crav. »Kann ich mich verabschieden?«

Sie nickt. »Wir treffen uns draußen, wenn du fertig bist.«

So lautlos wie möglich gehe ich neben den beiden in die Hocke. Cravs dunkle Wimpern zucken. Seine Lider sind ein wenig rot und geschwollen und seine Stiefel voller Matsch. Wahrscheinlich ist er zur Quelle gerannt. Dort ist es friedlich, und ich weiß, dass er nur weint, wenn er sicher ist, allein zu sein, genau wie ich. In dieser Hinsicht haben wir beide unseren Stolz und wollen nicht, dass uns in diesen Augenblicken der Schwäche jemand sieht.

»Keine Angst, Crabby.« Ich streiche ihm über die Wange. »Ich bringe dir dein Herz zurück.«

Wenn man nicht genau hinsieht, könnte man die beiden für Menschenkinder halten. Kinder mit einem Herz, Kinder, die heranwachsen, sich verändern und frei sind, und keine Wesen, die durch Magie in ihrem jetzigen Ich verharren müssen. Wenn ich mir ansehe, wie friedlich sie schlafen, fange ich an zu glauben, dass ich den Tod der Männer, die ich gemordet habe, wiedergutmachen kann, indem ich die beiden befreie, auch wenn die Hoffnung gering ist.

Ich verlasse das Haus und nehme nichts mit, abgesehen von dem alten Schwert meines Vaters. Der Griff ist rostig und die Schneide schartig, aber es strahlt immer noch eine gewisse Würde aus. Es ist alles, was mir von meinem alten Leben geblieben ist. Die drei Hexen stehen in dem Feld aus Fingerhut und besprechen irgendetwas. Glühwürmchen tanzen um sie herum, doch als ich näher komme, verstummen die drei.

»Es ist entschieden.« Firewalker zupft die Aufschläge seines Jacketts zurecht. »Wenn die Menschen herausfinden, wer du wirklich bist, werden sie dich vermutlich foltern, um Informationen aus dir herauszubekommen. Aber wir können nicht riskieren, dass sie etwas über uns erfahren. Lady Y'shennria wird uns Bescheid geben, wenn du aufgeflogen bist. Nightsinger wird dann für dein Zerspringen sorgen.«

Ich sehe Firewalker mit einem wölfischen Grinsen ins Gesicht. »Ich wurde von Wildkatzen in Stücke gerissen und von Menschen niedergestochen. Ich bin von Felsen gestürzt und habe mir jeden Knochen gebrochen. Es ist ein Witz, dass du glaubst, ein bisschen Folter würde mich zum Reden bringen.«

»Wir sprechen hier nicht von ein bisschen Folter.« Er sieht mich von oben herab an. »Wir haben keine Kräfte, die wir nach Vetris schicken könnten, um dich zu befreien. Ein gefangener Spion wird nie gut behandelt. Du würdest jahrelange Schmerzen erleiden, wie du sie dir nicht vorstellen kannst – die Menschen werden deine Adern mit weißem Quecksilber vollpumpen und dich von innen heraus verbrennen lassen. Immer wieder. Und zwar ganz langsam. Und das wäre noch das angenehmste Szenario.«

Mein Gesicht ist plötzlich starr und kalt, aber ich gebe ihm nicht die Genugtuung, mich zusammenzucken zu sehen.

Nightsinger kann mir nicht in die Augen schauen und murmelt: »Ich hoffe, dass du nicht noch mehr leiden musst als jetzt schon, Zera. Ich hoffe, du verstehst, wieso es so geschehen muss.«

Natürlich verstehe ich es. Ich verstehe, dass sie mit meinem Leben machen kann, was sie will, dass ich keine Möglichkeit habe, mich zu weigern, selbst zu entscheiden oder irgendetwas zu verändern. Das ist das Schicksal der Herzlosen, der Preis für unser ewiges Leben – Ketten, schwerer als Eisen.

Aber ich kann sie sprengen. Ich weiß genau, wie ich sie loswerde: im Tausch gegen Prinz Luciens verwöhntes kleines Herz.

»Seid ihr endlich fertig?«, drängt Firewalker. »Die Kutsche wartet.«

Ich werfe ihm einen Blick zu. Hinter seiner Gereiztheit kann ich im Mondschein seine Angst erkennen. Sogar Seawhispers Lächeln sieht jetzt gezwungen aus. Ihre Lippen zittern, als fürchte sie, gleich loszuschreien. Die drei sind so stark und majestätisch und haben doch Angst vor dem Krieg, vor dem Tod. Davor, aus dem Register dieser Welt gestrichen zu werden, eine Angst, die alle Lebewesen teilen.

Eine Angst, die auch ich jetzt wieder habe.

»Ja.« Ich straffe meine Schultern. »Ich bin bereit.«

»Gut.« Zum ersten Mal scheint Firewalker zufrieden mit mir zu sein. »Stell dich in unsere Mitte. Wir bringen dich hin – das geht schneller als zu Fuß und uns bleibt nicht mehr viel Zeit.«

Die Hexen bilden ein Dreieck und nehmen mich in die Mitte. Seawhisper sieht Nightsinger besorgt an.

»Bist du sicher, dass du dich an die Beschwörung erinnerst, Night? Du bist jetzt schon so lange weg vom Baum …«

»Ich erinnere mich«, antwortet Nightsinger sofort. Alle drei verstummen und stehen reglos da. Eine Sekunde lang sehen ihre Augen ganz normal aus und in der nächsten sind sie tiefschwarz, von einem Augenwinkel zum anderen. Auch die Spitzen ihrer Finger werden schwarz. Ihre Hände ragen aus ihren Gewändern, die Nägel werden lang und scharf wie Krallen und genauso dunkel. An dieser wachsenden Dunkelheit ist nichts natürlich. Sie ist kalt, und es ist ein Schwarz, dunkler als die Nacht, als würde die Magie alle Farben des Lebens verschlingen. Die Schwärze breitet sich aus bis über ihre Handgelenke. Je stärker der Zauber, desto höher kriecht die Schwärze an den Gliedmaßen der Hexen. Ich habe bisher nur erlebt, dass sich Nightsingers Augenwinkel schwarz verfärbt haben und die Spitzen ihrer Fingernägel. Dieser Zauber ist viel kraftvoller. Die Lippen der drei formen identische Worte, doch alles, was ich höre, ist die drückende Stille des Waldes. Sie sprechen die Sprache des Alten Gottes, ein lautloses Gebet. Der Fingerhut um mich herum weht plötzlich im Wind und die Glühwürmchen werden weggepustet.

Es gibt einen Lichtblitz und Nightsinger öffnet die Augen. Jetzt sind sie nicht mehr schwarz, sondern wieder braun und weiß. Sie lächelt mich an und ihre Stimme ist klar und deutlich.

»Pass auf dich auf, Zera.«

»Du ...« Ich blinzle verdutzt und muss mich umsehen, bevor ich meinen Satz beenden kann. Vor mir erstreckt sich eine schlammige Straße. Auf einer Seite liegt der Wald, weite Grasebenen auf der anderen und zu meinen Füßen der Knochenpfad. »... auch.«

Ich war seit drei Jahren nicht mehr in dieser Welt jenseits des Waldes und kann mich nicht sattsehen. Das hohe Gras der Ebene schwankt sanft in der Mitternachtsbrise. Alles wirkt so riesig, der Himmel scheint auf mir zu lasten und sogar die drei Monde sehen viel größer aus, denn jetzt verbirgt kein Blätterdach mehr ihre Gesichter. Ich gönne mir einen Moment des Innehaltens und atme tief ein. Es riecht nicht nach feuchten, vermoderten Tannennadeln, wie ich es gewohnt bin, sondern es ist der frische, lebendige Geruch von Erde, die tagsüber von der Sonne erwärmt wird und nachts im Schein der Monde abkühlt, und das Tag für Tag.

Nicht weit entfernt wartet eine Kutsche, die mit schiefergrauem Seidenstoff bezogen ist und von zwei Rotschimmelstuten gezogen wird. Der Kutscher schwenkt seinen Hut. Ich laufe auf ihn zu und schaue mich nur kurz zum nachtschwarzen Wald um. Ich habe ganz vergessen, wie merkwürdig so ein Abschied sein kann, wie eine bittersüße Schneeflocke auf der Zunge. Es ist der Geschmack der Freiheit, nach der ich mich seit drei Jahren gesehnt habe – eine Freiheit, die in der Brust von Lucien Drevenis d'Malvane auf mich wartet.

Sei nicht albern. Du wirst niemals frei sein. Die Stimme lacht mich aus und klammert sich wie eine Spinne in den dunklen Ecken meines Bewusstseins fest. **Wie sehr du dich auch windest, wie weit du auch rennst, diese Männer sind immer noch tot, und das ist deine Schuld. Die Schatten dieser Schuld lasten auf dir bis in alle Ewigkeit.**

Normalerweise antworte ich der Stimme nicht, der Finsternis, die in mir lauert und mich immer wieder auf meine Fehler hinweist. Gewöhnlich ignoriere ich sie, dränge sie mit meiner eigenen Stimme zurück, mit einem Witz oder was mir sonst in den Kopf kommt. Aber heute, an einem Scheideweg meines Lebens, antworte ich mit einem Flüstern.

»Dann sollten wir vielleicht ein helleres Feuer anzünden, um die Schatten zu vertreiben.«

2

Die eiserne Lady

Ich trabe flott auf die Kutsche zu. Die Nacht ist so kalt, dass die Pferde dampfende Atemwolken ausstoßen.

»Seid Ihr mein Komplize bei dieser Aktion?«, frage ich den Mann, der vor mir den Hut zieht. Er steigt von der Kutsche ab und es sieht aus, als bestünde er nur aus langen Armen und Beinen und einem unglaublich langen Gesicht. Er ist so groß und dünn, dass er mich an eine Vogelscheuche erinnert. Aber er lächelt so freundlich, dass mich sein Aussehen nicht stört.

»In der Tat, Miss. Ich bin Fisher Jell, Lady Y'shennrias Kutscher.« Er streckt mir die Hand hin, zieht sie dann aber hastig zurück, wischt sie an seiner Hose ab und lächelt mich verlegen an. »T-tut mir leid.«

»Was denn?« Ich bin verwirrt.

»Ihr seid eine … also …« Er kommt ins Stottern.

»Regt Euch ab, Fisher«, ertönt eine strenge Stimme aus der Kutsche. »Sie ist eine Herzlose, kein Mensch. Es gibt keinen Grund für übertriebene Höflichkeit.«

Eine Frau neigt den Kopf nur wenige Zentimeter aus dem Fenster. Ihre hochtoupierten dunklen Haare sind mit einer Spange aus Amethyst festgesteckt. Das purpurne Spitzenkleid, das sie trägt, passt perfekt zu ihrem dunklen Teint und der hohe Kragen lässt den Blick ihrer haselnussbraunen Augen irgendwie noch durchdringender erscheinen. Ihre Gesichtshaut ist glatt und so gepflegt, dass die Altersfältchen um Augen und Mund kaum zu sehen sind.

Sie betrachtet mich von oben bis unten. Beim Anblick meines blutbefleckten Kleids und der verschrammten und unzählige Male geflickten Stiefel zieht sie die Nase kraus. Das ist eindeutig die Lady Y'shennria, von der die Hexen gesprochen haben. Sie strahlt eine solche Vornehmheit aus, dass ich davon beinahe eingeschüchtert bin. Beinahe. Ich habe die letzten drei Jahre jede Nacht wach gelegen und mir geschworen, alles zu tun, um mein Herz zurückzubekommen, sobald sich die Gelegenheit bietet. Da mache ich jetzt bestimmt keinen Rückzieher.

Ich räuspere mich und sage: »Ich bin Zera. Zweite Herzlose der Hexe Nightsinger …«

»Ist mir bewusst«, seufzt Y'shennria. »Weswegen wäre ich wohl sonst hier?« Sie öffnet die Tür und schlägt mit ihrem Handschuh dagegen. »Steig ein. Wir haben viel Arbeit vor uns und nur wenig Zeit.«

Ich klettere in die Kutsche und setze mich ihr gegenüber auf das weiche Polster. Sofort rutscht sie ganz in die Ecke, als hätte sie Angst, sich bei mir mit irgendwas anzustecken.

»Habt Ihr es noch nicht gehört? Herzlose werden nicht krank.« Ich lächle sie an. Sie ignoriert mich.

»Nach Hause, Fisher«, ruft sie aus dem Fenster. Fisher schnalzt den Pferden zu, die Kutsche setzt sich mit einem Ruck in Bewegung und die stahlbeschlagenen Räder hinterlassen Spuren auf der schlammigen Straße. Als ich das letzte Mal in einer Kutsche gefahren bin, war ich noch ein Mensch, und in einem so prächtigen Gefährt habe ich überhaupt noch nie gesessen. Der Innenraum duftet nach Zimt und Rosen, aber vielleicht kommt das auch von der Dame mir gegenüber.

»In der Öffentlichkeit wirst du mich mit Lady Y'shennria ansprechen«, sagt sie abrupt und starrt unverwandt aus dem Fenster. »Und wenn wir unter uns sind, wirst du mich Lady Y'shennria nennen …«

»Ob ich mir das merken kann?«, scherze ich.

Sie fährt fort, als hätte ich nichts gesagt. »Von diesem Moment an bist du Lady Zera Y'shennria, die uneheliche Tochter meines Stiefbruders und die letzte lebende Verwandte, die ich noch habe.«

Die letzte lebende Verwandte? Ich betrachte ihr Gesicht. Aus der Nähe sieht sie noch vornehmer und edler aus, aber jetzt kann ich auch die großen Narben sehen, die von ihrem Unterkiefer bis zur Kehle reichen: drei Streifen, die ihr hoher Kragen kaum verbergen kann. Ich würde diese Narben überall erkennen. Vor langer Zeit hat ein Herzloser versucht, sie zu töten. Zwischen uns herrscht angespanntes Schweigen.

»Was …« Ich schlucke. »Was ist mit Euch passiert? Mit Eurer Familie?«

»Sie wurde getötet«, antwortet sie knapp. »Siehst du das Schloss in der Ferne?«

Ich starre in die Richtung, in die sie zeigt. Da ist irgendein nicht genau erkennbarer Schatten am Horizont. Einen Horizont habe ich wegen der zwei Kilometer, die ich mich von Nightsingers Hütte entfernen konnte, schon ewig nicht mehr gesehen.

Sie wühlt in der Seidentasche, die neben ihr auf dem Sitz steht, und hält mir eine Röhre aus Messing hin. Ich sehe das Ding an wie ein Dorftrottel.

»Soll ich das runterschlucken oder was?«

»Versuch es noch einmal.« Ich will nach der Messingröhre greifen, aber sie zieht sie weg. »Aber diesmal höflicher. Ich weiß, dass man in den gesetzlosen Wäldern, in denen du haust, keinen Wert darauf legt, aber in Vetris respektieren wir ältere Menschen.«

»Also gut. Versuchen wir es mal mit Hochnäsigkeit.« Ich hole tief Luft und setze meine blasierteste Miene auf. »Verratet mir, Euer Hochwohlgeboren, was das für ein Ding ist.«

»Ich sagte nicht, dass du herumalbern sollst. Ich erwarte, dass du höflich bist.« Ihre Augen verengen sich zu Schlitzen. Nicht wütend, nur schmal. Ich spüre, dass sie verärgert ist, aber sie lässt es sich nicht anmerken.

»Entschuldigung, aber höflicher geht's doch kaum.« Ich lächle. Das gefällt Y'shennria auch nicht. Sie setzt sich kerzengerade auf.

»Willst du dein Herz wiederhaben oder nicht?«

Wir starren einander an und keine will die Erste sein, die blinzelt. Wenn Willensstärke ein Tiger wäre, würden wir uns jetzt gegenseitig anfauchen. Ich bin nicht ans Verlieren gewöhnt, aber Y'shennria hat mich in die Enge getrieben. Ich gebe auf und hebe die Hände.

»Also gut. Ihr habt gewonnen. Ich will mein Herz.«

»Du wirst so höflich danach fragen, das Fernrohr sehen zu dürfen, wie es auch eine Edeldame tun würde. Oder zumindest so höflich, wie es einer Wilden wie dir möglich ist.«

Ich hole Luft und versuche mit möglichst freundlicher Stimme zu sprechen. »Darf ich mir diesen Gegenstand bitte ansehen, Lady Y'shennria? Er interessiert mich sehr.« Sie sieht mich prüfend an. Schließlich gibt sie nach.

»Vielleicht steckt doch ein Hauch Potenzial in dir. Aber das ist auch alles. Von nun an besteht dein einziger Schutz vor Entdeckung am vetrisischen Hof aus harter Arbeit. Vergiss das nicht.« Sie reicht mir die Röhre, und obwohl sie vollkommen ruhig und gefasst wirkt, zittert ihre Hand. Jetzt begreife ich endlich, wieso sie so krampfhaft Abstand hält. Sie hat keine Angst, sich etwas einzufangen. Sie hat Angst, mich zu berühren. Mein Magen rumort. Enttäuschung. Scham. Die unterschiedlichsten Empfindungen krallen sich in mir fest und die grausame Stimme lacht mich aus.

Natürlich hat sie Angst. Du bist ein Monster. Du hast Blut an den Händen.

Ich nehme die Röhre entgegen und achte darauf, dass sich unsere Finger nicht berühren.

»Halt es an dein Auge«, weist sie mich an. »Schließ das andere und richte das Fernrohr auf das, was du sehen möchtest.«

Mit ungeschickten Fingern tue ich, was sie sagt. Was für eine großartige Erfindung – ich kann das weit entfernte Schloss plötzlich klar und deutlich sehen. Es ist eine bröckelnde Ruine aus schwarz verrußten Steinen mit einem Eisentor, aber allein die Größe ist beeindruckend. Über dem Bauwerk ziehen Krähen ihre Kreise. Ein zerfetztes Banner flattert im Wind, doch Wappen und Farbe sind im Laufe der Jahre so verblichen, dass sie nicht mehr zu erkennen sind.

»Vor dreißig Jahren war das mein Zuhause«, sagt Lady Y'shennria. »Ravenshaunt. Dort haben meine Familie und ich seit Generationen gelebt. Bis uns der Sonnenlose Krieg auch das genommen hat.«

Ihr Blick geht in die Ferne und ihre Stimme klingt ausdruckslos.

»Du musst die Geschichte der Y'shennrias kennen, wenn du nicht auffliegen willst. Unsere Familie hat jahrhundertelang den Alten Gott angebetet, aber das war den Hexen egal. Wir waren Menschen und damit der Feind.«

Ich schlucke und weiß nicht, was ich sagen soll. Sie spricht mit kräftiger, unerschütterlicher Stimme weiter, als wäre alles andere ein Verbrechen an der Geschichte ihrer Familie.

»Ich habe in dieser Nacht gelernt, dass es möglich ist, einer Hexe zu entkommen. Es sind ihre Herzlosen, denen man nicht entrinnen kann. Sie geben nie auf. Sie schlafen nie. Sie töten, bis nichts mehr übrig ist.«

Ich versuche mir nicht anmerken zu lassen, wie betroffen ich bin. »Warum glaubt Ihr immer noch an den Alten Gott, obwohl die Hexen Eure Familie umgebracht haben?«

»Warum trinkst du Wasser, obwohl dich ein verseuchter Fluss einmal vergiftet hat?«, faucht sie mich an. »Weil du es tun musst, um zu überleben.«

»Aber …«

»Schluss damit.« Ihre Worte treffen mich wie fallende Eiszapfen im tiefsten Winter. »Lass uns gleich mit deinem Unterricht beginnen.« Sie zeigt auf meine gespreizten Beine. »Eine Dame sitzt immer mit geschlossenen Knien. Andernfalls verzieht sich das Kleid und ausgebeulter Stoff ist hässlich.« Sie sieht mich erwartungsvoll an. Ich presse meine Knie aneinander. »Das ist ein Anfang. Es gibt in Vetris drei Adelsränge – den ersten Rang, den zweiten Rang und den Goldrang. Möchtest du raten, welcher das höchste Ansehen genießt?«

»Der Goldrang.« Ich weiß, wie sehr die Menschen dieses Edelmetall lieben. Es kamen oft genug Söldner in den Wald, die ihr Leben aufs Spiel setzten, um Nightsinger zu töten und ihre Schätze zu stehlen. Die Banditen haben meine Eltern wegen ihres Goldes umgebracht.

»Die Angehörigen des Goldrangs stehen auf der untersten Stufe«, verbessert sie mich. »Sie sind Adlige, die sich am Hof eine Stellung und einen Titel gekauft haben – überwiegend Kaufleute. Die Leute aus dem zweiten Rang haben zwar die richtige Abstammung, besitzen aber keine Reichtümer und keinen Einfluss. Der erste Rang ist der höchste, verbunden mit einer bedeutenden Familiengeschichte, viel Landbesitz und Wohlstand. Die Angehörigen dieses Rangs bekleiden oft wichtige politische Ämter, wie die neun Minister des Kabinetts. Außerdem stammen Könige und Königinnen immer aus diesen Familien. Die d'Malvanes regieren nun schon seit fünfhundert Jahren.«

»Und wozu gehören die Y'shennrias?«, frage ich.

»Zum ersten Rang.« Sie hebt das Kinn. »Aber nur dem Namen nach. Der Krieg hat Ravenshaunt zerstört, unseren einzigen ererbten Besitz, und da wir außerdem dem Alten Gott die Treue halten, meiden uns die meisten vornehmen Familien. Ich habe nicht ein einziges Angebot bekommen, uns beim Wiederaufbau zu unterstützen.«

»Und deswegen helft Ihr jetzt den Hexen«, sage ich. »Warum? Um den Edelleuten eins auszuwischen?«

Sie mustert mich von oben bis unten und ihre Lippen verziehen sich. »Du bist so *jung.*«

Ich reagiere gereizt. »Aber um für Euch einem Prinzen das Herz herauszureißen, bin ich alt genug?«

Y'shennria verstummt, doch dann spricht sie weiter, die Stimme kalt wie Eis. »Ich habe mich bereit erklärt, dir Nachhilfe zu erteilen, damit du dazu beiträgst, einen weiteren Krieg zu verhindern.« Ihre Hand fährt hoch zu ihrem Kiefer und sie legt die Finger auf die vernarbte Haut. »Diese Welt hat schon genug Leid erfahren. *Ich* habe genug Leid erfahren. Und so etwas wünsche ich niemandem.«

Plötzlich sehe ich die drei Herzgläser auf Nightsingers Kaminsims wieder vor mir. Nicht noch ein Glas. Nicht noch ein Herz.

»Das verstehe ich gut«, sage ich. »Dass Ihr niemandem wünscht, dass er ebenso leidet.«

Jetzt sieht Y'shennria mich endlich an. Ihr Blick ist immer noch misstrauisch, dornig wie ein Rosenstrauch ohne Blüte. Mir wird meine Herzlosigkeit wieder einmal überdeutlich bewusst und auch die Tatsache, dass jemand wie ich ihre Familie umgebracht und ihr vermutlich auch die Narben zugefügt hat. Es ist wirklich mutig von ihr, den Plan der Hexen zu unterstützen und eine Kutsche mit einem Wesen derselben Spezies zu teilen, die ihre geliebten Angehörigen getötet hat.

Y'shennria holt tief Luft. »Das Wichtigste, das du wissen musst: Ich erwarte Gehorsam. Wenn du nicht genau das tust, was ich sage, haben wir keine Hoffnung auf Erfolg.«

»Ich bin nicht besonders gut, was ›Gehorsam‹ angeht.«

Vielleicht bilde ich es mir nur ein, aber Y'shennrias Mundwinkel zucken kurz nach oben und sie sagt: »Damit sind wir schon zwei.« Sie holt ein Glas unter ihrem Sitz hervor und reicht es mir. Es ist ein richtiges Kunstwerk, hellrosa Glas, in das eine zusammengerollte Schlange und eine Menge Sterne eingraviert sind. »Das Glas. Für das Herz des Prinzen. Du wirst es hüten, bis der Zeitpunkt gekommen ist.«

Ich wollte es niemals sehen und doch ist es jetzt hier, in meinen Händen.

»Wie viel Zeit habe ich?«, frage ich, und meine Stimme klingt heiser.

»Sein Herz muss innerhalb einer Stunde ins Glas, zumindest haben die Hexen das gesagt.«

»Nein, ich meine …« Ich schlucke. »Wie viel Zeit habe ich, um ihm sein Herz zu nehmen?«

»Nach dem Frühlingsempfang wird vom Prinzen erwartet, dass er spätestens zur Sommersonnenwende eine Braut wählt. Damit bleiben dir etwa …«

»… zwei Wochen«, murmle ich. Y'shennria nickt.

»Danach werden alle Hochzeitskandidatinnen nach Hause geschickt, ob der Prinz nun verlobt ist oder nicht. Dies ist der letzte Frühlingsempfang. Bei den anderen drei hat er keine passende Braut gefunden und der König verliert allmählich die Geduld. Gerüchten zufolge wird er eine Hochzeit für seinen Sohn arrangieren, wenn der Prinz auch diesmal keine Braut auswählt.« Ihre Augen wirken plötzlich müde und sind von feinen Falten umgeben, an denen man ablesen kann, wie alt sie ist. »Du könntest durchaus die letzte Chance sein, die wir noch haben.«

»Und ganz sicher nicht die beste«, bemerke ich, und meine Stimme zittert vor Nervosität. Vierzehn Tage. Mehr Zeit bleibt mir nicht, um mir mein Herz zu verdienen.

»Ich hoffe, du weißt, was auf dem Spiel steht«, sagt Y'shennria. »Wenn du versagst, ist der Krieg unausweichlich. Wenn du gefangen genommen wirst und stirbst, werden die Menschen dein Eindringen als feindseligen Akt der Hexen betrachten und ihnen den Krieg erklären.«

»Ich schätze, der Krieg wird mein geringstes Problem sein, wenn ich tot bin.«

»Typisch Herzlose, immer denkt ihr nur an euch.« Sie sieht mich verächtlich an. »Wenn du versagst, sind jeder Mann, jede Frau und jedes Kind von Cavanos dem Untergang geweiht, weil sie …«

»Schon verstanden«, unterbreche ich sie. »Mir ist klar, dass Menschen sterben werden. Ich weiß, dass die Sache wichtig ist. Ich mache nur ungefähr einmal pro Minute einen Witz darüber, weil ich sonst kotzen müsste.«

Dazu fällt ihr nichts ein, aber das Schweigen hält nicht lange an. Es ist eine halbe Tagesreise von Nightsingers Wald nach Vetris, und in dieser Zeit zwingt sie mich, die Namen der wichtigsten Adelsfamilien auswendig zu lernen (Himintell, d'Malvane, Y'shennria, d'Goliev, Steelrun, Priseless), erklärt mir, wie ich sie als Gleichgestellte begrüße (eine leichte Verbeugung, nicht zu tief, mit nur einer Hand hinter dem Rücken statt beider Hände). Sie lehrt mich bestimmte Floskeln, die ich benutzen soll, wenn ich nicht weiß, was ich sagen soll – Sätze, die harmlos und höflich sind. Sie fragt, wie es um meine Verdauung bestellt ist, obwohl sie eindeutig jedes Wort meiner Erwiderung verabscheut: Alkohol und Wasser vertrage ich, aber alles andere muss wieder raus. Wenn Herzlose etwas anderes essen als rohes Fleisch, wird es von der Magie in uns sofort und extrem schmerzhaft verdaut, und unsere Körper scheiden es auf die einzig mögliche Weise wieder aus – durch Tränen aus Blut. Mir ist das zum ersten Mal kurz nach meiner Verwandlung passiert. Ich hatte das Hirschfleisch satt und eins von Nightsingers Weizenküchlein gegessen. Die Schmerzen waren höllisch, aber die Tränen – ich habe nach ihnen getastet und hatte die Finger voller Blut – waren noch viel schlimmer.

Y'shennria versichert mir, dass ich bei den meisten meiner »Mahlzeiten« nur so tun muss, als würde ich etwas zu mir nehmen, doch ich werde in der Öffentlichkeit essen müssen (und diskret die Toilette aufsuchen, wenn es unerträglich wird), wenn der König ausgewählte Gäste zum Bankett bittet. Diese Festlichkeiten erhalten die Treue der Edelleute, erklärt mir Y'shennria. Füttert man sie, haben sie keine Zeit, Aufstände zu planen, und mit dem Bauch voll Sahne und Honig wohl auch keine Lust dazu. Auf eine verdrehte Weise ergibt das Sinn. Auch die Kleidung, fährt Y'shennria fort, wird aus bestimmten Gründen gewählt – ein auffallender Gürtel oder eine eng geschnürte Taille zum Beispiel lenken vom Gesicht ab. Je mehr die Leute davon abgelenkt sind, was man trägt, desto weniger achten sie darauf, was man tut oder sagt. Aufsehenerregende Kleidung sorgt dafür, dass niemand einen infrage stellt. Y'shennria weist darauf hin, dass ich nicht auf die Idee gekommen bin, nachzufragen, ob sie wirklich die ist, die sie zu sein vorgibt – ich habe es unbewusst angenommen, weil sie so vornehm angezogen ist. Aber sie hat recht. Bis jetzt wusste ich nicht, welche Wirkung sich mit Kleidern erzielen lässt, und das macht mir Angst.

In Vetris scheint es ganz anders zu sein als in meinem einfachen Leben in den Wäldern. Da habe ich gegessen, geredet und den Umgang mit dem Schwert geübt. In Vetris werde ich dasselbe tun, aber in Seide und auf ganz unterschiedliche Weise, je nachdem, wer in der Nähe ist und welchem Rang er angehört. Ich sauge so viele Informationen auf, wie ich nur kann, und wiederhole jedes Wort, das Y'shennria mir vorsagt. Es ist unmöglich. Unmöglich, das alles in nur vier Tagen zu lernen. Dann findet schon der Frühlingsempfang statt. Aber ich werde es lernen, und zwar perfekt.

Denn wenn ich es nicht tue, wird mir die Chance auf Freiheit wie Sand durch die Finger rinnen.

Ich bin so ins Lernen vertieft, dass mir gar nicht auffällt, wie die Sonne aufgeht. Ich merke es erst, als mir ein Sonnenstrahl durchs Kutschenfenster direkt ins Gesicht fällt. Ich schrecke auf und betrachte das großartige hellgrüne und rosafarbene Spektakel am Himmel. Die Sonne ist eine goldene Scheibe, die über den Horizont späht, als wäre sie schüchtern.

»… und was den Prinzen angeht, ist unser Ziel klar. Die Mädchen, die zum Frühlingsempfang erscheinen, werden Frühlingsbräute genannt und sie …« Y'shennrias Stimme nimmt einen verärgerten Ton an. »Hörst du zu?«

»Entschuldigung.« Ich muss mich zwingen, wegzuschauen. »Ich bin … Das ist der erste Sonnenaufgang, den ich seit meiner Verwandlung sehe.« Die Sonne geht im Süden auf und in dieser Richtung ist Nightsingers Wald so dicht, dass man gar nichts sieht. Y'shennria verlangt nicht, dass ich das Schauspiel ignoriere, womit ich eigentlich gerechnet habe.

»Wie lange ist das her?«, fragt sie.

»Drei Jahre.« Die Sonnenstrahlen, die jetzt durch die Wolken fallen, faszinieren mich so sehr, dass meine Stimme ganz rau klingt. »Wie konnte ich nur vergessen, wie wunderschön er ist?«

Eine Zeit lang herrscht Schweigen zwischen uns. Schließlich fragt sie: »Wie alt wärst du jetzt, wenn du ein Mensch wärst?«

»Neunzehn.«

»Dann warst du sechzehn, als es passiert ist?«

Erinnerungen werfen ihren Schatten auf meine Begeisterung für den Sonnenaufgang. Ich starre zu Boden und meine Finger krampfen sich in die Polster. Ich habe noch nie jemandem gesagt, was passiert ist. Es ist ein dunkles Geheimnis zwischen Nightsinger und mir. Aber Y'shennria hat von ihrer eigenen schmerzvollen Vergangenheit erzählt. Da sollte ich ebenso ehrlich sein.

»Es waren Banditen«, beginne ich langsam. »Meine Mutter und mein Vater waren fahrende Händler. Wir waren arm, aber glücklich. Wir sind überall hingereist, nach Cavanos, Avel und sogar auf die öden Gipfel von Helkyris. Zumindest glaube ich, dass wir es getan haben. Herzlos zu sein raubt einem alle menschlichen Erinnerungen …«

»… denn sie sind in deinem Herzen gespeichert«, beendet sie meinen Satz. Ich frage nicht, woher sie das weiß, sondern quäle mich weiter durch meine bittere Vergangenheit.

»Da lag ein Junge auf der Straße. Er schrie vor Schmerzen und flehte um Hilfe. Vater wollte um ihn herumfahren. Er war misstrauisch, aber ich habe ihn überredet, anzuhalten. Die Banditen hatten sich ganz in der Nähe im Wald versteckt.«

Ich erzähle ihr nicht, wie sie Vater mit einem Pfeil niedergestreckt haben, wie sie mich verwundet und meine Mutter ermordet haben. Die Glut erhebt wieder ihre Stimme. **Deine Schuld**, flüstert sie. **Deine Eltern sind wegen deiner Schwäche gestorben.** Ich bringe die Stimme zum Verstummen.

»Nightsinger hat mich gefunden und mich verwandelt. Und sie war sogar so nett, mir auch die Banditen zu bringen.«

Ich erzähle ihr nichts von meiner unermesslichen Wut, der schwarzen Flut aus Hass und Schmerz, die über mir zusammenschlug und mich dazu brachte, die Bande zu töten. Ich sage nichts über das Monster in mir, das sich seinen Weg aus mir heraus gesucht und alles vernichtet hat, was ihm in die Quere kam. »Wisst Ihr, was sie gesagt hat, als ich sie fragte, wieso sie mir die Verbrecher gebracht hat? Sie sagte: ›Weil ich dachte, dass es das ist, was alle Menschen wollen. Rache.‹«

Ich klemme meine Hände zwischen die Knie, ziehe sie aber schnell wieder hervor. So sitzt eine Dame nicht. Also presse ich meine Knie zusammen, halte den Kopf hoch erhoben und nehme die Schultern zurück. Trotzdem ist es nur ein schwacher Abklatsch von Y'shennrias perfekter Haltung. Sie sieht mich an, ich starre zurück, Bitterkeit und Bedauern in meinem Blick. Ich versuche zu lächeln, denn ich weiß, dass ich grauenvoll aussehen muss. Doch nur meine Lippen verziehen sich.

»Und sie hatte recht.«

3

Wasser für die Hexe

Zwei Stunden vor Vetris legen wir eine Rast ein, damit die Pferde verschnaufen können. Über dem Grasland zieht plötzlich Nebel auf und alles wird grau und trüb, aber das stört mich nicht. Für mich ist die Landschaft immer noch neu. Ich betrachte jeden Grashalm, sein Schwanken im Wind und auch die Umrisse von Kaninchen und Habichten, die den Tanz des Todes tanzen. Y'shennria und ich steigen aus, um uns die Beine zu vertreten, und sie lässt Fisher einen Koffer vom Dach der Kutsche holen. Sie stöbert darin herum und reicht mir schließlich ein schimmerndes grünes Seidenkleid, das mit Silberfäden durchwirkt ist. Es ist wunderschön – von so etwas konnte ich im Wald nur träumen.

»Heilige Scheiße!« Ich vergrabe meine Hände in der glatten Seide und streiche mir damit über die Wange. »Habt Ihr das wirklich für mich besorgt, Tantchen?«

»Eine Dame flucht nicht.« Y'shennria ist empört. »Und sie nennt mich vor allem nicht Tantchen.«

»Aber es stimmt doch, oder? Mein Tantchen. Tantchen, Tantchen, Tantchen.« Ich halte mir das Kleid an und finde es wunderbar, wie sich der Rock bauscht. »Außerdem macht es Spaß, es zu sagen.«

Sie zuckt bei jeder Wiederholung kaum merklich zusammen. »Das reicht. Zieh das Kleid an, bevor wir in die Stadt fahren. Mit deinen alten Lumpen überzeugst du niemanden.«

»Hey!« Ich schaue hinunter auf mein verblichenes blaues Kleid, das vorn mit Blut und Dreck bedeckt ist und hinten erst gestern vom Dolch des Celeons zerfetzt wurde. »Dieser Lumpen hat mir gute Dienste geleistet. Und bevor ich ihn aus dem Koffer auf einer Kutsche gestohlen habe, hat er einer feinen Dame gute Dienste geleistet. Deswegen verdient er ein anständiges Kleiderbegräbnis.«

Y'shennria hebt eine Braue. »Du hast Edelleute bestohlen?«

»Bestehlen ist ein so hässliches Wort.« Ich grinse. »Ich ziehe die Bezeichnung Langzeitspende vor.«

»Darüber haben mich die Hexen nicht informiert.«

»Die Hexen sind ein wenig verzweifelt, falls Euch das entgangen sein sollte«, bemerke ich. »Und Verzweifelte neigen dazu, unbedeutende Details einfach zu vergessen.«

Sie wirkt beunruhigt und ihre steinerne Fassade bekommt die ersten Risse. »Hat einer dieser Edelleute dein Gesicht gesehen?«

Ich seufze. »Ich weiß, dass es manchmal schwer ist, meine perfekte Schauspielkunst zu durchschauen …«

»Haben sie dich gesehen oder nicht?«, faucht sie mich an. Fisher, der die Pferde streichelt, schaut erschrocken auf. Ich atme aus.

»Nein. Ich habe eine Maske getragen. Außerdem bin ich gut darin, mich unsichtbar zu machen. So was lernt man, wenn jeder Mensch im Land hinter einem her ist.«

Die Risse in Y'shennrias Maske glätten sich langsam und ihr Gesicht versteinert wieder. »Mir bleibt nichts anderes übrig, als mich auf dein Wort zu verlassen. Und ich hasse es, mich nur auf Worte verlassen zu müssen. Du wirst mir all deine kleinen Geheimnisse verraten, die unsere Mission gefährden …«

»Ich habe Euch alles gesagt.«

Zwischen uns herrscht angespanntes Schweigen, und sie sieht mich prüfend an, als würde sie überlegen, ob sie mir trauen kann. Aber sie hat keine Wahl – sie muss mir genauso vertrauen wie ich ihr. Schließlich wendet sie sich ab und zieht sich in die Kutsche zurück.

Ich habe das Gefühl, als würde der Druck, der seit meiner Abreise aus dem Wald auf meiner Brust lastet, etwas leichter. Ich presse das elegante Kleid an den Körper und wirble herum, dass der Rock nur so fliegt. Dieses Kleid ist tausendmal schöner als alles, was ich jemals besessen habe. Früher mochte ich keine Kleider – zumindest das weiß ich noch von meinem Leben als Mensch –, aber wenn man eine Herzlose ist, ändert sich vieles. In meinem alten Leben habe ich Tag für Tag Reithosen getragen. Erst in Nightsingers Wald habe ich angefangen, die schönsten Kleider zu stehlen – je hübscher die Sachen waren, die ich trug, desto weniger fühlte ich mich wie ein Monster, das nichts Menschliches an sich hat. Irgendwann war ein hübsches Kleid meine beste Rüstung.

Hinter einem dichten Busch ziehe ich mich hastig um und

halte mein altes blutbeflecktes Kleid in den Händen. Doch als ich zur Kutsche komme, ist Y'shennria ausgestiegen und entreißt es mir.

»Das werfen wir weg.«

»Aber das war mein Lieblings…«

»Dein Leben als Herzlose ist vorbei«, verkündet sie. »Von jetzt an bist du meine Nichte. Du bist eine Y'shennria. Und eine Y'shennria würde niemals an einem so hässlichen Kleid hängen.«

Ich schlucke. Mir fällt keine geistreiche Erwiderung ein, denn ich weiß, dass sie recht hat. Es spielt keine Rolle, wer ich war. Ich muss mich nur noch darauf konzentrieren, wer ich sein soll. Y'shennria stopft den alten Fetzen ganz unten in den Koffer.

»Lass dich ansehen.« Sie geht langsam um mich herum. »Es steht dir, auch wenn deine Haltung natürlich grauenvoll ist. Du hast zwar ein Schandmaul, aber einen recht üppigen Körper, und das wird dir helfen, die Aufmerksamkeit des Prinzen auf dich zu lenken.«

»Dann soll ich ihn also verführen?«, frage ich. »Und ich dachte, es wäre die Aufgabe einer Tante, ihrer Nichte jeden Spaß zu *verbieten.*«

Y'shennria sieht mich ernst an. »Wir tun alles, um das Herz des Prinzen zu bekommen – du wirst *alles tun.* Hast du das verstanden?«

Ich schlucke ihre Worte, als wären sie aus Blei. Alles, was über ein leichtes Flirten hinausgeht, ist für mich ein großes Fragezeichen. Es ist drei Jahre her, seit ich einen Jungen in meinem Alter *gesehen* habe. Es war ein Söldner, nur ein Jahr älter als ich, der in den Wald kam, um Nightsinger zu töten, aber ihm mit meinem

Messer in die Hand zu stechen, kann wohl nicht als flirten gelten. Im Wald war mein Körper nur etwas, das man mit Nahrung versorgte und halbwegs sauber hielt, aber in Vetris muss ich Rücksicht auf Männer oder Frauen nehmen, auf jeden, der mich begehrt. Und das ist ein vollkommen unbekanntes Gefühl für ein Monster.

Fünf Männer, ihre Todesschreie wie Honig in deinen Ohren …

Ich hole tief Luft. »Ich werde alles tun. Darauf gebe ich Euch mein Wort.«

»Das Wort einer Herzlosen ist bedeutungslos«, erwidert Y'shennria. »Ich kann nur hoffen, dass du es ernst meinst.«

Wieder nagt die Enttäuschung an mir, aber ich kann nicht bestreiten, was ich bin. Y'shennria mustert mich erneut von oben bis unten, wühlt im Koffer und reicht mir eine Haarbürste mit Elfenbeingriff und ein Lederband.

»Mach etwas mit deinen Zottelhaaren. Wir müssen sie schneiden, sobald wir zu Hause sind.«

»Gefallen sie Euch nicht? Ich hatte gehofft, dass gespaltene Spitzen in Vetris total angesagt sind.«

»Es geht nicht um die gespaltenen Spitzen, sondern um die Länge. Langes Haar ist am vetrisischen Hof ein Zeichen des Rangs, das war schon immer so«, erklärt sie. »Männer, Frauen, das spielt keine Rolle – je länger ihr Haar ist, desto mächtiger die Familie. So langes Haar wie du hat nur die Königsfamilie. Adlige ersten Rangs tragen ihre Haare kürzer als sie, um ihnen Respekt zu erweisen.«

»Dann dürfen nur die umwerfend aussehen? Bisschen selbstsüchtig, findet Ihr nicht?«, murre ich und raffe meine blonde Mähne missmutig zu einem Pferdeschwanz zusammen. Y'shennria sieht ausnahmsweise halbwegs zufrieden aus.

»Was ist mit dem rostigen alten Ding?« Sie zeigt auf das Schwert an meiner Hüfte. »Es werden überall Gesetzeshüter sein, du wirst dich also nicht selbst verteidigen müssen. Jedenfalls nicht körperlich. Gesellschaftlich schon, aber das steht auf einem anderen Blatt.«

Ich lege die Hand an den Griff meiner Waffe. »Ich behalte das Schwert.«

»Eine vornehme Dame kann ein Schwert tragen«, stimmt sie mir zu. »Aber ein so hässliches wie das? Nein. Unmöglich. Wirf es weg und ich kaufe dir in Vetris ein neues.«

»Ich sagte Nein.«

»Du wirst das scheußliche Ding wegwerfen oder ich …«

»Ich tue alles. Trage jedes Kleid, verführe jeden Prinzen. Aber das Schwert bleibt.«

»Dann sag mir wenigstens, wieso du so beharrlich darauf bestehst.«

Ich umklammere den Griff fester. »Es ist das Schwert meines Vaters.«

Sie schweigt, dann seufzt sie. »Meinetwegen. Behalt das rostige Ding. Wenn es den Prinzen in die Flucht schlägt, bist du diejenige, die sich im Leben nach dem Tod bei den Hexen entschuldigen muss.«

»Wenn ein einfaches Schwert den Prinzen in die Flucht schlägt«, kontere ich, »will ich nicht wissen, was meine Persönlichkeit anrichtet.«

Y'shennria reicht mir wortlos etwas, das in Papier gewickelt ist.

»Beeil dich und iss«, befiehlt sie. »Wir brechen bald wieder auf und ich will keine Flecken in der Kutsche.« Ich packe das Päckchen aus. Darin befindet sich ein Klumpen rohes Fleisch.

Ich werde knallrot und versuche dagegen anzukämpfen. Ich schaue zu Y'shennria auf und frage: »Wie werde ich in Vetris essen?«

»Ich werde dich versorgen«, sagt sie. »Diskret natürlich.« Sie schluckt, ein erneutes Anzeichen ihrer Verunsicherung, aber sie verbirgt es sofort. »Wie häufig musst du essen?«

»Wir essen zwei Mal am Tag. Morgens und abends. Vieh oder Wild.«

»Nicht viel anders als wir«, murmelt sie. »Nun gut. Ich werde für alles sorgen. Ich lasse die Mahlzeiten von jemandem, dem ich vertraue, in dein Zimmer bringen, damit du sie«, sie unterdrückt ein Schaudern, »ungestört einnehmen kannst.«

Nachdem das geklärt ist, steigt sie wieder in ihre Kutsche. Ich entferne mich ein Stück von der Straße und setze mich hin, um zu essen. Zum Glück verbirgt mich das hohe Gras. Als ich fertig bin, wasche ich mir die Hände in einer Pfütze und kehre zurück zur Kutsche. Y'shennria kann mich nicht ansehen und liest ein Buch, während Fisher die Pferde lostraben lässt. Ich verbringe die Zeit damit, im Kopf eine überaus sinnvolle Liste aller Leute anzulegen, zu denen ich jemals gemein war. Irgendwann fahren wir über einen Hügel und Fisher ruft: »Die Stadt ist in Sicht!«

Die Stadt! Eine Stadt! Y'shennria zeigt keine Regung, aber ich recke begierig meinen Kopf aus dem Kutschenfenster. Vor mir liegt Vetris in seiner ganzen Pracht – schimmernde Türme aus weißem Sandstein, umgeben von smaragdgrünen Feldern. Von der Kutsche aus wirkt das Meer aus Gras, das sich im Wind wiegt, wie grüner Samt, und es weht im selben Takt wie die jadegrünen Banner an den eindrucksvollen Mauern rund um die Stadt. Sie ist viel größer, als ich erwartet habe. Überragt wird alles von einem riesigen Gebäude, das der Königspalast sein muss, von dem Y'shennria gesprochen hat. Ein weißer Turm neben dem anderen funkelt in der hellen Mittagssonne, und auf dem Gelände um den Palast formen saphirblaue Wasserläufe ein kompliziertes Muster.

»Zieh sofort den Kopf ein«, befiehlt Y'shennria. »Bevor dich jemand sieht.«

Ich gehorche. »Bitte sagt nicht, dass es auch undamenhaft ist, seine Augen zu benutzen.«

»Wir sind nicht zu deinem Vergnügen hier, sondern um eine Aufgabe zu erledigen. Eine Aufgabe, über die wir kein Wort mehr verlieren werden, höchstens wenn wir unter uns sind. Der Hof hat überall Augen und Ohren. Vorsicht ist angebracht, wenn wir Erfolg haben wollen. Wenn du nicht sicher bist, ob du etwas sagen sollst …«

»… dann sag nichts. Schweigen ist besser, als ein Risiko einzugehen«, beende ich ihren Satz. »Ja, daran erinnere ich mich.«

Ich verschränke die Arme vor der Brust, bis Y'shennria eine Braue hebt. Ach ja. Nicht damenhaft. Ich lasse die Hände an meine Seiten sinken und recke den Hals in der Hoffnung, einen Blickwinkel zu finden, der mich weiter die Stadt sehen lässt. Ich entdecke ein Gebäude, fast so groß wie der Palast, doch an den

Seiten mit Eisenstacheln besetzt. Auf dem höchsten Turm befindet sich ein Metallsymbol, das ich kenne – das Auge von Kavar. Ein Dreieck in einem Oval, das an eine Pupille erinnert. Es ist ungewohnt, es so groß zu sehen – ich kenne nur sehr kleine Versionen davon, die Söldner und Jäger an einer Kette um den Hals trugen. Ohne Zweifel ist das der Tempel von Kavar, dem Neuen Gott. Rechts daneben steht die Crimson Lady, von der die Hexen gesprochen haben – ein Obelisk aus rotem Stein, aber nicht so leuchtend rot, wie ich ihn mir vorgestellt habe. Es ist eher eine Art Rostbraun, irgendwie matt, und er ist fast so hoch wie der höchste Turm des Tempels. Oben ist er abgeflacht und abgesehen von der Farbe kann ich nichts Ungewöhnliches sehen. Wie auch immer er Magie aufspürt, ist nicht zu erkennen.

Ich schicke ein Stoßgebet zum Himmel, dass mich die Lady passieren lässt.

Der Verkehr wird dicht, noch dichter, und schließlich stecken wir zwischen Menschen und Celeons fest: Händlerkarren, mit Staub bedeckte Wanderer, Bauern, die Fleisch und Gemüse in die Stadt bringen, und Gesetzeshüter. *Gesetzeshüter.* Die Kettenhemden, die sie tragen, und die schwertförmigen Abzeichen auf der Brust kommen mir bekannt vor, auch wenn ich mich aus meinem Menschenleben nicht mehr an sie erinnern kann.

»Setz dich gerade hin«, sagt Y'shennria. »Wir sind da.«

Der Schatten des riesigen Stadttors fällt auf uns. Fisher bringt die Kutsche zum Stehen und spricht mit jemandem, doch im Lärm der Menschenmenge ist kaum zu verstehen, was er sagt. Mir tun die Ohren weh – ich habe schon ewig nicht mehr solchen Lärm gehört. So viele Leute gesehen. Plötzlich taucht der

Helm eines Celeon-Gesetzeshüters am Fenster unserer Kutsche auf und ich fahre erschrocken zurück. Sein Katzengesicht ist leuchtend rot, an manchen Stellen befellt, an anderen mit glitzernden Schuppen bedeckt. Seine Tasthaare sind deutlich kürzer als die des Attentäters gestern.

»Guten Morgen, Hüter.« Lady Y'shennria lächelt. Sie hat auf der gesamten Reise kein einziges Mal gelächelt, aber jetzt gibt sie alles.

»Milady.« Der Hüter verbeugt sich. »Und wer ist das?«

Seine goldenen Augen sind auf mich gerichtet. Eine gute Übung – wenn ich keinem Gesetzeshüter in die Augen sehen kann wie eine Adlige, wie will ich es dann jemals bei einem Edelmann schaffen? Ich zwinge mich, ihn anzusehen, und tarne die Lüge in meinem Kopf mit einem süßen Lächeln.

»Das ist meine Nichte.« Y'shennria lächelt mich an und mich überfällt sofort ein unstillbarer Juckreiz. »Die uneheliche Tochter meines Stiefbruders, aber dennoch von Y'shennria-Geblüt. Der Minister für Ahnenforschung hat sie erst kürzlich ausfindig gemacht – und ich bin natürlich überglücklich.«

Der Gesetzeshüter lächelt und zeigt uns seine scharfen Zähne. »Wenn Ihr gestattet, Milady, das freut mich für Euch. Kavar weiß, dass Ihr ein wenig Glück verdient habt.«

»Das ist wirklich freundlich von Euch.«

Der Hüter pocht mit seiner Krallenhand auf die Kutsche, was Fisher als Signal begreift, durch das Stadttor zu fahren. Ich schaue hoch zur Crimson Lady und den Gesetzeshütern, die ganz oben an den Fenstern stehen, aber Y'shennria runzelt die Stirn.

»Keine Angst. Wenn sie etwas gespürt hätte, wären wir jetzt schon verhaftet worden.«

»Wie denn? Wie können die Hüter dort oben so schnell denen am Boden Bescheid geben?«

Y'shennria deutet auf eine Seite des Tors, wo drei merkwürdige Kupferrohre, die mir höchstens bis zur Taille reichen, aus dem Kopfsteinpflaster ragen. »Die Wassersprecher.«

Ein lautes *Plopp* übertönt den Lärm der Menge und ich mache einen Satz. Aus einem der Rohre schießt ein Wasserschwall heraus, dann kehrt wieder Ruhe ein. Der Hüter, der am nächsten steht, schlägt mit der Faust oben auf das Rohr und eine Art Deckel klappt auf. Er greift hinein und holt ein deutlich kleineres Kupferrohr heraus. In dem steckt ein Stück Pergament, vollkommen trocken. Er überfliegt die Nachricht, lässt den Blick über die Menge schweifen und zeigt dann auf eine Frau mit einem Handwagen voller Auberginen. Die anderen Gesetzeshüter umzingeln die Frau von allen Seiten.

»Sieh nicht hin«, murmelt Y'shennria. Mir bleibt ohnehin nichts anderes übrig, denn Fisher fährt weiter und ich verliere die Frau und die sie umgebenden Hüter aus den Augen.

Das beunruhigende Gefühl hält noch eine Weile an, aber schon bald verschlägt mir die Stadt den Atem. Auch aus einem ganz einfachen Grund: Es stinkt überall nach Pferdemist, vermischt mit dem Geruch von gebratenem Fleisch und etwas, das nur Menschen herzustellen vermögen – heißem Metall. Zum Glück weht der leichte Wind einen Großteil von Rauch und Dampf weg, die von den Häusern und Maschinen aufsteigen, aber ein eklig saurer Gestank lässt sich nicht vertreiben. Ich werfe einen Blick auf die Wassersprecher. Anscheinend gibt es in jedem Häuserblock ein solches Kupferrohr. Aber davon kann der Gestank nicht kommen, es sei denn, das Wasser ist faulig.

»Weißes Quecksilber«, beantwortet Y'shennria meine unausgesprochene Frage. »Es gibt diesen Geruch ab, wenn es in Energie umgewandelt wird. Der Großteil der Maschinen in Vetris dient als Stromquelle für die Crimson Lady. Die anderen sind Pumpen für Abwasser und die Wassersprechsysteme.«

Ich bekomme kaum mit, was sie sagt, denn ich habe meine Augen überall. Wir rollen an Ständen vorbei, an denen bunte Seidenstoffe und Schmuck verkauft werden.

Y'shennria zeigt auf Vorübergehende in schlichten braunen Roben, die an die Kutten von Mönchen erinnern. Das einzig Auffallende an ihnen sind die schweren Gürtel, an denen alle möglichen Werkzeuge hängen, die ich noch nie zuvor gesehen habe.

»Wissenschaftler. Über die weißt du vermutlich Bescheid, oder?«

»Ja, es sind Gelehrte, Doktoren für Körper und Geist, Philosophen und Lehrer. Die klügsten Köpfe von Cavanos.«

»Die klügsten Köpfe«, bestätigt sie. »Und die gefährlichsten.«

»Gilt es neuerdings als gefährlich, Bücher und Abhandlungen zu schreiben?«

»Was glaubst du, wer die Crimson Lady erfunden hat?«, fragt sie. »Die Wassersprecher, die Pumpen, die das Ganze überhaupt möglich machen? Was glaubst du, wer den Krieg gegen zehntausend Hexen mit ihrer Zauberkraft und ihren Horden von Herzlosen für die Menschen entschieden hat?«

Ich beobachte die braun gekleideten Männer im Vorbeifahren und Misstrauen keimt in mir auf. Was Y'shennria sagt, klingt vernünftig und außerordentlich beunruhigend.

Wir kommen durch einen weniger belebten Stadtteil mit kleinen Läden und an jedem Haus, jedem Laden und jedem Bäckereiverkaufsstand hängt irgendwo das Auge von Kavar. Die Leute von Cavanos sind anscheinend sehr gläubig. Oder sehr verängstigt. Vielleicht beides, wenn man bedenkt, dass das eine vom anderen genährt wird.

Plötzlich stoppt die Kutsche abrupt und Y'shennria sieht sich um. »Warum halten wir?«, ruft sie. »Wir sind nicht beim Schneider.«

»Da ist eine Säuberung, wir können nicht durch, Milady«, antwortet Fisher.

Y'shennria sieht mich ernst an.

»Nun, ich denke, es ist ein guter Zeitpunkt, sich mit eigenen Augen ein Bild von der Stadt zu machen. Steig aus.«

»Aber gern.« Mit wackligen Knien verlasse ich die Kutsche und gerate sofort in eine Menschenmenge. Sie verstopft die Straße und hält die Pferde auf. Etwas Hohes aus Metall überragt die Menge, aber es ist zu silbrig, als dass es ein besonders großer Wassersprecher sein könnte. Fisher springt vom Bock und Y'shennria befiehlt ihm, auf die Kutsche aufzupassen. Mich führt sie erst durch eine dunkle Gasse, dann durch eine weitere. Schließlich schubst sie mich in eine Bar mit Buntglasfenstern und einem Tresen aus dunklem Holz.

»Lady Y'shennria!« Die Barfrau verbeugt sich tief. »Welche Ehre.«

»Wir sind nur wegen der Säuberung hier«, sagt Y'shennria knapp. »Getränke sind unnötig.«

»Wie Ihr wünscht, Milady.«

Y'shennria zieht mich zu einer Treppe im hinteren Bereich der Bar. Sie führt zu einem Gastraum mit Tischen, aber es ist der Balkon, den sie ansteuert. Am Balkongitter stehen bereits ein paar andere Edelleute (das erkenne ich, weil ihre Kleidung ebenso vornehm ist wie die von Y'shennria) und schauen auf die Menge hinunter, in deren Mitte ein merkwürdiges Ding steht, das aussieht wie ein übergroßer Sarg.

»Baron d'Goliev!« Y'shennria lächelt einen dicken Mann in schwarzer Seide an. »Wie schön, Euch zu sehen.«

Der Baron wendet sich vom Geländer ab und strahlt. »Oh, Lady Y'shennria! Welche Freude. Ich war zufällig in der Schlachtergasse, als ich hörte, dass eine Säuberung stattfindet. Ganz furchtbar, das alles, aber lieber schaffen wir uns diese Bedrohung sofort vom Hals, als uns später Vorwürfe zu machen, findet Ihr nicht auch?«

»Selbstverständlich.« Y'shennria lächelt ein wenig gezwungen, dann deutet sie auf mich. »Baron, das ist meine Nichte Zera. Sie wird in wenigen Tagen eine Braut beim Frühlingsempfang sein.«

»Ah!« Das fette Gesicht des Barons verzieht sich zu einem Grinsen. »Seid Ihr nun doch losgefahren und habt sie hergeholt? Willkommen, Milady. Wie schön, Euch bei uns zu haben.«

»Vielen Dank, Baron d'Goliev. Es ist mir eine Ehre.« Ich sage den Satz auf, den Y'shennria mir eingehämmert hat, und verbeuge mich zu tief, denn sie räuspert sich und stößt mit ihrem

Stiefel an meinen. Als ich mich wieder aufrichte, mustert mich der Baron.

»Das ist ein ungewöhnliches Schwert, das Ihr tragt. Heutzutage sieht man nur selten Damen, die bewaffnet sind. Fechtet Ihr?«

»Wann immer sich die Gelegenheit bietet«, gestehe ich.

Er nickt und wendet sich wieder Y'shennria zu.

»Sie ist recht hübsch, nicht wahr? Ihr Haar ist allerdings ziemlich lang.«

»Wir werden es vor dem Empfang schneiden, keine Sorge«, sagt sie. Ich unterdrücke den Drang, die beiden darauf hinzuweisen, dass ich direkt neben ihnen stehe. Y'shennria hat mich vor dieser Art der Behandlung gewarnt, aber ich ärgere mich doch, dass die beiden über mich reden, als wäre ich nicht da.

»Natürlich, natürlich. Mal ehrlich, Milady – glaubt Ihr, dass Ihr mit ihr den Prinzen angeln könnt?« Er redet mit Y'shennria, als wäre ich ein Köder zum Fischen. Jetzt reicht es mir.

»Wenn wir ihn angeln«, sage ich, »hoffe ich doch sehr, dass ihn jemand schuppt, bevor wir ihn auf den Grill legen.«

Der Baron blinzelt verdutzt. Y'shennrias Blick ist eiskalt, doch dann lächelt sie ihn an.

»Ich bitte um Entschuldigung, Baron. Sie ist noch ein wenig ungeschliffen.«

»So was kann vorkommen, wenn man auf einer Farm aufwächst.« Der Baron kichert verunsichert.

»Es wäre doch ganz entzückend, nicht wahr? Wenn eine solch direkte Art wie durch ein Wunder seine Aufmerksamkeit erregt?«, insistiert Y'shennria.

»In der Tat. Bedenkt nur – eine Kronprinzessin aus der Y'shennria-Familie! Da würden die Steelruns einen Anfall bekommen! Sie haben in dieser Saison ihr Mädchen bei den Frühlingsbräuten.«

»Das hörte ich bereits. Lady Steelrun spricht schon seit Monaten von nichts anderem.«

»Nun, das ist unsere letzte Chance, die d'Malvane-Blutlinie in Cavanos fortzuführen, und deshalb drücke ich Ihnen beiden die Daumen. Kavar verhüte, dass Prinz Lucien irgendein unterwürfiges, im Turm gehaltenes Ding aus Avel heiratet.«

Die beiden lachen. Ich kapiere den Witz nicht und bin ganz froh darüber, denn ich habe den Verdacht, dass er kein bisschen komisch ist.

Die anderen Edelleute sind es anscheinend nicht wert, dass wir mit ihnen reden. Oder sie gehören zu denen, die Y'shennria schneiden, weil sie immer noch zum Alten Gott betet. Die boshaften Blicke, mit denen sie mich taxieren, lassen vermuten, dass es Letzteres ist. Ich konzentriere mich auf die Menge unten auf der Straße. Ein paar Leute haben sich neben dem merkwürdigen Metallsarg aufgebaut, unter ihnen ein Mann in einer beeindruckenden weißen Robe und mit langen weißen Haaren. Ich wünschte, ich hätte dieses kleine Messingsehrohr, aber Y'shennria ist in ihre Unterhaltung mit dem Baron vertieft und ich wage nicht, sie zu unterbrechen.

»Bewohner von Vetris!« Die Stimme des Weißhaarigen dröhnt so laut, dass ich erschrecke. Er hält sich einen Kupferstab vor den Mund, der irgendwie seine Stimme verstärkt – noch eine erstaunliche, aber sehr nützliche Erfindung. »Heute bringe ich Euch im Zuge unserer Säuberung einen Feind von Kavar und eine Bedrohung der Sicherheit unserer großen Nation!«

Die Menschenmenge johlt. Einer der Adligen neben mir winkt mit einem Taschentuch wie mit einer Fahne. Y'shennria beugt sich zu mir und flüstert: »Der Mann in Weiß ist der Minister der Klinge, Erzherzog Gavik Himintell. Er ist der oberste Dienstherr aller Gesetzeshüter und Feldherr der Armee von Vetris.«

»Scheint ein Mann mit viel Macht zu sein«, murmle ich. Y'shennria nickt.

»Zu viel, wie manche sagen. Er und der König sind sich in den letzten sechs Jahren nahegekommen. Der König hört auf ihn. Er ist gefährlich und sehr clever. Halt dich von ihm fern, wenn du kannst.«

Ich betrachte den Erzherzog aus der Ferne. Seine Stimme dröhnt immer noch.

»Mit der Weisheit unseres Königs, der Allmacht unseres Hohepriesters und der Arbeit unserer Crimson Lady haben wir einen Hexenverräter in unserer Mitte aufgespürt, der plante, Eure Kinder zu foltern und zu töten, Eure Ehemänner, Eure Frauen!«

Wieder brüllen die Menschen, als stünden ihre Zungen in Flammen. Der Mann hebt ein helles Schwert hoch und schwenkt es hin und her.

»Die Hexen reißen Euch das Herz aus der Brust!«

Wieder Brüllen. Die Stimme in meinem Kopf stimmt dem Erzherzog zu: **Mit Freuden.**

»Sie verfluchen Euch mit ihrer Magie, bis das Blut zu Asche wird und die Ernte zu Stein.«

Wieder Gejohle.

»Sie verpesten die Heiligkeit unserer großen und ehrenvollen Stadt mit ihrem schmutzigen Alten Gott, und dafür müssen sie sterben!« Erzherzog Gavik gibt ein Zeichen. Zwei Gesetzeshüter schleppen einen Jungen heran, etwa in meinem Alter. Er sieht ängstlich aus und ist halb verhungert. Man hat ihn mit einem Stück Stoff geknebelt und seine Hände gefesselt. Bei seinem Anblick gerät die Menschenmenge außer Rand und Band. Die Leute brüllen: »Ersäuft die Hexe!«, andere werfen mit verfaultem Obst. Ich umklammere die Balkonbrüstung, mir wird schlecht. Dafür ist der Sarg. Deswegen füllt er sich jetzt mit Wasser aus dem langen Schlauch, der an einer Seite befestigt ist. Der Weißhaarige sieht zu, wie die Menge mit jedem Zentimeter, den das Wasser steigt, immer wilder schreit. Noch mehr Obst, Steine, Stöcke. Der Junge zuckt zusammen, als ein verfaulter Pfirsich seinen Fuß trifft. Ich sehe zu Y'shennria, die erhobenen Hauptes dasteht und den Blick nicht von der Szene abwendet.

»Nein«, sagt sie nur, so leise, dass der Baron es nicht hört. Mein Unherz sinkt. Muss ich wirklich hier stehen und zusehen, wie jemand stirbt? Wenn ich nichts unternehme, um das zu verhindern, ist es, als hätte ich den Jungen selbst umgebracht – noch ein Opfer auf dem Altar meiner Grausamkeit.

Die Gesetzeshüter bringen eine Leiter und lehnen sie an den Metallsarg, der mittlerweile randvoll mit Wasser ist. Der weißhaarige Erzherzog zeigt auf den Jungen.

»Ertränkt die Hexe im Namen des Neuen Gottes, im Namen des Friedens!«

Die Hüter stoßen den Jungen auf die Leiter. Er zappelt wild

in dem letzten verzweifelten Versuch, sich zu befreien. Celeon, Mensch, es spielt keine Rolle, alle johlen. Und die es nicht tun, sehen mit ernster Miene zu, was sich vor ihren Augen abspielt. Baron d'Goliev macht eine Geste, berührt erst seine Lider und dann sein Herz.

»Wasser für die Hexe«, murmelt er, als wäre es eine Beschwörung, die ihn schützen könnte. »Feuer für ihre Sklaven.«

Y'shennrias Gesicht ist wie in Stein gemeißelt. Niemand rührt sich. Niemand versucht es auch nur. Ich umklammere den Griff meines Schwerts. Wenn ich nichts unternehme, stirbt der Junge – aber wie kann ich etwas tun? Ich würde mich selbst in Gefahr bringen und im Kerker landen. Nightsinger würde mein Herz zerspringen lassen und das wäre das Ende. Ich könnte niemals frei sein.

Und das ist der Moment, in dem ich mit absoluter Klarheit erkenne, wie selbstsüchtig, wie monströs ich wirklich bin.

Ich muss den Jungen sterben lassen.

Ich kann nicht zusehen. Ich kneife die Augen zu, als er die letzte Stufe hochgezwungen wird. Dann Stille und das Zuschlagen von etwas aus Metall. Die Zeit vergeht unendlich langsam, bis die Leute wieder anfangen zu schreien, als wollten sie einen Schlussstrich unter das Leben des Jungen ziehen.

Ich renne zurück in die Bar und übergebe mich in die nächstbeste Vase.

4

Treffen der Diebe

»Diese Stadt ist verdorben«, zische ich und wische mir den Mund mit dem Taschentuch ab, das Y'shennria mir gegeben hat.

»Diese Stadt hat Angst«, verbessert sie mich. »Und Angst macht die klügsten und freundlichsten Männer dumm und grausam.«

»Dann ist Erzherzog Gavik der dümmste und grausamste von allen«, fauche ich. Ihre Augen huschen umher, als fürchte sie, jemand könnte es gehört haben, aber sie widerspricht mir nicht. »Warum macht er diese Säuberungen? Wie oft?«

»Anfangs nur alle paar Wochen, jetzt alle paar Tage. Er behauptet, es geschähe zum Wohle der Stadt«, sagt Y'shennria. »Aber ich kenne ihn seit seiner Jugend – er empfand schon immer glühenden Hass auf Hexen. Sein Vater starb im Sonnenlosen Krieg und seine Mutter siechte langsam dahin, bis sie sich schließlich das Leben nahm.«

»Das ist keine Entschuldigung dafür, ein lebendiges Wesen zu ertränken!«

»Ich habe nicht gesagt, es wäre eine Entschuldigung«, erwidert sie leise. »Nur dass unser Leid zu Hass führt und dieser Hass uns dazu bringt, schlimme Dinge zu tun.«

»In Vetris gibt es keine Hexen mehr«, murmle ich. »Das hat Nightsinger mir selbst gesagt. Wer war der Junge?«

»Zweifellos ein Mensch. Ein Herumtreiber, ein Sternensaatsüchtiger oder ein Flüchtling aus Pendragon, wo Bürgerkrieg herrscht. Der Erzherzog ist nicht wählerisch, wenn er einen Sündenbock sucht.«

»Kann der König ihn nicht aufhalten?«

»Der König weiß darüber Bescheid und billigt es.«

»*Wieso?*«

»Natürlich, um Cavanos unter Kontrolle zu behalten. Er ist nicht sein Vater, sein Volk liebt ihn nicht. Aber es fürchtet ihn.«

In mir beginnt glühender Hass zu brennen. Es ist ein alter Hass, den ich nur zu gut kenne – derselbe Hass, der mich dazu gebracht hat, die Banditen in Stücke zu reißen. Hass ist gefährlich. Daran hat mich diese Stadt erinnert.

Zum Glück scheucht mich Y'shennria aus der Bar und zurück in die Kutsche. Dort hält sie mir einen Vortrag, wie man die Frühlingsfarben korrekt auswählt – Pink, Grün und Orange, kein Rot oder Gelb, Schleifchen werden gern gesehen und Chiffon ist Pflicht. Ich bekomme kaum etwas davon mit. Sie weiß das und lässt nicht locker, als würde mich der Unterricht von dem ablenken, was ich gerade miterleben musste. Aber ich werde den üblen Geschmack im Mund nicht los, sowohl wegen der Stadt als auch meinetwegen – weil ich bereit war, diesen Jungen für meine Freiheit zu opfern.

Wir halten vor dem Laden eines Schneiders und ich betrete ihn wie betäubt. Ich kann nicht einmal Begeisterung für die wunderschönen Kleider im Schaufenster aufbringen. Ich lasse den Schneider, einen alten Mann mit Glupschaugen, jeden Teil meines Körpers vermessen. Er schwafelt etwas davon, wie entzückend Samt an mir aussieht, oder irgendeinen anderen Unsinn. Y'shennria drängt mich, ihm zu danken, und als ich es nicht tue, nimmt sie mich zur Seite.

»Wenn du dein Herz wiederhaben willst, musst du vergessen, was gerade passiert ist«, sagt sie. »Du bist eine Dame und Damen verbergen ihre wahren Gefühle hinter einer undurchdringlichen Maske der Höflichkeit.«

»Die haben jemanden umgebracht«, zische ich. »Vor allen Leuten.«

»Und sie werden noch viel mehr umbringen«, zischt Y'shennria zurück, »wenn du nicht den ersten Schritt machst und den Prinzen und den Hofstaat mit diesen Kleidern beeindruckst.«

Ich schlucke, und als sie zurücktritt, lächle ich den Schneider an.

»Bitte entschuldigt, mein Herr. Es ist kaum zu glauben, wie schnell einen das Reisen in ein missgelauntes Wrack verwandelt.«

Der Schneider grinst, nickt zustimmend und nimmt weiter Maß. Als alles erledigt ist und Y'shennria und er noch darüber diskutieren, welche Stoffe für meine neuen Kleider infrage kommen, verlasse ich den Laden und atme die nach Quecksilber riechende Luft von Vetris tief ein. Plötzlich höre ich Geschrei auf der Straße hinter mir.

»*Dieb!* Gesetzeshüter, man hat mich bestohlen!«

Ich wirble herum und entdecke einen aufgeregten Edelmann, der die Tasche seiner golden glänzenden Weste betastet wie ein Idiot. Eine dunkel gekleidete Figur sprintet davon und sie hat etwas Goldenes in der Hand. Die Gesetzeshüter nehmen mit gezogenen Schwertern die Verfolgung auf, das Scheppern ihrer Rüstungen ist nicht zu überhören.

Ich kann vielleicht keine Säuberung verhindern, aber einen Dieb kann ich auf jeden Fall einholen.

Ich raffe meine Röcke und rase hinter dem Dieb her, bevor Fisher mich aufhalten kann. Die Gestalt ist in einer Seitengasse verschwunden – das war klar. Doch als ich in die Gasse komme, ist er nicht mehr da. Ich höre, wie sich das Gebrüll der Hüter und das Rasseln ihrer Rüstungen in eine andere Richtung entfernen. Wenn der Dieb halbwegs raffiniert ist, wird er den Lärm meiden. Er sah groß und sportlich aus, also dürfte es kein Problem für ihn gewesen sein, über den Zaun zu meiner Rechten zu klettern. Mit etwas Mühe ziehe ich mich daran hoch und lande auf der anderen Seite. In einer anderen Gasse. Einer Sackgasse.

»Ich vermute, du brauchst die goldene Uhr nicht, um zu sehen, wie spät es ist«, sage ich laut. Hinter einem Haufen Müll taucht eine dunkle Figur auf. Die Sonnenstrahlen, die zwischen die Gebäude fallen, sind kaum stark genug, um Licht auf die Lederkleidung zu werfen, die der Dieb trägt. Weiche Stiefel, weiche Handschuhe. Eine Kapuze und ein Tuch verdecken sein Gesicht. Alles, was ich sehen kann, sind seine Augen, und die sind so dunkel wie der Himmel um Mitternacht. Er ist tatsächlich groß und schlank und bewegt sich betont langsam. Er ist misstrauisch.

»Schon gut, ich petze nicht. Noch nicht.« Ich hebe beide Hände. »Ich muss auch gelegentlich feststellen, dass ich mich auf die kriminelle Seite geschlagen habe.«

»Woher wusstest du, wo ich bin?«, fragt er halblaut. Ich lache, lasse es aber schnell wieder bleiben, weil er nicht mitlacht.

»Oh, tut mir leid. War das eine ernst gemeinte Frage? Diese Gasse ist als einzige eng genug, um eine Horde der Schwertschwinger abzuhängen, die dich ins Kittchen werfen wollen. In den Kerker? Kerker-Kittchen. Nicht der angenehmste Ort, nehme ich an.«

»Ich hätte jede andere Gasse nehmen können«, betont er und lässt die goldene Uhr an ihrer Kette kreisen.

»Genau da liegt der Fehler. In der südlichen Gasse ist um diese Tageszeit zu viel Sonne – da hätte man dich gesehen. Die Gasse mit dem Grillfischstand ist zwar schön verqualmt, aber auch voller Gesetzeshüter. Damit blieb nur diese übrig.«

»Du redest, als würdest du die Stadt kennen«, höhnt er.

»Ich kenne Diebe«, verbessere ich ihn. »Und ich weiß, dass ein raffinierter Dieb einem Edelmann nicht das teuerste Stück stiehlt. Dinge aus Gold sind am schwierigsten, denn sie werden um den Hals getragen oder stecken in der Brusttasche. Also bist du entweder blöd oder es geht dir nur um den Kitzel und nicht um die Beute.«

Seine Augen verengen sich drohend. »Wenn du mich durchschaut hast, wieso lieferst du mich nicht aus?«

»Wo bliebe denn da der Spaß?« Ich lächle.

Einen kurzen Moment lang herrscht Schweigen zwischen uns. Keiner bewegt sich, als wären wir durch eine unsichtbare Schnur verbunden. Es liegt eine Spannung in der Luft, die nur wir beide wahrnehmen. Doch dann reißt die Schnur, der Dieb rast los und ich nehme die Verfolgung auf. Er hechtet flink wie eine Katze über einen Haufen Kisten. Ich spanne meine im Wald gestählten Muskeln und springe hinterher. Er bewegt sich wie Wasser, das über ein Kiesbett fließt, flitzt um Straßenecken und durch Gruppen verblüffter Menschen, springt über kupferne Wassersprecher und rennt unter steinernen Torbögen durch. Ich kann mich nicht so elegant bewegen wie er. Aber meine Kraft reicht aus, um ihm zu folgen – ich renne, so schnell ich kann.

Ein Schwarm Honigsauger fliegt auf, als er hindurchsprintet. Rote Federn segeln zu Boden wie blutige Schneeflocken und nehmen mir die Sicht. Doch da biegt der Dieb in die nächste Gasse ein. An ihrem Ende befindet sich ein Wasserlauf, der von einem Wasserspeier in Form einer Schlange aus massivem Marmor gespeist wird. Kinder, Arbeiter und Obdachlose planschen im Wasser und waschen sich den Schmutz und Schweiß des heißen Tages ab. Ich komme auf dem nassen Pflaster ins Rutschen, aber ihm macht das nichts aus – er rennt mühelos ein paar Stufen hinauf. Ich darf ihn jetzt nicht aus den Augen verlieren. Ich packe das Geländer und ziehe mich daran hoch. Oben sehe ich, wie er einen Augenblick stillsteht und überlegt, welchen Weg er einschlagen soll.

Diese Sekunde scheint ewig zu dauern. Mein Keuchen übertönt das ausgelassene Geschrei der Kinder. Das Wasser, das aus dem Maul der Schlange spritzt, kühlt mein verschwitztes Gesicht. Ich bin schon lange nicht mehr so viel gerannt. Und ich habe schon lange nicht mehr so viel Neues gesehen. Aufregung durchströmt mich – so fühlt es sich an, wenn man frei ist. Wenn man ein Mensch ist. Jetzt erinnere ich mich.

Der Dieb sieht sich zu mir um. In dem Moment, in dem mich seine dunklen Augen entdecken, endet sein kurzes Innehalten und er stürmt erneut los. Ich folge ihm, außer Atem und mit heftigem Seitenstechen, und mir wird bewusst, dass er offenbar einem bestimmten Weg folgt. Wahrscheinlich legt er diese Strecke häufig zurück und kennt die Stadt wie seine Westentasche. Ich kann ihm nicht den Weg abschneiden, aber zumindest kann ich ihn einholen. Ich nehme meine ganze Kraft zusammen und erhöhe mein Tempo. Ich strecke die Fingerspitzen nach seiner Schulter aus, nur noch wenige Zentimeter …

Er schlägt in der letzten Sekunde einen Haken und ich komme ins Stolpern. Als ich wieder aufschaue, ist er weg. Es gibt mindestens vier Wege, die er eingeschlagen haben kann. Mein Kopf sagt, dass er in die nächste Gasse abgebogen ist, aber mein Bauchgefühl sagt, dass er über die Mauer links von mir gesprungen und dort stehen geblieben ist. Ich greife nach dem in die Wand eingelassenen Rohr und ziehe mich mit letzter Kraft daran hoch. Mit weichen Knien lande ich auf der anderen Seite – und dort steht er, die Fäuste kampfbereit erhoben.

»Du«, keucht er.

»I-ich«, japse ich atemlos. »Nachdem wir uns jetzt einander vorgestellt haben, kannst du aufhören, den Verbrecher zu spielen, und zurückgeben, was du gestohlen hast.«

Er schnaubt verächtlich. »Ich bin schon etlichen selbstgefälligen Scheinheiligen begegnet, aber du schießt den Vogel ab.«

»Das verhüte der Neue Gott. Ich hätte ungern einen Vogel auf dem Gewissen.«

»Whisper?« Ein zartes Stimmchen unterbricht uns. Wir fahren beide herum und da steht ein kleines Mädchen mit zerzausten Haaren und in einem zerlöcherten Kleidchen. Sie scheint ungefähr so alt wie Crav zu sein – nicht älter als zehn oder elf – und sie ist barfuß. Der Dieb geht sofort auf sie zu, kniet sich vor sie und hält ihr die Uhr hin.

»Hier. Ich hab sie. Du kannst im Pfandhaus gutes Geld dafür bekommen.«

Mein Blick fällt auf die Hand, mit der das Kind die goldene Uhr umklammert hält – da ist eine Art Wunde auf dem Handrücken, rot und verschorft. Sie sieht merkwürdig aus, fast so, als wäre sie dem Mädchen absichtlich zugefügt worden. Die Kleine schaut über die Schulter des Diebs und zeigt auf mich.

»Wer ist das, Whisper? Eine Freundin?«

»Ein Stalker«, antwortet er.

Ich verbeuge mich mit Schwung. Das Mädchen kichert. Das erinnert mich so sehr an Peligli, dass mein Unherz zu schmerzen beginnt. Sie will auf mich zugehen, aber Whisper hält sie zurück.

»Nicht«, sagt er, »sie könnte dir wehtun.«

»Das stimmt«, bestätige ich leichthin. »Vertraue nie einem Fremden. Die sind manchmal gemein und oft riechen sie auch. Und manche bezeichnen dich sogar als scheinheilig.«

»Das bist du ja auch«, wirft er mir an den Kopf.

»Ich weiß. Aber es tut trotzdem weh, es zu hören.«

Er dreht sich wieder zu dem Mädchen um und flüstert etwas. Sie wirft mir noch einen Blick zu und verschwindet dann, die Uhr fest in der verletzten Hand. Erst als sie fort ist, spreche ich weiter.

»Du hast für sie gestohlen? Ich habe dich falsch eingeschätzt, *Whisper.*«

Seine schwarzen Augen blicken eisig. »Wieso hast du mich verfolgt?«

»Ich hatte Langeweile und du warst sehr unterhaltsam.«

»Der wahre Grund«, verlangt Whisper. Er kauft mir die Lüge nicht ab. Ich lächle.

»Wenn ich jemanden sehe, der dasselbe macht wie ich, und dann noch besser als ich, werde ich neugierig. Es ärgert mich, weckt aber dennoch meine Neugier. Ich hatte keine Wahl – ich musste dir folgen!«

Ich umkreise ihn und mustere ihn von oben bis unten auf der Suche nach einem Hinweis, wer er wirklich ist. Aber ich sehe nur schwarzes Leder, geballte Fäuste in Handschuhen, eine schlanke Statur und diese verkniffenen Mitternachtsaugen.

»Man hat immer eine Wahl«, sagt er. Er verkündet diese Weisheit mit einer solchen Leichtigkeit, als hätte man sie ihm schon hundert Mal gesagt. Er kennt sie in- und auswendig. Und er klingt resigniert. Das sind nicht seine Worte und auch nicht seine eigenen Erfahrungen, das merkt man.

Ich lache und das Geräusch schreckt einen Honigsauger auf, der auf einer Wäscheleine gesessen hat.

»So was sagen nur Leute«, allmählich komme ich wieder zu

Atem, »die nie eine schwierige Entscheidung treffen mussten. Leute, die im Luxus leben. Leute mit Macht, die noch nie mit dem Rücken zur Wand standen.«

… ein Junger, ein Alter, einer, dem das linke Auge fehlte, einer, der nie geschrien hat …

Ich kann Mutters Blut riechen, sehe Vaters totes Gesicht, höre die Schreie der Banditen, sogar wenn ich die Augen schließe.

»Manchmal, Sir Whisper, trifft jemand anders die Entscheidungen für dich und dir bleibt nichts anderes übrig, als damit zu leben.«

Die Leere in meiner Brust ist der beste Beweis dafür. Aber das erwähne ich natürlich nicht. Seine Augen glühen unter der Kapuze. Ich hätte nie gedacht, dass Obsidian so hell brennen kann.

»Du redest, als wärst du viel älter, als du aussiehst«, bemerkt er schließlich.

»Und du bestiehlst am hellen Tag einen vom Goldrang. Das bedeutet, dass du entweder verrückt oder verzweifelt bist.«

»Du bist doch eine von denen, die an den Hof gehen, um eine der ekelhaften Klatschtanten dort zu werden.« Da ist plötzlich echte Boshaftigkeit in seiner Stimme. »Wenn hier jemand verzweifelt ist, dann du.«

Man muss nicht besonders schlau sein, um zu erkennen, dass ich eine Adlige bin, das verrät schon das unglaublich protzige Seidenkleid, das ich trage. Erst bestiehlt dieser Whisper Edelleute und jetzt beleidigt er sie auch noch. Allmählich fange ich an zu glauben, dass etwas Persönliches dahintersteckt. Ich verbeuge mich.

»Ein adliges Mädchen, zu Euren Diensten. Ich würde ja einen Knicks machen, aber ich schätze, den siehst du oft genug.«

Er funkelt mich böse an. »Du hältst mich für einen Edelmann?«

»Ich weiß, dass du einer bist.«

»Du weißt gar nichts über mich.«

Gereizt. Herrisch. Und so schnell defensiv, als wollte er die Wahrheit verbergen, der ich zu nahe gekommen bin. Er mag ein guter Dieb sein, aber er lügt schlecht.

»Hör dir deinen Ton an. Du bist tatsächlich ein Adliger«, staune ich. »Lass mich raten – der Sohn eines Lords? Nein, etwas Höheres, etwas so Vornehmes, dass du dich vom Hof wegschleichen und auf der Straße stehlen musst, nur um frei atmen zu können. Der Sohn eines Herzogs.«

Während ich mich langsam an die Wahrheit herantaste, verengen sich seine Augen immer mehr. »Er mag keine Mädchen wie dich«, sagt er.

»Wer?« Ich blinzle verdutzt.

»Prinz Lucien.«

»Dann bist du mit ihm befreundet? Er hat dir gesagt, dass er blonde Mädchen, die alles andere als gertenschlank sind, nicht mag?«

»Ein Dutzend Mädchen wie du verzehrt sich nach ihm, nach seinem Aussehen, seiner Macht und seinem Gold. Oder allem zugleich. Du bist nicht anders – für dich ist er nur ein Objekt, ein Symbol. Etwas, das du haben musst, um deine Eitelkeit zu befriedigen.«

»Und was, wenn ich dir sage, dass ich an nichts davon interessiert bin?«, frage ich.

»Woran bist du *dann* interessiert?«

Ich lege eine Hand auf meine leere Brust. »Ich bin zwar eine Diebin, aber auch sehr romantisch. Ich will sein Herz erobern.«

Wieder schnaubt er verächtlich. »Du lügst doch! Der Königshof ist kein Spielplatz – wenn du ihn unterschätzt, wirst du dort in Stücke gerissen und an die Hunde verfüttert. Der Prinz ist das alles nicht wert. Du solltest verschwinden, solange du noch kannst.«

Ich denke eine halbe Sekunde lang ernsthaft darüber nach, dann lächle ich.

»Das würde ich gern, aber es geht nicht. Ich habe etwas zu erledigen. Und wenn ich jetzt ginge, würde ich mich dafür hassen. Es gibt eine Menge Dinge, mit denen ich leben kann – der Hunger auf der Welt, Seuchen, zerzauste Haare am frühen Morgen, das unausweichliche Ende der Zivilisation, wie wir sie kennen –, aber ich kann unter keinen Umständen damit leben, mich selbst zu hassen.«

Ich gehe langsam auf ihn zu, bis wir uns fast berühren. Seit ich den Wald verlassen habe, stürmen die Gerüche der Welt auf mich ein. Bei ihm ist es eine Mischung aus Leder, Regenwasser und Schweiß. Er ist ein Adliger, einer von den vielen Menschen, die ich täuschen muss. Außerdem ist er ein Junge. Wenn ich ihn nicht für mich einnehmen kann, welche Chance habe ich dann beim Prinzen?

Whisper erstarrt und seine dunklen Augen sind unverwandt auf mein Gesicht gerichtet.

»Geht es dir nicht genauso?«, frage ich und streiche mit einem Finger über das Leder, das seine breite Brust bedeckt. »Du bist von Adel und doch bestiehlst du deinesgleichen und gibst es den Armen. Als würde das ungeschehen machen können, dass du in einem vergoldeten Käfig lebst, während die einfachen Leute verhungern oder den Säuberungen dieses verrückten Erzherzogs zum Opfer fallen.« Ich lache. »Und du besitzt die Frechheit, *mich* scheinheilig zu nennen.«

Durch den Schlitz in seiner Maske beobachte ich seine Augen. Er zeigt keine Regung, blinzelt nicht und schluckt auch nicht. Er ist hart wie Stein. Wenn meine Berührung irgendeine Wirkung auf ihn hat, dann verbirgt er sie sehr gut. Er scheint eine ordentliche Portion Willenskraft zu besitzen. Ich strecke die Hand aus und umfasse sein Kinn. Er unternimmt nichts, um mich daran zu hindern.

»Armer Junge«, schmeichle ich. »Gibt sich solche Mühe, in einer schlechten Welt zu den Guten zu gehören.«

Es fühlt sich ungewohnt an, zum ersten Mal nach so langer Zeit einen Fremden zu berühren. Jemanden, der so groß ist und dessen Augen sich durch mein Kleid bis auf die Haut zu bohren scheinen.

Aus der Nähe kann ich seine gerunzelten Brauen sehen und den feinen Umriss seiner Lippen. Seine Erstarrung löst sich, als ich mit den Fingerspitzen über seine Wange streiche. In seinem Blick flammt Wut auf und er schlägt meine Hand weg wie eine lästige Fliege.

»Wie kannst du es wagen, mich zu berühren?«, knurrt er. So ein empörter Tonfall! Wenn ich bisher noch unsicher war, ob er wirklich von Adel ist, hat sich das jetzt erledigt – er klingt fast genauso wie Y'shennria.

»Du wirst schon bald merken, dass ich vieles wage.« Ich lächle. »Auch am Hof. Deine Warnung ist sinnlos – du kannst mich nicht aufhalten.«

»Du bist so fest entschlossen zu leiden«, höhnt Whisper und tritt ein paar Schritte zurück. Ich kann mir ein Kichern nicht verkneifen, auch wenn es der Verzweiflung entspringt. Er hat keine Ahnung. Er weiß nichts über mich und meine Welt. Oder was seinen Freund, den Prinzen, erwartet.

»Hast du mal überlegt, dass ich es vielleicht verdient habe, Milord?«, frage ich.

Du verdienst jede nur denkbare Qual, meldet sich die Stimme böse.

Einen Moment lang herrscht Stille zwischen uns. Diesmal ist er es, der auf mich zukommt – zwei große Schritte und erneut berühren wir uns beinahe. Die Wärme, die er unter seiner Lederrüstung verströmt, berauscht mich wie ein starker Kognak. Das Monster in mir erhebt sich und will ihm die Kehle herausreißen. Ich hatte schon mit Menschen zu tun, bin ihnen aber noch nie so nah gekommen. Seine Stimme ist tief und sein Wille eisern.

»Und was, bitte sehr, hast du getan, um so etwas zu verdienen?«

Ich kichere wieder und wende mich mit Schwung ab. »Nun, eine Dame muss ihre Geheimnisse wahren, sonst ist sie nicht mehr interessant.«

»Eine Dame, die so beharrlich einen Dieb verfolgt, ist interessant. Da spielt es keine Rolle, welche Geheimnisse sie unter ihrem Rock verbirgt.«

Das ist eine Art Kompliment, zugleich aber auch eine Anzüglichkeit, und mir läuft ein merkwürdiger Schauer über den Rücken.

»Woher weißt du, dass ich Geheimnisse unter meinem Rock habe?«, frage ich.

»Du hast recht, ich weiß es nicht. Ich könnte nachsehen, wenn du willst, doch ich vermute, dass deine Geheimnisse nicht das Einzige sind, an das ein Mann nicht rühren darf.«

Diesmal überrascht es mich selbst, dass ich auflachen muss. »Wenn du was über mich erfahren willst, musst du schon mehr zu bieten haben als einen Jungfräulichkeitswitz, Milord.«

»Nicht jeder verfügt über eine so scharfe Zunge wie du, *Milady*«, kontert er. Ich versuche mich an einer hochnäsigen Miene.

»Dann fang an zu üben. Ich erwarte, dass du perfekt bist, wenn wir uns beim Empfang wiedersehen. Du kommst doch zum Frühlingsempfang, oder?«

»Leider.«

»Miss?« Ein Ruf hallt durch die Gassen, die Stimme ist eindeutig die von Fisher. »Miss, wo seid Ihr?«

So amüsant das alles ist, Y'shennria wird mir den Kopf abreißen, wenn ich noch länger bleibe. Also drehe ich mich ein letztes Mal zu Whisper um, mache meinen besten Knicks und schlendere davon.

Dass sich Y'shennria maßlos über mein »unverantwortliches Benehmen und die rücksichtslose Herumtreiberei« aufregt, ist so selbstverständlich wie die Tatsache, dass es drei Monde gibt.

»Ich sagte doch, dass es mir leidtut«, versichere ich ihr in der Kutsche. »Außerdem habe ich mich *nicht* vor einem Haufen Edelleuten nackt ausgezogen und in einem Brunnen getanzt. Also gibt es wirklich keinen Grund, wütend auf mich zu sein.«

Y'shennria kneift die Lippen zusammen. »Dein Mangel an Respekt für das, was ich – was *wir* – vorhaben, ist nicht zu akzeptieren. Allein dein Herzmedaillon hat uns vier …«

»… Hexenleben gekostet«, beende ich ihren Satz. »Ich weiß.«

»Und dann ist da noch das ganze Drumherum, der Papierkram und die richtige Bestechung zur rechten Zeit, um dich als meine Verwandte auszugeben …« Sie massiert ihre Stirn und befiehlt: »Fisher, nach Hause.«

Fisher schwingt die Peitsche. »Sehr wohl, Milady.«

»Gebt nicht ihm die Schuld«, sage ich. »Ich war es, die sich ›rücksichtslos herumgetrieben‹ hat.«

»Er hat es zugelassen«, sagt sie. »Das darf nicht wieder passieren.«

»Ich brauche niemanden, der etwas ›zulässt‹. Ich mache, was ich will.«

»Du tust, was ich dir sage, oder du kannst deine Freiheit vergessen.«

In der Kutsche herrscht Schweigen. Ich verkneife mir die hitzigen Bemerkungen, die mir auf der Zunge liegen. Sie hat recht, aber das bedeutet nicht, dass es mir gefallen muss. Mir bleibt nichts anderes übrig, als zuzusehen, wie sich die Welt vor dem

Kutschenfenster von bescheidenen Gebäuden und Läden allmählich zu gigantischen sattgrünen Rasenflächen und perfekt gepflegten Gärten wandelt. Wie der Edelstein in einer Krone liegt das Adelsviertel in der Stadtmitte und viele der protzigen Sandsteinpaläste sind durch Unmengen von Grünpflanzen und pompösen Statuen kaum zu sehen.

»Hier residieren die Adligen des ersten Rangs«, bemerkt Y'shennria kühl. »Aber auch die Minister. Zum Beispiel der Bauminister, der für Straßen, Schiffe und die Lagerung der eingeführten Waren zuständig ist. Der Minister für Ahnenforschung überwacht die Stammbäume des ersten und zweiten Rangs. Er weist Gelder an und sorgt dafür, dass Erbschaften an den rechtmäßigen Erben gehen. Er ist derjenige, der dich ›gefunden‹ und dir deinen Titel zuerkannt hat.«

»Womit habt Ihr ihn bestochen? Es muss etwas absolut Unwiderstehliches gewesen sein.«

»Der Finanzminister verwaltet die Reichtümer von Cavanos.« Sie ignoriert mich und spricht lauter, als müsste sie meine unverschämte Bemerkung übertönen. »Er ist auch verantwortlich für alle Handelswege, die ins Land hinein- und wieder hinausführen.«

Im Vorbeifahren pflücke ich eine Geranienblüte von einem Busch, vergrabe die Nase in ihren orangefarbenen Blütenblättern und atme tief ein. Die Kutsche hält nicht vor einem der eleganten hellen Herrenhäuser, sondern vor einem wesentlich kleineren, bescheidenen Haus aus schwarzem Stein. Auf allen Vorsprüngen sind eiserne Stacheln angebracht, die aussehen wie die Borsten eines wütenden Tieres. Im Gegensatz zu den gepflegten Gärten der anderen Häuser wuchern hier Rosensträucher mit schwarzen Blüten und hohe Grasbüschel. Dornen und schwarze Blütenblätter liegen überall herum, abgefallene rote Beeren sind in den Boden getreten worden wie die Herzen winziger Wesen. Nicht in meinen wildesten Träumen hätte ich erwartet, dass es einen Ort gibt, der noch deprimierender ist als Nightsingers Wald.

Als wir vorfahren, reihen sich drei Personen in dunklen Uniformen vor der Kutsche auf. Fisher hilft mir und Y'shennria beim Aussteigen, und Y'shennria entlässt ihn und einen schüchtern aussehenden Jungen, damit sie sich um die Pferde kümmern. Damit bleiben nur noch eine Frau, die so alt ist, dass sie kaum noch aufrecht stehen kann, und ein nicht ganz so alter Mann mit einem gepflegten weißen Bart.

»Maeve, Reginall, ich möchte Euch Zera Y'shennria vorstellen, meine Nichte.« Y'shennria deutet auf mich, und die beiden verbeugen sich, auch wenn es bei Maeve kaum mehr als ein steifes Nicken ist. Am liebsten würde ich ihnen sagen, dass diese Formalitäten unnötig sind, aber dann fällt mein Blick auf das protzige Haus auf der anderen Seite der Hecke. Dort geht gerade ein vornehm gekleidetes Paar entlang. Die beiden spähen unter dem Sonnenschirm der Dame hindurch und beobachten uns mit Argusaugen. Natürlich sind solche Formalitäten nötig, wenn ich diese Leute täuschen will.

»Maeve ist unsere Meisterköchin«, sagt Y'shennria. »Und Reginall ist für das Haus zuständig. Reginall, wenn Ihr so freundlich wärt, Euch um Zeras Gepäck zu kümmern …«

»Ich habe keins. Also keine Umstände.«

»Ganz im Gegenteil, Milady.« Reginall zeigt auf das Dach der Kutsche, auf dem sich mehrere Koffer stapeln. »Mir scheint, Ihr habt einiges mitgebracht.«

Ich mache große Augen und drehe mich zu Y'shennria um. »Was habt Ihr bei diesem Schneider gekauft?«

»Nur ein paar Kleider, ein bisschen Unterwäsche und einige Schals«, behauptet Y'shennria. »Reginall, bitte verbrennt das alte Kleid, das ganz unten im blauen Koffer liegt, sobald sich die Gelegenheit bietet.«

Reginall verbeugt sich. Erstaunlich flink zieht er einen Koffer vom Kutschendach, aber ich beeile mich, den anderen zu nehmen.

»Milady, überlasst das mir. Bitte ruht Euch aus«, beschwört er mich.

»Unsinn. Ich habe zwei gesunde Arme, oder etwa nicht? Da kann ich wenigstens helfen, meine eigenen Unterhosen zu tragen.«

Maeve blinzelt mit müden Augen, als könnte sie nicht glauben, was ich gerade gesagt habe. Ich höre die vornehmen Leute auf der anderen Seite der Hecke lachen.

»Sind die Y'shennrias so arm, dass sie jetzt schon ihre Koffer selbst tragen müssen?«

»Ach, sei doch nicht so unfreundlich. Sie können dich hören!«

»Sieh dir doch ihr Haus an – es bricht bald zusammen. Soll mich die Letzte von ihnen doch wegen übler Nachrede verklagen. Denen, die den Alten Gott anbeten, glaubt sowieso keiner.«

Ihre Worte sind so kalt, dass ich beinahe schaudere. Ich wusste, dass Edelleute gemein sein können, aber das war unverschämt. Y'shennria schaut zu ihnen hinüber, dann zu mir. Sie packt meinen Arm und zieht mich durch die Haustür. Ich will mich losreißen, aber sie ist erstaunlich stark. Sie führt mich ins Wohnzimmer und schubst mich auf ein schiefergraues Sofa. Sie selbst nimmt mir gegenüber in ihrer üblichen aufrechten Haltung auf einem harten Stuhl Platz.

»Du wirst den Angestellten keine Hilfe anbieten.«

»Aber die Angestellten sind uralt!«, protestiere ich. »Ihr könnt diese Leute nicht so schweres Zeug schleppen lassen!«

»Reginall ist durchaus zu harter Arbeit fähig.«

»Das heißt noch lange nicht, dass …«

»Mein Haushalt ist nicht der Königshof«, erwidert sie ohne das geringste Zögern. »Ich zahle Lohn und gewähre Freiheiten. Am Hof gibt es so etwas nicht – dort darf man die Dienstboten sehen, aber nicht hören. Was, wenn du ihnen hilfst und jemand sieht es? Dann heißt es vielleicht, dass der Dienstbote unfähig ist, seine Arbeit zu verrichten. Dann entlässt man ihn auf die Straßen dieser grausamen Stadt und wegen seiner angeblichen Unfähigkeit bekommt er nie wieder eine neue Stelle.«

»Das ist doch … *Irrsinn.*« Mein Magen rumort, es fühlt sich an, als tobte darin ein Tornado. Y'shennria betrachtet mich mit ihrem ausdruckslosen Blick.

»So ist es in Vetris und du wirst dich anpassen. Du wirst jeden Tag in diesem Raum mit mir lernen, bis die Sonne untergeht. Frühstück gibt es pünktlich um sieben. Mittags eine Kleinigkeit und Abendessen um acht. Du wirst zu jedem dieser drei Anlässe eins der Kleider anziehen, die ich besorgt habe.«

»Ich soll mich drei Mal umziehen? Das ist doch absurd!«

Sie verzieht keine Miene. »Dein Zimmer ist oben, die vierte Tür links. Du erscheinst morgen früh um Punkt sieben Uhr dreißig hier in diesem Raum. Wenn du zu spät kommst, haben wir ein Problem. Ist das klar?«

»So klar wie das Eis auf Eurem Herzen«, murmle ich. Y'shennrias Lippen verziehen sich zum Anflug eines Lächelns. Sie erhebt sich und ihre langen dunklen Haare wippen. Ich sehe zum ersten Mal, wie ihre eisige Maske der Selbstbeherrschung ein wenig auftaut, aber gleichzeitig erkenne ich eine tiefe Hoffnungslosigkeit in dieser plötzlichen Wärme.

Ihr Blick wandert zu einem Ölgemälde, das einen gut aussehenden Mann mit dunkler Haut und einem strahlend weißen Lächeln zeigt. Wir sind daran vorbeigerauscht, als sie mich hier hergezerrt hat, aber ich kann ihn mir erst jetzt in Ruhe ansehen. Er ist jung, viel jünger als Y'shennria. Der Künstler war wirklich begabt, aber es ist nicht nur die Technik, die das Bild so beeindruckend macht – es ist das Motiv. Die grauschwarzen Augen des Mannes strahlen Weisheit aus und schimmern wie Diamanten. Der vornehme, golddurchwirkte Mantel, den er trägt, weist ihn als Edelmann aus, und so liebevoll, wie ihn Y'shennria betrachtet, handelt es sich zweifellos um Lord Y'shennria. Der Ehemann, den sie an die Herzlosen verloren hat. An den Krieg.

»War das nicht eine nette Bemerkung, Ruberion?«, fragt sie das Gemälde leise. »Dass mein Herz nach all dieser Zeit immer noch klar ist?«

Das Gemälde bleibt stumm und ich noch stummer.

5

Die rote Glut

Wäre ich ein Mensch, wäre ich jetzt in mein bescheidenes Zimmer gewankt und sofort ins Bett gefallen. Wenn ich richtig gerechnet habe, waren wir fast den ganzen Tag unterwegs. Aber ich bin kein Mensch und statt meine Zeit mit Schlaf zu vergeuden, starre ich an die Zimmerdecke, zähle die Rauten in den Deckenplatten und denke darüber nach, was mich erwartet, wenn ich versage.

Achtzehn. Neunzehn. Zwanzig.

Ich sollte Angst haben. Vor Whisper habe ich die Tapfere gespielt, aber er hat recht. Der Königshof wartet, tückisch. Meine Beute wartet, gefährlich. Eigentlich müsste ich starr vor Angst sein.

Einundzwanzig. Zweiundzwanzig.

Aber das bin ich nicht. Mir ist nur unbehaglich zumute. Die Angst lauert in weiter Ferne, wie das Heulen eines Wolfs, der zu weit weg ist, als dass man ihn sehen könnte. Ich hatte seit drei Jahren keine Angst mehr, doch es fühlt sich an, als wären es hundert. Hundert Jahre, in denen ich unsterblich und alterslos durch den Wald gestrichen bin und mich nur um der Abwechslung willen mit verhungernden Wildkatzen und finster entschlossenen Söldnern eingelassen habe.

Nein, ich habe keine Angst. Noch nicht. Aber das kommt bestimmt noch.

Vierundzwanzig. Fünfundzwanzig. Sechsundzwanzig.

Eine leichte Drehung des Kopfs und aus den dunklen Rauten in der Decke werden Augen, so schwarz wie die von Whisper. Ich habe so lange allein gestohlen, dass es beinahe tröstlich war, jemanden zu treffen, der genauso geschickt darin ist. Es ist gut zu wissen, dass sich die Welt auch ohne mich dreht, ob ich nun frei bin oder nicht.

Ich öffne das Fenster und sehe zu, wie die Sonne aufgeht. Anders als Nightsingers Wald verändert sich Vetris ständig. Das hat mit dem Stand der Sonne zu tun – mittags taucht sie die Stadt in ein strahlendes Weiß, doch die Nachmittagsschatten sehen aus wie tiefe Schluchten zwischen Häusern und Straßen, ähnlich dunklen Adern. Bei Sonnenuntergang errötet die Stadt. Dann gehen Edelleute in eleganter Kleidung und mit großen Hüten spazieren, paarweise oder einzeln, verbeugen sich voreinander, rauchen lange Zigaretten und schauen immer wieder auf ihre Taschensanduhren. Die Bäume dämpfen den Lärm der Stadt, aber wenn die Tempeluhr zur Mittagsstunde schlägt, ist es bis hierher zu hören, laut und deutlich. Sonnenvögel und Kraniche segeln im Morgenlicht über den Himmel und ich freue mich über ihr leuchtendes Gefieder. Weit und breit ist keine Krähe zu sehen.

Jemand klopft an die Tür und ich wende mich vom Sonnenaufgang ab. Ich öffne, aber dort steht nur ein silbernes, mit einem Tuch bedecktes Tablett. Ich schaue mich nach Reginall oder Maeve um, doch es ist niemand auf dem Flur. Ich nehme das Tablett mit ins Zimmer und hebe den Deckel – ein herzhafter Lammeintopf mit Bohnen, noch ziemlich warm, dazu frisches Brot. Neben dem Teller liegt ein kleiner Zettel: *Übung macht den Meister.*

Y'shennria hat eine makellose Handschrift. Ich greife nach dem silbernen Löffel. Sie hat recht – wenn ich von nun an ständig Menschenessen vorgesetzt bekomme, brauche ich einen Auffrischungskurs. Der erste Bissen schmeckt genau so, wie ich es in Erinnerung habe – warm und würzig. Es ist eine Offenbarung und ich schiebe mir noch einen Löffel voll in den Mund und dann noch einen. Es schmeckt so großartig, dass ich in Kauf nehme, was unweigerlich passieren wird.

Es dauert zehn Minuten, dann packt mich der Schmerz wie eine heiße Eisenklammer. Ich weine. Ich weine Blut in Strömen, mein herzloser Körper gönnt mir nicht das kleinste bisschen Normalität oder Menschlichkeit. Als das Schlimmste vorüber ist, liege ich auf dem kühlen Holzboden, atme die letzten Krämpfe weg und fange wieder an, das Rautenmuster an der Decke zu zählen.

Siebenundzwanzig. Achtundzwanzig. Neunundzwanzig.

Whisper ist ein Edelmann. Ein Dieb. Ein funkelnder Obsidian, umgeben von einer geheimnisvollen Aura.

Dreißig. Einunddreißig.

Ich bin jetzt auch eine Adlige. Ich umklammere mein Medaillon und fühle, wie der Splitter meines Herzens darin schlägt, stark und jämmerlich zugleich. Er ist so klein. Unvollständig. Ich bin schon lange Zeit nicht mehr vollständig.

Zweiunddreißig. Dreiunddreißig.

Genau hier, genau jetzt, auch wenn es wehtut, kann ich so tun, als wäre ich ein Mensch, frei. Vollständig.

Ich greife erneut nach dem Löffel.

Wie sich herausstellt, ist es selbst für eine unsterbliche Hexensklavin wie mich das Schlimmste, die ganze Nacht aufzubleiben.

Ich nehme an, dass dies ein Grund ist, warum Herzlose schlafen – weil es kaum andere Möglichkeiten gibt, die Zeit vergehen zu lassen oder das Gehirn abzuschalten. Die Ereignisse des vergangenen Tages gehen mir ständig im Kopf herum, doch es sind eigentlich nur Gedankenfetzen. Whisper, so von sich überzeugt, mit seinen breiten Schultern und seiner schlanken Statur. Crav. Peligli. Ich hoffe, sie sind in Sicherheit. Ich hoffe, ich bin in Sicherheit. Bei den Göttern, ich hoffe, dieser Ort bringt mich nicht um. Und wenn doch, hätte ich gern eine Vorwarnung, das ist wohl das Mindeste. Etwa einen Tag vorher, dann hätte ich genug Zeit, mich mit all den feinen Kleidern, die Y'shennria mir gekauft hat, zu verdrücken, aber nicht genug Zeit, um Schuldgefühle zu haben.

Das Morgenlicht fällt durch die Fenster und beweist mir, dass ich schon wieder eine ganze Nacht damit verbracht habe, mir Sorgen zu machen. Ich setze mich auf und beobachte den Sonnenaufgang. Heute ist er noch schöner als gestern. Davon werde ich nie genug bekommen. Wie viele Sonnenaufgänge mir noch bleiben? Wie viele werde ich noch sehen können, bevor die rote Glut in mir mich dazu treibt, jemanden zu töten? Bevor ich einen Fehler mache und ihn mit dem Leben bezahle?

»Hör auf zu jammern«, befehle ich mir selbst. »Das hast du im Wald schon mehr als genug getan.«

Ich werde noch tausend Sonnenaufgänge sehen. Ich werde die rote Glut in Schach halten, die richtigen Dinge sagen, den Prinzen auf mich aufmerksam machen, ihm sein Herz herausreißen, und dann nichts wie weg von hier.

Erst als ich Geräusche aus der Küche höre, steige ich aus dem Bett. Ich ziehe ein kühles weißes Leinenkleid an und stecke das Medaillon unter den Kragen. Auf dem Weg nach unten dringt mir der verführerische Duft von frisch gebackenem Brot mit Butter in die Nase. Bei den Göttern, wie lange ist es her, seit ich frisches Brot gerochen habe? Nightsinger isst nur Gemüse und Weizengebäck.

Im Esszimmer steht ein prunkvoller riesiger Tisch. Y'shennria sitzt an der Stirnseite. Heute trägt sie ein malvenfarbenes Kleid mit einem Rüschenkragen, der ihre Narben verbirgt, und sie bedeutet mir, am anderen Ende Platz zu nehmen. Der Tisch ist so groß und wir sitzen so weit voneinander entfernt, dass ich lachen muss.

»Amüsiert dich etwas?«, fragt Y'shennria und hebt eine Braue.

»Ich finde es nur witzig, dass man in Vetris offenbar über den Tisch schreien muss, um sich zu unterhalten.«

»Keineswegs«, antwortet Y'shennria kalt. »Ich halte es nur

für unnötig, in deiner Nähe zu sitzen, um dich zu unterrichten.«

Kein Wunder. Welcher Mensch, der noch bei Verstand ist, will schon neben einer Herzlosen essen? Auch wenn sie so beherrscht und vornehm tut und sich hinter dieser damenhaften Maske versteckt, hat Y'shennria doch immer noch Angst vor mir. Sie gibt es nicht zu, aber ich merke es deutlich.

Maeve kommt herein und gibt warmes Porridge in meine Schale, garniert mit Schokoraspeln und Beeren. Y'shennria schiebt ein Taschentuch über den Tisch zu mir hin und sagt, dass ich erst aufstehen darf, wenn ich aufgegessen habe. Meine Zunge kribbelt und kann es kaum erwarten, wieder das wunderbare Menschenessen zu schmecken, doch mein Körper schreit, dass ich die Finger davon lassen soll. Ich löffle mir süßes, dünnflüssiges Porridge in den Mund, obwohl ich weiß, dass jeder Mundvoll mir wieder Schmerzen bereiten wird. Ich versuche, den Geschmack zu genießen, aber diesmal setzt die Qual fast sofort ein. Die Glut in mir verlangt nach rohem Fleisch, aber ich bringe sie zum Schweigen und esse alles auf, obwohl mein Magen heftig rebelliert.

Ich kralle mich am Stuhl fest und versuche verzweifelt, den Schmerz zu ertragen, während Y'shennria nach den Namen der Adelsfamilien, der Etikette beim Tanzen, der Geschichte der d'Malvane-Herrschaft fragt. Ihre Fragen lenken mich zumindest ein wenig ab, aber meine Aufmerksamkeit leidet unter den Schmerzen, die mich in Wellen erfassen. So viel Menschennahrung habe ich noch nie gegessen und mein Körper hasst mich dafür. Maeve darf mich nicht weinen sehen – Y'shennria hat sie nicht weggeschickt. Wahrscheinlich will sie mich auf die Probe stellen, denn wenn mich der Schmerz überwältigt, würde Maeve sofort erkennen, was ich wirklich bin. Jetzt fragt Maeve freundlich, ob es mir nicht gut geht, und Y'shennria erfindet die Ausrede, ich sei ein bisschen krank.

Endlich lässt sie ihre Angestellte gehen, und nachdem Maeve die Tür hinter sich geschlossen hat, keuche ich auf, greife nach dem Taschentuch und wische mir verzweifelt übers Gesicht. Das Inferno der Schmerzen lindert sich langsam mit meinen Tränen.

»Sieben Minuten«, verkündet Y'shennria nach einem Blick auf die Sanduhr auf dem Kaminsims. »Morgen versuchen wir, zehn zu erreichen. Je länger du es aushältst, bevor du dich entschuldigen musst, desto weniger Verdacht erregst du. Du zeigst noch zu viele Empfindungen. Du musst lernen, die Schmerzen zu ertragen, ohne dich zu winden.«

»Wenn ich etwas liebe, dann sind es immer wiederkehrende Höllenqualen«, knurre ich und halte das leuchtend rote Taschentuch hoch. »Ich hoffe, Euch fällt eine gute Ausrede für denjenigen ein, der Eure Wäsche macht.«

Wir gehen ins Wohnzimmer und sie lässt Reginall alle Möbel zur Seite schieben, damit ich üben kann, mich auf hohen Absätzen zu verbeugen und einen Knicks zu machen (das eine bei Männern, das andere bei Frauen und eine spezielle Version, mit der beide gleichzeitig begrüßt werden). Ich knickse, bis mir die Knie glühen, verbeuge mich, bis mir das Kreuz schmerzt, übe die einfachsten Dinge – einen Türknauf lautlos mit nur zwei Fingern zu drehen, in einem langen Kleid eine Treppe hinaufzugehen, mich so gerade zu halten, dass die beiden dekorativen Kristallkugeln, die ich auf den Schultern balanciere, nicht hinunterfallen – und das alles, bis die Sonne nicht mehr in die Fenster scheint. Reginall, der mit Saubermachen beschäftigt ist, betritt gelegentlich den Raum. Er achtet darauf, mir nicht in die Augen zu sehen, beobachtet uns aber trotzdem. Als es draußen schon dunkel ist, klopft er an den Türrahmen. Ich zucke zusammen, die Kristallkugeln rutschen von meinen Schultern und landen mit einem dumpfen *Pfump* auf dem Teppich.

»Nicht schon wieder!«, ruft Y'shennria. »Heb sie auf und fang noch einmal von vorn an.«

»Diese Schuhe sind grauenvoll«, keuche ich. »Und meine Schultern …«

»Noch mal«, verlangt sie energisch und sieht Reginall an. »Was ist?«

»Entschuldigt die Störung, Milady, aber nach der Sanduhr sind dreizehn Stunden vergangen. Vielleicht braucht die junge Dame eine Pause.«

Y'shennria dreht sich zu mir um und starrt auf meine Brust, auf die Stelle, an der mein Herz sein müsste.

»Nein«, sagt sie schließlich. »Sie übt weiter.«

»Milady …«

»Bitte helft Maeve bei der Zubereitung des Abendessens, Reginall.« Y'shennrias Worte dulden keinen Widerspruch. Er verbeugt sich und geht.

»Tantchen«, stoße ich hervor, »ich brauche eine Sekunde …«

»*Lady Y'shennria.* Und dafür haben wir keine Zeit.« Sie

scheucht mich wieder los. »Du hast kaum an der Oberfläche von dem gekratzt, was du können musst, und noch dazu mehr schlecht als recht. Du verfügst über keinerlei Anmut und hast nicht den geringsten Gleichgewichtssinn. Dazu kommt, dass du anscheinend noch nie in deinem Leben geradeaus gelaufen bist, und …«

Meine Beine zittern. Ich schaffe drei Schritte, dann breche ich zusammen.

»Warum ist das so schwer für dich?«, fragt sie streng. »Es handelt sich doch nur darum, korrekt zu gehen.«

Töte sie, peinigt mich die Stimme.

Ich muss essen, sofort.

»Ob Ihr es glaubt oder nicht«, japse ich, »auch Monster werden müde.«

Y'shennria hebt die Kristallkugeln vom Teppich auf. Sie tritt an ein Regal, auf dem sieben weitere Kugeln liegen, die erste aus Glas, die zweite aus Stein, die dritte aus Kupfer mit kleinen Nadelspitzen. Eine Kugel für jedes Stadium der Haltungsschule adliger Kinder, hat sie mir erklärt. Sie greift nach der allerletzten Kugel – schwarzes Eisen mit rasiermesserscharfen Schneiden.

Sie legt die Kugel neben mich.

»Nein – es reicht. Ich muss essen«, würge ich mit zusammengebissenen Zähnen hervor. »Jetzt.«

»Und ich werde dir zu essen geben«, sagt sie. »Nachdem du gegangen bist, ohne diese Kugel fallen zu lassen.«

Es kommt mir vor, als würden mich die scharfen Schneiden boshaft anglotzen.

»Ich bin ziemlich sicher, dass ich es Euch schon in der Kutsche gesagt habe«, keuche ich. »Dass ich … mich nicht unter Kontrolle habe, wenn ich nicht esse.«

Angst blitzt in ihren Augen auf, aber sie lässt sich nichts anmerken. »Und ich habe dir gesagt, dass es Zeiten geben wird, in denen du etwas länger durchhalten musst. Du wirst es überleben.«

Und du wirst sterben, erwidert die rote Glut in mir und flammt auf wie eine Fackel. Ich muss gegen den Drang ankämpfen, mich auf der Stelle auf sie zu stürzen.

»Du bist erst in zweiter Linie eine Herzlose, Zera«, sagt Y'shennria. Ich höre ihre Stimme wie aus weiter Ferne, als wäre ich unter Wasser. »In erster Hinsicht bist du eine Dame. Also benimm dich entsprechend.«

»Ich … kann nicht …«

»Du kannst«, versichert sie mir. »Beweise mir, dass du mehr bist als die rote Glut. Beweise mir, dass immer noch ein Rest Menschlichkeit in dir steckt.«

Ich habe mich an mein Menschsein geklammert, habe alles, was noch davon übrig war, sorgsam gehütet. Es mit Witzen getarnt. Ich habe die Hoffnung nie verloren, aber in mir ist eine riesige, tiefe Grube, in der diese Glut brennt. Und ihre Stimme lacht über meine Hoffnung.

Du bist nichts, flüstert sie. **Einfach nur ein Tier, das von roter Glut verschlungen wird. Du kannst dem, was du getan hast, nie entrinnen.**

Ich spüre Vaters Schwert schwer an meiner Seite. Ich kann mich kaum noch an sein Gesicht erinnern oder an das von Mutter. Ich weiß nicht mehr, wie ihre Stimmen geklungen haben. Welchen Sinn hat es, wieder ein Mensch zu werden, wenn mir nichts geblieben ist außer vagen Erinnerungen?

Wo immer sie jetzt sind, sie hassen dich dafür, dass du ihren Tod verschuldet hast.

»Zera!«, herrscht mich Y'shennria an. »Du bist meine Nichte. Ich erwarte, dass du meinen Wünschen nachkommst.«

Im Nebel der Glut regt sich mein Unherz. *Nichte.* Familie. Ich gehöre nicht zu ihrer Familie, aber sie ist bereit, so zu tun, obwohl ich genauso ein Wesen bin wie die, die ihre wahre Familie vernichtet haben. Drei Jahre Leid sind nichts im Vergleich zu den Jahrzehnten, die sie mit diesem Schmerz lebt. Verglichen mit Y'shennria bin ich schwach. Sie zählt auf mich. Crav, Peligli. Nightsinger. Sie alle zählen auf mich.

Auch mein eigenes Herz.

Ich kneife die Augen zu, und mit allergrößter Anstrengung zwinge ich die Glut zurück in ihre Grube. Ihre Stimme wird leiser.

Ich kämpfe mich auf die Füße, hebe die Kugel vorsichtig auf, um mich nicht zu schneiden, und lege sie mir auf die Schulter. Ich bin ein Mensch. Ich bin eine Y'shennria. Ich spüre die scharfen Klingen. Ein falscher Schritt, ein leichtes Stolpern und sie zerschneiden meine Haut. Vorsichtig gehe ich zehn Schritte. Elf, zwölf – meine Knöchel protestieren, zittern, die Klingen der Kugel nagen an mir. Warmes Blut läuft über meine Haut. Die Schmerzen sind nicht das Schlimmste – es sind meine Gedanken. Ich bin erschöpft, mein Kopf ist vollgestopft mit Unmengen von Gesten und Regeln. Ich habe noch nicht gegessen. In meinem Gehirn verschwimmt alles, ähnlich dem Hitzeflimmern an einem heißen Sommertag. Jeder Schritt muss perfekt sein. Die rote Glut wütet in mir und rüttelt an den Gitterstäben ihres Käfigs.

Dreizehn Schritte. Vierzehn. Die Klingen schneiden in meine Haut und all meine Instinkte schreien danach, das verdammte Ding ein für allemal abzuwerfen. Ich bin fast am Ende des Raums angekommen. Sechzehn. Sechzehn Jahre Menschsein, vergessen, verloren. Achtzehn, neunzehn – ich keuche auf, weil die Klingen mir immer tiefer in die Schulter schneiden. Ich wäre jetzt neunzehn Jahre alt. Ein letzter Schritt.

Zwanzig.

Mein zwanzigstes Lebensjahr werde ich als freier Mensch verbringen. Das ist es, was ich immer wollte.

Ich greife nach dem Bücherregal und halte mich daran fest. Meine Knie zittern so sehr, dass ich kaum noch stehen kann. Ich höre Y'shennria zu mir kommen, dann lässt der Schmerz nach, weil jemand die Klingen aus meiner Haut gezogen hat. Sie mustert mich, die blutige Kugel in den Händen. Ich glaube in ihrem Blick einen Hauch Sanftheit zu erkennen.

»Gut gemacht, Zera.«

Nachdem sie mir schon so oft vorgeworfen hat, *nicht gut genug* zu sein, sind diese Worte jetzt süßer als Kleehonig. Ich genieße sie und biete meine letzten Energien auf, um zu lächeln. Sie geht und holt mir Essen. Ich lasse mich auf ein Sofa fallen, weil mir alles wehtut. Reginall kommt herein, einen Staubwedel in der Hand.

»Vielleicht ist jetzt etwas Bettruhe angebracht, Milady?«

Die rote Glut in mir schreit. Wenn ich mein Gehirn dazu bringen kann, Worte zu einem Scherz aneinanderzureihen, kann ich sie vielleicht ignorieren.

»W-wenn ich eine von diesen faulen, liederlichen Personen wäre, würde mich dieser Vorschlag reizen«, ist alles, was ich zustande bringe.

Er verbeugt sich. »Natürlich, Milady. Das ist mir schon heute Morgen aufgefallen, als Ihr den gesamten Inhalt Eurer Koffer aufs Bett gekippt habt.«

Ich lache und die Glut zieht sich in ihre Grube zurück. Wir schweigen. Die drei Monde am Abendhimmel scheinen hier in der Stadt weniger hell, als ich es gewohnt bin, denn aus allen Fenstern dringt Licht. Die Menschen sind so voller Hass und Misstrauen, aber trotzdem erschaffen sie viele schöne Dinge.

Ich spüre, dass meine Wunden heilen – meine Schultern sind unbedeckt und Reginall kann die Schnitte sehen. Sofort gerate ich in Panik, versuche aber, mir nichts anmerken zu lassen.

»Würdet Ihr mir ein Halstuch holen, Reginall?«

Er nickt, entfernt sich und kehrt mit einem Seidentuch zurück. Ich lege es mir um die Schultern und er lächelt.

»Das steht Euch sehr gut«, sagt er. Ich winde mich vor Verlegenheit.

»Ist es komisch, dass ich immer nervös werde, wenn jemand sagt, dass ich hübsch bin oder gut aussehe?«

»Wir alle fühlen uns ein wenig unbehaglich, wenn andere uns nur nach dem Äußeren beurteilen«, antwortet er.

»Ihr seid sehr klug.« Ich bewundere seine Klarheit.

»Ich fürchte nicht, Milady. Ich bin einfach nur alt.«

Plötzlich ist in seinem Blick dieselbe Müdigkeit, die ich schon bei Y'shennria gesehen habe. Was hat er durchgemacht? Auch er muss den Sonnenlosen Krieg miterlebt haben.

»Wo wart Ihr, Reginall«, frage ich, »während des Krieges?«

»Ich habe gekämpft, Milady.«

»Auf wessen Seite?«

Wortlos zieht er den Kragen seines Hemds ein wenig herunter. Die blütenförmige Narbe zieht sich hoch bis zu seinem Hals. Ich erkenne sie sofort – wie könnte ich nicht? Ich habe diese Narbe erst ein Mal zuvor gesehen, an dem Herzlosen einer anderen Hexe. Dem *ehemaligen* Herzlosen. Diese Narbe erblüht auf unserer Brust, wenn wir unser Herz zurückbekommen und wieder zu Menschen werden. Ich träume nun schon drei Jahre davon, endlich diese Narbe auf meiner Brust zu sehen.

»Ihr seid ein …«

»Das war ich.« Er sieht mich unverwandt an. »Vor dreißig Jahren war ich ein Mensch, und dann nicht mehr. Also kämpfte ich. Und bei Kriegsende, als es mehr Gräber gab als Kinder auf den Straßen, bekam ich mein Herz zurück, wie es mir meine Hexe versprochen hatte. Danach nahm sie sich das Leben.«

Ich habe plötzlich das Gefühl, keine Luft zu bekommen. »Warum?«

»Ich bin nicht sicher, Milady. Aber sie hat während des Krieges viele Menschen getötet, und das hat sie so belastet, dass sie nur im Tod Frieden finden konnte.«

Meine eigene Schuld flammt wieder auf. **Fünf Männer. Einer jung, einer alt …** Ich bringe die Stimme zum Schweigen, bevor sie die Oberhand gewinnt. »Ich bin auch eine Herzlose.«

»Ich weiß.« Er lächelt. »Lady Y'shennria hat es mir gesagt, aber sonst niemandem.«

»Warum hat sie Euch eingestellt, wenn Ihr ein Herzloser wart? Sie hasst uns.«

Er spricht langsam und überlegt. »Ich glaube, dass sie in den letzten dreißig Jahren versucht hat, die Wesen zu begreifen, die ihre Familie getötet haben. Einen Sinn darin zu finden, einen Sinn in diesem Krieg. Wenn man so viel verliert, will man unbedingt den Grund dafür wissen.«

Ich bleibe stumm und lausche dem Rieseln der Sanduhr, bis ich schließlich feststelle: »Ihr seid frei. Ihr könntet überall hingehen – wieso bleibt Ihr hier? In Vetris hasst man Hexen. Wenn man herausfindet …«

»Habt Ihr jemals einen Menschen getötet, Milady?«

Sofort dröhnen die Schreie der Banditen in meinen Ohren. Ich kann mich nicht bewegen. Reginall lächelt noch freundlicher.

»Ihr habt es getan. Also kennt Ihr das Entsetzen, das damit einhergeht. Ihr wisst, dass die rote Glut das Schlachten genießt, das Blut und den Moment, in dem das Licht in ihren Augen erlischt.«

Die Erinnerungen tauchen so abrupt auf, dass ich von ihnen überwältigt werde. Blut an meinen Händen, ich lache, etwas in meiner Hand, ein Stein, mit dem ich zuschlage, Splitter aus Stein und Knochen …

Reginall legt mir eine Hand auf die Schulter und holt mich heraus aus dieser Finsternis.

»Und Ihr wisst sicher auch, dass die rote Glut nicht das ist, was Euch ausmacht. Ihr dürft ihre Grausamkeit nie mit Euren eigenen Gedanken und Gefühlen verwechseln. Ich erinnere mich noch gut daran, was für mich das Schlimmste gewesen ist – zu glauben, dass die Glut ein Teil meiner Seele sei.«

»Was genau ist es?«, frage ich hastig. »Die Glut?«

»Ich weiß es nicht. Wir haben im Krieg darüber gesprochen. Manche von uns waren der Meinung, dass es ein Hexenfluch ist. Andere glaubten, dass es sich um die niedersten Instinkte der Menschen handelt, gegen die wir machtlos sind. Ich weiß nicht genau, was es ist, nur dass es existiert und dass es grausam ist.« Er geht zum Kaminsims und staubt geistesabwesend die Sanduhr ab. »Ich werde Y'shennria bis zum letzten Atemzug dabei unterstützen, den bevorstehenden Krieg zu verhindern. Mehr kann ich nicht beitragen, um wiedergutzumachen, was ich getan habe – deswegen bin ich hier. Weswegen seid Ihr hier, Milady?«

»Wegen meines Herzens.«

»Und?«

»Um einen Krieg zu verhindern.«

»Ist das alles?« Er lächelt und ich erkenne, dass er es weiß. Er weiß, dass meine Worte nur die halbe Wahrheit sind, und erst jetzt, nachdem ich sie ausgesprochen habe, wird es mir ebenfalls bewusst. Ich will mein Herz, die Herzen meiner Freunde und Freiheit.

Ich will das alles. Aber nichts davon wird genug sein. Nichts davon wird die Leere, diesen klaffenden Abgrund, dieses kalte Loch füllen und mich wieder zu dem Mädchen machen, das ich einmal war. Ein glückliches Mädchen, ein unschuldiges Mädchen. Ein Mädchen mit einer Familie. Ein Mädchen, das an das Gute in der Welt geglaubt hat.

Ein Mädchen, das Liebe kannte.

Reginall geht zur Tür und verbeugt sich. »Ich hoffe, Ihr findet, wonach Ihr sucht, Milady.«

6

Das Schlangennest

Drei Tage reichen nicht aus.

Aber Y'shennria gibt ihr Bestes.

Wir üben die ganze Nacht, sie opfert sogar ihren Schlaf, um mit mir aufzubleiben. Ich trainiere weiter mit der Rasiermesserkugel und verletze mich immer seltener. Schließlich schaffe ich es ohne einen einzigen Schnitt und reiße triumphierend die Faust hoch – was sie als »undamenhaft« tadelt, obwohl sie dabei lächelt. Y'shennria sorgt dafür, dass ich genug zu essen bekomme, und so ist die Glut nur ein schwaches Glimmen, als sie mir das Tanzen beibringt. Sie wagt immer noch nicht, mich zu berühren, deshalb ist Reginall mein Partner. Sie sitzt an der Harfe, spielt wundervolle Melodien, und ich muss lernen, mich im Takt zu drehen und zu wenden. Zu behaupten, dass ich anmutig tanze, wäre gelogen, aber zumindest bin ich recht gut darin, mich rhythmisch zu bewegen. Es ist ein Vorteil, wenn man im Wald nichts anderes zu tun hat, als mit Crav das Schwertfechten zu üben – dabei habe ich gelernt, Bewegungen aneinanderzureihen, allerdings nicht sonderlich flüssig und ohne jede Ausstrahlung. »Als müsste man einer Eiche zusehen, die im Sturm wankt«, schnaubt Y'shennria.

Sie ist eindeutig begabter, was Kunst, Musik und Tanz angeht. Sie lädt Edelleute zum Abendessen ein, unter ihnen auch Baron d'Goliev, damit ich üben kann, wie man sich korrekt benimmt, ohne gleich vom ganzen Königshof angestarrt zu werden. Die Besucher stellen mir Fragen, die ich ungeschickt beantworte, und meine Finger gleiten unsicher über die vier Löffel, die allein für die Suppe gedacht sind. Nach dem Essen bleiben die Gäste noch für Schokolade und Tee im Wohnzimmer, spielen abwechselnd auf der Harfe oder zeigen einander ihre neuesten Naturzeichnungen. Verglichen mit Y'shennrias Werken sehen sie aus wie die Kritzeleien von Kindern. Auch Y'shennrias Konversation ist raffinierter, schneller, präziser und unterhält die Gäste. Sie ist genau so, wie eine Adlige sein soll und wie ich sie mir vorgestellt habe, bevor ich herkam.

Ich beginne zu begreifen, was sie verloren hat, denn ihre Freunde erzählen Geschichten von Ravenshaunts Schönheit und Großartigkeit, davon, wie edel und zuvorkommend Lord Y'shennria war und was für ein schönes Paar die beiden abgaben. Y'shennria hört sich alles ruhig an und in diesen Momenten ist ihr Blick weicher, als ich es je zuvor gesehen habe. Ich kann nur beschämt auf meine Hände starren. Ich schäme mich für das, was ich bin, denn andere wie ich haben ihr alles genommen.

Doch ich will lernen. Will, dass sie stolz auf mich ist, so verrückt sich das anhört.

Sie ist eine so gute Lehrerin, dass die Abendgesellschaften weniger peinlich werden. Ich spreche deutlicher und manchmal lachen die Gäste sogar über etwas, das ich sage. Ich weiß inzwischen, dass die kleinen Löffel für die kalte Suppe sind, die großen für die heiße. Jetzt warte ich nicht mehr ungeduldig und laut jammernd darauf, dass die Schmerzen, die das menschliche Essen mir zufügt, nachlassen, denn mittlerweile kenne ich meine Schmerzgrenze genau. Es ist ein stiller Tanz auf Messers Schneide, kurz bevor mir die Tränen kommen. Ich entschuldige mich und suche das Bad auf, wenn der Hauptgang abgeräumt wird, das Dessert aber noch nicht serviert ist. Ich kann kein Instrument spielen und auch nicht zeichnen, aber Y'shennria lässt mich nach dem Essen singen. Sie wollte wissen, ob ich irgendein Talent besäße, und ich sagte ihr, dass ich manchmal singe. Ich habe ihr vorgesungen und sie schien es ganz annehmbar zu finden. Einmal bekomme ich sogar etwas Applaus und Baron d'Goliev behauptet, ich hätte die entzückendste Stimme, seit Königin Kolissa in meinem Alter war, aber das nimmt niemand ernst, denn nach dem Essen hat er einen avellischen Brandy nach dem anderen gekippt.

Ich ertränke meine Zweifel, meine Ängste, meine Verwirrung in der Flut dessen, was ich lernen muss. In einer merkwürdigen, riesigen Flut, aus der ich als Zera Y'shennria, Nichte von Lady Y'shennria, wieder auftauchen soll.

Der Tag des Frühlingsempfangs kommt zu schnell. Die Morgendämmerung fällt durchs Fenster, eisblau und hellrot wie Blut, aber selbst dieser wundervolle Anblick kann mich nicht von der Wahrheit ablenken – ich bin noch nicht bereit. Aber das spielt jetzt keine Rolle mehr. Die Zeit neigt dazu, unbemerkt zu verstreichen und dann mit erschreckender Pünktlichkeit wieder in mein Bewusstsein zu drängen. Es ist so weit. Ich muss bereit sein. Zumindest muss ich so tun, nicht für den Königshof, sondern für die Hexen, deren Leben in Gefahr ist, und für mein Herz.

Ich bin schon ein Dutzend Mal gestorben. Am liebsten würde ich nicht mehr daran denken. Aber genau betrachtet, ist das der einzige Vorteil meiner kleinen Scharade mit dem Königshaus: Sie können mich nicht töten. Sie können mich verachten, schlecht über mich sprechen, mich in Stücke reißen. Aber sie können mich nicht töten. Das können nur meine eigenen Fehler.

Nur *ich* kann das.

Irgendwie tröstlich, dass ich zumindest eine gewisse Kontrolle darüber habe, was geschehen wird.

Ich betrachte mein Spiegelbild in der Fensterscheibe, mein hellblondes Haar, frisch geschnitten auf Schulterlänge, und ich hebe das Kinn. Alles hängt von diesem Tag ab, von den nächsten Stunden. Wenn meine Einführung am Hof kein Erfolg wird, ist alles vorbei.

Meine einzige Hoffnung auf Freiheit – erledigt.

Maeve lässt mir ein Bad ein und streut schwarze Rosenblüten und Zimtstangen ins Wasser. Ich lasse mich in die Wanne gleiten und der Duft beruhigt meine Nerven. Er kommt mir bekannt vor – Y'shennrias Haare und ihre Kleidung duften so, und ich fühle mich geehrt, dass ich denselben Duft tragen darf. Nach dem Abtrocknen kleidet mich Maeve in ein ausladendes Kleid in Kirschblütenrosa. Es ist so wunderschön, dass ich für einen Moment sogar meine Nervosität vergesse und über die seidigen Rüschen streiche. Als Nächstes richtet Maeve mein Haar und entfernt alle Kletten mit ihren langsamen, verkrümmten Fingern. Sie macht das schon länger, als ich lebe, das merkt man. Sie formt Dutzende geflochtener Strähnen zu einer Rose, die elegant auf halber Höhe meiner Hochsteckfrisur sitzt. Sie versucht, das Ganze mit einem Gitter aus glitzernden Haarnadeln festzustecken, aber anscheinend ist sie erschöpft, denn die Dinger fallen immer wieder heraus.

»Ihr habt genug getan, Maeve«, sagt Y'shennria, die gerade das Zimmer betreten hat. »Ich übernehme jetzt.«

Maeve deutet eine Verbeugung an und schließt die Tür hinter sich. Jetzt ist Y'shennria allein mit mir und den Haarspangen, die in der Sonne glitzern.

»Ihr müsst das nicht tun«, sage ich. Ihre Hände zittern nicht, aber ihre Lippen sind zusammengekniffen.

»Red keinen Unsinn. Das ist doch wirklich einfach.« Sie arrangiert die Nadeln und schiebt sie dicht an meiner Kopfhaut ins Haar. Natürlich berührt sie mich nur, weil es sich nicht vermeiden lässt – andernfalls hätte sie es bestimmt nicht getan. Y'shennria zieht die letzten Haarsträhnen hinter meinen Ohren hervor und sieht mich im Spiegel an. »Hast du gegessen?«

»Die rohe Leber in der Küche? Ja.«

Sie fängt wieder an, mir Regeln einzuhämmern, die ich längst kenne. »Nimm niemals die Hand eines Mannes, wenn er sie dir …«

»… am Abend reicht«, beende ich ihren Satz. »Und bei Tisch setzen sich die Damen zuerst.«

»In welcher Reihenfolge?«, will sie sofort wissen.

»Nach Adelsrang und Alter. Die höchsten beider Kategorien setzen sich zuerst, aber nur, wenn sie verheiratet sind. Die Unverheirateten setzen sich als Letzte.«

»Was bedeutet, dass eine unverheiratete sechzehnjährige Dame wie du grundsätzlich als Letzte Platz nimmt.«

Sie reicht mir eine kleine Tube wachsartiger Lippenfarbe und sieht zu, wie ich sie auftrage. Nicht zu viel und nur in der Mitte der Lippen.

»Viel besser als dein erster Versuch«, stellt Y'shennria fest. Ihre Lippen sind purpurn geschminkt und die Fältchen um Mund und Augen mit Puder kaschiert. Sie wirkt kühl und gefasst, aber die Knöchel ihrer Finger, mit denen sie meine Stuhllehne gepackt hat, sind bleich. Leben hängen von mir ab. Das weiß ich. Sie weiß es. Wir beide wissen es, sehen uns schweigend im Spiegel an und betrachten unsere Kriegsbemalung.

»Ich erinnere mich noch an meinen Frühlingsempfang«, sagt Y'shennria leise.

»Ich bin noch nicht bereit«, gestehe ich. Sie lächelt.

»Soll ich dir ein Geheimnis verraten? Niemand ist je bereit dafür.«

»Milady!«, ruft Reginall durch die geschlossene Zimmertür. »Die Kutsche ist vorgefahren!«

Mein Gesicht im Spiegel nimmt einen ungesunden grünlichen Ton an. Y'shennria sieht es und ich rechne damit, dass sie sagt, ich soll mehr Rouge auftragen oder mich zusammenreißen, doch stattdessen fühle ich eine sanfte und doch starke Hand auf meiner Schulter. Ihre Hand.

»Sie werden dich ignorieren. Sie werden versuchen dir einzureden, dass du nicht gut genug bist. Das ist nicht wahr. Du bist eine Y'shennria. Du warst schon immer gut genug.«

Die Worte haben Kraft und sie sind wahr – aber ich bin nicht sicher, dass sie mir gelten. Vielleicht wollte sie das einmal zu ihren eigenen Kindern sagen. Zu ihrer eigenen Tochter, bei deren Frühlingsempfang.

Ich werfe einen letzten Blick in den Spiegel. Ein Mädchen mit papierdünner Haut und hellblonden Haaren schaut mich an. Sie trägt ein goldenes Medaillon in Herzform. Ihre zu dünnen Lippen sind in der Mitte rosa. Ihre grauen Augen sind schwarz geschminkt und zwei feine Striche ziehen sich bis zu ihren Wangenknochen hinunter, wie es in Vetris zurzeit modern ist. Sie hat ein unansehnliches Mal unter ihrem Pony, was sie beunruhigt, aber sie macht sich wesentlich mehr Sorgen darüber, welchen Ausdruck ihr Gesicht annehmen wird, sobald sie Hunger bekommt.

Sie ist jung. Sie ist starr vor Angst. Sie spielt Verkleiden. Sie spielt ein gefährliches Spiel.

Sie ist eine Herzlose.

Y'shennria hilft mir auf, ihre starken Hände stützen meinen Ellbogen. Ich ahne, wie viel Überwindung es sie kosten muss, ihre Angst zu besiegen und mich nicht ein Mal, nicht zwei Mal, sondern drei Mal zu berühren. Sie begleitet mich durchs ganze Haus, die Treppe hinunter, vorbei am Gemälde des ansehnlichen Lord Y'shennria und hinaus zur Kutsche. Die ist viel prächtiger als die Reisekutsche, die mich nach Vetris gebracht hat. Am Pferdegeschirr hängen schwarze Samtfransen und die

Räder sind mit Kupfer beschlagen. Fisher sitzt auf dem Kutschbock und sieht im schwarzen Anzug mit gefiedertem Hut viel älter aus. Doch seine elegante Kleidung hindert ihn nicht daran, wie üblich verlegen zu grinsen.

»Ihr seht scharf aus, Miss.«

»Wenn ich Pech habe, steche ich jemandem ein Auge aus«, scherze ich, obwohl meine Kehle wie zugeschnürt ist. Y'shennria öffnet die Kutschentür und ich steige ein. Sie schlägt die Tür hinter mir zu. Sofort recke ich den Kopf aus dem Fenster. Meine Stimme klingt verzweifelt.

»Ich hatte angenommen, dass Ihr mich nicht ganz allein den Wölfen zum Fraß vorwerft.«

»Die Frühlingsbräute und -bräutigame fahren allein vor.« Y'shennria hält meinem Blick stand. »Vergiss nicht, was ich dir beigebracht habe. Folge den Anweisungen der Haushofdame. Gib dein Bestes, um auf höfliche Weise Eindruck zu machen. Ich werde versuchen, zu dir zu kommen, wenn alles vorbei ist.«

Ihre Worte sind so knapp, klingen so endgültig. Hinter jedem ihrer Sätze schwebt ein: *Vorausgesetzt, du verbockst es nicht.*

Vorausgesetzt, du wirst nicht enttarnt und sofort getötet.

Ich zwinge mich zu lächeln, aber es ist ein ziemlich schiefes Lächeln. »Wenn ich zersprungen werde, kommt Ihr dann zur Trauerfeier? Ich kann nicht versprechen, dass es etwas zu trinken gibt oder etwas Ordentliches zu essen, und ich bin auch nicht sicher, ob sonst noch jemand da sein wird. Aber ich fände es nett.«

»Du schaffst das«, versichert mir Y'shennria streng.

Fisher lässt die Pferde antraben und die Kutschenräder knirschen auf dem Kies. Ich muss zusehen, wie Y'shennria, Maeve und Reginall hinter mir immer kleiner werden. Bald bleiben mir nur noch die Schreie der Vögel auf den Bäumen am Straßenrand und die schrillen Schreie der Panik in mir. Die vornehmen Leute, die mit ihren Liebsten oder ihren Haustieren spazieren gehen, bleiben stehen, starren zu meiner Kutsche herüber, zeigen mit dem Finger darauf und flüstern. Ich erinnere mich an die boshaften Nachbarn an meinem ersten Tag in Vetris und würde am liebsten tief in den Sitz rutschen. Aber das kommt nicht infrage. Auch wenn meine Y'shennria-Abstammung nur Tarnung ist, werde ich ihren guten Namen nicht beschmutzen.

Es ist eine Erleichterung, als der Königspalast endlich zu sehen ist. Wie alle Gebäude der Stadt ist er aus weißem Stein erbaut, aber mit den spärlich bekleideten Kriegerinnen, die in jeden Pfeiler und Turm gemeißelt wurden, wirkt er einschüchternd. Die Wassersprecher des Palastes sind nicht aus Kupfer, sondern aus Silber, und es kommt mir vor, als stünden sie nicht still. Ständig schießt Wasser heraus, begleitet von einem lauten Ploppen, und Gesetzeshüter und Dienstboten holen und versenden die kleinen Röhren mit Nachrichten. Die künstlichen Bachläufe im Park des Palastes bilden faszinierende Muster und wir überqueren mindestens ein Dutzend Brücken. Am Anfang jedes Wasserlaufs gibt es einen Wasserspeier in Form einer Schlange, ganz ähnlich wie die, bis zu der ich Whisper verfolgt habe.

Whisper. Werde ich ihn erkennen? Der Gedanke, dass er beim Empfang sein wird – so groß und schlank und mit schwarzen Augen –, versetzt meinen Körper in eine merkwürdige, fast zittrige Aufregung. Ich zwinge mich zur Ruhe. Eine Dame zittert nicht.

Und einer Herzlosen ist ein Whisper sowieso egal, höhnt die Glut in mir. **Wir töten ihn.**

Eine hellblaue Kutsche überholt uns, dann eine grüne. Neugierige Edelleute finden sich ein und betrachten die Kutschen, die nacheinander vorfahren. Besonders viel Aufsehen erregt die hellblaue, in der ein hübsches Mädchen sitzt, das lächelt und aus dem Fenster winkt. Auch das Mädchen in der auffällig goldenen Kutsche winkt. Die vornehmen Herren applaudieren und werfen mit Blumen, die sie von den Beeten pflücken – rote Nelken und Schildblumen.

»Sehen sie nicht entzückend aus?«, höre ich einen der Adligen rufen.

»Ja, wirklich sehr hübsch, aber nicht so schön wie die im letzten Jahr. Wenn der Prinz von denen keine wollte, haben diese keine Chance.«

Diese. Die im letzten Jahr. Wenn ich es nicht besser wüsste, würde ich annehmen, dass uns diese Idioten für Säcke voll heiratswilligem Fleisch halten und nicht für Menschen. Auch wenn es furchtbar ist, so etwas zu hören, bin ich doch gewissermaßen nur auf der Durchreise hier und tue nur so als ob. Ich kann mir nicht vorstellen, wie viel schlimmer es für die Töchter dieser Edelleute sein muss, wie eine Ware behandelt zu werden. Wie Windhunde, über die man tratscht, auf die man wettet und für die man passende Zuchtpartner wählt.

Fisher fährt langsamer und hält schließlich zwischen einem

großen künstlichen Teich und den Eingangsstufen zum Palast. Die vornehmen Gäste flankieren die Treppe auf beiden Seiten, wie es der Brauch ist. Die Palastwachen – die im Gegensatz zu den Gesetzeshütern der Stadt vier jadegrüne Federn am Helm tragen – haben sich vor der Menge aufgebaut. Es geht eigentlich nicht darum, sie zurückzuhalten, ihnen soll nur gezeigt werden, in welchem Bereich sie sich aufhalten dürfen. Fisher öffnet die Kutschentür und lässt das Licht und den Lärm zu mir herein: Jubelrufe, Pfiffe und Kommentare. Unter den elegant gekleideten Gästen befinden sich auch Wissenschaftler in schlichten braunen Roben mit ihren Werkzeuggürteln. Alle sind gekommen, um sich das Spektakel anzusehen. Fisher reicht mir nicht die Hand – das darf nur ein Verehrer –, aber er steht bereit für den Fall, dass ich Hilfe beim Aussteigen brauche.

Meine Stiefel mit den Kupferspitzen landen auf dem Boden. Alle sehen mich an. Sogar die kalten weißen Augen der Statuen glotzen auf mich herab, was den Druck noch verstärkt, der auf meiner Brust lastet.

»Ist alles in Ordnung, Miss?«, fragt Fisher, doch ich kann ihn bei all dem Lärm kaum verstehen. Miss. Er ist einer der wenigen, der mich so nennt und mich nicht mit Milady anspricht. Milady klingt streng und nach Erwartungen, aber Miss hört sich irgendwie netter an. Ich fühle mich sofort getröstet. Es ist gut zu wissen, dass es zumindest eine Person auf der Welt gibt, die nicht viel von mir erwartet.

»Nein«, gestehe ich. »Aber das spielt keine Rolle, wie Y'shennria sagen würde, richtig?«

Eine rote Nelkenblüte bleibt in meinem Haar hängen, pendelt an einer losen Strähne und weht mir ins Gesicht. Verblüfft zupfe ich sie heraus. Ich sollte mich glücklich schätzen, hier zu sein, glücklich, als mögliche Braut für den Prinzen ausgewählt worden zu sein, aber tatsächlich fühle ich mich wie eine Kuh auf dem Weg zum Schlachthof. Ich kann nur daran denken, wie sie sich auf mich stürzen würden, wenn sie erführen, was ich wirklich bin. Ich zwinge mir ein Lächeln ins Gesicht. Die anderen Mädchen, die aus ihren Kutschen steigen, lächeln so mühelos, als wären sie mit einem solchen Lächeln geboren worden, und schreiten durch die Menge die Treppe hoch. Ich folge ihnen mit zitternden Knien.

Kopf hoch, wiederhole ich in Gedanken Y'shennrias Anweisungen. Brust raus. Schau immer hoch und nach vorn, niemals nach unten oder zurück. Und vergiss nicht: Wenn du erwischt wirst, bist du tot.

Auf den Stufen hole ich ein Mädchen in einem goldenen Kleid ein und sie wirft mir unter ihren langen Wimpern hindurch einen Blick zu. Ihr Gesicht ist fast genauso geschminkt wie meins – die Lippen nur in der Mitte, dunkle symmetrische Streifen von den Augen abwärts, die bei ihr allerdings noch verschnörkelt sind.

»Eure Halskette ist hübsch«, sagt sie. Ich schaue auf mein glänzendes Medaillon. Mein erster Impuls ist, mich zu bedanken, aber Y'shennria hat mich gelehrt, dass sich das nicht gehört. Komplimente anzunehmen gilt bei Hofe als Eitelkeit.

»Eure auch«, sage ich.

»Ach, das alte Ding?« Das Mädchen lacht und zupft an der Goldkette. »Die ist nichts Besonderes. Genau genommen hat mich Papa in abgelegten Sachen losgeschickt. Der alte Schmuck meiner Schwester, ihr altes Kleid, die alte Kutsche – lauter hässlicher Kram.«

Ihre Kutsche war die goldene, mit Samt ausgeschlagen und mit Fransen besetzt, das auffälligste Gefährt weit und breit. Das Mädchen gehört eindeutig einer Familie des ersten Rangs an. Jetzt sieht sie mich mitleidig an.

»Ist Eurer Kleid auch aus zweiter Hand? Wie schade – Ihr hättet mich um eins bitten können. Ich hätte Euch mit Freuden eins gekauft, in dem Ihr nicht ausseht wie eine Weihnachtsgans.«

Bei uns werden Weihnachtsgänse bis zum Bersten mit Obst vollgestopft, bevor sie in den Ofen kommen. Sie hat mich gerade fett genannt, und das nicht gerade dezent. So eindeutig, wie sie mich beleidigt hat, hätte sie mir ebenso gut eine Ohrfeige verpassen können, aber sie tut trotzdem so, als wäre es pure Höflichkeit gewesen. So wird dieses Spiel hier gespielt? Soll mir recht sein.

»Ihr macht mich ganz verlegen, Milady.« Ich lächle. »Ich bin sicher, der Prinz weiß so viel Freundlichkeit und Nächstenliebe zu schätzen.«

Auch das ist eine Beleidigung, das wissen wir beide. Das Mädchen wird knallrot, verliert die Konzentration und stolpert über die nächste Stufe. Die Menge fängt sofort an zu tuscheln.

»Ist alles in Ordnung mit ihr? Das arme Ding hatte als Kind so oft Fieber. Es grenzt an ein Wunder, dass sie die Kraft für den Frühlingsempfang aufbringt …«

»Die Steelruns sind kränkliche Kinder, das haben sie von der Familie des Vaters …«

»... wollen ja keine neue Generation von bettlägerigen Prinzen, oder?«

Die Steelruns – eine der ältesten Adelsfamilien. Ich hatte also recht. Aber auch Whisper hatte recht – diese Leute hier sind *wirklich* Idioten. Ihre Bereitschaft, über jemanden herzufallen, der direkt vor ihnen steht, lässt mir das Blut in den Adern gefrieren. Ich strecke dem gestürzten Mädchen die Hand entgegen. Sie funkelt mich an, rappelt sich allein auf und rauscht mit einem gereizten Fauchen an mir vorbei.

»Als würde ich zulassen, dass Ihr Euch auf meine Kosten in den Vordergrund drängt.«

Ich sehe ihr einen Moment lang hinterher und seufze. »Wie konnte ich das vergessen? Anständiges Benehmen ist hier verboten.«

Schließlich erreiche ich die oberste Stufe und trete in den kühlen Schatten des Eingangs. Zwei Celeon-Wachen in silberner Rüstung mit eingravierten Schlangen verbeugen sich und öffnen die schweren vergoldeten Türen. Die Halle ist ein Fest für die Sinne – Treppengeländer aus Marmor, so perfekt poliert, dass sie glänzen wie Mondlicht. Üppiger Duft steigt aus jedem Blumenkorb und jeder Keramikvase auf und überall stehen Orchideen und Zitruspflänzchen. Weißer Efeu hängt von den Galerien im ersten, zweiten und dritten Stock wie eine natürliche Dekoration, die schweren Ranken übersät mit blassen sternförmigen Blüten. Das Geräusch von Wasser unter meinen Füßen lässt mich nach unten schauen. Der Fußboden der Eingangshalle ist eigentlich gar kein Fußboden – es ist ein kunstvoll verschnörkeltes Eisengitter, überdeckt mit dickem Glas, und darunter liegt ein flacher See mit türkisfarbenem Wasser. Es spiegelt das Sonnenlicht wie Diamantensplitter an die gewölbte Decke, was die Halle wirken lässt, als würde sie von innen heraus glühen.

Eine Frau, die mit ihrem straffen Dutt und dem scharfen Blick so gar nicht zu dieser üppigen Pracht passt, steht vor der prunkvollen Statue eines Mannes, der vermutlich längst tot ist und wahrscheinlich sehr wichtig war. Die Frau trägt ein schlichtes schwarzes Kleid, doch von ihren Schultern hängt ein Cape, das mit Goldfäden durchwirkt ist und ihr bis zur Taille reicht. Alle Bediensteten tragen ein Cape und an den verschiedenen Farben kann jeder erkennen, welchen Rang der Angestellte hat und in welchem Bereich er arbeitet. Das Goldcape weist die Frau als Haushofdame aus, die Chefin aller Dienstboten des Palastes. Wenn es jemanden gibt, der die kleinen schmutzigen Geheimnisse des Hofes kennt, dann ist sie es. Ihr stehen weitere ranghohe Bedienstete zur Seite, die ähnlich gekleidet sind, doch ihre Capes sind deutlich weniger auffällig.

»Willkommen, Braut«, sagt sie und verbeugt sich. Beinahe hätte ich mich ebenfalls verbeugt, kann mich aber gerade noch zurückhalten. »Ich bin Ulla, die Haushofdame des Palastes. Wir warten noch auf die anderen und betreten dann die Halle der Zeiten. Bitte macht es Euch bequem.«

»Vielen Dank. Ich gebe mir Mühe. Allerdings kann in diesen Schuhen von Bequemlichkeit keine Rede sein.« Ich seufze.

Sofort klatscht Ulla in die Hände und befiehlt: »Ein Stuhl für die Braut, aber schnell.«

Zwei Männer stürzen davon und kehren mit einem schweren

Holzstuhl zurück. Meine Brauen heben sich, ich kann nicht fassen, wie schnell sie ihn hinter mir abstellen.

»Ich wollte nicht … Das wäre doch nicht nötig …«

Jetzt hebt Ulla eine Braue. Das Misstrauen der Haushofdame zu erregen ist eine *sehr* schlechte Idee. Also setze ich ein hochnäsiges Gesicht auf, nehme auf dem Stuhl Platz und bekämpfe erfolgreich den Drang, mich bei den Männern zu bedanken, die sich jetzt wieder hinter Ulla aufstellen. Das Steelrun-Mädchen sitzt bereits auf einem ähnlichen Stuhl und vermeidet es, zu mir herüberzusehen. Wir warten. Was bedeutet, dass ich mich in der Halle umsehe wie ein sabberndes Baby, das von allem fasziniert ist, was glitzert, während das offensichtlich gelangweilte Steelrun-Mädchen mit dem Fuß auf den Boden pocht und es kaum erwarten kann, ihren königlichen Ehemann zu treffen. Ich bringe es nicht übers Herz – wie auch? –, ihr zu sagen, dass aus dieser Ehe nichts wird, und so lächle ich nur, als sich unsere Blicke treffen.

Ulla begrüßt einen gut gekleideten Jungen in einer meergrünen Tunika, der verlegen lächelt. Ihm folgen zwei schlanke blonde Jungen, offensichtlich Zwillinge, denn sie haben beide blasse Haut und blaue Augen und denselben Haarschnitt. Die Jungen sind hier als Frühlingsbräutigame – was bedeutsam ist, wenn der Thronanwärter eine Prinzessin ist, aber heute werden sie einfach nur bei Hofe eingeführt und beginnen so ihr Leben als Edelmänner. Schließlich erscheint ein Mädchen in einem wundervollen Kleid aus Hirschleder, ganz außer Atem, aber trotzdem glücklich, als wäre sie begeistert, hier sein zu dürfen. All diese Adelssprösslinge haben feine Gesichtszüge und glatte

Haut. Sie haben garantiert noch keinen Tag gearbeitet, geschweige denn einen Tag gehungert, und ein wenig bedauere ich sie dafür. Wie hilflos wären sie wohl außerhalb ihrer voll mechanisierten Stadt, die ihnen jeden Luxus bietet?

Wie hilflos wären sie unter deinem Schwert? Die garstige Stimme hallt in meinem Kopf wider.

»Jetzt, da wir vollzählig sind«, beginnt Ulla, »werde ich zuerst die Frühlingsbräutigame in die Halle begleiten, wo sie vorgestellt werden. Bräute, bitte wartet hier, bis ich Euch hole. Bitte zeigt Euch von Eurer besten Seite, denn dies ist Eure erste Begegnung mit den Menschen, denen Ihr für den Rest Eures Lebens gleichgestellt sein werdet.«

»Das wissen wir, alte Frau«, mault einer der Zwillinge. »Unsere Eltern haben uns denselben Vortrag auch schon gehalten, aber viel schneller als Ihr.«

Ich kann seinen Ton nicht leiden und auch nicht, dass Ulla seine Beleidigung hinnimmt, ohne eine Miene zu verziehen.

»Da ist aber jemand mit dem falschen Fuß zuerst aufgestanden«, bemerke ich. Der Zwillingsbruder des Flegels wirft mir einen hasserfüllten Blick zu.

»Ich wusste gar nicht, dass jämmerliche kleine Hungerleider wie die Y'shennrias überhaupt den Mund aufmachen dürfen«, faucht er mich an.

»Solltet Ihr nicht zu Hause sein und zu Eurem lästerlichen Gott beten?«, verhöhnt mich der erste Zwilling.

»Mir scheint, Euch könnten ein paar Gebete auch nicht schaden.« Ich grinse. »Erster Punkt auf der Tagesordnung: Bittet Kavar um ein paar wirkungsvollere Beleidigungen.«

Das Mädchen in dem Lederkleid muss so lachen, dass sie kaum noch Luft bekommt. Die Zwillinge werfen ihr einen empörten Blick zu, dann nehmen sie wieder mich ins Visier.

»Seht Euch vor«, droht einer von ihnen. »Die Priseless vergessen nicht.«

Ich schaue zu Ulla, aber sie macht keine Anstalten, sich einzumischen oder uns zur Ordnung zu rufen. Vielleicht darf sie es nicht.

»Nur ihr Benehmen, wie mir scheint«, sage ich.

Der andere Zwilling verengt seine Augen zu Schlitzen. »Ihr …«

»Was ist das hier für ein Spektakel?« Eine Männerstimme dröhnt durch die Halle. Alle drehen sich zu ihr um und verbeugen sich sofort. Da ich nicht respektlos erscheinen will, verbeuge ich mich ebenfalls, obwohl ich keine Ahnung habe, wer da gekommen ist.

»Milord«, beginnt Ulla. »Ich wollte gerade die Frühlingsbräutigame in die Halle führen, damit ihre Vorstellung beginnen kann.«

»Und sie können sich nicht einmal die paar Minuten beherrschen?« Der Mann tritt einen Schritt vor. Er ist groß, nicht so groß wie eine Hexe, aber seine Haltung lässt ihn größer wirken, als er ist. Er ist glatt rasiert und die langen weißen Haare hängen ihm über den Rücken. Ich erkenne diese Haare und in meinem Magen ist plötzlich ein Eisklumpen. Es ist Erzherzog Gavik Himintell, der Mann, der vor ein paar Tagen die Säuberung durchgeführt hat. Seine Augen sind blau und wässrig, sein Lächeln hart wie Stahl. Alles an ihm drückt Präzision und Berechnung aus. Er trägt eine weiße Tunika mit langen Ärmeln und ein Cape ähnlich dem von Ulla, allerdings ist seines grau und mit Quarzsplittern bedeckt – es ist der Umhang eines Ministers. An der Hüfte trägt er das Schwert, das er in der Gasse auf die Menschenmenge gerichtet hat.

»Sir«, bellen die Zwillinge respektvoll zur Begrüßung. Der Erzherzog lächelt sie an.

»Wir haben doch schon öfter über Manieren gesprochen, richtig, Jungs? Setzt ein freundliches Gesicht auf, selbst vor Euren schlimmsten Feinden. Mit Selbstbeherrschung …«

»… bricht man jeden Widerstand!«, rufen beide Zwillinge und sehen ihn voller Verehrung an. Sie bewundern den Erzherzog ganz offensichtlich so sehr, dass sie vergessen, sich weiter über mich zu ärgern. Himintell schmunzelt, dann richten sich seine blauen Augen auf mich.

»Hier haben wir ein neues Gesicht, das mir noch unbekannt ist.«

Ich mache eine kleine Verbeugung. Er ist zwar der Minister der Klinge und ein Erzherzog steht meilenweit über meinem Status, aber seine Familie gehört zum selben Adelsrang wie die Y'shennrias.

»Erzherzog Himintell«, sage ich, »es ist mir eine Freude, Euch zu treffen. Ich bin Zera Y'shennria, Lady Y'shennrias Nichte.«

»Ihr wisst, wer ich bin? Wie kann das sein, wenn dies Euer erster Besuch bei Hofe ist?«

Ein Fehler. Natürlich dürfte ich nicht wissen, wer er ist, wenn ich ihn nie zuvor gesehen habe. Aber das habe ich. Y'shennria hat mir eingeschärft, in seiner Gegenwart stets wachsam zu sein.

Wenn ich das dumme kleine Mädchen spiele, kann ich meine wahren Absichten vielleicht vor ihm verbergen.

»Meine Tante hat mir geraten, nach dem am besten aussehenden Herrn Ausschau zu halten.« Ich verleihe meinen Worten mit einem verführerischen Augenaufschlag Nachdruck. Er schweigt, und einen Moment lang fürchte ich, dass ich ihn beleidigt habe.

»Natürlich.« Sein Lächeln ist genauso strahlend wie meins. Und genauso gezwungen. »Als ich Lady Y'shennria das letzte Mal sah, hat sie voller Freude von Eurer Entdeckung gesprochen. Wie schön, dass sie Euch sicher herbringen konnte. Hoffen wir nur, dass Ihr Euch dieser Freude würdig erweist.«

»Das werde ich, Milord.«

Er blinzelt nicht und ich ebenfalls nicht. Ich denke, dass er mich einzuschätzen versucht und herausfinden will, was in mir vorgeht. Ich muss mich zusammenreißen, um mir nicht anmerken zu lassen, was für eine Wut ich auf ihn habe, seit ich zusehen musste, wie er den Jungen ermordet hat. Zum Glück wendet er den Blick als Erster ab und richtet das Wort an die anderen.

»Ich hoffe, Ihr seid alle bereit für Euren Auftritt bei Hofe«, sagt er. »Vor allem die Bräute.«

»So bereit, wie es nur möglich ist, Milord.« Das Steelrun-Mädchen knickst.

Gavik nickt. »Das ist auch nötig, wenn Ihr es mit Prinz Lucien zu tun bekommt.« Aus seinen Worten ist ein Hauch Abscheu herauszuhören. Er kann den Prinzen offensichtlich nicht leiden. »Wenn Ihr mich jetzt bitte entschuldigt, ich sollte längst bei den anderen Angehörigen des Hofes im Saal sein.«

»Natürlich«, sagt Ulla und verbeugt sich tief. »Einen guten Tag, Milord.«

Wir alle verbeugen uns mit ihr und ich kann den Blick nicht von dem Minister abwenden, als er an mir vorbeigeht. Ulla führt die Jungen in den Thronsaal. Und dann sind wir endlich an der Reihe. Während ich Ulla mit den anderen Mädchen folge, versuche ich, nicht die goldenen Intarsien an den Türen anzustarren oder die wunderbaren Ölgemälde von Hunden und Löwen und auch nicht die von Kavar, der als junger Mann dargestellt ist, mit dem Augensymbol überall auf dem Körper, die Waagschalen der Gerechtigkeit in einer Hand und das Schwert in der anderen. Er wirkt unheimlich und Ehrfurcht gebietend zugleich. In Nightsingers Büchern steht, dass Hexen niemals Vermutungen darüber anstellen sollen, wie der Alte Gott wohl aussehen mag, aber die Menschen malen von ihrem Neuen Gott ein Bild nach dem anderen. Jadegrüne Seide fällt wie ein Wasserfall von jedem der makellos sauberen Fenster und das eingestickte silberne Schlangenmotiv funkelt in der Sonne. Der üppige Prunk des Palastes lässt Y'shennrias Stadthaus klein und bescheiden wirken.

Ulla führt uns durch eine riesige Halle, deren Wände ganz aus Buntglas bestehen. Das Licht fällt hindurch und taucht uns in alle Farben von Sonnenaufgang bis zur Abenddämmerung. Ich brauche ein paar Sekunden, bis mir auffällt, dass die Fensterbilder Szenen aus der Geschichte zeigen – wie die Menschen Vetris erbauen, wie Wissenschaftler Wassersprecher und Sanduhren erfinden, der Acht-Winter-Krieg, in dem Helkyris unser erbitterter Feind war und um die Kontrolle über die Tollmount-

Kilstead-Berge gekämpft hat, und schließlich, im letzten Teil, der Sonnenlose Krieg. Seine Bilder umgeben mich auf beiden Seiten – Truppen gepanzerter Celeons und Menschen, die verzweifelt gegen große, schwarzäugige Wesen mit dunklen Händen und Nägeln kämpfen – Hexen. Und vor ihnen eine Horde Monster, jedes mit einer roten Höhle dort, wo sein Herz sein müsste.

Herzlose.

Ich balle die Fäuste. Sehen die Menschen uns wirklich so? Wirken wir so schrecklich auf sie? Wir sehen geduckt aus auf diesen Bildern, mit irrem Blick, bewegen uns eher wie Tiere und nicht wie Menschen. Im Krieg standen die Herzlosen an vorderster Front, das Fußvolk der Hexenarmee, ob sie nun kämpfen wollten oder nicht. Ich bin sicher, dass die Hexen ihren Herzlosen befohlen hatten, sie zu beschützen. Inmitten diesen Infernos ist die rote Glut ausgebrochen und hat die Herzlosen in Bestien verwandelt, denen menschliches Verhalten vollkommen gleichgültig war. Manchmal spüre ich tief in mir, dass der dunkelste Teil dieser Glut nur darauf wartet, dass ich schwach werde und ihr nachgebe. Und dieses Glasfenster erinnert mich schmerzlich und überdeutlich daran, was es heißt, schwach zu werden.

Es wäre so einfach, meldet sich die Stimme. **Nur ein kurzer Augenblick und alles wäre vorbei. Du brauchtest dir nie wieder Sorgen um etwas zu machen …**

Orangefarbenes und gelbes Glas umgibt die Herzlosen in den Fenstern. Feuer. Die Menschen haben recht schnell begriffen, dass man Herzlose nur aufhalten kann, indem man sie verbrennt. Hexen brauchen lange, um verbranntes Fleisch zu heilen. *Wasser für die Hexe, Feuer für ihre Sklaven*, hat der Baron gesagt. Der Gedanke an diese endlose Qual und die zu erduldenden Schmerzen lässt mich schaudern. Schmerzen sind auszuhalten, aber nur, wenn man mit absoluter Sicherheit weiß, dass sie schnell vorübergehen. In dieser Sicherheit habe ich die letzten drei Jahre verbracht. Und jetzt? Jetzt ist nichts mehr sicher.

»Was seht Ihr Euch an?«, fragt mich das Mädchen im Lederkleid leise. Sofort lasse ich meinen Blick in eine andere Richtung huschen.

»N-nichts.«

Sie scheint mir nicht zu glauben und betrachtet ebenfalls die Szene mit den Herzlosen.

»Schon in Ordnung«, flüstert sie mir zu. »Auch ich empfinde gelegentlich Mitleid mit ihnen.«

Sie dreht mir schnell den Rücken zu. Ihr Geständnis kommt unerwartet und ist in diesen Hallen sicher streng verboten. Aber es rührt mich trotzdem. Kaum zu glauben, dass ein Mensch Mitleid mit uns empfindet, nach allem, was wir getan haben, allem, was ich getan habe. Ich schüttle den Kopf. Wenn sie wüsste, was ich wirklich bin, würde sie um ihr Leben rennen. Sie würde jubeln, wenn ich verbrannt würde und meine Hexe einer Säuberung des Erzherzogs zum Opfer fiele.

Ulla führt uns zu einer gläsernen Tür und klopft zweimal. Hochnäsig aussehende Wachen öffnen. Das Murmeln einer größeren Menschenmenge dringt in den kühlen Vorraum. Ulla dreht sich zu uns um und reicht uns Seidenschleier an fein gewebten Stirnbändern.

»Die werdet Ihr tragen und nacheinander durch die Mitte der Halle schreiten. Nehmt sie nicht ab, bis es die königliche Familie verlangt. Außerdem redet Ihr nur, wenn Ihr von der königlichen Familie angesprochen werdet.«

»Wir sind keine Kinder, Ulla. Wir haben schon jahrelang zugesehen und wissen, wie es geht«, sagt das Steelrun-Mädchen, das bis jetzt geschwiegen hat. Ihr Rücken ist so gerade, als hätte sie einen Besenstiel verschluckt, und jeder ihrer Schritte wirkt anmutig. Ich kenne ihren Vornamen nicht, aber ich finde, Grace passt zu ihr.

»Ich wiederhole es nur, Milady. Einige von uns«, Ullas Blick huscht zu mir, »sind noch nicht so lange hier wie andere.«

»Und einige von uns haben Besseres zu tun, als den Babysitter für eine Landpomeranze zu spielen.« Grace reckt das Kinn und tritt durch die Tür. Das andere Mädchen folgt ihr. Sie wirkt verängstigt, wirft mir aber trotzdem ein nettes Lächeln zu. Charm. Das ist ein guter Name für sie. Ulla scheucht mich hinter Grace und Charm her und ich mache die ersten Schritte in einen dunklen Gang.

Er ist eng und so niedrig, dass meine Haare fast die Decke berühren, doch dann öffnet er sich in eine Art Höhle. Wer immer sie gebaut hat, hat sie direkt aus dem Stein gehauen. Prunkvolle Säulen, so groß wie uralte Bäume, gliedern den riesigen Raum. Durch ein rundes Glasfenster in der Decke fällt Tageslicht ein. Helles Sonnenlicht beleuchtet eine Plattform aus Stein in der Mitte, auf der ein prunkvoller Thron aus Glas steht. Und unglücklicherweise sind *überall* Menschen. Sie drängen sich an beiden Seiten unseres Wegs, tuscheln leise miteinander und verschmelzen mit den Schatten der Höhle. Ich kann ihre Gesichter nicht sehen, aber ihre Kleider und Tuniken leuchten in allen Farben. Obwohl sie sich leise unterhalten, verstärkt die hohe Decke ihre Stimmen – ein gruseliger Effekt.

Wir nähern uns dem Thron. Er ist nicht aus Glas, bemerke ich jetzt, sondern aus Kristall, das in allen Regenbogenfarben schimmert. Wie raffiniert! Lass deinen Thron strahlen und deine Untertanen werden dich verehren. Gold und Juwelen sind nichts, verglichen mit dem Leuchten des königlichen Throns. Und die menschlichen Gesetzeshüter sind nichts, verglichen mit den Celeon-Wachen am Fuß des Throns. Noch nie habe ich so riesige Celeons gesehen, bewaffnet mit rasiermesserscharfen Hellebarden. Grace marschiert ungerührt zwischen ihnen hindurch und Charm und ich eilen so anmutig wie möglich hinter ihr her. Mein Mund wird staubtrocken, als mich einer der Celeons zu lange ansieht – ich weiß, dass sie gute Nasen haben; hat er meine Herzlosigkeit gewittert? Nein, das kann nicht sein. Wenn die Celeons das könnten, hätte Vetris den Sonnenlosen Krieg viel früher gewonnen.

Wir reihen uns vor dem Thron auf und machen vor dem Mann, der dort sitzt, einen tiefen Knicks.

König Sref von Cavanos mustert mich mit den kalten Augen eines Raben, der über einem Kadaver kreist.

Ich habe den Wert des Königs mit einer einzigen Kartoffel benannt, aber das war nur ein Gleichnis. Und doch starrt mich der gesamte Hofstaat fassungslos an. Entweder lassen sich diese Edelleute leicht beeindrucken oder sie kommen nicht oft vor die

Tür. Wenn ich keine bitterarme Herzlose wäre, im Begriff, Hochverrat zu begehen, würde ich auf Letzteres tippen.

Nachdem die Bräute präsentiert wurden, endet die Zeremonie und der König und die Königin verlassen mit ihren Leibwächtern die Halle der Zeiten. Prinz Lucien bleibt jedoch. Ich bin jetzt nicht mehr so nervös und betrachte sein Profil. Er hat etwas von einem Habicht. So hübsch, wie ich zuerst dachte, ist er nicht, jedenfalls nicht im traditionellen Sinn, aber er sieht doch irgendwie gut aus. Seine scharfen Gesichtszüge zwingen einen hinzusehen, allerdings nur kurz, weil man Angst hat, sich sonst an ihnen zu schneiden. Erst jetzt stelle ich mit wachsendem Abscheu fest, dass ich nicht die Einzige bin, die ihn anstarrt – praktisch jede Frau im Saal reagiert mit sehnsüchtigem Kichern auf den kleinsten Seufzer von ihm, auf jede seiner Handbewegungen. Bin ich womöglich auf dem Weg von Y'shennrias Haus zum Palast in einem Paralleluniversum gelandet? Es ist schon beinahe lächerlich, wie viel Aufmerksamkeit ihm entgegengebracht wird, doch dann fällt mir ein, dass er der Erbe des größten Landes auf dem Nebelkontinent ist. Wenn er an jedem Tag seines Lebens beobachtet und angeschmachtet wird, wundert es mich nicht, dass ihm dieses ganze höfische Gehabe zuwider ist. Das erinnert mich ein bisschen an Whisper. *Whisper.* Er muss hier irgendwo sein. Die Vorstellung, dass er mich vielleicht jetzt gerade ansieht, ist aufregend, aber die Vernunft setzt dem einen Dämpfer auf. Ich bin wegen des Prinzen hier, nicht seinetwegen.

Ich wende den Blick von Prinz Lucien ab, denn ich will mich auf keinen Fall verhalten wie jedes andere Mädchen in der Menge. Charm und Grace haben damit offenbar kein Problem, sie studieren hingerissen seinen gelangweilten Gesichtsausdruck.

»Glaubt Ihr, dass er gut fand, was ich gesagt habe?«, flüstert Charm verzweifelt. Grace sieht sich zu mir um, das Gesicht bösartig verzerrt. »Ihr haltet Euch wohl für besonders klug, oder?«

»Nein.« Ich schürze die Lippen und lege den Kopf schief. »Ich *bin* besonders klug.«

»Ich fand, sie war wundervoll.« Charm lächelt mich an. Grace mustert mich höhnisch.

»Ach, tatsächlich? Ihr findet es wundervoll, wenn unser König beleidigt wird wie von einem betrunkenen Gemeinen?«

»Ihr habt offensichtlich den Sinn meines raffinierten Gleichnisses nicht verstanden«, sage ich. »Was ich gern verzeihe, denn nicht jeder versteht dezente Andeutungen. Und nicht jeder kann mit Anstand verlieren.«

»Ihr arrogante kleine …« Grace' Gesicht verzerrt sich, aber eine Adlige nähert sich ihr mit einem Lächeln und verwickelt sie in ein Gespräch. Und schon kommen weitere Edelleute auf uns zu, die erst sie umringen, dann Charm und dann mich, und wir bekommen Komplimente ohne Ende.

»Wie seid Ihr nur auf etwas so Ausgefallenes gekommen, Lady Zera?« Eine Dame fächelt sich Luft zu.

»Habt Ihr gesehen, wie der König gelacht hat?« Ein Edelmann schüttelt den Kopf. »Ich habe ihn seit Jahren nicht mehr so belustigt gesehen. Nicht seit dem Tod der Prinzessin.«

»Eine Prinzessin?« Ich bin verblüfft. Der Edelmann senkt die Stimme.

»Hat man es Euch nicht erzählt? Der Tod von Prinzessin Varia liegt jetzt schon fünf Jahre zurück.«

»Das ist ja furchtbar. Was ist ihr zugestoßen?«

Die Edelleute sehen einander an, bis der Mann sich vorbeugt und flüstert: »Herzlose, Milady. Sie war auf einer Reise durch die Provinzen, als eine Horde von ihnen sie und ihr Gefolge in Fetzen riss. Es war eine Tragödie. Wir haben monatelang getrauert. Der König trauert immer noch, glaube ich. Er war stets so voller Leben, aber das war vorbei, als Prinzessin Varia starb. Sie war sein Liebling. Und lassen Sie mich nicht von dem armen Prinzen reden. Lucien ist seit jenem Tag am Boden zerstört.«

Prinz Lucien hat seine Schwester an Herzlose verloren? Etwas wie Mitgefühl regt sich in mir, aber ich weigere mich, dieses Gefühl zuzulassen. Er darf kein lebendiges Wesen für mich sein, nur ein Zielobjekt.

»Stimmt«, bemerkt eine Adlige hinter vorgehaltener Hand. »Deswegen geht der Prinz so oft auf die Jagd.«

»Auf die Jagd?« Ich runzle die Stirn, aber die Adligen sprechen nicht weiter, was ich zum Anlass nehme, mich zurückzuziehen. Mir geht im Kopf herum, was ich gehört habe, und ich nehme kaum wahr, dass Y'shennria mit angespannter Miene neben mir auftaucht.

»Du hast dich beinahe selbst ans Messer geliefert«, murmelt sie.

»Ich habe etwas riskiert«, stimme ich zu. Y'shennrias Gesicht bleibt eisig.

»Vielleicht überlegst du es dir in Zukunft zweimal, bevor du

›etwas riskierst‹, und hältst dich an die Floskeln, die wir geübt haben, statt so etwas unglaublich Riskantes zu sagen.«

»Wo bleibt denn der Spaß, wenn ich eine ganze Nation retten soll und dabei nicht das kleinste Risiko eingehen darf?«

Y'shennria gibt etwas von sich, das sich nach einem unterdrückten Stöhnen anhört. Musik erklingt und wir beobachten die Edelleute, die umeinander herumflattern und Komplimente und Höflichkeiten austauschen, die sofort wieder vergessen werden. Ich bekomme keine Komplimente von Y'shennria zu hören. Sie ist die Letzte, die etwas Nettes sagen würde, obwohl ein »Gute Arbeit, dass du nicht sofort lebendig verbrannt wurdest« sie sicher nicht umbringen würde.

»Ein übermäßig parfümiertes Vögelchen hat mir etwas zugezwitschert«, berichte ich. »Über Prinzessin Varia und dass sie von Herzlosen getötet wurde.«

Y'shennria kneift die Lippen zusammen. »Ich wusste, es war nur eine Frage der Zeit, bis du davon hören würdest.«

»Ein anderes Vögelchen mit einem noch schlimmeren Parfüm sagte, der Prinz gehe auf die Jagd. Was hat sie damit gemeint?«

Y'shennria wirkt plötzlich wie aus hartem Stahl und ihr Gesichtsausdruck verrät nichts. Sie richtet sich hoch auf, als ein Adliger ihren Namen ruft, und lässt sich von ihm in eine Unterhaltung über meinen Auftritt ziehen. Weicht sie mir aus? Gut möglich. Weicht sie meiner Frage aus? Ganz sicher. Niemand will über diese Jagden sprechen, aber da mich die Götter aus Neugier geformt haben, will ich jetzt erst recht etwas darüber erfahren.

Über die Köpfe der Menge hinweg entdecke ich Prinz Lucien, der lässig an einem Pfeiler lehnt. Wenn ich Malerin oder Dichterin wäre, würde ich wahrscheinlich ein Kunstwerk über ihn erschaffen. Keine Liebesschnulze oder ein romantisches Porträt mit Wasserfarben, sondern eher ein paar Strophen über die Art, wie er dasteht – arrogant, als befände er sich in seiner eigenen kleinen Welt, in der ihn nichts berühren kann. Und das Ärgerlichste ist, dass es stimmt. Die Etikette schreibt vor, dass der Prinz auf einen zukommt, wenn er zu sprechen wünscht, nicht andersherum. Ich würde seine Silberweste so malen, dass sie im Licht der Höhle schimmert. Die Augen, mit denen er die Menge mustert, wären schwierig wiederzugeben, weil sie fast unter seinen dunklen Haaren verborgen sind. Ich würde allerdings auch durchschimmern lassen, dass man mit dem Geld, das seine Silberweste wert ist, tausend Leute ernähren könnte und dass die Zukunft seines Landes nicht in den Händen von jemandem liegen sollte, dem die Haare so ins Gesicht hängen. Ich würde ihn bei lebendigem Leibe in das Säurebad meiner Kritik werfen – und wette, dass ihm das vollkommen egal wäre. Schließlich ist er der Kronprinz. Er steht über allem, ignoriert die ständige Aufmerksamkeit bei Hofe und ganz sicher auch eine vorlaute Frühlingsbraut.

Neben ihm steht ein junger Mann, dessen Haut papierweiß ist, ohne den kleinsten rosa Hauch. Er ist vielleicht ein wenig älter als der Prinz und hat kurze graue Haare, aus denen lange, spitze Ohren herausragen. Ihre Größe verblüfft mich – mehr als zwei Handspannen. Das muss der Beneather-Leibwächter des Prinzen sein, vor dem mich Y'shennria gewarnt hat. Beneather sieht man nur selten – ich habe bis jetzt noch nie einen zu Gesicht bekommen. Normalerweise bleiben sie unter der Erde und prügeln die Feuer speienden Valkerax in größere Tiefen. Das Schwert, das er sich auf den Rücken geschnallt hat, ist fast so groß wie er – eindeutig zu groß, um von jemandem seiner Statur geschwungen zu werden, und doch trägt er diese Waffe und seine schwere Zeremonienrüstung praktisch mühelos. Ich habe es mit genügend Söldnern zu tun gehabt, um erfahrene Kämpfer auf den ersten Blick zu erkennen, und dieser Beneather ist eindeutig einer von ihnen. Wenn ich nah genug an den Prinzen herankommen will, um ihm sein Herz herauszureißen, muss ich zuerst den Leibwächter aus dem Weg räumen. Die Erfahrung sagt mir, dass ich das nicht mit Gewalt schaffen werde. Ich werde ihn austricksen müssen. Vielleicht wirken meine Verführungskünste zweimal, einmal bei ihm und einmal beim Prinzen.

Der Blick des Beneathers trifft mich. Seine Pupillen sind merkwürdig, viel größer als die eines Menschen. Sie nehmen fast die ganze blutrote Iris ein, sodass nur ein dünner Ring um das Schwarz zu sehen ist. Er legt dem Prinzen die Hand mit den langen Fingern auf die Schulter und nickt wortlos in meine Richtung. Das Stück meines Herzens im Medaillon schlägt schneller, als der Prinz mich ansieht, allerdings ohne das geringste Lächeln. Ich bin ein bisschen eifersüchtig. Er muss sich kein Lächeln ins Gesicht zwingen, wie ich es schon den ganzen Tag tue.

Prinz Lucien stößt sich vom Pfeiler ab. Die Menge teilt sich für ihn und seinen Leibwächter, der ihm wie ein Schatten folgt.

Er geht auf Charm zu und spricht mit ihr. Sie wird knallrot. Y'shennria knufft mich energisch mit dem Ellbogen.

»Nicht hinsehen«, flüstert sie. Ich wende den Blick ab, aber ich bin nicht die Einzige, die neugierig ist. Die Edelleute unterhalten sich weiter, aber sie schauen immer wieder zum Prinzen und dem Mädchen hinüber. Auch ich riskiere alle paar Sekunden einen Blick. Erst unterhalten sich Prinz Lucien und Charm nur, doch dann bringt er sie zum Kichern.

»Die ... *flirten*«, flüstere ich Y'shennria zu. »Das ist doch Flirten, oder? Die geröteten Wangen, das schrille Lachen, das verlegene Grinsen. Sie flirten.«

»Wie man sieht«, bemerkt sie.

»Bäume und Tierkot flirten gewöhnlich nicht, also entschuldigt meine Unkenntnis.«

»Kannst du vielleicht eine *einzige* Minute aufhören, Witze zu machen?«, fragt Y'shennria.

»Da fresse ich lieber Kies«, sage ich. Sie sieht mich streng an. »Gezuckerten Kies, wenn möglich.«

Drüben im Flirt-Königreich verabschiedet sich der Prinz von Charm und geht hinüber zu Grace, die ihn so breit anlächelt, dass all ihre Zähne zu sehen sind. Sie hat eine Menge Zähne und ich finde es bemerkenswert, dass ihr noch niemand einen ausgeschlagen hat. Aber dann fällt mir wieder ein, dass sich die Leute hier nicht prügeln. Wenn einen hier jemand loswerden will, geschieht das wohl eher mit einem Dolchstoß in den Rücken.

Sie reden und lachen miteinander. Sein Lächeln ist so strahlend und ganz anders als die mürrische Miene, die er vorher zur

Schau gestellt hat, dass es mich fast blendet. Ist es das, was es ausmacht, ein Prinz zu sein? Leute anlächeln zu müssen, die man nicht ausstehen kann?

»Mach dich bereit«, murmelt Y'shennria neben mir. »Er kommt bestimmt als Nächstes zu dir.«

Ich beobachte, wie er Grace sanft eine Haarsträhne hinters Ohr streicht. Noch vor einer halben Stunde hat er sie angesehen, als wäre sie seine Aufmerksamkeit nicht wert, und jetzt berührt er sie? Ist er so wankelmütig oder einfach nur vergesslich? Ich betrachte ihn genauer und bemerke, dass sein Lächeln nicht seine Augen erreicht – genau dasselbe habe ich in meinem Gesicht gesehen, als ich mit Y'shennria vor dem Spiegel geübt habe. Er ist kein bisschen wankelmütig. Das ist alles nur vorgetäuscht. Die Gäste murmeln.

»Das macht er immer …«

»… schenkt ihnen seine Aufmerksamkeit, entscheidet sich aber nie für eine …«

»… was würde ich dafür geben, wenn er mich mal so ansähe …«

»… er flirtet einfach gern, wenn Ihr mich fragt …«

Prinz Lucien verabschiedet sich von Grace und kommt auf uns zu. Ich hebe das Kinn und spanne die Schultern an, damit er auch Interesse an mir heucheln kann. Als er noch eine Armeslänge entfernt ist, nah genug, um ihn zu berühren, fängt die rote Glut an zu wüten.

Nimm sein Herz!, brüllt sie. **Nimm es gleich hier und jetzt und du hast deine Freiheit.**

Bilder blitzen auf – Bilder von Blut und den Leichen von Vater und Mutter. Der Schmerz, der mich bei jedem Atemzug begleitet, der mich auch jetzt unter dem Korsett quält – mit einem Hieb könnte ich mich davon befreien. Seine Schulter streift meine ganz leicht, als er wortlos an mir vorbeigeht. Ich brenne darauf, mich auf ihn zu stürzen und das Leiden auf der Stelle zu beenden, aber ich kämpfe mit aller Kraft dagegen an. Auf den glühenden Schmerz in meiner Brust folgt ein Moment der Erstarrung: Er riecht nach Regenwasser und Leder. Dieser Geruch ist einzigartig. Der Anblick seiner dunklen Augen aus der Nähe, ihre Form, die Schatten in den Augenwinkeln, die Gereiztheit, die in ihnen glitzert – das alles kommt mir bekannt vor. Die Menge reagiert sofort.

»*… einfach stehen gelassen …*«

»*… das erste Mal, dass er ein Mädchen ignoriert …*«

»*Stimmt etwas nicht mit ihr?*«

»*… ein Mädchen aus einer Familie, die den Alten Gott anbetet …*«

»*… muss ihn wirklich verärgert haben …*«

»*Jetzt, wo du es erwähnst, sehr hübsch ist sie tatsächlich nicht …*«

Die Worte treffen mich wie der Dolch des Celeon-Attentäters geradewegs in den Rücken. Alle Anwesenden warten auf eine Reaktion von mir – aber die kriegen sie nicht. Von einem Prinzen ignoriert zu werden ist nichts im Vergleich dazu, was sie mit mir machen würden, wenn sie erführen, dass in meiner Brust kein Herz schlägt. Ich darf über all dem Gelächel und den Komplimenten nie vergessen, dass jede einzelne Person in diesem Raum mein Feind ist.

Die ganze Menschheit, flüstert die Stimme. **Unser Feind.**

Mir geht Prinz Luciens Blick nicht aus dem Kopf. Diese Augen. *Diese Augen.* Wo habe ich sie schon gesehen? Und dann wird es mir klar und ich komme mir vor wie der letzte Dorftrottel, weil ich ihn nicht sofort erkannt habe.

Die Götter müssen sich einen Scherz mit mir erlauben. Wie schon früher, als sie zuließen, dass ich in diese Welt geboren wurde. Aber jetzt sind sie auf reine Grausamkeit aus.

Der Dieb Whisper. Prinz Lucien d'Malvane. Sie sind dieselbe gottverdammte Person. Seine Abneigung gegen den Adel, seine Stimme. Der Junge, den ich voller Elan durch die Straßen von Vetris verfolgt habe. Der Junge, der für einen kurzen Moment dafür gesorgt hat, dass ich mich wieder wie ein Mensch gefühlt habe. Er ist der Kronprinz von Cavanos, dem ich das Herz aus der Brust reißen soll. Ich war zu nervös, zu sehr darauf konzentriert, bloß nicht zu versagen, deshalb ist es mir nicht längst aufgefallen.

Es kostet mich Überwindung, aber ich drehe mich um und sage laut und deutlich: »Geht Ihr gern in der Stadt spazieren, Euer Hoheit?«

Die Menge wird totenstill. Y'shennria erstarrt. Ihre Lektionen gehen mir im Kopf herum – ich darf nicht als Erste sprechen. Das gehört sich nicht. Aber ich bin nicht hier, um die Etikette zu befolgen. Der Prinz bleibt stehen, sein Leibwächter mustert mich mit seinem schläfrigen Blick. Nur Whisper und ich wissen, was ich tatsächlich meine. Mein Magen rebelliert. Vielleicht war das ein Fehler. Vielleicht erinnert er sich nicht mehr so deutlich an mich wie ich mich an ihn.

»Gelegentlich«, antwortet er, dreht sich aber nicht um. »Allerdings ziehe ich es vor, mit einer Dame zu spazieren, die Manieren hat.«

Die Erleichterung durchströmt mich wie geschmolzener Honig. Eine spitze Bemerkung. Er erinnert sich an mich.

»Nun, dann werde ich Euer Hoheit eine solche Dame als Wegzoll besorgen.« Ich schwöre, dass er geprustet hat. Er schreitet davon, gefolgt von seinem Leibwächter, und die Menge fängt erst wieder an zu atmen, als er fort ist.

Ich grinse immer noch, als Y'shennria an meinem Ellbogen reißt (fällt es ihr inzwischen leichter, ein Monster anzufassen, frage ich mich) und zischt: »Hast du eigentlich eine Ahnung …«

»Ich kann es erklären«, beteuere ich. »Aber nur irgendwo, wo wir nicht tausend neugierigen Blicken ausgesetzt sind.«

Sie mustert mich von oben bis unten. »In der Kutsche. Wir fahren jetzt, und du solltest zum Alten Gott beten, dass du einen wirklich guten Grund hattest, die wichtigste Regel zu brechen, die ich dir beigebracht habe.«

Wir verlassen die Halle der Zeiten und gehen durch die dekadenten Säle voller Gold und Marmor. Der Prinz ist Whisper – Whisper ist der Prinz. Zwei verschiedene Versionen derselben Person. Wie hat ein Prinz gelernt, so geschickt zu stehlen? Wie kann sich ein Dieb ungesehen aus dem Palast hinaus- und wieder hineinschleichen? Ich bin so in meine Fragen versunken, dass ich die tiefe Stimme auf unserem Weg zur Kutsche kaum wahrnehme.

»Ihr werdet niemandem davon erzählen.«

Y'shennria verbeugt sich und ich schaue zur Seite, wo Prinz Lucien aufgetaucht ist. Er nickt Y'shennria zu, aber seine dunklen Augen sind auf mich gerichtet. Sein Leibwächter ist wie üblich neben ihm und betrachtet einen Schmetterling, der auf einem seiner langen Finger gelandet ist. Ich weiß, dass ich mich vor dem Kronprinzen verbeugen müsste, aber die Vorstellung, mich vor dem Dieb Whisper zu verneigen, ist mir zuwider. Das lässt mein Stolz nicht zu. Y'shennrias strenger Blick befiehlt mir, es zu tun, doch als ich meine Knie beuge, schnaubt Prinz Lucien verächtlich.

»Lasst das. Das habt Ihr auch nicht getan, als wir uns das erste Mal begegnet sind, und wenn Ihr jetzt damit anfangt, kann ich Euch nicht mehr leiden.«

»Tut mir leid.« Ich lache. »Mir kommt es vor, als könntet Ihr mich jetzt schon nicht mehr leiden. Immerhin habt Ihr mich da drinnen ignoriert und zugelassen, dass der gesamte Hofstaat meinen guten Namen in den Schmutz zieht.«

»Ich habe Euch gewarnt, dass das hier kein Spielplatz ist, aber Ihr wolltet ja nicht auf mich hören.« Er atmet aus, es klingt erschöpft und er fährt sich mit den Händen durch die Haare.

»Es gehört nicht zu meinen Gewohnheiten, auf den Rat von Fremden zu hören, die sich in dunklen Gassen herumtreiben«, kontere ich. Sein Blick huscht zu Y'shennria, doch sie verzieht keine Miene. »Ich habe niemandem etwas über Euch gesagt. Noch nicht.«

»Und Ihr werdet auch weiterhin schweigen«, befiehlt er. »Ich habe *sehr* hart daran gearbeitet, dass es niemand erfährt. Ich will nicht, dass Ihr diese jahrelangen Bemühungen zunichte macht.«

Ich schaffe es nicht, mein Lachen zu unterdrücken. »Von mir

aus. Sagen wir, ich wahre Euer Geheimnis – was springt für mich dabei heraus?«

»Zera«, sagt Y'shennria scharf. »Sprich gefälligst respektvoll mit dem Prinzen.«

Prinz Lucien winkt ab. »Ich bin nicht beleidigt, Lady Y'shennria. Dieses Mädchen ist ein …« Er verengt die Augen noch mehr und starrt mich an. »… *ein besonderer Fall.* Und noch dazu eine echte Nervensäge.«

»Versucht nicht, mit Komplimenten das Thema zu wechseln«, sage ich leichthin. »Ist Euch klar, wie schwer es mir fällt, den Mund zu halten? Dafür erwarte ich zumindest eine spektakuläre Belohnung.«

Y'shennria rührt sich nicht, aber falls die Unterhaltung aus dem Ruder läuft, wird sie sofort einspringen. Der Beneather-Leibwächter kichert und der Schmetterling auf seinem Finger fliegt davon.

»Sie hat keine Angst vor dir, Luc.«

»Ist mir bewusst«, bemerkt der Prinz, der den Blick nicht von mir abwendet. »Und ich hoffe, *Euch* ist bewusst, dass Ihr den Prinzen von Cavanos erpresst.«

Ich seufze übertrieben theatralisch. »Und ich dachte, dies wäre der Beginn einer wunderbaren Freundschaft.«

»Euer Hoheit, ich …« Y'shennria will die Situation retten, aber der Prinz bringt sie mit einer Handbewegung zum Schweigen.

Die superstrenge Y'shennria, die stets und überall absoluten Gehorsam verlangt? Dass sie sich von jemandem den Mund verbieten lässt, hätte ich bis zu diesem Augenblick nicht für möglich gehalten. Der Prinz kommt mir so nah, dass es bestimmt hunderttausend Anstandsregeln verletzt.

»Ich könnte Euch aus dem Palast jagen mit nichts als einem Gerücht, das der Bedienstete, der mein Bett macht, zufällig aufschnappt«, sagt Prinz Lucien leise. Meine Hand zuckt in Richtung Schwert – meine gewohnte Reaktion, wenn mich jemand bedroht. Wenn dies hier Nightsingers Wald wäre und er ein Hexen jagender Söldner, hätte ich ihm längst ein Stück vom Ohr abgeschnitten. Ich fand Whisper viel netter als diesen arroganten königlichen Heuchler. Wenigstens konnte ich mir vorstellen, Whisper eine Abreibung zu verpassen, ohne dass meine Fantasie sofort dadurch zunichte gemacht wurde, dass ich dafür im Kerker landen würde.

»Das könntet Ihr«, entgegne ich nachdenklich. »Allerdings würde ich dann auf den Straßen herumstreifen und auf Euch warten. Meint Ihr nicht, dass die Gesetzeshüter sich freuen, wenn eine besorgte Bürgerin sie auf jede Fischtonne und jede dunkle Gasse hinweist, in denen sich eine *Person*« – ich sage absichtlich nicht Dieb, weil Y'shennria zuhört – »Eures Kalibers verstecken kann?«

Jetzt verengen sich seine Augen zu eisigen schwarzen Schlitzen. »Das würdet Ihr nicht tun.«

Ich lächle süß. »Natürlich nicht. Und Ihr würdet mich genauso wenig wegen eines Gerüchts aus dem Palast jagen, stimmt's?«

»Was genau wollt Ihr von mir, Lady Zera?«, faucht er mich an. »Gold? Edelsteine? Einfluss?«

Jetzt sehe ich es endlich – echte Gefühle. Ich dringe zu ihm durch, habe seinen Panzer geknackt. Keine Arroganz mehr und kein aufgesetztes Lächeln. Etwas an der Art, wie er mich ansieht – so intensiv wie ein verhungernder Habicht auf der Jagd –, macht es mir fast unmöglich, ihn anzulügen. Und ich lüge jeden an. Aber jetzt weigern sich mein Mund und meine Gedanken. Ist es vielleicht unbewusstes Mitleid wegen dem, was ich ihm antun werde? Ist es Mitleid, weil ich sein Schicksal kenne und er nicht? Mitleid ist gefährlich. Eine Wildkatze hat kein Mitleid mit ihrer Beute.

Zum Glück entspricht meine Lüge gleichzeitig der Wahrheit. Ich setze mein schönstes wahrhaftiges Lächeln auf.

»Ich möchte einfach Euer Herz, mein Prinz.«

Y'shennria neben mir wird starr und blass. Der Beneather hebt eine schmale Braue. Prinz Lucien sieht mich an und verzieht keine Miene. Die nackte Wahrheit liegt in der Luft. Überdeutlich. Ich muss die Sache herunterspielen.

»Oh!« Ich klatsche in die Hände. »Und vielleicht noch das eine oder andere Kleid. Ich bin ganz verrückt nach hübschen Kleidern.«

»Ich enttäusche Euch nur ungern«, sagt Lucien schließlich. »Aber ich habe kein Herz, das ich verschenken könnte.«

»Komisch. Ich hätte schwören können, dass Prinzen, die Bettelmädchen eine goldene Uhr schenken, zumindest ein Herz in ihrer Brust haben.«

Y'shennrias Blick huscht zwischen uns hin und her. Der Prinz verzieht verächtlich das Gesicht. Das Herz, das sein Blut pumpt, ihn atmen lässt – das Herz, das ihn so viel Verachtung ausdrücken lässt, ist genau das, was ich brauche. Belustigung lässt plötzlich das Eis in seinem Blick schmelzen, die stachlige Mauer der Verbitterung fällt, doch das ist sofort wieder vorbei, denn es tritt jemand zur Tür heraus. Sofort entfernt sich Lucien von mir. Er weiß, wie er sich bei Hofe zu benehmen hat.

»Was hat das zu bedeuten, Euer Hoheit?« Erzherzog Gavik nähert sich und Y'shennria und ich deuten eine Verbeugung an. Der Prinz tut nichts dergleichen. »Eine private Unterredung mit Lady Zera? Habt Ihr schon entschieden, welche Braut Ihr wählt? Erstaunlich. Ich hätte Euch einen besseren Geschmack zugetraut.«

Damit hat er uns beide beleidigt, aber ich gebe mein Bestes, einen dümmlichen Eindruck zu machen, und tue so, als hätte ich es nicht begriffen. Je dümmer ich mich vor Gavik gebe, desto mehr kann ich mir erlauben. Seine Worte zeigen Wirkung bei Lucien. Die leichte Wärme und der Anflug von Humor verschwinden und übrig bleibt die bekannte Maske.

»Ich kann mich nicht erinnern, Euch nach Eurer Meinung bezüglich meiner zukünftigen Ehefrau gefragt zu haben, Erzherzog«, sagt Lucien.

»Natürlich nicht. Aber Euer Vater hat mich gebeten, ein Auge auf diesen Empfang zu haben«, sagt Gavik und streicht mit zwei Fingern seinen silbernen Umhang glatt. »Zumal die letzten drei eine solche … *Enttäuschung* für Euch waren.«

Der Prinz und der Erzherzog starren sich schweigend an. Ich weiß, dass ich höflich zu Gavik sein sollte, aber ich kann das Bild, wie er den Jungen ertränken lässt, nicht aus meinem Kopf verbannen. Es kostet mich meine ganze Überwindung, mir meinen Abscheu nicht anmerken zu lassen.

»Euer Ehren, bitte.« Y'shennria richtet das Wort an ihn, ihre Stimme so glatt wie frische Sahne. »Es würde meiner Nichte das Herz brechen, wenn Ihr ihr falsche Hoffnungen macht, was die Zuneigung des Prinzen angeht. Lasst uns bis zur offiziellen Verkündung zur Sommersonnenwende auf neutralem Boden bleiben, meint Ihr nicht auch?«

Nur zögernd wendet Gavik seinen verschlagenen Blick von dem Prinzen ab und funkelt Y'shennria boshaft an. »Selbstverständlich. Hat die Lady die Absicht, diese Woche zum Gottesdienst zu erscheinen? Ich habe Euch beim letzten Mal nicht im Tempel gesehen.«

Y'shennrias Brauen zucken leicht. Dasselbe Zucken habe ich in den letzten Tagen jedes Mal gesehen, wenn ich sie auf irgendeine Art gereizt habe.

»Ich war unterwegs, um meine Nichte abzuholen, Euer Ehren.«

»Das ist mir bekannt. Und doch haben mir meine Gesetzeshüter in Northgrove berichtet, dass Ihr bei Eurer Rückkehr durch die Stadt gefahren seid, ohne am Mittwochsegen teilzunehmen.«

Y'shennrias Brauen rücken ein wenig dichter zusammen. »Ich bin sicher, dass Kavar in seiner unendlichen Güte und Weisheit einer Frau, die ihre ganze Familie verloren hat, vergibt, dass sie es kaum erwarten kann, ihre letzte lebende Verwandte abzuholen.«

»Vielleicht tut er das«, bestätigt Gavik. »Aber ein Sterblicher wie ich, der die Neigung zur Gotteslästerung in Eurer Familie kennt, kann das nicht.«

»Ihr habt viel zu früh vergessen, wie es ist, jemanden zu verlieren, den man liebt, Erzherzog«, sagt der Prinz kalt.

Gavik sieht ihn von oben herab an.

»Das habe ich nie vergessen, Euer Hoheit. Kein einziges Mal in achtundfünfzig Jahren.«

Zwischen den dreien herrscht eine bedrohliche Spannung und es geht dabei offensichtlich um eine Vorgeschichte, die ich nicht kenne. Fisher fährt mit der Kutsche vor und ich nutze das zur Flucht.

»Tantchen, ich bin furchtbar müde«, sage ich mit weinerlicher Stimme. »Können wir jetzt nach Hause fahren?«

Die Spannung bricht, als Y'shennria uns entschuldigt und wir uns verbeugen. Ich werfe dem Prinzen über die Schulter ein letztes Grinsen zu. Die Kutsche ist ein willkommener Zufluchtsort, endlich muss ich nicht mehr das hohlköpfige Dummchen spielen. Y'shennria schweigt, als wir vom Hof des Palastes rollen. Ich betrachte die prunkvollen Springbrunnen und meine Gedanken wirbeln herum wie das Wasser in den künstlichen Bächen.

Von allen Adligen, die infrage kamen, musste Whisper ausgerechnet der Prinz sein. Natürlich, wer auch sonst? Das Schicksal hatte schon immer Freude daran, auf mein Leben zu scheißen, und das hier beweist es mal wieder aufs Neue. Whisper hätte jeder sein können, irgendein harmloser Junge, dem ich nicht nach dem Leben trachte. Ein Junge, mit dem ich mich anfreunden könnte, und nicht mein Feind. Dann wären wir gleichgestellt und nicht Jäger und Beute.

Als der Palast nur noch ein entferntes weißes Schimmern ist, atmet Y'shennria aus.

»Ich hätte nie gedacht, dass ich so etwas sagen würde.« Sie sieht mich an. »Aber ich bin dir dankbar, Zera.«

»Wofür?«

»Dass du mich von diesem Mann befreit hast«, sagt sie. Erstaunlich.

»Ihr mögt den Erzherzog nicht? Liegt es an seinen nicht vorhandenen Manieren oder an seiner Neigung zum Morden?«

Y'shennria verzieht das Gesicht. »Beides und mehr. Am Hof mag ihn niemand. Sie tun nur so, weil sie es müssen.«

»Und Gavik kann Euch auch nicht leiden.«

»Ganz und gar nicht.« Y'shennria zupft nervös an ihrem Ärmel. »Weil meine Familie einst einen Gott verehrt hat, den er hasst.«

»Ist das alles? Mir kam es vor, als ginge es um mehr als nur religiöse Differenzen.«

Sie schweigt, doch dann schmunzelt sie. »Mir scheint, ich habe dich *zu* gut unterrichtet.«

Y'shennria sagt nichts mehr, bis wir bei ihrem Haus ankommen, und ich bedränge sie nicht. Sie schaut wieder ins Leere, wie sie es immer tut, wenn sie das Gemälde von ihrem Mann ansieht – in Gedanken versunken. Und ich bin nicht so grausam, eine Frau, die so viel durchgemacht hat, aus ihrer letzten Zuflucht zu reißen – ihren Erinnerungen.

»Warum hast du den Prinzen angesprochen?«, fragt sie schließlich, als Reginall uns aus den Mänteln hilft. »Was habt ihr für ein Geheimnis?«

»Ich wollte es Euch sagen, aber Ihr habt ihn gehört – niemand darf es erfahren.«

»Ich bin gut darin, Geheimnisse für mich zu behalten«, versichert mir Y'shennria. Das bringt mich zum Lachen.

»Was Ihr nicht sagt.«

»Du *musst* es mir sagen. Vielleicht hängt der Erfolg unserer Mission davon ab.«

»Das würde ich gern, das könnt Ihr mir glauben. Aber wenn er es herausfindet, wird er mich hassen, und das ist das Letzte, was wir wollen.«

»Er kann es unmöglich herausfinden.«

»Wollt Ihr das Risiko eingehen?« Ich lege den Kopf schief. »Ich nicht. Nicht, nachdem Ihr so viel durchgemacht habt, um mich so weit zu bringen.«

Y'shennria kneift die Lippen zusammen. »Dann erpress ihn nicht. So etwas findet er ganz sicher nicht anziehend.«

»Ich weiß, dass es sich komisch anhört, aber ich glaube, dass es uns weiterbringt.«

»Wie denn? Es ist etwas Negatives, etwas Schreckliches …«

»Ich weiß nicht wie, aber es ist anders. Ihr habt doch gesehen, wie die anderen Bräute ihn anschauen, wie der Hofstaat ihn anschaut. Alle versuchen ihn zu umschmeicheln. Und das erwartet er auch von mir.«

»Das ergibt keinen Sinn«, widerspricht sie heftig. »Nur wenn du dich an das hältst, was wir besprochen haben, wirst du Erfolg haben. Ich habe monatelang über alles nachgedacht, all die vielen Jahre meiner adligen Erziehung haben mir bei unserem Plan geholfen. Aber das, was du vorhast? Das ist ein Glücksspiel! Und wir können uns nicht erlauben, auf Risiko zu spielen!«

»Nachdem ich ihn gesehen habe, ihm leibhaftig begegnet bin …« Ich schlucke bei der Erinnerung an seine stolze Haltung, seine verbitterten Augen. »Euer Plan ist gut. Gründlich. Ich werde mich daran halten. Aber der Plan ist auf den Kronprinzen zugeschnitten, den Schwarzen Adler des Westens, den Erzherzog von Tollmount-Kilstead. Nicht auf Lucien. Einfach nur Lucien.«

Sie überdenkt, was ich gesagt habe.

»Was meinst du damit?«, fragt sie schließlich.

»Ich meine …« Ich räuspere mich. »Dass es doch eigentlich schlimm ist, jung und einsam zu sein.« Da sie nichts erwidert, fahre ich fort: »Ich vertraue Euch, Lady Y'shennria. Ihr habt mir so viel beigebracht, so viel gegeben, um mich hierherzubringen. Aber Ihr müsst auch mir vertrauen.«

»Das kann ich nicht. Du bist eine Herz…« Sie schluckt. »Du hast keine Erfahrung mit dieser Art von Intrigen.«

Ich ziehe die Glitzerhaarnadeln heraus. »Ich bin eine Herzlose.«

Reginall und Y'shennria tauschen einen Blick, dann verbeugt sich Reginall und lässt uns allein in der Halle, und nur das Rieseln der großen Sanduhr wagt es, die Stille zu durchbrechen. Die Enttäuschung ist so bitter, dass es brennt. Nach all dem Unterricht, der Mühe, die ich mir gegeben habe, bin ich für sie immer noch eine Herzlose und sonst nichts.

»Wenn ich ein Mensch wäre«, würge ich hervor, »wäre es dann einfacher für Euch?«

Sie sieht mich nicht an. »Ja.«

Ich gehe nach oben in mein Zimmer. Sie folgt mir nicht und

ruft auch nicht nach mir. Und ich bin froh darüber. Ich habe alles richtig gemacht. Ich habe mich verhalten, wie sie es mir beigebracht hat. Ich habe den König zum Lachen gebracht, habe riskante Spielzüge gewagt und uns einen Vorteil gesichert. Ich habe die Aufmerksamkeit des Prinzen auf mich gelenkt, und zwar so sehr, dass er vor dem Palasteingang auf mich gewartet hat. Ich habe alles richtig gemacht.

Aber das reicht natürlich nicht.

Natürlich nicht. Y'shennrias Angst erinnert mich daran, dass ich nur ein Monster bin, bis zu dem Tag, an dem ich mein Herz zurückbekomme.

Und solange die rote Glut in meinem Kopf und meinem Körper brennt, kann mir kein Mensch wirklich vertrauen.

Ich versuche mein Selbstmitleid und meine Traurigkeit zu vertreiben, indem ich Vaters Schwert mit einem öligen Lappen putze. Die Dellen in dem abgenutzten Messinggriff, die Scharten in der Klinge – in diesem Moment kommt es mir vor, als wären sie mein einziger Trost. Wie gern würde ich jetzt mit Crav den Schwertkampf trainieren oder der kleinen Peligli etwas vorsingen. Mir wäre alles recht, um diese quälende Leere zu füllen. Mein Gesicht spiegelt sich in Vaters Klinge – ein Sonnenstrahl fällt mir in die Augen, die plötzlich wieder ganz finster wirken, meine Hände sind voller Blut …

Wie großartig diese fünf Männer geblutet haben, aber das Beste waren ihre Todesschreie.

Stunden später, als die drei Monde am Nachthimmel funkeln wie Edelsteine, klopft Reginall an meine Tür. Er bringt mir einen großen Teller frischer Leber und eine merkwürdige Nachricht auf feinstem Pergament.

»Diese Botschaft kam für Euch, Milady, über den Wassersprecher.« Ich danke ihm und will die Tür schließen, doch er räuspert sich. »Geht es Euch gut?«

»Nein«, antworte ich knapp. »Aber ich bin auch nicht hergekommen, damit es mir gut geht, oder?« Ich höre mich reden und es klingt furchtbar. Gereizt. Aber ich kann nicht anders. »Im Wald konnte ich wenigstens in Ruhe und Frieden ein Monster sein.«

»Tatsächlich?«, fragt er. »Verzeiht, Milady, aber das kann ich mir nur schwer vorstellen. In meiner Zeit als Herzloser habe ich nie Ruhe und Frieden gefunden.«

Seine Worte sind keine Salbe für meine Wunden, sondern eher ein Schwall kaltes Wasser. Er hat mich in die Realität zurückgeholt. Mich auf die Unterschiede zwischen uns hingewiesen – er ein ehemaliger Soldat in einem blutigen Krieg, ich eine Spionin an einem blutleeren Königshof. Er verbeugt sich und lässt mich mit meinem Teller und meinem Brief allein. Ich lese ihn erst nach dem Essen, das die Glut dämpft.

Es ist nur ein Satz, geschrieben mit Tinte in einer verschnörkelten Handschrift: *Was ist Euer Preis?*

Die Nachricht kommt von Prinz Lucien, kein Zweifel. Hartnäckig, oder? Ich gehe zu meinem Tisch und beginne, mit einer Feder zu schreiben, doch sofort ist das Papier blutverschmiert. Rot auf weiß. Weiß wie die Haut der Banditen, befleckt mit ihrem Blut, wie Mutters Hals, als sie nach Luft rang.

Meine Hände sind schmutzig von der Leber. Ich verfluche

meine Ungeschicktheit und mein Gehirn, das anscheinend darauf besteht, sich nur an die schlimmsten Dinge zu erinnern. Ich wasche mir die Finger in der Schüssel und kehre mit sauberen Händen an den Schreibtisch zurück.

So sauber die Hände sein können, mit denen ich fünf Menschen getötet habe.

Aber beim Schreiben dieses Briefs bin ich keine Mörderin. Ich bin ein Mädchen, ein Mensch. Jedenfalls hält mich Prinz Lucien dafür. Auch wenn es nicht lange dauert, kann ich zumindest für einen Augenblick vergessen, was ich getan habe. Ich kann so tun, als wäre ich eine schüchterne Dame, die dem Objekt ihrer Zuneigung einen Brief schreibt, und sonst nichts. Sie zu spielen ist entschieden leichter, als ich selbst zu sein.

Ich schreibe meine Antwort auf ein frisches Blatt Papier.

Zeit. Ich möchte Eure Zeit, Euer Hoheit, und sonst nichts.

Ich denke zurück an den heutigen Tag. Ich habe ihm die Wahrheit gesagt. Ich habe ihm gesagt, dass ich sein Herz will.

Er sagte, er hätte mich gewarnt, was den Hof angeht.

Ich habe ihn ebenfalls gewarnt.

7

Feuer für ihre Sklaven

Ich versende den Brief am Morgen, vor meinem Frühstückstraining. Reginall nimmt ihn mit einem Lächeln entgegen und verspricht, ihn beim nächsten Wassersprecher abzugeben. Ich bin sicher, dass Y'shennria weiß, dass mir der Prinz eine Nachricht geschickt und ich ihm geantwortet habe, aber als wir an dem langen Tisch sitzen, erwähnt sie es nicht, sondern konzentriert sich auf Rührei und Speck. Anders als bei meinen ersten Versuchen kann ich meine Tränen jetzt gut zwanzig Minuten lang unterdrücken, bis die Schmerzen unerträglich werden. Das ist neuer Rekord. Aber auch dazu sagt Y'shennria nichts. Sie ist ungewöhnlich still und nippt an ihrem Tee, während ich mir das Blut aus dem Gesicht wische.

»Wir fahren zum Palast, oder?«, frage ich.

»Heute nicht«, sind ihre ersten Worte an diesem Morgen. »Heute müssen wir zum Gottesdienst«, erklärt Y'shennria und steht vom Tisch auf. »Zieh etwas Weißes an und leg nur einfaches Make-up auf.«

Sie benimmt sich merkwürdig, doch bevor ich antworten kann, ist sie schon nach oben verschwunden. Liegt es an dem, was ich gestern gesagt habe? Ich fühle mich irgendwie schuldig, kehre in mein Zimmer zurück und stöbere in meinem Schrank herum. Ich finde das weiße Kleid. Es wirkt bescheiden, ist mit seinem Spitzensaum und dem Rüschenkragen aber trotzdem wunderschön. Ich hatte mich schon gewundert, für welche Gelegenheit es sein könnte – es stach zwischen all den prunkvollen Kleidern heraus.

Gottesdienst. Wie lange ist es her, seit ich zum letzten Mal einen besucht habe? Vier Jahre? Fünf? Ich glaube mich zu erinnern, dass ich mit Vater und Mutter hingegangen bin, um den jährlichen Segen für Vaters Geschäfte einzuholen. War es jährlich? Oder alle zwei Jahre? Ich kann mich nicht mehr erinnern. Aber ich weiß noch, dass ich genauso gläubig war wie jeder andere, jedenfalls bevor ich zu einem Diener des Alten Gottes wurde.

Ich habe genauso viel gebetet wie jeder andere.

Wusste Kavar, welches Schicksal mir bevorstand? Als ich in seinem Tempel kniete und den Gesängen seines Priesters lauschte, wusste Er da, dass dieses kleine Mädchen dazu verdammt war, ein Monster zu werden? Wusste Er, dass meine Eltern ermordet werden würden?

Wenn Er es wusste, hat Er es mir nie gesagt. Und dafür hasse ich Ihn.

Auf der Kutschfahrt zum Tempel betrachte ich Y'shennria. Auch sie trägt ein weißes Kleid, doch ihres bedeckt den ganzen Hals und ihre Narben.

»Gehen wir hin, weil Gavik Euch gestern bedroht hat?«, frage ich. Y'shennria antwortet nicht. In der rechten Hand, halb vom Ärmel verborgen, hält sie eine Art Rosenkranz. Er ist aus Holz und in der Mitte hängt etwas herab, das aussieht wie ein Baum ohne Blätter. Sie reibt immer wieder nervös mit einem Finger über diesen Baum. In den Tempel zu gehen bedeutet, dass sie einem Gott huldigen muss, an den sie nicht glaubt, nur um den Schein zu wahren.

Damit Gavik sie in Ruhe lässt.

»Warum bemühen wir uns so sehr, Gavik nicht zu verärgern?«, frage ich.

»Das habe ich dir doch schon oft genug gesagt – er ist der mächtigste Mann in Vetris«, fährt Y'shennria mich an, dann verstummt sie wieder. »Und er hasst mich.«

»Warum?«

Sie sagt nichts mehr. Eine elegante Kutsche nach der anderen hält vor den Eingangsstufen des Tempels. Aus den Türen dringt der Klang von einem Dutzend Harfen. Edelleute strömen hinein. Sie sind alle weiß gekleidet und tragen nur dezenten Schmuck. Einige – die besonders gläubigen, nehme ich an – halten ein eisernes Auge von Kavar in den Händen, unter ihnen auch Gavik. Er begrüßt die Ankömmlinge freundlich, so freundlich, wie es einem Mann mit Eisaugen möglich ist. Doch als Y'shennria und ich an der Reihe sind, gibt er sich keine Mühe, seine Verachtung zu verbergen.

»Da seid Ihr ja, Lady Y'shennria. Ich dachte schon, Ihr würdet nie auftauchen.« Y'shennria macht eine Handbewegung, die außer mir niemand wahrnimmt. Sie umklammert ihren Rosenkranz, als würde er ihr Kraft geben, und ihre Hand verbirgt ihn vollkommen. Sie verbeugt sich vor Gavik und tritt wortlos ein. Ich folge ihrem Beispiel und eile hinter ihr her. Es würde mich nicht wundern, wenn ich vom Blitz getroffen würde, sobald ich über die Schwelle trete, doch es passiert nichts. Vielleicht tue ich Kavar ein bisschen leid.

Ich kann mich zwar nicht mehr erinnern, wie oft ich beim Gottesdienst war, aber der Tempel ist mir so vertraut wie eine alte Narbe. Alles ist aus Stein gemacht. In der Mitte befindet sich der Altar und die aus Stein gehauenen Sitzreihen steigen ringförmig an. Obwohl anscheinend sämtliche Edelleute von Cavanos gekommen sind, würden noch viel mehr Menschen hineinpassen. Y'shennria nutzt die Gelegenheit, sich so weit wie möglich von den anderen wegzusetzen, und ich nehme neben ihr Platz.

»Es ist schon Jahre her, seit ich das letzte Mal in einem Tempel war«, flüstere ich ihr zu. Ihr Blick ist starr. »Einmal hat mich Mutter in den Tempel gebracht, als ich krank war, um für Heilung zu beten, aber es endete damit, dass ich mich auf das Auge übergeben habe.« Ich zeige auf den Mittelpunkt des Tempels, in dem sich ein großes Auge-von-Kavar-Symbol aus purem Gold befindet.

Y'shennria wirft mir einen Blick zu. »Du lügst.«

»Natürlich – ich kann mich an kaum etwas von früher erinnern.« Ich grinse. »Aber Ihr müsst zugeben, dass es eine unterhaltsame Lüge war.«

Sie rümpft die Nase, was immer noch besser ist als dieser starre Gesichtsausdruck. Aber als mit den letzten Adligen auch die Priester eintreten, wird sie wieder panisch, ihre Finger drehen den Rosenkranz schneller und schneller, aber immer so, dass ihn niemand sieht. Die Harfenmusik verstummt und der Hohepriester erscheint mit der Königsfamilie – König Sref und Königin Kolissa in maßgeschneiderten weißen Kleidern. Prinz Lucien folgt ihnen in einem strahlend weißen Mantel, zu dem seine schwarzen Haare und die dunklen Augen einen starken Kontrast bilden. Sein Beneather-Leibwächter trägt ein dunkles Kettenhemd und sein graues Haar ist sehr kurz. Der eine sieht aus wie eine Schwarz-Weiß-Kopie des anderen. Der Prinz und ich sehen uns einen Moment lang an, das Medaillon auf meiner Brust schlägt heftiger, doch dann schaut er schnell weg und setzt sich zu seinen Eltern in die erste Reihe. Ob er meine Nachricht bekommen hat? Er sieht aus, als wäre er genauso unglücklich, hier zu sein, wie Y'shennria, aber ich wette, das hat mehr damit zu tun, wer die Predigt hält, und nicht mit der Religion an sich. Gavik tritt mit dem Hohepriester an den Augenaltar, die beiden sprechen gemeinsam dieselben Worte und ihre Stimmen dröhnen in dem steinernen Gewölbe.

»Unter Freunden und unter Feinden.«

»*Unter Freunden und unter Feinden*«, wiederholen die versammelten Edelleute. Y'shennrias Stimme ist kaum mehr als ein Murmeln.

»Von innen und von außen.« Gavik und der Hohepriester machen nach jedem Satz eine Pause, damit die Gemeinde ihn wiederholen kann. »Das Licht Seiner Allmacht scheine auf alle, die reinen Herzens sind, und verbrenne jene, die voller Falsch und Arg sind. Dafür beten wir und bitten um Erleuchtung.«

Ich werfe Y'shennria einen Blick zu – ich habe sie noch nie beten sehen. Ich habe auch nie gesehen, dass Nightsinger betet. Ich frage mich, wie sich die Zeremonie hier wohl von der Anbetung des Alten Gottes unterscheidet, falls es überhaupt Unterschiede gibt.

»Erlöser der Menschheit und Erleuchter des Geistes, mögen Seine Feinde vor Ihm zurückweichen wie Stein vor Kupfer, wie das Fleisch vor der Klinge. Vertreibe Er durch sein Licht die Dunkelheit des Unbekannten bis in den hintersten Winkel. In Seinem Namen, Kavar.«

»In Seinem Namen, Kavar.« Die Gemeinde ist mit vollem Eifer bei der Sache. Gavik räuspert sich und der Hohepriester überlässt ihm das Wort.

»Meine Damen und Herren des Hofes, es freut mich sehr zu sehen, wie wenige Sitzplätze noch frei sind. Ich erinnere mich noch gut daran, wie ich vor dreißig Jahren einer von wenigen war, die den Gottesdienst besuchten. Und jetzt ist der Tempel voll.« Er lächelt strahlend. »Das ist der Beweis, dass auch in der Dunkelheit ein Licht leuchtet – doch wir müssen auch in schwierigen Zeiten dafür sorgen, dass es nicht erlischt.« Gemurmel setzt ein, wesentlich leiser als das Geflüster im Palast. Es fällt schwer, sich vorzustellen, dass es vor dem Sonnenlosen Krieg in Vetris sowohl Anhänger des Alten als auch des Neuen Gottes gegeben hat. Wie die Dinge jetzt stehen, ist das kaum zu glauben.

»Es mag eine Zeit kommen, da wir dieses Licht brauchen werden«, fährt Gavik fort. »Schon jetzt schlagen die Hexen an unsere Türen. Ich kann voller Stolz berichten, dass unsere Crimson Lady in den letzten zwei Wochen fünf Hexen aufgespürt und daran gehindert hat, unsere Stadt zu betreten. Sich vorzustellen, sie wären hier unter uns, wenn wir nicht unsere Wissenschaftler und ihre Erfindungen hätten …« Er schaudert dramatisch. »Allein der Gedanke lässt mich vor Angst erschauern.«

»Seine Scheinheiligkeit mag beeindruckend sein«, flüstere ich, »aber als Schauspieler ist er eine Niete.«

Von Y'shennria kommt kein mahnender Stoß mit dem Ellbogen und auch kein strafender Blick. Das verrät mir, wie verstört sie ist.

»Aber es ist diese Angst, die uns stark macht.« Gavik ballt die Faust und berührt damit sanft das goldene Auge von Kavar. »Es ist Sein Wissen, das uns überdauern lässt – wir haben die Hexen *überdauert.* Es waren fünf Hexen in den letzten zwei Wochen, aber zwei in den Wochen davor und vor diesen war es eine.«

Das Murmeln bekommt sofort einen ängstlichen Unterton. Die Crimson Lady funktioniert tadellos, und doch belügt Gavik die Menschen. Zu welchem Zweck? Um sie in Panik zu versetzen?

»Trotz all unserer Bemühungen erheben sie sich schon wieder und ihre verderbte Magie lässt sie aus der Verbannung zurückkehren!«, ereifert er sich. »Meine Gesetzeshüter und die Wissenschaftler arbeiten Tag und Nacht, damit Ihr vor ihnen geschützt seid. Viele von Euch haben meinen Säuberungen beigewohnt und es mit eigenen Augen gesehen – selbst innerhalb unserer Mauern gibt es Ketzer, die es nicht anders verdient haben. Wahrer Friede ist eine Illusion, solange in Cavanos noch eine einzige Hexe am Leben ist!«

Es dreht mir den Magen um, dass ihm einige Adlige lauthals zustimmen. König Sref verzieht keine Miene, auch die Königin lässt sich nichts anmerken, aber Lucien kocht vor Wut. Gavik dagegen wirkt sehr zufrieden.

»Ich hoffe sehr, dass Kavar uns beisteht, ein schnelles Urteil fällt und sie aus dem Land jagt!«

Jetzt ist noch deutlichere Zustimmung von den Rängen zu hören, doch die Menschen verstummen schnell wieder, denn nun überlässt Gavik dem Hohepriester das Wort, einem klapprigen alten Mann in einer weißen Robe und mit einem Hut, an dessen zwei Spitzen Schnüre mit klimpernden Kristallen hängen. Er hebt seine leberfleckige Hand und die Harfen beginnen wieder zu spielen. Die Priester, die sich im ganzen Raum verteilt haben, singen dazu, und das von so merkwürdigen Positionen im Tempel, dass eigentlich nur die bessere Akustik der Grund sein kann. Der Hohepriester hält sich einen kupfernen Stimmenverstärker vor den Mund, wie Gavik ihn bei der Säuberung benutzt hat, dann fängt auch er an zu singen. Trotz seines Alters hat er eine kräftige Stimme. Ich muss zugeben, dass sich das Lied gut anhört, aber irgendwie klingt es unheimlich. Es ist ganz anders als bei den Hexen – sie singen ihrem Gott nichts vor, sie reden nur mit ihm.

»Was ist das für eine Sprache?«, flüstere ich Y'shennria zu.

Sie reißt ihren Blick vom Altar los.

»Es ist Altvetrisisch«, anwortet sie leise. »Aus der Zeit, als der erste d'Malvane-König den Thron bestiegen hat. Natürlich mithilfe der Hexen.«

»Der Hexen?«

Y'shennria spricht jetzt so leise, dass es kaum zu verstehen ist. »Es ist das bestgehütete Geheimnis in Vetris, dass die d'Malvanes selbst Hexen sind.«

»Aber jetzt doch nicht mehr?«

»Du weißt sicher, wie man zur Hexe wird.«

Mehr sagt sie nicht. Sie wendet sich von mir ab und tut so, als würde sie andächtig dem Lied des Hohepriesters lauschen. Natürlich weiß ich es – ich habe Nightsingers Bücher gelesen. Hexenblut ist die Voraussetzung, weitergegeben von den Eltern an ihr Kind. Ein Hexenkind wächst heran, hat aber keine angeborenen magischen Fähigkeiten. Die bekommt es durch etwas, das in den Büchern »der Baum« genannt wird. Vielleicht derselbe Baum, den Y'shennria an ihrem Rosenkranz hat, den sie so fest umklammert? Aber an diesem Punkt waren die Bücher eher vage und nirgendwo stand genau, wie ein bescheidenes Holzgewächs einer Hexe magische Kräfte verleihen soll. Es ist zweifellos nur eine Metapher für irgendeine magische Zeremonie.

Ich beobachte Lucien, dessen dunkle Augen förmlich ein Loch in den Altar starren. Wenn Y'shennria weiß, dass die d'Malvanes einst eine Hexenfamilie waren, dann weiß er es garantiert auch. Auch König Sref wird es wissen, und trotzdem erlaubt er Gavik diese als Säuberungen bezeichneten Morde an den eigenen Bürgern.

Das Lied zieht mich in seinen Bann, und trotz der Grausamkeiten, die Gavik im Namen von Kavar begeht, fange ich an zu beten. Nicht zum Neuen Gott, sondern zu den Toten. Ich spreche mit meinen Eltern.

Diese Menschen werden mich umbringen, wenn sie herausfinden, was ich bin. Wenn das passiert und ich euch im Leben nach dem Tode begegne, hoffe ich, dass ihr mir verzeihen könnt, was ich getan habe. Was ich euch angetan habe. Und diesen Banditen. Und auch diesem verbitterten Prinzen, den ich mit mir in die Dunkelheit hinabzerren muss.

»Feuer!«

Die friedvolle Stimmung im Tempel ist wie weggeblasen. Schreie dringen durch die offenen Türen herein, panische Schreie von *Hexen* und *Feuer*. Gavik übernimmt sofort das Kommando und befiehlt mehreren seiner Gesetzeshüter, mit ihm zu kommen. Als er nach draußen stürmt, fangen die Edelleute an, nervös zu flüstern. König Sref ist der Einzige, der vollkommen gelassen wirkt. Königin Kolissa scheint nicht zu begreifen, was los ist, und Lucien geht es ebenso. Y'shennrias Fingerknöchel sind weiß.

»Heute also? Dieser Bastard«, murmelt sie.

»Was ist heute?«, frage ich. »Was geht hier vor?«

Bei einigen der Edelleute siegt die Neugier über ihre Furcht und sie gehen zur Tür. Ihre entsetzten Schreie locken auch die anderen herbei, die mit eigenen Augen sehen wollen, was draußen vorgeht. Prinz Lucien ist einer von ihnen. Auch ich stehe auf, aber Y'shennrias Hand an meinem Ärmel hält mich zurück.

»Sei vorsichtig«, mahnt sie.

Ich geselle mich zu der Menge am Ausgang und recke den Hals, um über die Köpfe hinweg etwas zu erkennen. Ich höre es, bevor ich es sehe – das Brüllen eines gewaltigen Feuers, dumpf und wütend. Aber die Flammen sind nicht rot, sondern tiefschwarz, als wären Schatten zum Leben erwacht. Das dunkle Feuer verschlingt alles, was rund um den Tempel steht – Wagen voller Heu, Verkaufsstände, deren Besitzer rechtzeitig geflüchtet sind, haufenweise Kisten und Fässer. Ich bin verblüfft – das Feuer hat dieselbe Farbe wie das, das ich in den vergangenen drei Jahren jeden Tag in Nightsingers Kamin brennen sah. Gavik und seine Männer schaffen eimerweise Wasser von der nächsten Pumpe herbei, aber das Feuer brennt unvermindert weiter.

Die Edelleute rufen hektisch durcheinander:

»Schwarzes Feuer, durch Wasser nicht zu löschen? Das kann doch nicht …«

»… Hexenfeuer, das sie im Krieg gegen uns eingesetzt haben …«

»… genau dasselbe, das Ravenshaunt niedergebrannt hat …«

Ravenshaunt. Die Burgruine, die mir Y'shennria auf dem Weg nach Vetris gezeigt hat, ihr Familiensitz. Ist sie deswegen nicht hier bei mir, weil es zu schrecklich für sie ist, diese Flammen noch einmal zu sehen? Wie um alles in der Welt konnte sie wissen, dass dieses schwarze Feuer ausbrechen würde?

Gavik hebt sein Schwert. »Fürchtet Euch nicht! Ich habe unsere Wissenschaftler gerufen. Sie werden wissen, wie man dieses verfluchte Hexenfeuer löscht!«

In den Büchern, die ich gelesen habe, stand nichts über ein solches Feuer. Ich lasse den Blick über die Menge schweifen, kann Prinz Lucien aber nirgendwo entdecken. Doch dann sehe ich einen weißen Mantel um eine Ecke des Tempels wehen. Ich dränge mich zum Portal vor und folge ihm. Tatsächlich, es ist Lucien, und er scheint auf der Westseite des Feuerrings nach etwas zu suchen. Seine Haltung, normalerweise stolz und aufrecht, ist abseits der Höflinge ganz anders – locker und unbekümmert. Die Haltung von Whisper. Er entdeckt mich und funkelt mich gereizt an.

»Geht wieder zu den anderen.«

»Ist das Besorgnis, die ich in Eurer Stimme höre?«, gebe ich provozierend zurück. Er rollt die Ärmel seines Mantels hoch und die Sehnen in seinen starken Armen zeichnen sich unter der Haut ab. Schön und verletzlich.

Reiß sie ihm raus!, zischt die Glut.

»Ihr seid erstaunlich gut gelaunt, wenn man bedenkt, dass wir gerade von Hexen angegriffen werden.«

»Werden wir nicht. Das ist kein Hexenfeuer«, sage ich.

Lucien hebt eine Braue.

»Es ist schwarzes Feuer, das nicht gelöscht werden kann. Und genau das trifft auf Hexenfeuer zu.«

Ich beiße mir auf die Lippe. Ich kann ihm schlecht sagen, dass es die Hexen selbst waren, die mir gesagt haben, dass sie nicht nach Vetris kommen und schon gar kein Feuer herbeizaubern können.

»Es ist nur – die Crimson Lady entdeckt doch jede Magie, richtig? Also kann keine Hexe durchgeschlüpft sein, um das hier zu tun.«

»Die Erfindungen der Wissenschaftler sind nicht unfehlbar«, widerspricht Lucien. Die Crimson Lady funktioniert, aber das kann ich nicht sagen. »Eine Hexe kann eingedrungen sein. Oder fünf, wie Gavik sagt.«

»Ihr traut dem Wort eines Mannes, den Ihr hasst?«

Luciens dunkle Augen sprühen Blitze. »Seid Ihr gekommen, um mich an meine Feinde am Hof zu erinnern oder um zu helfen?«

»Glaubt Ihr, ich kann nicht beides gleichzeitig tun? Ihr solltet wissen, dass ich sehr begabt bin.«

»Begabt im Hinterherschleichen«, faucht er.

»Was soll ich sagen?« Ich zucke mit den Schultern. »Ihr seid eben eine sehr auffällige Person. Überaus … *sichtbar*. Ich nehme an, es sind diese Unmengen dunkler Haare. Ach ja, die fast greifbare Aura der Verbitterung trägt auch dazu bei.«

»Und Ihr bevorzugt Verbitterung bei Euren Männern? Oder nur bei denen, die Ihr um so etwas Vages wie ihre Zeit erpresst?«

Er hat die Nachricht bekommen, die ich heute Morgen abgeschickt habe. Ich grinse. Doch bevor ich etwas sagen kann, sprühen die Flammen in unserer Nähe Funken, und der hölzerne Karren, der sich entzündet hat, gibt ein so lautes Knacken von sich, dass ich zusammenzucke. Lucien mustert mich von oben bis unten.

»Ihr könnt von Glück reden, dass es Euch nicht erwischt hat.«

»Ich kann von Glück reden, dass es *Euch* nicht erwischt hat«, kontere ich, nachdem ich mich von meinem Schrecken erholt habe. »Die anderen Frühlingsbräute würden mir den Kopf abreißen, wenn ich Euch nicht vor einer Entstellung durch Brandnarben bewahrt hätte.«

Er verdreht seine Habichtaugen, dann zeigt er in die Ferne.

»Bevor wir in den Tempel gingen, habe ich in dieser Richtung jemanden gesehen, der verdächtig an einem Wagen gekniet hat.«

»Und was an ihm war verdächtig?«

»Wenn Ihr so lange auf den Straßen unterwegs seid wie ich, merkt Ihr sofort, wenn jemand aus der Menge heraussticht. Das war so einer. Er hat eine Robe getragen und sein Gesicht war durch die Kapuze verdeckt.«

»Wie der da?« Ich zeige über seine Schulter, wo der Umriss eines Kapuzenträgers auf der anderen Seite des Feuerrings zu erahnen ist. Es muss der Verdächtige sein, denn Lucien rennt wie der Blitz in seine Richtung. Ich folge ihm, ohne nachzudenken, doch je näher wir dem Feuer kommen, desto heißer wird es, und das Knistern ist ohrenbetäubend, denn die Flammen verschlingen alles, was brennbar ist. Der Kapuzenträger flieht, als ihm bewusst wird, dass Lucien ihn erkannt hat. Der bleibt stehen und sucht nach einer Möglichkeit, das Feuer zu überwinden.

»Ihr wollt nicht wirklich auf die andere Seite, oder?«, schreie ich. Er ignoriert mich und sein Blick fällt auf das flache und noch unversehrte Dach eines Stalls. Etwas entfernt höre ich Gesetzeshüter *»Prinz!«* rufen und *»Schützt den Prinzen!«* Sie haben gemerkt, dass er sich aus dem Tempel entfernt hat.

»Hoheit«, rufe ich. »Eigentlich gebe ich keine guten Ratschläge, also mache ich jetzt nur einen Vorschlag – klettert nicht an der Wand hoch in den Feuertod! Lasst das die Gesetzeshüter tun!«

»Damit sich Gavik vor meinem Vater damit brüsten kann, dass er noch eine Hexe verhaftet hat?« Lucien geht in die Hocke und mit einem unglaublichen Sprung überwindet er das Feuer, klammert sich ans Stalldach und zieht sich hoch. Er schaut zu mir herunter und die schwarzen Flammen scheinen alles Licht zu verschlucken. »Ich denke, es wird Zeit, dass ich die Dinge selbst in die Hand nehme.«

Er wirbelt herum und ich verliere ihn aus den Augen.

»Prinz Lucien!«, rufe ich. Keine Antwort. Ich versuche es mit etwas kreativeren Namen. »Blöder Draufgänger!« Stille. »He, du arroganter Pferdearsch!«

Keine Reaktion. Wer immer dieses Feuer gelegt hat, will es so aussehen lassen, als wären es Hexen gewesen. Die Vorsicht befiehlt mir, zu bleiben, wo ich bin. Die rote Glut will, dass ich dem Prinzen folge – er ist entkommen. Und er ist ohne seinen Leibwächter unterwegs. Es ist die perfekte Gelegenheit, ihm das Herz herauszureißen. Oder ihm beizustehen. Ihm beizustehen? Nein – wenn dieser Kapuzenmann ihn umbringen will, muss ich dort sein, um sein Herz zu retten, bevor der Körper kalt wird.

Wenn ich mir Prinz Lucien tot vorstelle, wird mir schlecht; es ist ungefähr dasselbe Gefühl, das ich hatte, als Gavik diesen Jungen umgebracht hat – Ekel vor mir selbst, vor meinen Gedanken.

Vielleicht wäre der Tod besser. Die Stimme drängt sich wieder in den Vordergrund. **Als das, was du für Lucien geplant hast.**

Ich stelle beide Füße nebeneinander, springe an die Kante des Stalldachs und strample verzweifelt, um mich daran hochzuziehen. Das schwarze Feuer greift nach meinen Stiefeln und will das weiße Leder verschlingen, doch ich lege alle Kraft in meine Arme und schaffe es hinauf. Von oben sehe ich den Kapuzenmann ein paar Gassen entfernt, und Lucien ist ihm dicht auf den Fersen. So sehr unterscheidet sich die Stadt nicht vom Wald, wenn man sich die Häuser als Bäume vorstellt. Ich bin schon viele Male durch den Wald gejagt worden, von Menschen und Tieren gleichermaßen. Ich springe auf das nächst erreichbare Flachdach und warte. Ich lausche angestrengt – das Keuchen kommt näher. Die Glut in mir spürt den Kapuzenmann, ich nehme seine Wärme zwar nur vage wahr, aber sie ist eindeutig da. Der Flüchtende reißt einen Stapel Fässer um und Lucien muss zur Seite springen, um nicht von ihnen erschlagen zu werden. Der Abstand zwischen ihnen wird immer größer. Aber ich bin da. Als der Kapuzenmann in die Gasse unterhalb von mir einbiegt, springe ich vom Dach und schneide ihm den Weg ab. Lucien nähert sich ihm von hinten. Der Verfolgte schaut zwischen uns hin und her und es ist nicht zu übersehen, wie seine Schultern beben.

»Nimm die Kapuze ab!«, befiehlt der Prinz und sein langer geflochtener Zopf fliegt nach vorn, als er abrupt stoppt. Der Unbekannte sieht mich an, als käme er an mir leichter vorbei, aber ich ziehe Vaters Schwert und lächle. »Versuch's nur.«

Prinz Lucien geht auf ihn zu und ich ebenfalls. Plötzlich streift er seine Kapuze ab und es kommt das verschreckte Gesicht eines jungen Mannes zum Vorschein, der nur wenig älter ist als Lucien. Seine Haare haben die Farbe des Sonnenaufgangs und sein Gesicht ist mit Sommersprossen übersät.

»B-bitte!«, keucht er. »Bitte tut mir nicht weh! Ich habe nur getan, was sie mir aufgetragen haben!«

»Du.« Lucien runzelt die Stirn. »Ich habe dich schon mal

gesehen. Du bist einer der wissenschaftlichen Lehrlinge im Palast.«

»J-ja, Euer Hoheit!« Der Mann macht eine zittrige Verbeugung.

»Wer sind ›sie‹ und was hast du getan?«, fragt Lucien. Der Lehrling sieht sich hektisch um.

»Bitte, Euer Hoheit. Wenn sie erfahren, dass ich es Euch gesagt habe, jagen sie mich aus der Stadt! Oder Schlimmeres!«

»Der Kronprinz kann dich ebenso leicht davonjagen, wenn du es ihm *nicht* sagst«, bemerke ich leichthin. »Du bist also auf jeden Fall dran.«

Der Mann zuckt zusammen. Lucien wirft mir einen kurzen Blick zu und sieht dann wieder den Lehrling an.

»Wenn du es mir erzählst, verspreche ich, dass es deine Lehrherren nie erfahren.«

»Das werden sie!«, widerspricht der Mann. »Die kriegen alles raus.«

Er hat große Angst – sie fesselt ihn wie Eisenketten. Ich halte das Schwert höher und betrachte die rostige Klinge. Das könnte die perfekte Gelegenheit sein, dem Prinzen zu imponieren. Dieser Mann muss stärker unter Druck gesetzt werden und ich bin in der richtigen Position, um ihm das anzudrohen, was ich Nightsingers Verfolgern angetan habe.

»Meiner Erfahrung nach, Euer Hoheit, muss man jemanden nur schneiden, dann singt er die schönsten Lieder. Gebt mir Eure Einwilligung und ich versuche, es nicht ganz so schmerzhaft zu machen.«

Die Augen des Mannes sind weit aufgerissen und er weicht so schnell vor mir zurück, dass er hinfällt.

»Nein!«, brüllt Lucien plötzlich und der Blick seiner schwarzen Augen durchbohrt mich. »Ihr werdet keinen meiner Bürger verletzen, solange ich atme.«

Mich trifft die ganze Wucht seiner Wut und einen Moment lang bin ich genauso gelähmt wie an dem Tag, als ich im Wald zufällig auf einen fast verhungerten Bären gestoßen bin. Luciens Reaktion war heftig und schnell. Auch wenn ich es jetzt nicht mit Muskeln und Krallen zu tun habe, fühlt es sich doch so an. Ich mache hastig einen Rückzieher.

»Wie Ihr wünscht.«

Damit ist der Fall für Lucien erledigt und er wendet den Blick von mir ab.

Er kniet sich hin, löst einen Beutel voll Gold von seinem Gürtel und reicht es dem Lehrling. Seine Augen, die gerade noch so wütend aussahen, blicken jetzt richtig sanft, so sanft wie neulich, als er mit dem kleinen Mädchen gesprochen hat. Im Palast verbirgt er diese weiche Seite, aber auf den Straßen, bei den normalen Leuten, kann er sie zeigen.

»Damit kannst du die Stadt verlassen – oder das Land –, bevor sie dich finden. Nun sag mir, vor wem hast du solche Angst?«

Der Mann schluckt und umklammert den Geldbeutel wie einen Rettungsring. »Die königlichen Wissenschaftler, Euer Hoheit. Sie – sie haben mir dieses Pulver gegeben.« Er hält einen leeren Beutel hoch, aus dem noch etwas grünlicher Staub rieselt. »Sie haben mir gesagt, dass ich vor Morgengrauen herkommen, es rund um den Tempel ausstreuen und anzünden soll, sobald ich Kavars Lied höre.«

»Und was haben sie dir dafür versprochen?«, fragt Prinz Lucien. »Nein, sag es nicht. Eine Stellung als königlicher Wissenschaftler.«

Der Lehrling nickt heftig. »Das Geld, die Experimente, die ich mit ihren Geräten machen könnte, das Ansehen – das kam mir wie eine großartige Belohnung für etwas so Kleines vor, wie ein Feuer zu legen.«

Lucien tippt mit einer Fingerspitze in die grünlichen Pulverreste auf dem Boden und hält sie an seine Nase. Der Geruch lässt ihn zurückzucken.

»*Bei den Göttern*, was ist das für ein Zeug?«

»Ich weiß es nicht. Sie wollten es mir nicht sagen. Aber ich finde, dass es nach Flammenwurz riecht, Euer Hoheit, dreifach vermengt mit Kupfer und Teer. Allerdings habe ich noch nie erlebt, dass Flammenwurz ein so dunkles Feuer macht.«

»Dunkles Feuer«, murmelt Lucien und erhebt sich. »Geh. Solange du einen Vorsprung hast. Die Händler brechen um diese Zeit vom Westtor auf. Wenn du Glück hast, nimmt dich einer mit.«

Der Mann rappelt sich auf, verbeugt sich ungeschickt ein Dutzend Mal und rennt davon. Zurück bleiben ein nachdenklicher Prinz und ich. In einiger Entfernung ist immer noch das Knistern des Feuers zu hören.

»Anscheinend hatte ich doch recht«, sage ich gedehnt, das Schwert weiter in der Hand. »Ihr habt ein Herz.«

Aber nicht mehr lange, triumphiert die Stimme. Er darf nicht ahnen, was ich vorhabe, also gebe ich mich betont entspannt und nähere mich ihm mit leichten Schritten. So nah. Nur noch ein bisschen und ich bin im richtigen Abstand, um zuzustoßen.

»Er war einfach nur ein Werkzeug, das von jemand anderem benutzt wurde«, sagt Lucien und klopft sich das grüne Pulver von den Händen. »Einem Werkzeug kann man keinen Vorwurf machen. Euer Eifer, ihn zu brechen, war unbegründet.«

»Es gibt da eine nette kleine Sache, die sich Bluff nennt, Euer Hoheit.« Ich werde rot und fühle mich getadelt.

»Es gibt auch eine nette kleine Sache, die Mitgefühl heißt«, kontert er.

»Ich … ich wollte doch nur helfen.«

»Der Mann hatte Angst um sein Leben. Ihr selbst habt mir gesagt, dass wir manchmal keine Wahl haben, weil sie bereits für uns getroffen wurde.«

Ich bin sprachlos und mir fällt weder ein Scherz noch eine schlagfertige Antwort ein. Lucien sieht mich an und sein Blick durchbohrt mich wie ein Pfeil.

»Wenn Ihr jemals wieder einen meiner Bürger bedroht, ist es vorbei mit meiner Gnade.«

»Der Mann hat Feuer gelegt«, protestiere ich. »Er hätte jemanden umbringen können …«

»Er war ein Werkzeug. Man zerbricht den Anführer, nicht das Werkzeug.«

Ich erstarre, und jeder Gedanke, ihm das Herz herauszureißen, ist wie weggeblasen. Man zerbricht den Anführer, nicht das Werkzeug? Ein Werkzeug. Ich habe mich schon mehr als ein Mal wie Nightsingers Werkzeug gefühlt. Wie ein Ding, das man benutzen kann, seit mir mein Herz genommen wurde. Sogar in diesen Seidenkleidern, in denen ich mich durch den Tag lüge, bin ich ihr Werkzeug. *Einem Werkzeug kann man keinen Vorwurf machen.* Wirklich nicht? Kann man ihm wirklich keinen Vorwurf machen, wenn es ein menschliches Herz nimmt, nur um selbst frei zu sein? Kann man ihm keinen Vorwurf machen, wenn es Freude daran empfunden hat, fünf Männer zu töten?

»Aber trotz Eurer kleinen Entgleisung stehe ich in Eurer Schuld«, unterbricht Lucien meine Gedanken. »Dieser Lehrling wäre mir fast entkommen, wenn Ihr ihn nicht aufgehalten hättet.«

Ich schlucke schwer und meine Stimme klingt rau. »Seid nicht so bescheiden. Ihr hättet ihn bestimmt irgendwann eingeholt.«

»Irgendwann. Das ist Zeit, die ich nicht habe. Die Gesetzeshüter und Gavik suchen nach mir. Immerhin bin ich der Prinz – man erwartet, dass ich abgeschirmt und beschützt werde, statt herauszufinden, was für schändliche Verbrechen meine königlichen Wissenschaftler verübt haben.«

Ich betrachte das lodernde schwarze Feuer. Jenseits des Feuerwalls reiten jetzt die königlichen Wissenschaftler auf Pferden mit vergoldetem Sattelzeug heran. Gavik ruft ihnen etwas zu, sie sitzen ab, nehmen eine Art Sprühgerät von ihrem Werkzeuggürtel und besprühen die Flammen mit einer öligen gelben Substanz. Sie löscht das Feuer erstaunlich schnell und zurück bleibt ein Geruch, der an alte Hefe erinnert. Doch was weit wichtiger ist: Die Wissenschaftler arbeiten sich rasch in unsere Richtung vor, was bedeutet, dass ich Luciens Herz jetzt nicht mehr so leicht erbeuten kann. Verdammt! Ich habe meine Chance vertan. Der Prinz hat mich im entscheidenden Moment abgelenkt. Das wird mir kein zweites Mal passieren.

»Das Zeug löscht das Feuer wirklich schnell.« Ich muss seine Aufmerksamkeit von mir und meinem Schwert ablenken.

»Natürlich«, bestätigt Lucien abschätzig. »Trotz ihrer Intrigen sind die Wissenschaftler genial. Wenn sie eine Waffe entwickeln, dann erfinden sie gleichzeitig auch etwas, das davor schützt. *Pe deresas, in deresas.*«

Die fremden Worte klingen wie die altvetrisischen Lieder für Kavar, die ich heute gehört habe. »Was bedeutet das?«

»Es ist ihr Motto. Erschaffe die Kraft, kontrolliere die Kraft.«

»Warum machen sie so was ausgerechnet am Tag des Gottesdienstes?«, überlege ich. Lucien schweigt und sieht zu Gavik hinüber. Da wird mir alles klar. »Weil die Edelleute hier sind.«

»Sie herrschen über das Land von Cavanos, seine Bodenschätze und seine Truppen«, bestätigt Lucien.

»Sie sollen glauben, dass die Hexen erneut angreifen«, sage ich. »Sie sollen Angst bekommen.«

»Und auf einen weiteren Krieg eingeschworen werden«, fügt er hinzu. Mir dreht sich der Magen um. Dann hatten die Hexen recht, dass ein Krieg bevorsteht und jemand in der Stadt den Ausbruch dieses Krieges vorantreibt.

Und dieser Jemand ist zweifellos Gavik.

Die dunklen Flammen sind gelöscht und es bleiben nur die Brandspuren auf dem Kopfsteinpflaster zurück. Der Erzherzog bemüht sich, die verstörten Adligen auf den Eingangsstufen des Tempels zu beruhigen. Die Panik ist vorbei. Ohne die Feuerwand werden uns die Gesetzeshüter schon bald finden. Die königlichen Wissenschaftler haben ihr Werk verrichtet und kehren zu Gavik zurück. Sie drehen mir den Rücken zu. Ich muss jetzt zuschlagen. Doch als ich meine ganze Willenskraft sammle, um wieder mit dem Schwert auf Prinz Lucien zuzugehen, höre ich über mir ein Knacken und schaue einen Moment zu spät hoch – der vom Feuer gelöste Dachbalken eines nahe stehenden Hauses saust in atemberaubender Geschwindigkeit direkt auf meinen Schädel zu. Plötzlich geschieht alles in Zeitlupe und alle Geräusche klingen gedämpft und weit weg.

»Lady Zera!«, höre ich den Prinzen rufen. Auf einmal stürzt etwas auf mich, wirft mich zu Boden, hartes Kopfsteinpflaster drückt sich in meinen Rücken und auf mir liegt etwas sehr Warmes und Schweres. Ich rieche Regenwasser und Asche.

Ich blinzle und begreife erst jetzt, was passiert ist. Direkt über mir ist Luciens Gesicht. Dunkle, samtige Augen, die erschrockener blicken, als ich mich fühle, seine Haare umrahmen das Gesicht wie ein Rabenflügel. Seine schönen Gesichtszüge wirken von Weitem einschüchternd, aber aus der Nähe betrachtet, würde mir der Anblick den Atem verschlagen, wenn das der Sturz aufs Pflaster nicht längst besorgt hätte. Aufregung durchfährt mich, gleich darauf gelindes Entsetzen, ähnlich einem Kaninchen, das vor Angst erstarrt, wenn es einem Habicht ins Visier gerät. Seine knochigen Hüften drücken sich auf mich, seine Beine liegen zwischen meinen. Seine Hand an meinem Hinterkopf, um mich vor dem harten Pflaster zu schützen. So nah ist mir noch niemand gekommen. Mein Schwert liegt vergessen neben mir.

Der Moment endet, er springt auf und zieht mich auf die Füße.

»Der Balken«, murmelt er und zeigt auf das qualmende Holz, das nur Zentimeter neben uns gelandet ist. Der Balken hätte unweigerlich eine Delle in mir hinterlassen oder mich getötet. Und vor seiner Nase von den Toten aufzuerstehen – vor jedem anderen außer Y'shennria –, wäre mehr als ein bisschen peinlich. Er glaubt sicher, dass er mir das Leben gerettet hat, aber er hat ja keine Ahnung.

Lucien kann mir nicht in die Augen sehen und merkwürdigerweise geht es mir ebenso. Obwohl ich schon so oft umgebracht worden bin, reagiert mein Körper immer noch wie jeder andere auf Nahtoderfahrungen; das Stück meines Herzens im Medaillon rast wie verrückt und meine Hände zittern. Oder liegt das an ihm? Beides. Ich weiß es nicht genau.

»D-danke«, bringe ich heraus. »Beinahe wäre ich …«

»Ach, das war doch nichts«, beteuert er hastig und klopft sich eifrig den Staub vom Mantel.

»Luc! Wo warst du?« Prinz Luciens Beneather-Leibwächter kommt auf uns zugetrabt. »Deinetwegen musste ich durchs Feuer gehen. Die Menschen sind vor Angst fast gestorben.« Der Leibwächter bemerkt mich und verbeugt sich. »Lady Zera! Wir sind uns noch nicht vorgestellt worden. Ich bin Malachite. Ich hätte nie gedacht, dass auch Ihr für den Prinzen durchs Feuer gehen würdet.«

»Als würde ich so etwas mit meinem zarten Menschenkörper wagen!« Ich gebe mich empört. »Ich bin auf ein Dach gesprungen, wie der Prinz.«

Der Leibwächter, der angeblich durchs Feuer gegangen ist, hat keine Verbrennungen, nicht einmal ein einziges angesengtes Haar.

Malachite stößt einen beeindruckten Pfiff aus. »Und das war bestimmt kein kleiner Sprung. Nun, sie hat keine Angst vor dir *und* sie kann mit dir mithalten. Du steckst in ernsteren Schwierigkeiten, als ich dachte, Luc.«

Lucien ignoriert ihn und sieht mich an. »Ihr hattet recht. Es war kein Hexenfeuer. Allmählich begreife ich, dass es Konsequenzen hat, Euch nicht zu glauben.«

Und ich begreife allmählich, dass es nicht so einfach ist, ihm sein Herz zu nehmen, wie ich anfangs dachte. Ich hebe mein Schwert auf und zwinge mich zu lächeln. »Lasst Euch das eine Lehre sein – unterschätzt niemals eine Frau mit erlesenem Geschmack.«

»Freiwillig Zeit mit Luc zu verbringen, würde ich nicht gerade als *erlesenen Geschmack* bezeichnen«, bemerkt Malachite.

Lucien wirft ihm einen erbosten Seitenblick zu. Malachite geleitet uns zurück zu den Edelleuten, die sich auf den Tempelstufen drängen. Die Königin kommt sofort zu uns und mustert Lucien eindringlich von Kopf bis Fuß, als wolle sie sicher sein, dass er nicht verletzt ist. Sie entdeckt eine kleine Schürfwunde an seinem Handrücken und regt sich furchtbar auf. Lucien versichert ihr, dass ihm nichts fehlt, und ich werde rot, denn diese Verletzung hat er sich zugezogen, als er meinen Kopf vor dem Aufprall auf das Pflaster geschützt hat. Malachite, dieser anmaßende Mistkerl, zwinkert mir frech zu. Hat er gesehen, was passiert ist? Er hat offenbar keinen Sinn für höfische Manieren – er spricht den Prinzen einfach mit »Luc« an und redet mit ihm, als wären sie Gleichgestellte und nicht Königssohn und Leibwächter. Verrückterweise ist da ein Teil in mir, der ihn darum beneidet, wie leicht es für ihn ist, mit dem Prinzen umzugehen, während ich mir jeden Schritt genau überlegen muss.

Wenn es für mich genauso einfach wäre, hätte ich ihm sein Herz schon ein Dutzend Mal herausreißen können.

»Die Missetat der Hexen wurde besiegt!«, ruft Gavik, und die Edelleute, tief beeindruckt, antworten mit donnerndem Applaus. Gavik deutet auf die königlichen Wissenschaftler, die sich tief verbeugen. »Auch diese mutigen und klugen Männer haben Euren Beifall verdient.«

Ich trete zu Y'shennria, die in einer Ecke in der Nähe der Tür steht und froh zu sein scheint, dass sie endlich heraus aus dem Tempel ist. Eine Kutsche nach der anderen fährt vor und die Adligen steigen erleichtert ein. Y'shennria und ich nehmen in Fishers Kutsche Platz, schweigend und erschöpft nach dem, was wir erlebt haben. Durchs Fenster betrachte ich das Elend. Händler riskieren einen Blick aus ihren Häusern und müssen erkennen, dass ihre Fässer mit Ware verbrannt und ihre Verkaufsstände zerstört sind. Sie sind starr vor Entsetzen und der Verlust spiegelt sich in ihren schockierten Gesichtern. Wir kommen an zwei Männern vorbei, die vor einem Fass mit verkohlten Gewürzen stehen, einer von ihnen ist den Tränen nah.

»… sollen wir jetzt tun, Marix? Die Steuern – wir haben versprochen, diesen Monat die Steuern zu bezahlen! Die setzen uns auf die Straße …«

»Ich finde eine Lösung«, erwidert der andere. »Ich schwöre

dir, ich werde alles tun, damit wir das Dach über dem Kopf nicht verlieren …«

Unsere Kutsche fährt weiter und die Worte verklingen. Wir überholen andere Kutschen – die Adligen verlassen den Ort des Feuers ohne einen Kratzer. Aber die Menschen in Vetris? Sie sind es, die unter diesem fingierten Brand zu leiden haben. Wenn Gavik dafür verantwortlich ist, hasse ich ihn noch mehr. Langsam kehrt Farbe in Y'shennrias strenges Gesicht zurück. Sie nestelt deutlich sichtbar an ihrem Rosenkranz und streicht über jeden Zweig des kleinen Baumanhängers, doch jetzt sind ihre Bewegungen ruhiger. Sie richtet ihre haselnussbraunen Augen auf mich und sagt: »Ich denke, es ist an der Zeit, dass du meine Spionin kennenlernst.«

8

Die lachende Tochter

Ich weiß inzwischen, dass Y'shennria meine Fragen grundsätzlich erst beantwortet, wenn sie dazu bereit ist. Ich nehme an, dass sie mir damit eine Lektion in Geduld erteilen will, aber im Moment sieht sie viel zu erschöpft aus, um auch nur an Lektionen zu denken. Als wir endlich im Wohnzimmer ihres Hauses sitzen, Lavendeltee nippen und wieder farbenfrohe Kleider tragen, wage ich zu bemerken: »Also, entweder seid Ihr eine Hexe, die mithilfe ihrer Magie die Zukunft vorhersagen kann, oder jemand hat Euch verraten, dass das schwarze Feuer ausbrechen würde.«

»Und was hältst du für wahrscheinlicher?« Sie trinkt ganz gelassen ihren Tee.

»Die Hexe.«

»Deine Manieren mögen ja besser werden, aber deine Witze werden immer schlechter.«

Ich lache und das überrascht mich. Ich hätte nie gedacht, dass es mich freuen würde, sie wieder so humorlos und überkorrekt zu sehen wie sonst auch.

»Ich habe eine Spionin in Erzherzog Gaviks Haus«, sagt sie. »Sie hat mich vor einem Jahr aus freien Stücken aufgesucht. Sie ist klug, verschwiegen, leistet sehr gute Arbeit und vor allem weiß sie, wo der Erzherzog seine wichtigen Dokumente aufbewahrt. Ich bin sicher, dass sie Gavik besser kennt als jeder andere in Vetris.«

»Kriege ich dieses wundervolle Wesen auch mal zu Gesicht oder wollt Ihr bis in alle Ewigkeit Lobeshymnen auf sie singen?«

»In ein paar Minuten.«

Wir warten und blättern dabei in Büchern aus den großen Regalen, die im Wohnzimmer stehen. Ich habe mir ein Werk über seltene Tiere ausgesucht – auf einer Seite springen mir die bedrohlichen schwarzen Hauer eines gewaltigen Valkerax förmlich entgegen. Neben seinem langen, sehnigen Körper ist ein Mensch abgebildet und er ist kaum größer als eine Kralle der Bestie. Ich habe in Nightsingers Büchern über die Valkerax gelesen, aber in keinem war eine Zeichnung. Sie ähneln Schlangen, wenn Schlangen pelzige Mähnen und kräftige Löwenbeine hätten. Der Kopf erinnert an den eines Wolfs, wild und doch würdevoll, und das Maul ist voller rasiermesserscharfer Zähne. Sie haben sechs Augen, die untereinander angeordnet und alle weiß wie Schnee sind. Vielleicht sind sie blind. Wenn ich mir diese Zeichnung ansehe, bin ich froh, dass die Beneather dafür sorgen, dass sie unter der Erde bleiben. Sie sind zwar wunderschön, aber auch Furcht einflößend.

»Miladys.« Reginall verbeugt sich an der Tür und kündigt einen Gast an. »Lady Himintell.«

Eine junge Frau in einem rosafarbenen Kleid und mit üppig

gelocktem mausbraunem Haar kommt herein. Sie hinkt mit dem linken Bein, doch das scheint sie kaum zu beeinträchtigen. Sie stützt sich auf einen Stock aus einer Art Elfenbein, in dessen Griff der Kopf einer der sechsäugigen Kreaturen eingraviert ist, die ich gerade gesehen habe – ein Valkerax. Die junge Frau lächelt Y'shennria freudig an und macht einen Knicks. Mich begrüßt sie auf dieselbe Weise. Wir erwidern die Geste und Y'shennria bietet ihr einen Sitzplatz an. Lady Himintell lehnt ihren Stock an den Tisch, setzt sich direkt neben Y'shennria und klatscht freudig in die Hände, als sie das Honiggebäck auf dem Teetablett entdeckt. Ihr Ellbogen berührt fast den von Y'shennria, als sie von dem angebotenen Gebäck nimmt.

»Die mag ich am liebsten! Oh, das sollt Ihr doch nicht, Y'shennria.«

»Unsinn. Das ist das Mindeste, was ich tun kann«, widerspricht Y'shennria mit einem Lächeln. Sie rückt nicht von der Besucherin ab, versucht nicht, Raum zwischen sich und ihr zu schaffen. Und sie zittert auch nicht. Mit gerunzelter Stirn sehe ich zu, wie das Mädchen mit fast kindlicher Glückseligkeit ein Plätzchen verdrückt und sich dabei auf dem Sofa von einer Seite zur anderen wiegt. Reginall sagte »Lady«. Aber Gavik hat keine Kinder und sie ist viel zu jung, um seine Frau zu sein.

»Hallo.« Lady Himintell lächelt mich an. »Ihr könnt mich einfach Fione nennen.«

»Zera.« Ich erwidere ihr Lächeln, doch es ist nicht echt. *Dieses* sonnige Gemüt ist die Spionin, die Y'shennria in den höchsten Tönen lobt? Ich hatte mit einer Dienstbotin gerechnet, nicht mit einer Adligen. Weiß sie, was ich bin? »Ich dachte, der Gebrauch von Vornamen ist bei Hofe strengstens verboten.«

Fione winkt anmutig ab, und als sie spricht, fliegen Krümel in alle Richtungen. »Ich finde, wir können auf Formalitäten verzichten, denn immerhin riskieren wir beide unser Leben.«

»Nur *unser* Leben?« Ich lächle so breit, dass meine Zähne zu sehen sind. »Was mich betrifft, stehen noch *viel mehr* Leben auf dem Spiel.«

Fione sieht mich verletzt an. Y'shennria kommt ihr zu Hilfe.

»Das reicht, Zera. Sie hat mehr getan als du, um diesen Krieg zu verhindern, und das, ohne erst lange trainieren zu müssen.«

Ich starre mürrisch in meinen Tee, aber Fiones Lachen lässt mich aufschauen.

»Das ist wirklich nicht nötig, Y'shennria. Ich bin sicher, dass Zera ihr Bestes gibt. Das tun wir alle. Das müssen wir.« Ihre letzten Worte sind deutlich leiser und ihr Lächeln schwindet.

»Fione hat mir von Gaviks Plan mit den königlichen Wissenschaftlern erzählt«, sagt Y'shennria. »Anscheinend hat er ihnen schon vor Monaten aufgetragen, ein Pulver zu entwickeln, das Flammen erzeugt, die genauso aussehen wie Hexenfeuer.«

»Hexenfeuer. Was genau ist das?«, frage ich. Fione wirft einen Blick zu Y'shennria, die plötzlich ganz still geworden ist.

»Es ist schwarzes Feuer«, stößt Fione hervor und lächelt wieder. »Es ist heißer als normales Feuer und es hört nicht auf zu brennen. Es kann nur gelöscht werden, wenn es die Hexe will oder wenn sie getötet wird. Es wurde eingesetzt … nun, ziemlich oft. Im Krieg.«

Ihr Blick wandert nervös zu Y'shennria. Hexenfeuer hat Ravenshaunt zerstört. Vielleicht hat es auch ihre Familie lebendig verbrannt. Kein Wunder, dass Y'shennria im Tempel geblieben ist. Allein der Anblick des Feuers muss unerträglich für sie gewesen sein. Es ist eine merkwürdige Vorstellung, dass die kleinen schwarzen Flammen, die mein Herz über Nightsingers Kamin warm halten, so viel Zerstörung anrichten können.

»Ich bin überzeugt, dass Gavik das Pulver benutzen wollte, um einen Hexenangriff vorzutäuschen«, sagt Y'shennria. »Seit er Minister geworden ist, hat er nichts anderes getan, als Unruhe und Angst gegenüber den Hexen und dem Alten Gott zu säen. Als Fione mir von seinem Treffen mit den Wissenschaftlern erzählt hat, wusste ich, dass er das Pulver nur zu diesem Zweck haben wollte. Aber ich wusste nicht, wann er es einsetzen würde. Ich hätte mir denken können, dass es bald sein würde – Gavik hat energischer als sonst darauf bestanden, dass alle Edelleute zum Gottesdienst kommen.«

Also steckt Gavik wirklich hinter dem Feuer. Dieser Bastard! Der Brand war nur Mittel zum Zweck – eine List, um den Adel zu manipulieren und die einfachen Leute ins Unglück zu stürzen.

»Wieso unternimmt König Sref nichts, um ihn aufzuhalten?«, frage ich.

Fione prustet los, doch dann sieht sie mich mit großen Augen an. »Oh, Entschuldigung. Das war ernst gemeint?«

Ich versuche mir nicht anmerken zu lassen, wie sehr mich das ärgert. »Ich bin noch nicht lange hier.«

»Stimmt. Noch mal Entschuldigung. Ich habe mein ganzes

Leben in Vetris verbracht und denke oft nicht daran, dass es nicht allen so geht.«

»König Sref unterstützt Gaviks Verhalten«, bricht Y'shennria die angespannte Stimmung, die zwischen uns herrscht. »Zum einen, weil sie schon ewig befreundet sind, und zum anderen, weil König Sref seine Macht auf Angst stützt. Und je mehr Gavik diese Angst schürt, desto mehr Kontrolle hat König Sref.«

»Königin Kolissa …«, beginne ich.

»Die Königin ist machtlos«, antwortet Fione überraschend energisch. »Dafür hat Gavik gesorgt.«

»Machtlos? Sie ist die gottverdammte Königin.«

»Traditionsgemäß hat die Königin Einfluss auf politische Entscheidungen, aber Gavik hat die anderen Minister davon überzeugt, diese Tradition aufzugeben.« Y'shennria rührt damenhaft in ihrer Teetasse. »Sie hat sich früher sehr für Politik interessiert, aber als Prinzessin Varia starb, haben sich ihre Prioritäten geändert, und jetzt besteht ihr Lebensinhalt darin, das einzige Kind zu schützen, das ihr noch geblieben ist. Vor jeder Gefahr, insbesondere aber vor Magie.«

»Mein Onkel schürt ihre Angst, indem er ständig von Hexen spricht.« Fione räuspert sich. »Dadurch ist sie wie gelähmt.«

»Euer Onkel«, wiederhole ich. »Dann seid Ihr Erzherzog Gaviks Nichte?«

Sie nickt und ihre Locken wippen. Kein Wunder, dass Y'shennria sie angeworben hat. Aber wieso riskiert Fione es, ein so einflussreiches Familienmitglied zu verraten? Nach allem, was ich bisher über den Adel gelernt habe, würde es mich nicht wundern, wenn sie es wegen des Nervenkitzels tut, um eine Weile dem öden, inhaltsleeren Leben der vetrisischen Oberschicht zu entfliehen. Oder sie könnte eine Verräterin sein, eine Doppelagentin, die Gavik jederzeit unsere Geheimnisse verraten kann.

Als hätte sie meine Gedanken gelesen, sagt Y'shennria: »Ich vertraue ihr vollkommen, Zera. Und das wirst du auch tun.«

»Ihr könnt mir nicht vorschreiben, was ich denken soll«, murmle ich.

»Du bist nicht zum *Denken* hier«, kontert Y'shennria, jedes Wort scharf wie eine Rasierklinge. »Du bist hier, um hübsch auszusehen, die Sätze aufzusagen, die ich dir beigebracht habe, und die *Zuneigung* des Prinzen zu gewinnen.«

Wie kann sie es wagen? Wie kann sie es wagen, mich wie einen nützlichen Gegenstand zu behandeln und diese Fione mit Lob zu überschütten? Ich riskiere genauso viel wie Fione – sogar *noch mehr*! Wut steigt in mir hoch und die rote Glut bettelt darum, dass ich mich auf sie stürze.

Es wäre so einfach, sie zu töten!

»Du wirst mit Lady Himintell zusammenarbeiten«, verlangt Y'shennria. »Sie weiß viel über den Königshof und kann uns bei unserer Mission helfen.«

Diese Ungerechtigkeit – die Art, wie Y'shennria mit mir spricht und wie sie mit Fione umgeht. Unterschiedliche Umgangsformen für verschiedene Dinge – einen Menschen und ein Monster. Mein Blick huscht von Fiones Lächeln zu meinen Händen – Hände, die das Fleisch von fünf Männern zerfetzt haben. Sie sitzt da wie eine Adlige, ich wie eine blasse Imitation einer Dame. Ihre Maske ist undurchdringlich und ich spüre, wie meine zerbricht, während wir sprechen.

Ich springe auf, renne nach oben in mein Zimmer und schlage die Tür so laut hinter mir zu, wie ich kann. *Unreif.* Das höre ich Y'shennria unten sagen. Sie entschuldigt sich für mich, als wäre ich diejenige, die etwas falsch gemacht hat. Das habe ich aber nicht. Nightsinger hat etwas falsch gemacht, indem sie mich in das hier verwandelt hat, statt mich sterben zu lassen.

Du hast diese Männer kaltblütig getötet. Männer, die einmal Babys waren. Männer, die einmal gelebt haben. Du hast sie langsam umgebracht. Grausam. Du hast Gott gespielt. Du hast Leid und Tod mit mehr Leid und Tod zurückgezahlt.

Du hast alles falsch gemacht.

Die Minuten vergehen quälend langsam, bis ich höre, dass sich Fione mit ihrer zuckersüßen Stimme verabschiedet. Durch die Spitzenvorhänge an meinem Fenster beobachte ich, wie sie in ihre silberne Kutsche steigt, und wünsche mir, dass meine Verzweiflung sie so verbrennt, wie sie mich bei lebendigem Leibe den Flammentod sterben lässt.

Ich träume einen lebhaften Traum. Einen Traum wie ein Gewitter – Blitze und Heulen. Dunkelheit und Kälte, die sich irgendwann in ein klares Bild verwandeln.

Ich kenne diesen Ort. Ich bin wieder in der Halle der Zeiten, umgeben von all dem bunten Glas. Doch in meinem Traum bewegen sich die Figuren im Glas, die dargestellten Schlachten werden geschlagen, als geschähe alles noch einmal. Rotes Glas flammt auf, wenn Blut strömt, Menschen und Celeons durchbohren Hexen mit ihren Speeren und Herzlose reißen Menschenleiber auf. Schwarzes Hexenfeuerglas verbrennt Menschen bei lebendigem Leibe. Menschenfeuer, orangefarben, verkohlt die Haut der bestialischen Herzlosen. Und jede Glasfigur schreit, wenn sie stirbt, tausend gequälte Schreie, die in meinem Kopf hallen. Die Fenster in der Halle der Zeiten zerplatzen von dem Lärm. Massen bunter Glasscherben prasseln funkelnd auf mich herab, wie ein Regenbogen, der sich in tödlichen Schneefall verwandelt.

Durch das Funkeln sehe ich etwas aus Holz. Eigentlich sind es zwei Dinge. Ich will darauf zugehen, aber die Glasscherben durchbohren mich und irgendwie sind die Schmerzen im Traum tausendmal schlimmer. Ich weiß genau, dass es ein Traum ist. Aber mir ist alles egal. Etwas in mir drängt mich dazu, diese Holzgegenstände zu erreichen. Ich kämpfe, ziehe die zerschnittenen Beine aus dem Glas, reiße die Arme aus den nadelspitzen Scherben. Meine Füße sind nackt und der Glasschnee auf dem Boden zerschneidet mir die Fußsohlen, es blutet und tut höllisch weh. Aber ich gehe trotzdem weiter. Zerfetzt, zerschnitten und eine Blutspur hinter mir herziehend, greife ich nach den Gegenständen aus Holz – jetzt kann ich erkennen, was es ist.

Zwei Rosenkränze, beide mit einem Baumanhänger. So einfach. So klein. Und doch weiß ich mit schrecklicher Gewissheit, wie bedeutsam sie sind.

Ich greife mit meinen blutigen Fingern danach, aber gerade als ich sie berühren will, erwache ich in der Dunkelheit meines Zimmers und kalter Schweiß bedeckt meinen schmerzenden Körper.

Die Erinnerung an diesen Traum – oder eher Albtraum – weicht schon bald der Realität. Ich verbringe den nächsten Morgen damit, Kleider anzuprobieren, um Y'shennria aus dem Weg zu gehen und nicht an meine kindische Eifersucht auf Fione denken zu müssen. Rüschen verbergen meine Verbitterung, meine Wut. Seidene Handschuhe lassen meine Hände sauber aussehen und nicht wie die mit Blut befleckten sündigen Werkzeuge, die sie eigentlich sind. Der Spiegel wispert mir zu, dass ich hübsch bin, auch wenn alles, was ich sehe, die verdrehte, verkrümmte Dunkelheit meines Unherzens ist, das aus jeder Pore blutet. Ich weigere mich, Maeve hereinzulassen, die mich baden will, und schließlich geht die alte Frau mit einem müden Seufzer wieder davon.

Heute Abend ist ein Bankett – ich erinnere mich, dass Y'shennria es mir gesagt hat. Doch statt mich darauf vorzubereiten, schließe ich mich im Zimmer ein. Ich verlasse es nur, um in der Küche rohe Leber zu essen, doch Y'shennria nimmt mich nicht zur Kenntnis und begrüßt mich nicht einmal. Sie bleibt im Wohnzimmer sitzen und liest weiter. Aber als ich aus der Küche komme, steht sie im Flur. Sie befestigt etwas an der Wand – einen Feuerkalender. Er besteht aus dunklem Mahagoni, dünn, aber recht stabil, und die Tage des Monats sind in sauberen Reihen eingraviert. Sie hält eine Kerze an ein Datum auf dem Holz, die Flamme berührt kaum die Oberfläche. Trotzdem hinterlässt die Hitze einen dunklen Fleck auf dem gestrigen Tag, um anzuzeigen, dass er vergangen ist. Auf diese Weise streicht sie alle Tage, die vorüber sind. Zwischen heute und der Sommersonnenwende bleiben nur noch mickrige anderthalb Wochen.

Nachdem alle Tage abgestrichen sind, sieht mich Y'shennria bedeutungsvoll an, sagt aber kein Wort und kehrt zu ihrer Lektüre zurück. Jeder Brandfleck scheint mich zu verhöhnen, als lachte er schon jetzt über mein bevorstehendes Versagen. Mir bleibt nicht mehr viel Zeit, das hat mir Y'shennria gerade unmissverständlich deutlich gemacht.

Was mache ich hier eigentlich? Es gibt Wichtigeres als meine verletzten Gefühle. Crav. Peligli. Sie verlassen sich auf mich. Ich kann mich ausgiebig selbst bemitleiden, sobald ich wieder ein Mensch bin.

Am späten Nachmittag entscheide ich mich für ein Kleid, das bankettwürdig ist – roter Samt und orangefarbener Taft, wie ein leuchtender Sonnenuntergang. Ein Klopfen an der Tür reißt mich aus meinen Gedanken. Ich rufe »Herein« und Reginall tritt mit verlegenem Gesicht ein.

»Milady.«

Ich seufze. »Ich bin nicht länger bockig. Es ist nicht nötig, dass Ihr mich überredet, nach unten zu gehen.«

Reginall öffnet den Mund und klappt ihn sofort wieder zu. »Ich bin froh, das zu hören, Milady.«

Ich schweige. Y'shennria hat ihn geschickt, statt selbst zu kommen, weil er ein ehemaliger Herzloser ist. Sie denkt, dass er mich besser kennt als sie. Vielleicht hat sie aber auch zu viel Angst, sich mir zu nähern. Ich lege ein Perlenarmband an und bewundere seinen Regenbogenschimmer im Sonnenlicht.

»Ich kann nicht zulassen, dass mich etwas daran hindert, dem Prinzen das Herz zu nehmen«, sage ich schließlich. »Nicht meine Gefühle und nicht die Glut. Nichts.«

»Fällt es Euch schwer, Milady?«, fragt Reginall. »Die Glut zu kontrollieren?«

»Ihr habt offenbar vergessen, dass es fast unmöglich ist, sie zu kontrollieren.«

Reginall schweigt, dann sagt er: »Vielleicht habe ich das. Es ist schon viele Jahre her.«

»Ihr seid ein Meister des Staubtuchs und eine Naturgewalt beim Putzen«, sage ich. »Aber an Eurem Ich-will-unbedingt-etwas-loswerden-Gesicht solltet Ihr noch arbeiten.«

»Vor langer Zeit, Milady, haben wir einen Weg gefunden, die Glut zu unterdrücken.«

»Oh, ich weiß, wie man sie unterdrückt«, versichere ich ihm. »Hundert blutende Viecher essen funktioniert meistens.«

»Ich muss mich entschuldigen, ich habe mich ungenau ausgedrückt.« Reginall streicht geduldig über seinen Bart. »Ich meinte, sie vollständig zu unterdrücken. Gänzlich.«

Ich schlucke. Der Himmel ist blau. Der Twisted Ocean besteht aus Kristallen. Die Glut kann nicht vollständig unterdrückt werden. Das alles ist die Realität. Die Glut ist übermächtig und sie ist immer da. Sie verfolgt mich nicht nur tagsüber, sondern bis in meine Träume. Aber wenn es stimmt, wenn es wirklich einen Weg gibt, sie vollständig zu unterdrücken, könnte ich mich wieder menschlich fühlen. Wieder ganz.

»Wie?«, frage ich begierig.

»Es erfordert viel Übung, Milady. Und das Ergebnis …« Er gerät ins Stocken. »Es ist mit Nebenwirkungen verbunden.«

»Und welche sind das?«

»Die Glut … *mag es nicht*, wenn man sie unterdrücken will.

Man blutet aus den Augen, bis man die Kontrolle verliert und die Glut wieder aufsteigt.«

Ich atme aus. »Man blutet? Als wenn wir Menschenessen zu uns nehmen?«

»Ja. In beiden Fällen rebelliert die Glut gegen das, was man tut. Normale Speisen essen oder die Glut unterdrücken. Die Schmerzen fühlen sich an, als wollte die Glut uns brechen, richtig? Als wäre sie eine Warnung, mit dem aufzuhören, was wir gerade tun.«

»Ihr sprecht von ihr, als wäre sie ein lebendiges Wesen.«

»Ich weiß nicht, ob sie das ist, Milady. Ich weiß nur, was ich gefühlt und gesehen habe. Die Herzlosen, die gelernt hatten, die rote Glut zu unterdrücken, hatten für kurze Momente einen Geist so klar wie ein Winterstrom. Sosehr ihre Hexen ihnen zu kämpfen befahlen, so hungrig sie auch waren, sie konnten sich widersetzen. Nicht lange, aber doch lange genug. Das war ein Anblick, Milady.« Reginalls Augen beginnen zu strahlen. »Sie auf dem Schlachtfeld zu sehen, wie sie Blut weinten, sich widersetzten – sie haben uns anderen die Hoffnung gegeben, dass auch wir unserem Schicksal trotzen könnten. Die Hoffnung, dass wir es immer noch wert waren, gerettet zu werden, trotz allem, was wir unter dem Banner des Krieges getan hatten.«

Ich atme jetzt ganz flach. Wenn ich mir vorstelle, einen Moment lang frei zu sein, frei von dieser tiefen Leere in mir, die mich jetzt schon drei Jahre begleitet, schwirrt mir der Kopf.

»Ihr könnt es mir beibringen.« Ich springe von meinem Stuhl auf und ergreife seine runzligen Hände. »Ihr könnt mir beibringen, so zu weinen, wie sie es getan haben!«

»Ihr bekommt doch schon bald Euer Herz zurück«, wehrt Reginall ab. »Und Eure Freiheit. Ich sage das nur ungern, aber dem Prinzen das Herz herauszureißen ist viel einfacher, als zu lernen, wie man Blut weint.«

Es dauert eine Weile, bis sich meine Gier nach Freiheit wieder halbwegs legt, aber als es so weit ist, wird mir klar, dass er recht hat. Dieses Weinen klingt nach einem winzigen Bruchstück der Freiheit, aber ich kann die ganze Freiheit haben, wenn ich das tue, wofür ich hergekommen bin. Reginall befreit seine Hände sanft aus meinem Griff.

»Es ist ohnehin besser, wenn Ihr es nicht lernt, Milady. Es ist mit gewissen … Gefahren verbunden.«

»Gefahren?«

Er streicht sich über den weißen Bart. »Die Hexen sehen es nicht gern, wenn die Weinenden ihre Unabhängigkeit zurückgewinnen, auch wenn es nur für Momente ist. Wenn sie entdeckt oder von einem anderen Herzlosen verraten werden, wird gewöhnlich ihr Herz zersprungen.«

Zersprungen. Ohne jede Hoffnung, jemals wieder ein Mensch zu werden. Als Werkzeug sterben, mit nichts als der Glut bei sich, wenn man die Welt verlässt. Das ist mein schlimmster Albtraum, noch schlimmer als die Vorstellung, bis in alle Ewigkeit als Herzlose leben zu müssen. Ich schaudere und bekomme kaum mit, wie Reginall mir einen schönen Abend wünscht. Die Gedanken verfolgen mich, während ich mich fertig mache, und auch noch, als ich nach unten gehe, das Make-up dem heutigen Abendbankett angemessen. Y'shennria hebt eine Braue.

»Wo ist dein Korsett?«

»Ich habe es anprobiert«, versichere ich ihr. »Fünf Minuten Atemnot haben mir gereicht, vielen Dank.«

»Aber so ist die Mode«, beharrt sie. »Aus Helkyris.«

»Dann gehört die Mode aus Helkyris von jetzt an in den Müll.«

Y'shennria schnaubt. »Du bist schon wieder bockig.«

»Wenn Ihr nicht wollt, dass ich ohnmächtig mit dem Kopf in die Suppe falle, statt mit dem Prinzen zu flirten, empfehle ich Euch, mich auch weiterhin *bockig* sein zu lassen.«

Sie mustert mein Gesicht und das Make-up, das ich aufgelegt habe – roter Lippenstift und ein Muster aus drei schwarzen Streifen unterhalb der Augen, kleine Dreiecke, die aussehen wie die Reißzähne eines Wolfs. Y'shennria trägt ein umwerfendes schwarzes Kleid und hat ihr üppiges Haar mit einem Netz gebändigt, das mit Silberschnüren verziert ist. Im Licht des Sonnenuntergangs, das in die Halle fällt, kann ich sehen, wie unglaublich hübsch sie war und immer noch ist. Die Mitternachtslinien auf ihren Wangenknochen sind fein und elegant, wie die Spitzen winziger Vogelflügel. Sie wendet sich wortlos ab, verlässt das Haus und geht auf die Kutsche zu.

Ich habe sie verärgert. Das scheint zur Gewohnheit zu werden. Ich folge ihr und bleibe kurz vor dem Gemälde von Lord Y'shennria stehen.

»Ihr habt eine wunderschöne Frau, Sir«, murmle ich. »Aber sie ist furchtbar stur.«

Sein trockenes, schönes Lächeln scheint zu sagen: *Genau wie du.*

Auf der Fahrt spiele ich mit den roten Bändern, die in meinen blonden Zopf eingeflochten sind. Ohne mein Schwert an der Hüfte fühle ich mich nackt, aber Y'shennria hat gesagt, dass Waffen bei einem Bankett verboten sind.

»Habt Ihr Lady Himintell gesagt, was ich bin?«, frage ich sie.

Y'shennria hebt eine perfekt gezupfte Braue.

»Hältst du mich für verrückt? Sie denkt, du bist ein Bauernmädchen, das ich angeheuert habe, um meine Nichte zu spielen und das Herz des Prinzen zu stehlen. Natürlich nur im übertragenen Sinn.«

»Also glaubt sie, dass es Euch nur darum geht, dass die Familie Y'shennria an Macht gewinnt, indem ich Königin werde.«

»Ganz genau.«

Draußen singen die Vögel, es klingt melodisch, aber auch ein wenig verloren.

»Warum habt Ihr es nicht getan? Ein Bauernmädchen angeheuert, meine ich.«

»Weil man ein Bauernmädchen nicht kontrollieren kann.« Y'shennria antwortet, als hätte ich die einfachste Frage der Welt gestellt. »Menschen sind … *unberechenbar*. Unzuverlässig. Sie werden geblendet. Sie verlieben sich – es spielt keine Rolle, in was: adlige Knaben, hübsche Kleider, Macht, Luxus. Eine Herzlose dagegen hat nur ein Ziel. Sie will ihr Herz zurück. Und wer ein Ziel vor Augen hat, lässt sich nicht so leicht blenden.«

Merkwürdig, aus irgendeinem Grund muss ich wieder an den Moment denken, in dem Lucien mich »gerettet« hat. Sein Gewicht auf mir, sein warmer Atem auf meiner Haut. In diesem Moment war jeder Gedanke daran, ihm sein Herz zu nehmen, wie weggeblasen. Ich war geblendet, und zwar von ihm.

Er ist nur Mittel zum Zweck, zischt die Glut.

Bei unserer Ankunft am Palast taucht der Sonnenuntergang die weiße Fassade in ein so strahlendes Licht, dass es wirkt, als würde sie in Flammen stehen.

Y'shennria führt mich in die Eingangshalle und auch das Wasser unter dem Fußboden glüht im Schein des Abendrots. In der Halle drängen sich extravagant gekleidete Edelleute in violetten, smaragdgrünen und meerblauen Roben, durchwirkt mit so feinen Gold- und Silberfäden, dass es aussieht, als wären diese Fäden in den feinen Tüchern gewachsen. Ich werde fast blind von den Farben des Sonnenuntergangs, die sich in ihren Juwelen spiegeln. Die Adligen haben eindeutig ihre kostbarsten Kleider und den wertvollsten Schmuck für diesen Abend aufgespart. Der größtmögliche Gegensatz sind die in schlichtes Schwarz gekleideten Dienstboten, die auf Silbertabletts Wein und geeiste Früchte anbieten.

»Worauf warten die alle?«, frage ich Y'shennria.

»Das Abendessen wird noch vorbereitet«, erklärt sie. »Und es ist eine Art … Tradition, in der Halle zu warten. Wir versammeln uns hier, sehen zu, wie einer nach dem anderen hereinkommt, und tuscheln über seinen Auftritt.«

Ich stöhne. »Das klingt unglaublich *spannend.*«

»Das ist eher etwas für die Erwachsenen. Von dir wird nicht viel mehr erwartet, als dazusitzen und hübsch auszusehen.«

»Und? Sehe ich hübsch aus?« Ich klimpere zum Scherz mit den Wimpern, aber ihr Gesicht bleibt ernst wie immer.

»Sehr sogar.«

Die Ernsthaftigkeit ihrer Worte verwundert mich, aber bevor

ich etwas dazu sagen kann, verschwindet sie in der Menge. Wie ich sie kenne, hat sie nur eine Tatsache festgestellt. Seawhisper hat gesagt, dass der Prinz auf meinen Typ steht. Deswegen haben sie mich ausgewählt.

Ich atme tief aus und lehne mich in einem nicht ganz so überfüllten Bereich der Halle an eine Marmorsäule. Wenn alles nach Plan läuft, wird der Prinz echte Gefühle für mich entwickeln, und die werden ihn dazu bringen, seine Sicherheit zu vernachlässigen. Aber wie echt können seine Gefühle sein, wenn meine ganze Persönlichkeit nur vorgetäuscht ist? Wenn ich nur der sorgfältig zurechtgemachte Köder in einer Stahlfalle bin?

Ich schüttle den Kopf und nehme ein Weinglas von einem Tablett, das ein Kellner an mir vorbeiträgt. Was geht es mich an? Wenn ich ihn täuschen kann, gewinne ich dieses böse Spiel. Und nur ums Gewinnen geht es. Was passiert, sobald meine Fassade bröckelt, ist nicht mehr mein Problem.

Und doch meldet sich eine kleine Stimme in mir, die hofft, dass der Prinz – nein, Whisper – klug genug ist, nicht auf mich hereinzufallen. Whisper ist ein Dieb und ich kenne die Instinkte von Dieben. Er darf nicht weich werden, darf diesen Umhang des Misstrauens nicht abwerfen. Wenn er es täte, wäre ich enttäuscht.

Wenn er es tut, verliert er seine Menschlichkeit.

Ein verzweifeltes Auflachen dringt über meine weinfleckigen Lippen. Ich bin wirklich ein Monster, oder?

Plötzlich fühle ich mich unwohl und habe das Gefühl, dass mir jeder im Raum ansehen kann, wie selbstsüchtig ich bin. Deshalb verlasse ich die Halle und gehe hinüber in den Westflügel.

Zumindest glaube ich, dass es der Westflügel ist. Y'shennria hat mich die Pläne des Palastes studieren lassen, aber die waren so umfangreich und der Unterricht so kurz, dass ich alles vergessen habe. Ich lasse meine Füße entscheiden. Je weiter ich mich von den Edelleuten und ihrem Geplapper entferne, desto leichter fällt mir das Atmen. Mehr will ich gar nicht, nur weg von dort, irgendwo anders sein. Der Wein steigt mir angenehm zu Kopf und ich schlendere durch die riesigen, reich verzierten und fast menschenleeren Flure. Dabei muss ich an Reginall denken. Ob er und die anderen Herzlosen im Krieg auch getrunken haben? Trinken ist eines der wenigen menschlichen Bedürfnisse, die uns geblieben sind. Ich wette, sie haben sich jeden Abend betrunken, um das Blut zu vergessen, das sie am Tage vergossen hatten.

Ich streiche mir über die Wangen, über die jetzt schon blutige Tränen laufen würden, wenn ich keinen Wein getrunken, sondern von den angebotenen Früchten gegessen hätte. Ein Celeon-Wachmann mustert mich von seinem Posten vor einer Tür und seine violetten Augen verengen sich.

»Guten Abend, Sir.« Ich lächle ihn an. »Wie geht es Euch heute?«

Der Celeon grunzt und seine tentakelartigen Schnurrhaare zucken. »Sehr gut, Milady.«

»Dann sind wir schon zwei.« Ich kichere. Doch als er nicht zurücklächelt, werde auch ich ruhig. »Was für wertvolle Dinge müsst Ihr hier bewachen? Einen Schatz? Oder vielleicht öde alte Dokumente?«

»Bilder, Milady.«

»Bilder?« Ich hebe eine Braue. Der Wachmann richtet sich

ein wenig höher auf und umklammert seine Hellebarde ein bisschen fester und ein bisschen stolzer.

»Hinter mir ist der Raum, in dem die privaten Familienporträts der Verstorbenen der d'Malvanes hängen. Ich bewache sie, damit sie niemand entweiht.«

»Wer sollte denn ein d'Malvane-Familienporträt entweihen wollen?« Ich runzle die Stirn. Jetzt grinst der Celeon zum ersten Mal und zeigt mir seine Reißzähne.

»Ihr würdet Euch wundern, Milady.«

»Ehrlich? Ich bin neu in Vetris. Ich weiß kaum etwas über diese Stadt oder die d'Malvanes. Auf einer Schweinefarm erfährt man nicht viel über die königliche Familie.«

Der Celeon starrt mich an. »Dann seid Ihr die Y'shennria-Frühlingsbraut?«

Ich knickse mit einem Lächeln und der Wein bringt mich fast aus dem Gleichgewicht. »Genau die bin ich.«

»Gerüchten zufolge kann der Prinz Euch nicht leiden.«

Ich mustere ihn von oben bis unten. Kein anderer Dienstbote im Palast würde es wagen, jemandem vom ersten Adelsrang so etwas ins Gesicht zu sagen. Aber vielleicht neigen die Palastwachen eher dazu, auszusprechen, was sie denken.

»Nun, Gerüchten zufolge kann ich ihn ebenso wenig leiden«, erwidere ich leichthin. Er blinzelt mich mit seinen violetten Augen an.

»Wieso seid Ihr dann hier, Milady?«

»Wieso seid Ihr hier?«, kontere ich.

»Um mir in einer grausamen Welt meinen Lebensunterhalt zu verdienen«, knurrt er.

»Genau wie ich.«

Da kichert er, es klingt wie eine Mischung aus einem Schnurren und einem Fauchen. Doch er verstummt sofort, als eine bekannte Stimme durch den langen Flur dröhnt.

»Seid Ihr das, Lady Zera?« Baron d'Goliev schwenkt seinen federgeschmückten Hut. Bei ihm sind noch mehrere andere Edelleute. »Kommt, Ihr müsst sie kennenlernen. Sie ist eine Frühlingsbraut und noch dazu sehr klug!«

»Bei Kavars blutunterlaufenem Auge!«, fluche ich und suche hektisch nach einem Fluchtweg. Doch plötzlich öffnet sich die Tür vor mir, aufgestoßen von der Pfote des Celeons. Mit einem Kopfrucken deutet er in den Raum und seine spitzen Ohren zeigen in dieselbe Richtung.

»Los, Milady. Versteckt Euch da drin. Ich sage Euch, wenn sie weg sind.«

Ich grinse ihn an. »Ihr seid mein Retter.«

Ich verschwinde in dem dämmrigen Raum und der Wachmann zieht die Tür hinter mir mit einem dumpfen Laut zu. Die Tür und die Wände sind so dick, dass ich die Schritte des Barons und seiner Begleiter kaum noch hören kann. Ihre Stimmen, die zu wissen verlangen, wo ich geblieben bin, werden allerdings immer lauter. Der Wächter wimmelt sie mit so vielen *Miladys* und *Milords* ab, wie er nur kann, aber das lässt sich der Baron nicht gefallen. Ich schleiche von der Tür weg und drücke mich in eine Ecke, nur für den Fall, dass es ihnen gelingt, hier hereinzukommen.

Dieser Raum ist ganz anders als der Rest des Palastes. Hier gibt es keine Wände oder Böden aus Marmor, hier besteht alles aus poliertem Holz. Die Vorhänge sind schwarz, nicht hellgrün, und es gibt auch keine goldenen Verzierungen oder irgendwelche Statuen. Der Raum ist schlicht, abgesehen von umwerfenden Ölgemälden von Menschen, die längst tot sind. Sie alle haben eins gemeinsam – sie tragen teure Pelze und sie haben Prinz Luciens rabenschwarzes Haar. Ein paar sind jünger, als Tote sein sollten. Die ersten Bilder sind verblichen, abgenutzt von Zeit und Luft, doch weiter hinten hängen größere Gemälde in leuchtenderen Farben und auf frischer Leinwand. Das neueste Bild hängt in der Ecke, in der ich mich versteckt habe.

Es sind die Augen, die mir den Atem rauben – ihre Augen, wie Dolche aus Obsidian. Diese Augen sind unverkennbar. Das muss Prinzessin Varia sein. Doch im Gegensatz zu dem stechenden Blick ihres Bruders, der so voller Wut und Ernsthaftigkeit ist, funkelt in den Augen von Varia Fröhlichkeit, als würde sie ein lustiges Geheimnis für sich behalten. Ihre vollen Lippen sind zu einem leichten Lächeln verzogen, doch in den Mundwinkeln liegt auch ein Hauch Trauer. Das schwarze Haar hat sie zu einem komplizierten Dutt hochgesteckt und sie trägt ein leuchtend rotes Kleid. Sie steht neben einem Stuhl, hält einen Blumenstrauß in der einen Hand und ein ungewöhnliches weißes Schwert in der anderen. Das Gemälde ist so lebensnah und der Stil unverkennbar. Ich bin ganz sicher, dass es derselbe Künstler gemalt hat, von dem auch das Porträt von Lord Y'shennria stammt.

»Sie ist wunderschön, nicht wahr?«

Ich fahre vor Schreck zusammen. Ich drehe mich um und niemand anders als König Sref erhebt sich in den tiefen Schatten auf der anderen Seite des Raums aus einem Sessel. Sofort mache ich einen tiefen Knicks.

»E-euer M-Majestät«, stammle ich. »Ich wusste nicht, dass Ihr hier seid; der Wachmann hat nichts gesagt …«

»Ganz ruhig.« Er lächelt und sein Gesicht bekommt lauter Fältchen. »Ich gebe es ungern zu, aber ich bin schon vor einigen Stunden hergekommen, schon bevor seine Schicht begann. Er wusste es nicht. Ich hoffe, Ihr werft ihm das nicht vor, denn Noran ist ein guter Mann.«

»Nein, natürlich nicht«, beteure ich sofort. »Ich f-finde auch, dass er seine Sache sehr gut macht. Er wirkt ein wenig einschüchternd, aber ich nehme an, das hängt mit seiner Stellung zusammen.«

Ich verfluche mein Plappermaul. Jetzt ist nicht der richtige Zeitpunkt, um geschwätzig zu sein. Aber der König lacht nur.

»Das stimmt wohl.« Er dreht sich wieder um und sein Umhang aus reinem Gold raschelt über den Holzboden, als er auf Varias Porträt zugeht. Seine grau melierte Mähne ist zu drei langen Zöpfen geflochten, die an mehreren Stellen auf seinem Rücken zu einem raffinierten Muster zusammengefasst sind. Über den energischen Brauen trägt er einen goldenen Stirnreif – dieselben Brauen wie bei Lucien und auch bei Varia. Er betrachtet das Gemälde mit seinen grauen traurigen Augen, als suchte er nach etwas, von dem er weiß, dass es da ist, das er aber nie zu fassen bekommt. Seine stumme Verehrung macht mich ganz verlegen, doch dann dreht er sich zu mir um und lächelt.

»Verzeiht, Lady Zera. Ich neige dazu, mich in diesem Bild zu verlieren, sehr zur Entrüstung meiner Minister und der Königin. Ich würde dem Maler die Schuld dafür geben, aber der Mann war ein Genie und einem Genie kann man nicht lange böse sein.«

Ich beiße mir auf die Lippe. Die Edelleute haben gesagt, dass Varia der Liebling des Königs war und dass ihr Tod ihn sehr verändert habe. Das ist ein heikles Thema und ich bin in einer noch heikleren Lage. Y'shennria hat mich nicht auf Privatgespräche mit dem König von Cavanos vorbereitet. Aber ich kann unmöglich schweigen.

Wird er um Lucien trauern, wenn ich ihn zum Herzlosen mache, so wie seine Augen jetzt um Varia trauern?

Plötzlich fragt der König: »Unter welchen Monden seid Ihr geboren, Lady Zera?«

»Äh …« Ich versuche hektisch, mir etwas auszudenken. Mein Geburtstag ist eine dieser fehlenden Erinnerungen, die in meinem Herzen weggeschlossen sind. »Die Feuersteinmonde, Euer Majestät.«

»Der Riese ein Drittel abnehmend«, murmelt er. »Die Zwillinge zu zwei Dritteln voll. Gute Monde. Träumer-Monde. Ich war sicher, Ihr wärt ein Onyx. Varia wurde unter dem Onyx geboren.«

Er verstummt und sieht mich an, doch jetzt ist das Lächeln verschwunden.

»Was Ihr beim Empfang zu mir gesagt habt, war etwas, das auch sie gesagt hätte. Sie hat sich stets für die gewöhnlichen Leute interessiert, über die sie eines Tages herrschen sollte, viel mehr als ich. Wenn sie Eure Bemerkung hätte hören können, bin ich sicher, dass Ihr und Varia gute Freundinnen geworden wärt.«

Ich sollte einen Knicks machen und das Kompliment bescheiden annehmen. Aber stattdessen schaue ich auf zu Varias Lächeln, so amüsiert über sich selbst und doch tief im Innern zerbrochen. Ein vertrauter Anblick, den ich jeden Morgen im Spiegel sehe.

»Das wäre schön gewesen«, bringe ich schließlich heraus. Ich brenne darauf, ihm tausend Fragen zu stellen – warum er zulässt, dass Gavik Unschuldige ermordet, ob er überhaupt weiß, dass es Unschuldige sind, ob er Hexen und den Alten Gott wirklich so sehr hasst, dass er einfach wegschaut. Aber ich kann ihn nicht fragen. Das wäre nicht nur unhöflich, es wäre Hochverrat.

König Sref kichert und in dem dämmrigen Raum klingt es seltsam gedämpft. »Ihr seid genauso schlecht darin, Euch nicht anmerken zu lassen, dass Ihr eine Fragen stellen möchtet, wie sie es war.«

Es erschreckt mich, wie leicht er mich durchschaut hat, aber ich antworte betont locker: »Nur eine, Euer Majestät? Ich habe Hunderte.«

»Davon bin ich überzeugt«, sagt er. Doch wir schweigen beide, denn wenn einem von uns ein weiteres Wort über die Lippen kommt, könnte die unsichtbare Linie überschritten sein, die unter Adligen nie überschritten werden darf – die Linie zwischen unserem wirklichen Ich und unserer höfischen Persönlichkeit. Unseren Masken und dem wahren Gesicht darunter. Der König räuspert sich. »Wenn es mir möglich ist, würde ich gern die Frage beantworten, die Euch am meisten am Herzen liegt.«

Es wäre so einfach, sich etwas Frivoles auszudenken, irgendetwas Privates aus Luciens Leben. So etwas erwartet man von mir, schließlich bin ich eine Braut. Aber vielleicht liegt es bei den d'Malvanes in der Familie, einen so anzusehen, dass man nicht anders kann, als die Wahrheit zu sagen, denn unter dem freundlichen Blick des Königs bringe ich keine Lüge heraus.

»Warum lasst Ihr Erzherzog Gavik so viel Freiheit, Eure Untertanen zu quälen?«

Das Lächeln des Königs erlischt und ich rechne mit Wut und Empörung, wie ich sie von Lucien kenne. Aber Sref ist nicht Lucien. Er wird nicht wütend. Er sieht nur müde aus, dieselbe depressive Müdigkeit, die ich auch beim Empfang in seinen Augen erkennen konnte. Er streitet nichts ab. Er versucht auch nicht, sich herauszureden. Er seufzt nur.

»Weil er mir ein Versprechen gegeben hat, Milady.« Ich merke, wie meine Gesichtszüge entgleisen, aber er spricht weiter, bevor ich etwas sagen kann. »Habt Ihr jemals einen geliebten Menschen verloren?«

Ich nicke. »Meine Eltern.«

»Mein Beileid. Aber das bedeutet auch, dass Ihr Euch genauso danach sehnt, Euch an dem zu rächen, was sie Euch genommen hat – der Zeit, dem Zufall, dem Tod selbst, wenn es sein muss.«

An fünf Männern, höhnt die Glut. Meine Hände in den Spitzenhandschuhen fangen an zu zittern und ich verstecke sie hastig hinter dem Rücken. Ich will nicht, dass ausgerechnet der König mich in einem Moment der Schwäche sieht. Schatten legen sich in die Falten um seinen Mund.

»Der Erzherzog wird Varias Mörder für mich finden. Und bis es so weit ist, darf er tun, was immer nötig ist.«

»Aber Eure Bürger …«

»Die Welt kann verrotten, Lady Zera, wenn ich nur den Mörder meiner Tochter in die Finger bekomme.«

Das sagt er völlig ungerührt, völlig gelassen, und das macht mir mehr Angst als alles andere. Mir ist plötzlich kalt bis ins Mark und ich habe eine Gänsehaut.

Die Realität holt mich ein, als auf dem Gang die Stimme des Barons immer lauter wird. König Sref wirft einen Blick in Richtung Tür und sieht dann wieder mich an.

»Ich hoffe, Ihr genießt das Bankett genauso wie ich unsere Unterhaltung genossen habe, Lady Zera.«

Und mit diesen perfekt gewählten Abschiedsworten nimmt er wieder auf seinem Sessel an der Wand Platz. Mir ist klar, dass ich entlassen bin, und ich öffne die Tür. Draußen erwarten mich Licht, Lärm und die Freunde des Barons, die mich anstarren, doch ausnahmsweise bin ich froh darüber, denn jetzt muss ich reagieren, muss antworten und an etwas anderes denken als an die erschreckende Gelassenheit, mit der der König von Cavanos sein Volk zum Leiden verdammt hat. Der Wachmann lächelt mich verlegen an, beinahe entschuldigend, und dann schleppt mich der Baron – der behauptet, wir kämen zu spät – mit seinen schwatzhaften Freunden zum Bankett.

Das unbehagliche Gefühl, das der König in mir ausgelöst hat, bekämpfe ich auf die einzige Weise, die ich kenne – mit dem Betrachten von Schönheit. Ich bewundere sie, genieße sie, verschlinge sie mit den Augen. Im Speisesaal hängen kugelförmige Öllampen an unglaublich dünnen Ketten von der Decke. Es duftet unwiderstehlich nach gebratenem Fleisch. Ein massiver

Tisch aus Ebenholz erstreckt sich über die ganze Länge des Raums, die Stühle haben eine hohe Rückenlehne und Sitzkissen mit Seidenbezug. In einer Ecke entdecke ich Ulla, die mit Dienstboten flüstert. Erzherzog Gavik trägt eine prunkvolle Silberrobe. Er lacht und trinkt Wein mit einer Gruppe bärtiger alter Männer. Ich erkenne einige von ihnen, es sind die königlichen Wissenschaftler, die das Feuer gelöscht haben. Der König und die Königin sind zum Glück nicht da, aber ich sehe Charm und Grace, die in ihren hübschen Spitzenkleidern miteinander plaudern. Als ich eintrete, werfen sie mir spöttische Blicke zu und kichern hinter vorgehaltener Hand.

»Sie finden es komisch, dass du kein Korsett trägst.« Y'shennria ist wie aus dem Nichts aufgetaucht.

»Und ich finde es komisch, dass sie keine Manieren haben«, kontere ich. Y'shennrias dünne Lippen verziehen sich zum Hauch eines Lächelns, von dem ich bereits dachte, dass ich es nie wieder sehen würde. Ich will ihr von meiner Begegnung mit dem König erzählen, lasse es dann aber doch. Wenn sie erfährt, dass ich ihn mit Gaviks Untaten konfrontiert habe, wird sie wütend werden, und ich erfreue mich lieber an ihrem Lächeln, solange es anhält.

Sie nimmt meinen Arm (natürlich nur, um den Schein zu wahren, denn welche Tante hakt sich nicht bei ihrer Nichte ein?) und stellt mich Adligen vor, die sie für wichtig hält. Der Minister für Ahnenforschung ist ein kleiner dicker Mann, dessen Augen verschmitzt funkeln, als ich vor ihm knickse, und die Herzogin Priseless sieht von oben auf mich herab. Sie ist die Mutter der nervigen blonden Zwillinge vom Frühjahrsempfang, die ihr garantiert von unserem kleinen Wortgefecht erzählt haben, doch sie kann nicht in aller Öffentlichkeit unhöflich zu mir sein. Das Einzige, was sie tun kann, ist Y'shennria ein Kompliment zu ihrem Kleid zu machen und mich höflich zu ignorieren.

Ich entdecke Fione, die ihr lockiges Haar zu einem langen, unauffälligen Pferdeschwanz geflochten hat und ein ebenso unauffälliges beigefarbenes Kleid trägt. Kein Vergleich zu dem knalligen Pink, das sie gestern anhatte. Sie stützt sich wieder auf den Elfenbeinstock mit dem eingemeißelten Valkerax-Kopf. Doch anders als bei ihrem Besuch bei Y'shennria sieht Fione jetzt kein bisschen fröhlich aus. Sie hält den Kopf gesenkt und ihre Körpersprache schreit förmlich: »Ich habe Angst vor meinem eigenen Schatten!« Als sie von einer Edeldame angesprochen wird, legt Gavik ihr die Hand auf die Schulter und packt so fest zu, dass seine Knöchel weiß werden. Fione zieht sich unter seiner Berührung noch mehr in sich zurück. Auch wenn sie die Schüchterne nur spielt, war diese Reaktion doch zu echt und kam zu schnell, um vorgetäuscht zu sein. Ihr Onkel widert sie eindeutig an. Vielleicht mag ich sie nicht, weil sie von Natur aus alles hat, was ich nicht habe, aber wenigstens das haben wir gemeinsam.

Schließlich läutet Ulla die gläserne Essensglocke und verkündet die Ankunft der Königsfamilie.

Mein Magen krampft sich zusammen, als der Prinz hereinkommt. Ich kenne mittlerweile den Takt seiner Schritte: schnell und angespannt. Er trägt einen schwarzen Falkneranzug aus Taft und der hohe Kragen umrahmt seine scharfen Wangenknochen. Die schwarzen Haare sind geflochten und die Stiefel mit scharfen Spitzen aus Gold bestückt, genau wie seine Zeigefinger, denn an jedem steckt ein klauenförmiger Goldring. Beim Anblick der Bandage auf seinem Handrücken fängt mein Gesicht an zu glühen. Dort hat er sich verletzt, als er meinen Sturz abgefangen hat. Ich frage mich, ob es wohl noch wehtut. Hat er Schmerzen?

Er wird noch viel mehr Schmerzen haben, wenn ich mit ihm fertig bin, geifert die Glut. Ich konzentriere mich auf Malachite an seiner Seite, stumm und bleicher als Schnee, mit feuerroten Augen und einem Brustpanzer voller Rubine. König Sref und Königin Kolissa folgen Lucien und Malachite. König und Königin nehmen zuerst Platz, gefolgt vom Prinzen und Erzherzog Gavik. Dann geht es der Reihe nach, bis ich mich endlich, *endlich* als Letzte setzen darf. Fione nimmt kurz vor mir Platz, also muss sie älter sein als ich. Ein Priester des Neuen Gottes kommt herein und spricht mit leiernder Stimme ein Gebet.

»Und aus der Dunkelheit kam unser Gott zu uns und gab uns mit Seiner Liebe die Erleuchtung, unseren Weg zu finden. Sein Name ist Er, der Arathess neu geboren hat, Er, der uns aus der Verzweiflung errettet, und wir sagen Seinen Namen voller Dankbarkeit und Freude, bevor wir speisen in Seinem Namen.«

»In Seinem Namen«, wiederholen die Gäste unterschiedlich laut. Der Prinz sagt nichts und Y'shennria murmelt es nur, doch dabei verzieht sie angewidert ihre damenhafte Miene. Die Dienstboten servieren Wein und den ersten Gang, Spargelcremesuppe und Mandelklößchen, und ich bemühe mich, beim Essen nicht zu unsicher zu wirken. Der König spricht mit Erz-

herzog Gavik und alle am Tisch lauschen aufmerksam jedem Wort über Handelswege und darüber, dass die »Angriffslust der Hexen« die Getreidepreise hochtreiben könnte. Gavik sieht Fione an und fragt sie, was sie in letzter Zeit von ihren wissenschaftlichen Tutoren über Handelswege gelernt hat.

»I-ich glaube, da war etwas über …« Sie windet sich unter den Blicken der umsitzenden Gäste und ihr Ellbogen fegt die Gabel vom Tisch. Das kann eigentlich nur vorsätzlich geschehen sein, aber wieso tut sie so ungeschickt? Die Dienstboten wollen die Gabel aufheben, doch ich bin schneller und fische sie vom Boden.

»Hupps! Ich hab sie fallen lassen.« Ich lächle. »Dieses vetrisische Besteck ist wesentlich glatter als das bei uns zu Hause.«

Ein paar Leute schmunzeln und die Augen von König Sref funkeln amüsiert. Y'shennria runzelt natürlich die Stirn und Lucien hebt nur eine Braue.

Fione sieht erleichtert aus, und als der König weiterredet und damit die Aufmerksamkeit von uns ablenkt, beugt sie sich zu mir und flüstert: »Danke.«

»Falls Ihr noch einmal aus unerfindlichen Gründen eine Gabel fallen lassen wollt, bin ich für Euch da, Lady Himintell«, murmle ich. »Oder soll ich weiterhin Fione sagen?«

»Lady Himintell ist eine bessere Tarnung. Offiziell sind wir uns ja noch nie begegnet.«

»Fragt Euch Euer Onkel immer in aller Öffentlichkeit nach Euren Studien aus?«, erkundige ich mich.

»Schon als ich klein war, hat er es genossen, mich unter emotionalen Stress zu setzen«, bestätigt sie kühl. »Das hat mich belastet, bis ich mir einen Panzer zugelegt habe. Jetzt tue ich nur so, als würde ich leiden, um seinen Sadismus zu befriedigen. Aber früher wäre ich am liebsten …«

»… weggerannt und in der dunkelsten Ecke verschwunden, die sich finden ließ?«, frage ich.

»Woher wisst Ihr das?« Sie grinst.

Ich hebe mein Weinglas. »Eine verwandte Seele erkenne ich auf den ersten Blick.«

Sie lacht hinter vorgehaltener Serviette, aber ich bin nicht sicher, ob es ein echtes oder nur ein höfliches Lachen ist. Bei ihr geht beides nahtlos ineinander über. Ich picke in meinem Essen herum und sie isst geziert. Plötzlich verspüre ich den Drang, mich für mein gestriges Verhalten zu entschuldigen, aber was noch von meinem Stolz übrig ist, überwältigt diesen Drang mühelos. Mir fällt auf, dass uns Grace und Charm über den Tisch hinweg anstarren. Uns? Nein, Fione. Nur Fione.

»Sieht aus, als wären die beiden keine Fans von Euch«, bemerke ich leise.

Auf einmal ist Fione sehr an ihrem Essen interessiert.

»Ich zu sein macht es schwierig, Fans zu haben.«

»Die Nichte eines kriegstreiberischen Erzherzogs«, sinniere ich und rühre in meiner blassgrünen Suppe. »Ich kann verstehen, dass das ein Problem ist.«

»Ach, das ist denen egal.« Sie lehnt sich zur Seite und berührt mit der Serviette ihr Bein. »Es ist der Klumpfuß, der die meisten Leute abstößt.«

»Und ich dachte schon, dass Ihr mit diesem Stock nur einen neuen Modetrend kreieren wollt.«

Ihre Lippen verziehen sich zu einem Lächeln, doch sie setzt sofort eine verhuschte Miene auf, als Gavik in unsere Richtung schaut. Er mustert uns einen Moment lang mit seinen wässrigen blauen Augen, doch dann stellt ihm die Königin eine Frage, die seine Aufmerksamkeit erfordert, und zum Glück entkommen wir so für kurze Zeit seiner Tyrannei. Die Dienstboten bringen den nächsten Gang – junge Gänse in Kräuteröl und Zitronenschale gebraten, wundervoll angerichtet und mit einem Duft, bei dem einem das Wasser im Mund zusammenläuft. Zwei Bissen hiervon, dann kann ich den Rest lange genug auf dem Teller herumschieben, um meine Flucht in den Waschraum bis zum dritten Gang hinauszuzögern. Sieben Gänge insgesamt. Ich seufze. Das wird ein unglaublich schmackhafter – aber auch langer und schmerzhafter – Abend.

Aber welcher Abend war nicht schmerzhaft, seit aus mir eine Herzlose wurde?

Ich werfe einen Blick zu Fione, die ihr Essen mit damenhafter Präzision verzehrt, genau wie Y'shennria, die ein Stück weiter oben am Tisch sitzt. Plötzlich lehnt sich Fione zu mir herüber.

»Er sieht Euch die ganze Zeit an.«

Ich schaue in dieselbe Richtung wie sie – direkt zu Prinz Lucien. Er zuckt zusammen, als sich unsere Blicke treffen, und starrt hastig auf seinen Teller. Fione schnaubt kaum hörbar.

»Mögt Ihr ihn nicht?«, flüstere ich und drehe mein Medaillon zwischen den Fingern, damit es aufhört, so schnell zu schlagen.

»Ich war letztes Jahr beim Frühlingsempfang«, antwortet sie. »Gegen meinen Willen. Seinetwegen habe ich mich zum

Gespött gemacht, als ich vor dem versammelten Hofstaat diesen Gang entlanggehen musste. Ich bin daran gewöhnt, dass die Leute über mich tuscheln, aber es waren noch nie so viele auf einmal.«

Meine tiefe Abneigung ihr gegenüber bekommt erste Risse. Wie hart ist ihr Leben hier am Hof? Ich kann es mir nicht einmal ansatzweise vorstellen. Fione stürzt ein Glas Wein hinunter und zuckt mit den Schultern.

»Immerhin hat er ihre Geringschätzung mir gegenüber kritisiert. Und zwar laut. Ihr hättet ihre Gesichter sehen sollen. Alle Edelleute bei Hofe gleichzeitig abgekanzelt vom Kronprinzen. Nicht dass es eine bleibende Wirkung gehabt hätte. Aber nach siebzehn Jahren Gehässigkeit hinter meinem Rücken war dieser eine Moment einfach großartig.« Sie schneidet ihre Gänsekeule damenhaft wie zuvor, doch auch ein wenig energischer, und ich glaube einen Hauch triumphierender Genugtuung zu spüren. Ich ziehe die Nase kraus und sie neigt den Kopf zur Seite. »Stimmt etwas nicht?«

»Prinz Lucien beteuert immer wieder, er hätte kein Herz«, sage ich. »Und dann tut er etwas, das seine Behauptung widerlegt.«

Sie lacht wieder, leise und hinter ihrer Serviette. »Ich kenne ihn schon, seit wir Kinder waren. Er hat oft geweint, meistens über lächerliche Dinge, zum Beispiel wenn jemand eine Spinne zerquetscht oder eine der Palastkatzen einen Vogel gefangen hat. Aber dann ist Varia gestorben und …« Sie ringt um die nächsten Worte, den nächsten Atemzug. Varia. Nicht Prinzessin Varia. Nur *Varia.* Hat sie die Prinzessin gekannt? »Varia war diejenige, die ihn immer beschützt hat. Er hat sich in den Kopf gesetzt, dass er so stark sein muss, wie sie es war. Seit dem Tag, an dem man das herbrachte, was noch von ihrem Körper übrig war, habe ich ihn nie wieder weinen sehen.«

Ich versuche es mir vorzustellen: ein junger Lucien, der miterleben muss, wie die Wachen dem König und der Königin – und ihm – die Überreste seiner Schwester bringen. Plötzlich zerfetzen die Schmerzen in meinem Magen alle Gedanken und auch die angenehme Betäubung durch den Wein ist wie weggeblasen. Ich habe es lange genug ausgehalten. Ich stehe auf und entschuldige mich. In dem gefliesten Bad ist es deutlich kühler und ruhiger, aber die blutigen Tränen brennen auf meinem Gesicht. Es ist immer schlimmer geworden, seit ich regelmäßig Menschenessen zu mir nehme, und der heutige Abend ist keine Ausnahme. Die Schmerzen sind kaum zu ertragen und ich beiße mir auf die Lippe, um nicht laut zu stöhnen. Die Glut fleht mich an, etwas Blutiges zu essen.

Ich starre auf mein Spiegelbild, meine hellen Zöpfe und das verzerrte Gesicht. Sorgfältig wasche ich mir das Blut ab und versuche ein Lächeln. So unerträglich es ist, ich muss weitermachen. Y'shennria wartet. Der gesamte Hofstaat wartet.

Ich stoße die Tür auf und schaffe es halb zurück zum Bankett, da packt jemand mein Handgelenk. Beide Handgelenke. Jemand versucht, mich zu überwältigen. Haben die Götter gerade entschieden, dass dieser Abend nicht Zeras Abend sein soll? Ich stoße einen erschrockenen Schrei aus.

»Wer zum Teufel …«

»Stopf ihr das Maul!«, zischt jemand, und sofort zwängt man

mir ein Tuch in den Mund. Ich könnte mich ohrfeigen, dass ich mein Schwert nicht mitgenommen und außerdem so viel Wein getrunken habe. Ich werfe den Kopf hin und her und sehe die Priseless-Zwillinge, die meine Handgelenke fest mit einer Schnur zusammenbinden und mich in einen Nebenraum zerren. Sie werfen mich auf den Boden. Sie sind stark, trotz ihrer Jugend. Einer der Zwillinge schließt die Tür ab. In diesem Moment wünschte ich, dass all die Geschichten, die die Menschen über uns erfinden, wahr wären – dass wir Superkräfte haben und schnell genug sind, um einem Pfeil auszuweichen. Aber ich bin einfach nur ein Mädchen, das nicht sterben kann.

»Jetzt.« Der andere Zwilling geht in die Hocke, um mir in die Augen sehen zu können, und grinst mich boshaft an. »Wo sollen wir anfangen?«

Ich trete nach ihm, doch er weicht rechtzeitig aus.

»Wir haben dir gesagt«, höhnt der erste Zwilling, »dass man die Priseless nicht beleidigt. Aber du hast es trotzdem getan. Hier hat jeder seinen Platz. Du kennst deinen natürlich nicht, weil du eine Gemeine von einer Schweinefarm bist. Aber wir werden dir helfen.«

Darüber lachen beide und ich zerre an meinen Fesseln. Ich würde mir mit Freuden eine Hand abreißen, um mich zu befreien, aber ich habe Schwertkampf trainiert, keine Entfesselungskünste und auch keinen Kraftsport. Wieder kniet ein Zwilling neben mir.

»Ich denke, wir fangen damit an, dass du nie wieder dein Gesicht bei Hofe zeigen kannst.«

Er zieht einen Dolch, den er an der Hüfte trägt, die scharfe

Schneide funkelt im Licht. Ich rutsche voller Angst über den Boden – nicht aus Angst vor der Verletzung oder den Schmerzen, sondern weil sie nicht sehen dürfen, wie die Wunden vor ihren Augen heilen. Wenn ich doch nur mein Schwert hätte! Ich wusste, dass es eine ungeheuer dumme Idee war, es zu Hause zu lassen. Ich trete nach dem ersten Zwilling, aber er befiehlt seinem Bruder, sich auf meine Beine zu setzen, und sein Gewicht reicht aus, um mich fast bewegungsunfähig zu machen.

Trotzdem zapple ich, so sehr ich kann – ich habe drei Jahre Schwertkampf trainiert! Ich habe Schmerzen ertragen, die sich diese beiden nicht vorstellen können! Ich werde bestimmt nicht still hier liegen und es zwei arroganten Flegeln erlauben, mir meine einzige Chance auf Freiheit zu nehmen!

Ich verpasse dem ersten Zwilling einen Kopfstoß. Er heult vor Schmerz auf und taumelt zurück. Der zweite kommt auf mich zu und ich spüre, wie sich die rote Glut in mir ausbreitet.

Zwei dumme Jungen. Die Glut lacht. **Welche Farbe wird ihr Blut auf deinen hübschen Schuhen haben?**

Wenn er noch näher kommt, werde ich ihm wirklich wehtun. Wenn ich mein Schwert nicht benutzen kann, benutze ich meinen Körper. Ich werde alles einsetzen. Doch bevor er bei mir ist, höre ich eine tiefe Stimme.

»Wieso hat mich keiner zu *dieser* Party eingeladen? Sie scheint eindeutig mehr Spaß zu machen.«

Es gibt ein lautes Krachen und ich schaue hoch zu Malachite, der die Arme über seinem Brustpanzer verschränkt hat und dessen rote Augen kein bisschen amüsiert aussehen. Die Tür ist hinter ihm an die Wand geknallt, das Schloss liegt am Boden.

Hat er es aufgebrochen? Sind Beneather wirklich *so* stark? Die Zwillinge erstarren, der erste versteckt den Dolch hastig hinter seinem Rücken und beide sind plötzlich blasser als Malachites Haut.

»Wir wollten nur … sie …«, beginnt der zweite Zwilling. »Wir haben sie so gefunden! Jemand muss sie entführt haben!«

»Wir wollten nur helfen«, beteuert der erste Zwilling, dessen Hände zittern. Sie sind zwar grausam, aber nicht besonders klug.

Malachite tippt sich aufs Kinn. »Verstehe.« Er geht auf die Zwillinge zu, legt jedem von ihnen einen blassen Arm um die Schultern und zieht sie dicht an sich. »Nun, wenn Ihr diejenigen findet, die das getan haben, dann sagt ihnen Folgendes: Falls ich sie erwische, werde ich sie ausweiden. Ganz langsam. Einen Zentimeter Darm nach dem anderen.«

Sie nicken und die Angst steht ihnen ins Gesicht geschrieben. Malachite schiebt sie zur Tür.

»Und nun ab mit Euch.«

Nachdem ihre panischen Schritte verklungen sind, sieht er mich an. Dankbarkeit ist das Letzte, wonach mir der Sinn steht, als ich mich auf die Füße kämpfe, doch er packt meinen Ellbogen mit starker Hand und hilft mir auf. Ich war ihm noch nie so nah und habe noch nie gesehen, dass seine grauen Haare im Schein der Lampen wirken, als wären sie voller Silbersternchen. Seine Haut ist kühler als die eines Menschen, ungefähr wie ein schattiger Bach im Sommer. Ich zucke zurück, als er nach meinem Knebel greift. Er sieht mich an – jetzt sind seine Pupillen ganz klein, vielleicht sehen sie nachts so aus? – und zieht seine Hand weg.

»Schätze, das macht Ihr lieber selbst«, murmelt er. Mit einem schweren gezahnten Dolch säbelt er an der Schnur herum, mit der meine Handgelenke gefesselt sind. Dieses Messer ist nicht im Mindesten mit den glatten kleinen Klingen zu vergleichen, die man auf den Straßen von Vetris bei den Schmieden kaufen kann.

»Ich würde mich ja bedanken, aber damit würde ich zugeben, dass ich die Lage nicht unter Kontrolle hatte«, sage ich, nachdem ich mir das Tuch aus dem Mund gezerrt habe.

»Wenn Ihr Euch bei jemandem bedanken wollt, dann bei Luc«, erwidert er. »Er war es, der mich losgeschickt hat, um nach Euch zu sehen. Finstere Tiefen …« So wie er es ausspricht, klingt es wie ein Fluch. »Er wird stocksauer sein, wenn er erfährt, was die kleinen Schwachköpfe diesmal vorhatten.«

»Ich wusste nicht, dass auch das Stalken zu den Aufgaben eines Leibwächters gehört.«

»Gehört es normalerweise auch nicht. Aber Luc war besorgt.«

»Dass ich nicht in der Lage bin, allein zu dieser gottverdammten Toilette zu finden?«, fauche ich gereizter, als ich vorhatte, aber Malachite grinst nur.

»Manche Leute würden sich geschmeichelt fühlen, wenn der Kronprinz seinen Leibwächter schickt, um für ihre Sicherheit zu sorgen.«

»Ich bin aber keiner von manchen Leuten«, blaffe ich ihn an und reibe mir die Handgelenke, in die die Schnur eingeschnitten hat. »Diese kleinen *Hosenscheißer*. Was glauben die, wer sie sind?«

»Das war nicht das erste Mal, dass die Priseless-Zwillinge jemanden terrorisieren, den sie nicht leiden können.«

»Und die Edelleute lassen sie einfach gewähren?«

»Die Familie Priseless ist Erzherzog Gavik eng verbunden. Aus menschlicher Sicht bedeutet das wohl, dass sie machen können, was immer sie wollen.«

Ich verziehe angewidert das Gesicht. Einen Moment lang herrscht Schweigen, doch dann sagt Malachite »Oh!« und holt etwas aus seiner Tasche. Er hält mir ein gefaltetes Stück Papier hin.

»Für Euch. Luc wollte, dass ich es Euch gebe, bevor Ihr das Bankett verlasst, aber ich denke, dieser Augenblick ist so gut wie jeder andere.«

»Dann sind Leibwächter also auch Wassersprecher? Was für ein vielseitiger Job.«

»Die Wassersprecher«, betont Malachite, »stehen unter der Kontrolle der Gesetzeshüter. Luc macht sich immer Sorgen und denkt, jemand könnte Eure Korrespondenz ausspionieren. Also werde ich sie von jetzt an befördern.«

»Ihr sprecht ungewöhnlich frei über den Prinzen.«

Er zuckt mit den Schultern. »Dieses ganze höfische Gehabe hat mich nie interessiert. Außerdem mag er es so; ich bin der Einzige, der ihm die Dinge ins Gesicht sagen darf. Zumindest war ich es. Bis Ihr kamt.«

Ich spiele die Empörte. »Soll das heißen, ich wäre unhöflich zum Prinzen?«

»Nein, aber Ihr nehmt kein Blatt vor den Mund. Und Ihr habt es beim Empfang gewagt, ihn unaufgefordert anzusprechen. Das hat *vachiayis* erfordert.« Ich hebe fragend eine Braue. Er räuspert sich und übersetzt: »Stierhoden.«

»Entzückend.«

»Nicht wahr? Ich finde, die menschlichen Flüche klingen auf Beneather viel besser.«

Der Lärm des Banketts dringt durch die offene Tür zu uns herein, die Stimmen werden mit zunehmendem Weingenuss lauter. Die Glut, die noch vor Kurzem so heftig aufgeflammt ist, hat sich schweigend zurückgezogen. Malachite sieht mich an.

»Wisst Ihr, wenn wir allein sind, sagt Luc immer, dass Ihr hier verschwendet seid, ihm zu Füßen geworfen wie ein Opferlamm.«

Ich mache mein Rückgrat steif, wie ich es so oft bei Y'shennria gesehen habe. »Ich bin kein Opferlamm, weder verschwendet noch sonst was.«

»Tatsächlich? Als ich hier hereinkam, lagt Ihr auf dem Boden, zusammengeschnürt wie ein Spanferkel.«

»Die haben mich überrascht. Ihr könnt mir glauben, wenn ich Euch sage, dass mir so was kein zweites Mal passiert.«

Er grinst schon wieder und verbeugt sich. »Ich werde es mir merken.«

Malachite geht, ich streiche mein Kleid glatt, stecke die Nachricht in meine Tasche und warte einen Moment, bevor ich ihm langsam folge, damit niemand auf falsche Gedanken kommt. Bei unserer Rückkehr ist das Bankett in vollem Gange. In einer Ecke spielt ein Flötenquartett und die Anwesenden unterhalten sich laut. In Honig geröstete Kartoffeln und ein gegrillter Fisch erwarten mich, aber ich bin kein bisschen hungrig. Fione schenkt mir ein höfliches Lächeln, als ich mich wieder setze, und

Y'shennria wirft mir einen fragenden Blick zu, aber ich schüttle kaum merklich den Kopf. Ich werde es ihr später erzählen.

Es gelingt mir, ein paar Bissen hinunterzuwürgen. Die Schmerzen setzen sofort ein, aber Fione liefert mir die perfekte Ausrede, nicht weiterzuessen. Wir sprechen über ihren Unterricht und ihre Eltern, die als Botschafter von Cavanos immer auf Reisen und nie zu Hause sind, weshalb Erzherzog Gavik zu ihrem Vormund wurde. Dienstboten räumen unsere Teller ab und ersetzen sie durch neue mit papierdünnen Scheiben kalten Lammfleischs mit grünen Trüffeln. Zum Nachtisch gibt es Kuchen mit gemahlenen Maronen und Schlagsahne, verziert mit Blattgold. Ich genieße jeden Bissen. Ich leide mit jedem Bissen.

Während ich noch überlege, wie viele Menschen man mit einem einzigen Stückchen Blattgold auf diesem Dessert ernähren könnte, wendet sich Fione an mich.

»Entschuldigt, Lady Zera, aber Ihr wirkt schon eine ganze Weile recht verärgert. Habe ich etwas Falsches gesagt?«

»Was?« Ich schaue von meinem Kuchen auf. »Aber nein – als könnte Milady jemals etwas Falsches sagen.«

Das war ziemlich gemein, aber ich kann nicht vergessen, wie Y'shennria sie in den höchsten Tönen gelobt hat und wie freundlich sie zu ihr war. Fione sieht einen Moment lang betroffen aus, dann setzt sie sofort ihr geübtes Lächeln auf. Die Schmerzen, die mir das Essen bereitet, bohren sich von meinem Magen in die Lunge, die Wirbelsäule, und die Glut flammt wieder auf.

Töte sie!, schäumt sie. **Nimm ihr Herz, dann wird Y'shennria vielleicht glauben, dass du mensch…**

Ich brauche alle Kraft, die ich noch habe, um die Glut zurückzudrängen und mich bei Fione zu entschuldigen.

»Sorry«, sage ich. »Ich meine, Verzeihung, bitte. Von allen blöden Sprüchen, die ich gemacht habe, seit ich hier bin, steht dieser ganz oben auf der Liste.«

Fione will gerade einen Schluck Wein trinken, doch sie erstarrt und lächelt vorsichtig. Diesmal kommt es mir zum ersten Mal echt vor, denn es wirkt anders als das eingeübte Lächeln, das sie sonst zeigt.

»Schon gut. Ehrlich gesagt ist es eine Erleichterung für mich, wenn Ihr wütend auf mich seid.«

»Eine Erleichterung?« Ich ziehe die Nase kraus. Sie nickt.

»Es bedeutet, dass Ihr Euch nicht scheut, mir Eure Gefühle zu zeigen, im Gegensatz zu allen anderen hier. Ich brauche nicht zu raten, nachzubohren, Eure Bediensteten zu bestechen oder Eure Tante auszufragen. Ihr zeigt es mir einfach. Also brauche ich ausnahmsweise nichts zu tun.« Sie deutet mit der flachen Hand auf die Edelleute, die in unserer Nähe sitzen. »An einem Hof wie diesem, an dem niemand seine wahren Gefühle preisgibt, seid Ihr so etwas wie eine schlichte erholsame Oase.«

Ich kann es nicht leiden, wenn man mich als schlicht bezeichnet, aber sie hat es nicht böse gemeint und ihre blauen Augen funkeln mich an. Jetzt liegt in ihrem Blick keine Spur von Schüchternheit oder Gefälligkeit. Ich schaue auf und muss feststellen, dass Erzherzog Gavik uns schon wieder beobachtet. Der Blick seiner wässrig-blauen Augen durchbohrt uns. Er starrt uns an wie ein Berglöwe, er blinzelt nicht und scheint nur auf eine Schwäche zu warten, eine Unachtsamkeit, um dann zuzuschlagen. Diese Genugtuung werde ich ihm nicht geben. Fione reagiert sofort, sie senkt den Kopf und zerknüllt nervös ihre Serviette, aber ich lächle und nicke ihm zu, was ihn zur Höflichkeit zwingt. Er wirkt überrascht, erwidert dann aber das Lächeln.

Der Erzherzog und Fione – allmählich wird mir klar, dass die Himintells Meister der Intrige sind.

Das Bankett endet mit Tee und Kaffee mit einem Schuss avellischem Brandy, und der König und die Königin verlassen den Saal. Der Prinz folgt ihnen (er sieht sich nur ein einziges Mal zu mir um und Malachite zwinkert mir zu), dann können auch wir anderen gehen. Die Gäste stehen noch in der Halle und fangen an zu flüstern, als Fione und ich vorbeikommen. Ausnahmsweise starren sie nicht mich an, sondern sie.

Grace und Charm sind ein gutes Stück entfernt, aber es ist eindeutig, dass sie zu uns herüberlachen. Sie lachen über Fiones Hinken. Zorn steigt in mir auf, als ich einen Blick auf Fiones Gesicht werfe – sie wirkt stark und ungerührt, aber der verkrampfte Unterkiefer spricht eine andere Sprache. Der Drang, Grace und Charm ein paar saftige Ohrfeigen zu verpassen, ist kaum zu bezähmen. Aber wie biestig sich die beiden auch benehmen, ich darf mir nichts anmerken lassen. Und Fione auch nicht. Das wäre nicht angemessen, es gehört sich nicht. Bei Hofe zeigt man niemals seine wahren Gefühle, auch wenn etwas noch so unfair oder falsch ist.

Grace lacht noch lauter und boshafter.

Scheiß auf gehört sich nicht.

»Gibt es etwas, das Ihr Lady Himintell sagen möchtet, Miladys?«, frage ich laut und deutlich und sehe Grace und Charm an. Einige Edelleute in der Nähe bleiben stehen und ihre Blicke wandern erst zu den zwei Mädchen, dann zu mir. Ich starre beide eisig an und versuche angestrengt, Y'shennrias einschüchternden Blick zu imitieren. Grace und Charm werden blass, klappen den Mund zu, und um sich aus der Affäre zu ziehen, huschen sie hinter die nächste Säule. Ich drehe mich wieder zu Fione um, die Edelleute gehen weiter und flüstern auf den breiten Eingangsstufen verblüfft miteinander.

Auch Fione ist schockiert. »Das … das hättet Ihr nicht tun müssen.«

»Ich kann solche widerwärtigen Menschen nicht leiden«, sage ich wütend. »Was ein Problem ist, weil der König anscheinend nur solche Leute um sich haben will.«

Fione schweigt zunächst, dann sagt sie: »Zum Dank ein Wort der Warnung: An diesem Ort solltet Ihr aufpassen, wie viel Güte Ihr anderen zuteil werden lasst. Hier gibt es Leute, die das gegen Euch verwenden können und auch werden.«

»Wie Ihr?«, frage ich leichthin. »Ihr könntet Y'shennria und mich jederzeit verraten.«

Fione schluckt und ihr Blick richtet sich auf Erzherzog Gavik, der gerade den Palast verlässt. Sofort verändert sich ihr Gesichtsausdruck und sie wirkt wieder schüchtern und verletzlich. Leicht zu verängstigen. Aber ihr Flüstern verrät Stärke.

»Wenn ich Euch verraten würde, Lady Zera, würde ich alles verlieren, wofür ich gearbeitet habe.«

Ohne ein weiteres Wort wendet sie sich ab, und als sie zu Gavik hinübergeht, klappert ihr Stock im Stakkato auf dem

Marmorboden. Ihr Onkel nimmt sie kaum zur Kenntnis, schreitet die Stufen hinunter zu seiner silbernen Kutsche und kommt gar nicht auf die Idee, ihr beim Einsteigen zu helfen. Ich sehe sie abfahren und schicke dem Mann in der Kutsche alle Flüche nach, die mir einfallen.

»Ein Flüstern im Wind sagt mir, du hast Lady Steelrun und Lady d'Goliev gezüchtigt?«, flüstert Y'shennria, die neben mir aufgetaucht ist. Die richtigen Namen von Grace und Charm zu hören, irritiert mich kurz.

»Gezüchtigt ist übertrieben«, sage ich. »Ich würde es eher verbal zurechtgewiesen nennen.«

»Gibt es einen Grund für diese verbale Zurechtweisung oder hast du nur vor, dich so unbeliebt wie möglich zu machen?«

»Die beiden waren schrecklich – wie soll ich es ausdrücken – *undamenhaft*, was Fiones Bein angeht.«

Y'shennrias Blick, der gerade noch glashart war, wird bei dieser Erklärung weicher und sie erwähnt das Thema auf der Heimfahrt nicht mehr. Ich erzähle ihr von den Priseless-Zwillingen und wie Malachite eingeschritten ist. Sie sieht sehr zufrieden aus.

»Prinz Lucien hat seinen persönlichen Leibwächter geschickt, um nach dir zu sehen. Bemerkenswert.«

»Mir geht's gut, danke der Nachfrage.«

»Ach, papperlapp. Als hätten diese beiden Flegel dir etwas antun können.«

»Sie hätten sehen können, wie ich heile.«

»Das ist unwahrscheinlich. Sie neigen dazu, zuzuschlagen und wegzurennen. Ich nehme an, dass sie von Erzherzog Gavik …

ermutigt wurden, dich anzugreifen.« Y'shennria runzelt die Stirn. »Es wäre nicht das erste Mal, dass er ihnen aufträgt, die eine oder andere Braut zu verjagen. Er findet die Frühlingsempfänge sinnlos. Wenn es nach ihm ginge, würde es eine arrangierte Ehe für Prinz Lucien geben, und damit wäre alles erledigt. Aber davon abgesehen ist es gut, dass der Prinz so besorgt um dich ist. Wenn das so bleibt, nimmt er dich vielleicht sogar auf die nächste Jagd mit.«

»Das wäre super. Ich liebe die Jagd … Auf was? Füchse? Wölfe?«

Y'shennria übergeht meine Frage. »Vielleicht hat der Prinz den Wunsch, eine kleine Jagdgesellschaft einzuladen. Bisher war das nie der Fall, aber falls er es diesmal vorhat, wäre das ein Zeichen, dass er dich in seiner Nähe haben will. Das wäre die perfekte Gelegenheit, ihm das Herz zu nehmen. Du und er, allein in seinem Zelt. Du könntest mühelos entkommen, sobald die Tat vollbracht ist. Je mehr ich darüber nachdenke, desto perfekter finde ich diesen Plan.«

»Ihr habt meine Frage nicht beantwortet, *Tantchen.*«

Die Kutsche hält vor Y'shennrias düsterem alten Haus, dessen Schatten einen Moment lang ihr Gesicht verdunkelt. Sie steigt wortlos aus und verschwindet im Gebäude. Ich öffne meine Kutschentür und will hinter ihr herrennen, die brennende Frage immer noch auf den Lippen, aber Fisher ist schneller und antwortet vom Kutschbock aus.

»Hexen, Milady.«

Ich drehe mich langsam um und er zieht seinen Hut vor mir.

»Prinz Lucien geht alle paar Monate im Wald auf Hexenjagd.

Wenn Ihr mich fragt, versucht er, die Hexe und den Herzlosen zu finden, die seine Schwester getötet haben.«

Ich bringe kein Wort heraus. Fisher seufzt abgrundtief.

»Viele Leute sagen, dass es um Rache geht. Ich finde, es ist eine verdammte Tragödie – dieses Töten führt nur zu weiterem Töten. Töten schürt den Hass, und davon haben wir wahrlich schon genug.«

Fünf Männer. Tot durch deine Hand.

Deine Eltern. Tot durch ihre Hände.

Ich schlucke die Bitterkeit, die plötzlich in meinem Hals aufsteigt, und haste ins Haus, als könnten die dunklen Holzwände mich vor den Erinnerungen an den Tag bewahren, an dem ich alles verloren habe.

9

Monster in uns allen

Die Sommersonnenwende rückt mit jedem abgestrichenen Tag auf dem Feuerkalender näher. Jedes Mal, wenn mein Blick darauffällt, muss ich gegen eine Panikattacke ankämpfen. Zehn Tage. Das ist alles, was noch zwischen mir und dem Ende steht.

Zum Glück dauern die Jagden des Prinzen keine zehn Tage. Y'shennria zufolge sind es genau drei – ein Tag für die Anreise in das Gebiet, in dem Hexen vermutet werden, ein Tag für die Jagd und ein weiterer für den Heimritt. Er zieht es vor, die Hexen in ihrer tierischen Erscheinungsform zu töten. Natürlich, denn sonst würden sie zu menschlich aussehen. Bei dem Gedanken, dass er so etwas tut, wird mir übel. Wie konnte ich jemals eine zivilisierte Unterhaltung mit ihm führen – mit einem Mörder? Aber die Glut verhöhnt mich; ich bin nicht besser. Auch ich bin eine Mörderin, allerdings möchte ich wetten, dass die Zahl meiner Opfer niedriger ist als seine. Wie kann er sich so für die Armen seines Volkes einsetzen und trotzdem gnadenlos

Hexen jagen? Wie viele hat er umgebracht? Ich versuche mich in ihn hineinzuversetzen, aber das ist wahrscheinlich sinnlos. Wenn die Mörder meiner Eltern noch da draußen wären, würde ich dann jemals Ruhe finden? Oder würde ich jeden Banditen jagen, bis ich die in die Finger bekomme, die für ihren Tod verantwortlich sind?

Wenn Nightsinger mir die fünf Männer nicht ausgeliefert hätte, wäre ich dann genauso auf Rache versessen wie Prinz Lucien?

Ja.

Zweifellos, ganz sicher, definitiv – ja.

Maeve weckt mich am nächsten Morgen mit einem Frühstück aus heißer Schokolade und Gewürzbrötchen. Meine Gedanken an Mord und Totschlag werden durch das genau festgelegte Ritual des Ankleidens und Schminkens vertrieben. Maeve hilft mir, mich in ein dunkelgrünes Kleid zu zwängen. Plötzlich fällt mir die Nachricht von Lucien wieder ein und ich durchsuche die Taschen des Kleides, das ich gestern Abend getragen habe, bevor Maeve es zum Waschen mitnimmt.

Morgen Abend, halb zehn, im Tiger's Eye Pub spendiere ich einen Teil meiner Zeit, Erpresserin.

Ich finde Y'shennria auf dem Balkon ihres Schlafzimmers mit einer Tasse Kaffee und einem Buch. Sie trägt noch ihren lavendelfarbenen Morgenmantel und das offene Haar schimmert in der Morgensonne. So ungezwungen habe ich sie noch nie gesehen. Sie erschrickt, als ich plötzlich auftauche.

»Gibt es einen besonderen Grund, unangemeldet in mein

Zimmer zu stürmen?« Ich zeige ihr die Nachricht und sie hebt eine Braue. »In der Stadt? Auf keinen Fall.«

»Warum nicht?« Ich stemme die Hände in die Hüften. »Da gibt es ein Dutzend dunkler Gassen, in denen ich ihm das Herz herausreißen kann.«

»Ich kann außerhalb des Adelsviertels nicht für deine Sicherheit garantieren. Oder dafür, dass du heil entkommst. Du bist nicht stark genug, um seinen Körper ungesehen bis hierher zu schleppen. Du nimmst sein Herz, kommst zurück, steckst es ins Glas, und dann?«

»Dann führe ich Fisher zu Luciens Körper«, sage ich. »Wir laden ihn in die Kutsche und fahren zurück zum Knochenpfad und zu Nightsinger.«

»Du glaubst, dass es so einfach ist? Ein zufällig vorbeikommender Gesetzeshüter reicht aus, um deinen Plan zunichte zu machen.«

»Ihr habt mir beigebracht, wie man gesehen wird«, sage ich langsam. »Aber ich habe mir selbst beigebracht, nicht gesehen zu werden.«

Y'shennria denkt darüber nach, doch dann schüttelt sie den Kopf. »Nein. Die Jagd ist die bessere Gelegenheit. Viel sicherer.«

»Wenn ich es bei der Jagd nicht schaffe, bleibt uns danach nur noch ein Tag. Wen interessiert schon, was sicher ist?« Ich hebe gereizt die Hände.

»Mich«, fährt sie mich an.

»Warum? Ich bin eine Herzlose. Ich bin genauso ein Monster wie die, die Eure Familie getötet haben.«

»Das war Hexenfeuer«, verbessert sie mich mit zusammengebissenen Zähnen. »Keine Herzlosen.«

»Und was ist mit den Narben an Eurem Hals?«

Da schweigt sie und starrt in ihre Kaffeetasse.

»Ihr könnt mir nichts vormachen. Ich kenne die Form dieser Narben«, setze ich ihr weiter zu. »Das ist das Zeichen eines Herzlosen. Ich habe so etwas schon gesehen. Ich – ich habe auch schon jemandem solche Verletzungen zugefügt.«

Sie schlägt ihr Buch mit einem sanften, aber nachdrücklichen Geräusch zu und legt es auf den Tisch. Dabei bewegt sie sich so langsam, als wollte sie mich auf keinen Fall erschrecken. Als wäre ich ein wildes Tier. Und gefährlich.

»Was spielt das für eine Rolle?«, fragt sie.

»Eine wichtige.« Jetzt werde ich energisch. »Weil es mir egal ist, was ›sicher‹ ist. Ich will nur mein Herz zurück.« Ich balle die Fäuste. »Das ist alles, was ich immer wollte.«

Y'shennria rührt sich nicht und blinzelt nicht. Die Glut in mir gönnt mir keine Ruhe. **Mit Herz oder ohne, du bist und bleibst ein Monster**, höhnt sie. Glühend heiße Nadeln bohren sich in meine Brust, so unerwartet, dass ich verbittert auflache.

»Aber genau darum geht es, richtig? Selbst wenn ich mein Herz zurückbekomme, einen Krieg verhindere und dafür sorge, dass zwei Kinder ihre Herzen erhalten, habe ich trotzdem immer noch Blut an den Händen. Ich kann nicht ungeschehen machen, was ich getan habe.« Ich zwinge mich, sie anzusehen. »Also, tut es nicht. Versucht nicht, ein Monster zu beschützen. Werft mich den Wölfen vor. Oder den Gesetzeshütern. Aber verlangt nicht, dass ich noch länger warte, denn das ist viel grausamer.«

Y'shennria schaut mich plötzlich ganz anders an. So habe ich sie bisher nur gesehen, wenn sie das Gemälde von Lord Y'shennria betrachtet. Liebevoll. Traurig. Bedauernd. Voller Zuneigung. Alles Dinge, die nicht auf mich gemünzt sein sollten.

»Dann bin ich eben grausam.« Ihre Worte widersprechen ihrem Gesichtsausdruck. »Bei der Jagd ist es sicherer. Du kannst zu diesem geheimen Treffen mit dem Prinzen gehen. Aber du wirst ihm nicht das Herz herausreißen. Das geschieht erst bei der Jagd.«

»Warum?«

»Weil ich es sage.« Sie erhebt kaum merklich die Stimme, aber das reicht aus.

Ich fühle mich, als hätte mir jemand die Eingeweide herausgenommen und sie auf glühende Kohlen gelegt. Ich wirble herum und stürme aus ihrem Zimmer, Wut und Schmerzen kämpfen wie dunkle Götter in meinem Kopf und immer wieder meldet sich die höhnische Stimme.

Ich versuche mich mit einem Kinderbuch aus der riesigen Bibliothek abzulenken, doch es verfolgt mich auch hier – das Bild eines Herzlosen, der ein Kind durch den Wald hetzt, die Augen groß und wild und schwärzer als die Nacht, ohne das geringste Weiß. Ein Herzloser, in dem die rote Glut die Oberhand gewonnen hat. Ich habe es in den vielen schönen Kleidern und der Rolle, die ich spiele, fast vergessen, aber im Grunde bin ich dieses Wesen auf dem Bild und alle anderen sind Kinder, die vor mir wegrennen sollten.

Um diesem Schicksal zu entrinnen, muss ich Lucien dazu verdammen, dasselbe Schicksal zu erleiden. Wird er trauern?

Wird er wüten, wie ich es anfangs getan habe? Wird er sein Leben in hoffnungsloser Dunkelheit verbringen, die er mit frechen Sprüchen und kleinen Witzen aufhellen will, wie ich es tue? Wird er mich verfluchen?

Wird er mich genauso hassen, wie ich mich hasse?

Vor dem Fenster spielt Perriot, Y'shennrias Stalljunge, mit zwei anderen Kindern. Da sie nicht gekleidet sind wie Adlige, sind es vermutlich Dienstboten aus anderen Häusern, keine hungernden Waisen, die auf der Straße leben. Sie halten sich an den Händen, umkreisen einen Lederball und singen dabei aus voller Kehle etwas, das vermutlich ein Kinderreim ist:

»Einmal schießen, zweimal schießen, triff den Kopf,
einmal springen, zweimal springen, pack sie am Schopf.
Schon bald werden wir sie alle strafen,
Wasser für die Hexe,
Feuer für ihre Sklaven.«

Als die drei Monde aufgehen, bade ich, und Y'shennria lässt Reginall etwas aus ihrem Schrank holen, das sie getragen hat, als sie in meinem Alter war. Es sind Kleider aus schwarzer Baumwolle, eine Hose, ein Oberteil mit weiten Ärmeln und ein langer Umhang, die perfekte Tarnung also, aber dennoch Sachen, in denen man sich gut bewegen kann. Doch als ich frage, woher sie die Kleider hat, wechselt sie schnell das Thema. Nachdem sie gegangen ist, erklärt mir Reginall mit einem Funkeln in den Augen, dass sie aus der Zeit vor dem Sonnenlosen Krieg stammen. Damals mussten alle Adelssprösslinge Wildhüterdienst leisten.

Sie war also so etwas wie eine Pfadfinderin. Die elegante Y'shennria als Wildhüterin? Ich kann sie mir nur schwer auf dem kalten, zerklüfteten Inselkontinent Feralstorm vorstellen, wo alle magischen Kreaturen der Welt von erfahrenen Wildhütern bewacht und betreut werden. Ihr Pfadfinder-Outfit passt mir nur knapp. Sie war in meinem Alter sehr schlank, was man von mir nicht behaupten kann. Ich binde meine Haare zusammen und werfe mir den Umhang über die Schultern.

»Nimm ihm nicht sein Herz. Und gib auf keinen Fall zu erkennen, dass du eine Adlige ersten Rangs bist«, warnt mich Y'shennria auf den Eingangsstufen ihres Hauses und streift mir die Kapuze über den Kopf. »Du kannst den Kanal zwischen den Stadtvierteln ungesehen überqueren, wenn du dem Wassersprechersystem folgst.«

»Für eine vornehme Dame wisst Ihr ziemlich viel darüber, wie man durch Vetris schleicht«, stelle ich fest. Sie schmunzelt und das hebt meine Stimmung.

»Ich war nicht immer eine alte Frau.«

Sie schickt mich los und ich trete hinaus in die Dämmerung. Die Roten Zwillingsmonde sehen aus, als würden sie zittern. Der Blaue Riese ist heute Abend eher blass und so glatt wie Honig. Es ist nicht leicht, auf dem Gewirr aus Kupferrohren zu balancieren, das das Adelsviertel von dem der einfachen Leute trennt, und ich muss immer wieder von den Wassersprecherrohren springen oder mich unter einem hindurchducken, doch im Grunde ist es nicht anders, als müsste ich über die Wurzeln von tausend Bäumen aus Metall klettern. Die Geschäfte und Verkaufsstände sind geschlossen und die Händler haben bunte

Decken über ihre Stände gebreitet. Die einzigen Menschen, die noch arbeiten, sind die in den Fleischhäusern und die Priester und Priesterinnen in Kavars Tempel. Vor einem Fleischhaus steht ein Mann, der Kundschaft anlocken soll, und an diesem Abend versucht er es bei mir.

»Kommt, Miss, meine hübschen Jungs zeigen Euch, wie ein richtiger Mann küsst!«

Ich rufe zurück: »Nein danke, ich hebe mir meinen ersten Kuss für einen richtig gut aussehenden Kerl auf, der außerdem stinkreich ist!«

Der Mann lacht. Ich lasse ihn hinter mir und betrete den westlichen Platz, der von Kavars Tempel überragt wird. Das Auge von Kavar auf dem Turm wirft im Mondlicht einen langen Schatten, in dem ich mich vorwärtsbewege, um nicht aufzufallen. Zwei Priesterinnen in makellosen grauen Roben fegen die Eingangsstufen. Sie tragen Kristallanhänger um den Hals und sind in ihre Arbeit vertieft. Sie sehen so … normal aus. Sie werden vom Tempel ernährt und gekleidet. Mir gehen die Worte des Celeon-Wächters, der die Gemäldegalerie der d'Malvanes hütet – Noran? – wieder durch den Kopf. *Um mir in einer grausamen Welt meinen Lebensunterhalt zu verdienen.* Das war sein Grund, dem König zu dienen. Gilt das auch für diese Priesterinnen – verdienen auch sie einfach nur ihren Lebensunterhalt? Ich kenne die Dämonen, die unter dem friedvollen Äußeren von Priestern lauern – Intoleranz und Hass. Oder ist das nur bei Gavik so? Wurden diese Priesterinnen von ihrer Religion oder vom Erzherzog gelehrt zu hassen? Oder ist es beides, was sie zu unerbittlichen Befürwortern eines Krieges werden lässt?

Wie oft haben sie die Stufen schon von den Spuren einer Hinrichtung gesäubert? Wie viele Lieder haben sie darüber gesungen, dass die Anhänger des Alten Gottes den Tod verdienen?

Die Priesterinnen bemerken, dass ich sie anstarre, und winken mir mit einladendem Lächeln zu. Ich wende mich ab und mein Umhang weht im Wind, als ich davoneile.

Plötzlich höre ich Lärm und sehe Menschen in meine Straße strömen. Ich gehe auf die Menge zu, ich kann nicht anders – ist es schon wieder eine Säuberung? Schon bald bin ich so von Menschen umgeben, dass es mir vorkommt, als wäre die komplette Bevölkerung von Vetris hier versammelt – Alt und Jung, Betrunkene und Nüchterne. Ich habe mich geirrt, das hier ist keine Säuberung. Die Leute singen und tanzen und alle tragen eine weiße Maske mit dem Augensymbol von Kavar. Riesige Trommeln auf Pferdekarren geben den Takt vor, Flöten spielen ein lustiges Lied.

»Hier, Lady!«, ruft ein kleines Mädchen und hält mir eine Maske aus einem Korb entgegen, in dem noch viel mehr liegen.

Ich nehme sie und frage: »Was feiern wir denn?«

»Das Getreidefest«, sagt das Mädchen. »Kavar segnet die Wasserpumpen, damit wir eine gute Ernte bekommen und gesund bleiben! Zumindest hat Vater das gesagt.«

Reiß sie in Stücke, lockt die Stimme. **Sie ist schwach und wird sich nicht wehren. Sieh dir all diese Menschen an, trunken vor Glück. Das kannst du ausnutzen.**

Mein Schweigen macht die Kleine nervös und sie zieht weiter. Die weiße Maske in meiner Hand scheint mich mit ihrem offenen Mund auszulachen. Ich habe keine Lust, sie zu tragen, aber sie ist eine gute Tarnung, besser als nur die Kapuze. Ich setze die Maske auf und betrete den nahe gelegenen Tiger's Eye Pub. Musik von drei Harfen dringt aus einer Ecke und Pfeifenrauch vernebelt das Lokal. Der Barmann ist ein kräftiger Celeon mit nacktem pelzigem Oberkörper. Von seinen Ohrringen baumeln feine Silberketten mit kleinen Glöckchen, seine blauen Arme sind über und über mit kupfernen Armreifen geschmückt. Eine vollbusige Kellnerin lächelt mich an und will mir verwässertes Bier verkaufen. Ich verlange Wein, trinke aus meinem Blechkelch und beobachte die Wissenschaftler an einem Tisch in der Ecke. Sie sitzen zusammen, trinken und lachen.

Erst in diesem Moment begreife ich, dass der Metallsarg, in dem der Junge am Tag meiner Ankunft ertränkt wurde, mechanisch funktionierte – ohne Zweifel haben die Wissenschaftler ihn gebaut. Sie haben die Pumpen erfunden, die Wasser und Abwasser befördern und die Felder außerhalb der Stadtmauern bewässern. Von ihnen stammen die Wassersprecher, die die Gesetzeshüter und die Adligen für ihre Kommunikation benutzen. Die eine Hälfte ihrer Erfindungen scheint dazu zu dienen, das Töten effektiver zu machen, während die andere Hälfte das Leben einfacher machen soll. Die menschliche Technologie erscheint mir gefährlich und rätselhaft. Ich muss an das Hexenfeuer denken, das Ravenshaunt zerstört hat, und an den Herzloszauber, der mir das Leben gerettet hat – ich schätze, auch die Magie hat ihre zwei Seiten.

Im Schatten hinter dem Tisch der Wissenschaftler sitzt ein junger Mann, der sich die Kapuze tief ins Gesicht gezogen hat und einen Schal vor dem Mund trägt. Seine Augen glitzern wie frisch polierter Obsidian. Schwarze Lederkleidung und selbstsichere Haltung. Prinz Lucien. Er bemüht sich, wie ein Gemeiner zu wirken, doch es gelingt ihm nicht, seine noble Kinderstube vollständig zu verbergen. Ich muss wieder an seine Jagden denken, an die Rolle, die er beim Morden von Hexen spielt. Ich will sein Herz, aber ich darf nie vergessen, dass er mit seinem Hass anderen das Leben genommen hat.

Ob er seine Opfer zählt? Verfolgt ihn diese Zahl wie mich?

Ich gehe auf ihn zu und setze mich auf einen Stuhl ihm gegenüber. Die Musik ist laut genug, dass unsere Unterhaltung an den Nebentischen nicht zu hören ist.

»Und ich dachte schon, Ihr und Malachite wärt an der Hüfte zusammengewachsen zur Welt gekommen«, stichle ich zur Begrüßung. Lucien schaut auf und prustet.

»Es ist mir ausnahmsweise gelungen, die Nabelschnur durchzuschneiden. Er hat darauf bestanden, mitzukommen. Er sagte sinngemäß, uns zuzusehen wäre so amüsant wie das unterhaltsamste Theaterstück, oder etwas ähnlich Albernes. Ich bin sicher, dass er mich hierher verfolgt hat und sich irgendwo im Schatten herumdrückt, wie es seine Art ist.«

Verdammt! Die Möglichkeit, dass dieser aufdringliche silberhaarige Bastard uns beobachtet, bedeutet, dass ich nichts riskieren kann. Diese Runde geht an Y'shennria, aber unsere einzige Chance auf diesen einen Tag zu setzen, ist Wahnsinn, wenn man bedenkt, was auf dem Spiel steht. Wenn sich heute eine gute Gelegenheit bietet, muss ich es versuchen, ob mit Leibwächter oder ohne.

Du kannst so edel tun, wie du willst, höhnt die Glut. **Aber eigentlich geht es dir doch nur darum, dein eigenes Herz …**

»Ihr trinkt nicht?«, falle ich der Stimme ins Wort und deute auf sein Wasserglas. Lucien verengt die Augen.

»Nein. Nicht mehr.« Er verschränkt die Finger auf der Tischplatte und betrachtet die Maske, die mein Gesicht verdeckt. »Ihr seht hübscher aus als sonst. Neues Make-up?«

»Und ich wollte schon behaupten, dass Ihr doch ein Herz habt.« Ich schnalze mit der Zunge. »Aber wie sich herausstellt, ist es wohl eher ein Klumpen Kohle.«

Am Nebentisch kommt es zum Streit und die beiden Männer, die dort sitzen, starren sich finster an. Lucien lehnt sich zurück. »Ich musste schon so viele spitze Bemerkungen von Euch einstecken, da dachte ich, ich drehe den Spieß einfach um.«

»Oh, das ist kein Problem, solange dieser Spieß kein lebenswichtiges Organ trifft.«

»Wollt Ihr damit andeuten, dass Eure Schönheit ein lebenswichtiges Organ ist?« Er verzieht das Gesicht. »Ich habe Euch für vieles gehalten – aufsässig, rätselhaft. Aber niemals eitel.«

»Ihr habt selbstsüchtig vergessen«, füge ich hinzu. »Und versessen auf Eure Zeit.«

»Dieser Anspruch auf meine Zeit ist nichts im Vergleich zu der Geduld, die Ihr mir Tag für Tag abverlangt.«

»Da kann man nur hoffen, dass ich eines Tages von einem ungezogenen Bauerntrampel zu einer anspruchslosen, unterwürfigen, langweiligen hohen Dame heranreife.«

Die beiden betrunkenen Männer fangen jetzt an zu diskutieren und ihre Stimmen werden immer lauter. Luciens Schal bebt und er sieht mich fragend an. »Soll die hohe Dame eine Metapher sein?«

»Macht Euch nicht lächerlich. Als besäße ich die Intelligenz, Metaphern zu erdenken.«

»Ich habe das bereits zwei Mal erlebt«, bemerkt er und ich höre ihn förmlich grinsen.

»Beim Neuen Gott, das Geheimnis ist gelüftet: Ich bin tatsächlich in der Lage, zu *denken*!«, jammere ich. »Da geht sie hin, meine Laufbahn als Kurtisane.«

»Damit war es schon vorbei, als Ihr den Kronprinzen von Cavanos erpresst habt«, murmelt Lucien und beugt sich über den Tisch. Seine Augen funkeln amüsiert.

»Gefällt dem Kronprinzen der erpresste Preis denn kein bisschen? Ich dachte, dass dieser Abend zumindest für einen von uns ganz unterhaltsam sein könnte.«

Die betrunkenen Männer am Nebentisch springen auf und bewerfen einander mit allem, was sie zu fassen bekommen: Biergläser, Brotrinden, sogar ihre Schuhe. Plötzlich schlägt Lucien seinen Umhang in einer schwungvollen Bewegung über mich, was uns beide vor einer Bierdusche bewahrt. Unter dem Schutz des Capes zieht er seinen Schal herunter und grinst mich an.

»Also, falls Ihr es bedauern solltet, könnt Ihr mich jederzeit um Vergebung anflehen.«

Ich lache zu laut, doch der Streit neben unserem schützenden Tuch dämpft den Ton. Ich schiebe meine Maske hoch und lächle ihn an. »Ihr werdet mich erst um etwas flehen sehen, Euer Hoheit, wenn mein Körper kalt und tot auf dem Scheiterhaufen liegt.«

Es folgt ein Moment, in dem wir einander ins Gesicht sehen, beide mit demselben Grinsen. Sein Geruch nach Regenwasser ist nicht stark, aber er ist eindeutig da, was bei dem Mief im Lokal eine echte Erleichterung ist. Wir sind uns so nah, dass ich schon damit rechne, dass sich unsere Wimpern gleich ineinander verhaken, aber plötzlich wird Lucien wieder ernst und sorgt für angemessenen Abstand zwischen unseren Gesichtern. Das Medaillon unter meinem Hemd pocht wild. Sein Herz reagiert vermutlich gar nicht. Ich bin so in seinen Anblick versunken, dass ich kaum mitbekomme, wie der Celeon-Barkeeper die beiden Streithähne an die Luft setzt. Schließlich zieht sich Lucien den Schal wieder über den Mund und lässt den Umhang hinter sich fallen. Ich streife mir hastig die Maske über und beobachte, wie das Funkeln in seinen Augen erlischt.

»Ein Scheiterhaufen?«, murmelt er. Bevor ich etwas sagen kann, spricht er weiter: »Ich war bisher erst auf einer Beerdigung und bin nicht scharf darauf, noch eine zu erleben.«

Er meint Varia. Ich verschränke meine Finger, fest entschlossen, mich nicht noch einmal auf dieses gefährliche Terrain zu wagen. Die Begegnung mit dem König hat mir gereicht. Lucien schwenkt das Wasser in seinem Glas und das einfallende Licht wird auf sein Gesicht und den bandagierten Handrücken reflektiert.

»Sosehr es mich auch anwidert, es zu sagen, ich schulde Euch noch ein Danke.« Ich riskiere es, das Schweigen zu brechen. »Dafür, dass Ihr Malachite beauftragt habt, mich im Auge zu behalten.«

»Ja, darin ist er wirklich gut«, bestätigt Lucien. »Genau wie die Priseless-Zwillinge gut darin sind, nichts ahnende Bräute zu verletzen und den Einfluss ihrer Familie zu nutzen, um sie zum Schweigen zu bringen.« Sein scharfer Blick spricht Bände. »Ich habe Euch vor dem Palast gewarnt.«

»Sagt das noch ein einziges Mal und versucht überrascht auszusehen, wenn ich vor Euren Augen explodiere.«

»Wenn Ihr hier und jetzt explodiertet, wären all meine Probleme gelöst. Also«, er scheint noch einmal darüber nachzudenken, »zumindest achtzig Prozent meiner Probleme. Es kommt mir vor, als hättet Ihr keine Ohren. Entweder das, oder Ihr neigt dazu, Eurem Kronprinzen nicht zu gehorchen.«

»Ich neige dazu, niemandem zu gehorchen, Euer Hoheit.« Ich lächle. »Und gekrönten Häuptern schon gar nicht.«

»Gekrönte Häupter«, murmelt er. »Wenn wir unter uns sind, können wir auf diese ganzen Höflichkeitsfloskeln verzichten. Sag einfach Lucien zu mir.« Die Kellnerin kommt vorbei und bietet uns mehr Wein an, doch der Prinz lehnt brüsk ab. Ich nehme noch ein Glas, ich muss die Glut löschen, die langsam in meinem Hals hochkriecht.

»Früher habe ich getrunken«, sagt er. »Ich war dreizehn und wütend auf die Welt. Ich habe meine Tage damit verbracht, so viel zu trinken, dass ich nichts mehr fühlen konnte, vor allem nicht den Schmerz.«

Ich weiß nicht, was ich dazu sagen soll. Doch da auch er schweigt, stelle ich die brennende Frage.

»Tut das weh?« Ich zeige auf die Bandage.

Lucien wirkt überrascht.

»Ich wusste gar nicht, dass sich Erpresser um das Wohlergehen ihrer Opfer sorgen.«

»Wenn du stirbst, bekomme ich nichts mehr von deiner Zeit.« Ich räuspere mich. Seine Verblüffung schwindet, stattdessen liegt ein freches Grinsen auf seinem Gesicht.

»Es hat wehgetan, als es passiert ist. Aber da hatte ich Wichtigeres im Kopf.«

»Die Errettung eines wunderschönen Mädchens?«

»Du hast wirklich eine hohe Meinung von dir«, sagt er, doch anders als bei Grace klingt es kein bisschen gehässig. Er stellt einfach nur eine Tatsache fest.

Ich nehme sein Wasserglas und proste ihm damit zu.

»Wenn ich sie nicht habe, wer dann?«

Er schnaubt und es ist fast ein Lachen, was Seltenheitswert hat. »So unerschütterlich. Du bist eindeutig Lady Y'shennrias Nichte.«

Diese Worte brennen sich in das Nest aus Lügen und beginnen dort zu glimmen, wo mein Herz sein sollte. Einen Moment lang hege ich den unmöglichen Wunsch, tatsächlich mit ihr verwandt zu sein. Wirklich zu ihrer Familie zu gehören. Von ihr irgendwann, irgendwie als Angehörige betrachtet zu werden.

Aber sicher nicht in diesem Leben.

»Ich will nicht, dass du denkst, du wärst mir etwas schuldig, nur weil ich dich vor irgendwelchem Schutt aus dem Weg geschubst und dir Malachite hinterhergeschickt habe«, sagt er und seine schwarzen Augen blicken jetzt wieder so scharf wie üblich.

»Großartig«, verkünde ich. »Ich ziehe es vor, niemandem

niemals etwas schuldig zu sein. Das erleichtert die Dinge ungemein, wenn das unausweichliche Ende kommt.«

Der Prinz mustert mich oder vielmehr meine Maske. Meine Augen hinter der Maske. Es fühlt sich an, als wollte er die Schichten meines Verteidigungspanzers lösen, meine Geheimnisse enthüllen, etwa so, wie ein Raubvogel Haut und Muskeln von seiner Beute reißt. Um seinen intensiven Blick von mir abzulenken, deute ich auf das Schwert, das er an der Hüfte trägt. Es sieht merkwürdig aus, denn es besteht aus weißem Metall, ist sehr gut gearbeitet, und der geschnitzte Griff hat die Form eines Schlangennests. Es kommt mir irgendwie bekannt vor.

»Ist das deins?«

»Nein. Ich habe es gestohlen«, behauptet er.

»Aha! Wusste ich es doch! Deine Diebeszüge sind nicht ganz und gar selbstlos.« Er wird still und mir vergehen die Albernheiten. »Ich wollte damit nur sagen, dass es ein sehr schönes Schwert ist.«

»Varia hat mir zwei Dinge hinterlassen – dieses Schwert und die Krone. Letztere war nicht für mich bestimmt. Ein Teil von mir hasst sie dafür fast genauso wie für die Tatsache, dass sie mich allein gelassen hat.«

Deswegen kam es mir bekannt vor. Das Schwert auf dem Gemälde von Varia und dieses hier sind identisch. Luciens versteinertes Misstrauen, eingegraben von Jahren der Trauer, schwindet aus seinem sonst so beherrschten Gesicht, und zurück bleibt nur ein junger Mann. Kein Prinz, kein Erbe, kein Ziel, sondern ein Bruder. Ein Junge. Ein Mensch, der einen Verlust erlitten hat, genau wie ich.

»Und deshalb trägst du ihr Schwert.« Ich greife nach dem Heft von Vaters Schwert an meiner Hüfte und streiche mit dem Daumen über die Kerben. »Wider besseres Wissen hoffend, dass sie eines Tages zurückkommt und es wiederhaben will. Hoffend, dass es eines Tages von deiner Hüfte verschwunden ist, weil sie es zurückgeholt hat – weil sie genauso lebendig ist wie du.«

Der Blick des Prinzen wandert zu Vaters Schwert, doch sein Gesicht verrät nichts.

»Du bist nicht der Einzige, der weiß, wie es sich anfühlt, jemanden zu verlieren«, sage ich. »Oder sich verzweifelt an die kleinsten Dinge zu klammern, die sie einem hinterlassen haben.«

Prinz Lucien sagt nichts. Einen Moment später steht er auf, legt zwei Kupfermünzen auf den Tisch und verlässt das Lokal. Ich folge ihm. Die kühle Nachtluft umspielt meine geröteten Wangen und ich sehe mich suchend nach ihm um. Er lehnt an einem Stapel Fässer. Er sieht so verloren aus, so mutlos, wie der erste bittere Schnee des Winters, ganz anders als bei unserer ersten Begegnung beim Empfang, bei dem er so königlich auf mich herabgesehen hat. Ich fürchte, der Wein war ein wenig *zu* stark, denn ich habe plötzlich alle möglichen verrückten Ideen, um ihn aufzuheitern, damit er endlich wieder lächelt.

»Wenn du willst, können wir Freunde sein«, sage ich. »Statt Erpresserin und Erpresster.«

»Das ist der schlechteste Witz, den ich bisher von dir gehört habe.«

»Es ist mein Ernst«, beteuere ich. »Du hast mich gerettet.

Zwei Mal. Zum Dank dafür sollte ich zumindest aufhören, dich zu zwingen, Zeit mit mir zu verbringen.«

»Und was, wenn ich erpresst werden will?«, fragt er. Mein Kopf fährt hoch und unsere Blicke treffen sich. »Ein Prinz kann keine Freunde haben. Er hat Untertanen. Aber er darf sich nicht mit diesen Untertanen verbrüdern, denn sie könnten seine Entscheidungen beeinflussen. Ihn zu ihrem eigenen Vorteil manipulieren oder ein Attentat auf ihn verüben.«

Seine Worte klingen einstudiert, als wären es nicht seine eigenen Gedanken, sondern als hätte man sie ihm eingetrichtert. Es hört sich an wie etwas, das König Sref sagen würde.

»Aber wenn ein Prinz erpresst wird, Zeit mit einem seiner Untertanen zu verbringen …« Lucien lächelt mich traurig an. »Welche Wahl hat er dann?«

Die Einsamkeit in seiner Stimme trifft mich mitten in mein Unherz.

»Beim Empfang«, fährt er fort und schaut hoch zu den drei Monden, die sich in seinen schwarzen Augen spiegeln, »nachdem du diese Antwort gegeben und mich angesehen hast – als wären wir ebenbürtig. Ich habe es in deinen Augen gesehen, du hattest keine Angst. Vor mir. Vor irgendwem. Und genau in diesem Moment wurde mir klar, dass du ein Dorn in meinem Fleisch sein würdest.«

Er hat den Arm auf ein Fass gestützt und sein Körper wirft im hellen Mondlicht einen Schatten über mich, als er sich zu mir herüberbeugt.

»Aber jetzt bin ich nicht mehr so sicher. Bist du ein Dorn? Oder bist du die Rose?«

Das Medaillon hämmert gegen meine Brust. Ich stehe ganz still, weil ich fürchte, dass meine nächste Bewegung unkontrollierbar sein könnte. Er ist immer noch ein Mensch und die Glut ist immer noch in mir und fleht mich an, ihn gleich hier, gleich da, wo er steht, zu erledigen.

Es wäre so leicht, ihn aufzuschlitzen.

Es ist der perfekte Ort, still und menschenleer. Ein kurzer Sprint zu Y'shennrias Haus und sein Herz wäre, ihren ständigen Ermahnungen zum Trotz, rechtzeitig im Glas. Seine Freiheit für meine. Und die von Peligli und Crav. Und noch dazu hätte ich einen Krieg verhindert – mit seinem Herzen. Ein Prinz, der Vetris noch nie verlassen hat, der allein lebt, weggesperrt in die verlogene Welt des Hofes, gefangen in seiner Trauer – gefesselt an eine Hexe und gezwungen, für sie zu kämpfen. Gezwungen, irgendwo in Dunkelheit und Einsamkeit zu leben und eins von den Monstern zu werden, die ihm seine Schwester genommen haben.

Er wäre gezwungen, mit der roten Glut in sich zu leben.

Noch vor einer Woche war das ganz einfach. Aber jetzt hat er ein Gesicht. Eine Geschichte. Jetzt steht er hier, sieht mich an, als wäre ich das größte Mysterium der Welt, und sein Blick ist sowohl traurig als auch begierig – als hungerte er nach etwas, das er nicht einmal benennen kann.

Eine Herausforderung. Jemand, der ihm ebenbürtig ist. Ein Freund. Er hungert nach all dem.

Er hungert nach *mir*.

10

Tanz einer Lügnerin

Die Getreidefestparade beendet den stillen Moment zwischen uns, denn die Feiernden strömen hinter unserem Versteck vorbei. Lucien sieht ihnen kurz zu, dann nimmt er meine Hand und zieht mich zu den tanzenden Menschen und der lauten Musik. Der Hunger in seinen Augen ist nicht verschwunden, er versteckt sich nur.

»In Vetris wird nicht mehr viel gefeiert«, sagt er. »Jetzt gibt es nur noch Säuberungen und keine Feste mehr. Willst du mir bei diesem seltenen Ereignis Gesellschaft leisten?«

Ich sollte mich losreißen. Sollte ihm das Schwert in die Brust stoßen und sein Herz nehmen, solange wir noch nicht entdeckt wurden. Aber da ist auch die Musik, sein Gesicht im Mondlicht, das merkwürdige Pochen in meinem Medaillon, wenn ich mit ihm allein bin. Außerdem habe ich seit drei Jahren nicht mehr getanzt.

Die Trommeln locken mich, ich soll mich auf sie einlassen wie ein Mädchen, das keinerlei Sorgen hat. Ein einziger Tanz wird mich schon nicht umbringen. Nur ein kleiner Augenblick des Glücks in meiner Welt aus Lügen.

Ich lasse mich in die feiernde Menge ziehen. Seine Hand ist so warm und groß und meine kalt und plump.

Frauen in langen weißen Röcken folgen den Karren und tanzen ausgelassen zur Musik. Diese Feier wirkt irgendwie althergebracht auf mich – ich denke, dass es die Tradition schon viel länger gibt als die strikten Tempelregeln und Segnungen des Neuen Gottes. Die Tänzer öffnen immer wieder ihre Reihen, um Zuschauer hineinzulassen, die mittanzen wollen. Auch Lucien schiebt sich zwischen sie, seine Bewegungen sind perfekt auf die der anderen abgestimmt, doch er tanzt viel leichtfüßiger. Die Musik spielt ein neues Stück, und als er mir die Hand entgegenstreckt, könnte ich schwören, dass er unter seinem Schal grinst.

»Das ist ein Paartanz«, ruft er. »Erweise mir die Ehre.«

»Diesen Tanz hat mich Y'shennria nicht gelehrt«, protestiere ich. Er schüttelt den Kopf.

»Es ist einfacher als alles bei Hofe. Lass dich einfach führen.«

»Also gut. Aber ich muss dich warnen, ich bin eine furchtbare Schülerin. Ich stelle dauernd Fragen und mache tausend Fehler.«

»Ist das eine Drohung oder ein Versprechen?«

»Beides!«

Seine Schritte sind federleicht. Die Menge bewegt sich im selben Takt, die Arme erhoben und die Knie gebeugt. Der Tanz ist so schnell, dass ich kaum Schritt halten kann, aber allmählich begreife ich, wie es geht – eine schnelle Drehung, man gibt dem

Partner die Hand und dann wirbeln beide umeinander herum. Die Welt dreht sich, Luciens Gesicht ist der Mittelpunkt und seine Obsidianaugen funkeln unter der Kapuze hervor. So glücklich habe ich ihn noch nie gesehen – all das Misstrauen, die Verbitterung sind wie weggeblasen. Es kommt mir vor, als wäre er hier draußen, inmitten seines Volkes, ein ganz anderer, der sich mit den Menschen an ihren Traditionen erfreut und genauso ausgelassen feiert wie sie.

Der Tanz endet damit, dass ein Partner den anderen von hinten umfasst. Erst da fällt mir auf, wer unsere Mittänzer sind – es sind Paare, junge, aber auch alte, doch sie alle sehen sehr verliebt aus. Lucien legt die Arme um meine Taille, ganz zaghaft, um mich bloß nicht richtig in den Arm nehmen zu müssen. Ich spüre seine Wärme an meinem Rücken.

Wenn ich ein normales Mädchen, ein Mensch wäre, würde ich so etwas vermutlich nicht zum ersten Mal erleben. Aber es ist das erste Mal und es ist schrecklich und Furcht einflößend und wunderschön. Die Glut bedrängt mich, herumzuwirbeln und mein Schwert in ihn zu stoßen, aber das Blut rauscht so in meinen Ohren, dass ich ihre Stimme kaum hören kann, zumal mein Herzmedaillon wild pocht.

Und dann, einfach so, ist der Tanz vorbei. Lucien ist der Erste, der sich zurückzieht, und zwar so schnell, als hätte er ein heißes Eisen berührt. Er räuspert sich laut, wir verlassen die Gruppe, um zu verschnaufen, und machen Platz für andere Tänzer.

»Mit einer Cinfalla am Ende habe ich nicht gerechnet«, murmelt er. »Ich dachte, damit wäre schon seit Jahren Schluss.«

»Du hast das schon früher getan?«, frage ich. »Dich in die

Getreidefestparade geschlichen und mit der schönsten Frau von allen getanzt?«

»Ich vermute, damit bist du gemeint?«

»Wer sonst?« Ich lache. »Die Crimson Lady bestimmt nicht – sie hat zu viele scharfe Kanten und dieses viele Rot ist ein grässliches Make-up.«

Seine Augen verengen sich, aber das bedeutet, dass er lächelt. Zumindest glaube ich das. Habe ich es wirklich gesehen oder will ich es sehen? Beides ist gleichermaßen gefährlich und gleichermaßen nutzlos, wenn man das unvermeidliche Ende betrachtet. Denn nur darum geht es, rufe ich mir ins Gedächtnis: Er ist ein Zielobjekt. Ein Mittel zum Zweck. Das eben war kein einfacher Tanz oder ein toller Abend mit einem gut aussehenden Jungen, sondern eine geplante Aktion. Eine Kriegslist. Eine Lüge.

Als wir wieder zu Atem gekommen sind und die Parade weiterzieht, fängt er an zu erzählen.

»Als ich jünger war, hat Vater mich in Bauernkleider gesteckt und ebenfalls welche angezogen. Und dann sind wir zu dieser Parade gegangen und haben mitgetanzt.«

Ich bin fassungslos. Der sauertöpfische, ernsthafte, Hexen hassende König Sref hat *getanzt*? Kaum zu glauben.

»Das war, bevor Varia starb«, fährt Lucien fort. »Danach … haben wir damit aufgehört. Aber er war es, der mir beigebracht hat, in einer Menschenmenge unterzutauchen. Varia hat es ebenfalls von ihm gelernt.«

»Hat er dich auch gelehrt, wie man ein Meisterdieb wird?«, stichle ich, um ihn von seinen dunklen Erinnerungen abzulenken. Er schüttelt den Kopf.

»Das habe ich mir selbst beigebracht. Varia hat oft davon gesprochen. Sie hat Bücher gelesen, in denen ein Dieb die Reichen bestiehlt und den Armen gibt.«

»Der Mitternachtsdieb«, platze ich heraus. »Die habe ich auch gelesen.«

Er ist überrascht. »Alle Bände?«

»Ja, alle. Das sind meine Lieblingsbücher. Ein bisschen schnulzig und übertrieben, aber eine gute Buchreihe muss so sein, oder?«

»Kann schon sein.« Lucien wird still und sagt dann: »Ich glaube, insgeheim hat Varia davon geträumt, ihren Titel der Kronprinzessin aufzugeben und für den Rest ihres Lebens der Mitternachtsdieb zu sein. Oder zumindest jemand, der den einfachen Leuten helfen kann, ohne dass es Konsequenzen hat. Für sie war es besonders schlimm, dass sie nichts tun konnte, um das Leid der Menschen zu lindern.«

»Und du?«

»Bevor sie starb, war es mir vollkommen gleichgültig, wenn irgendein Waisenkind, das ich nicht kannte, auf der Straße verhungert ist. Ich war jung und selbstsüchtig.«

»Du warst ein Kind …«

Er fällt mir ins Wort. »Ignoranz ist keine Entschuldigung für Grausamkeit. Ich hatte meine Spielsachen, genug zu essen und meine Pferde. Die Welt außerhalb des Palastes war mir egal.«

»Und dann ist sie gestorben«, sage ich. Lucien nickt.

»Danach habe ich mich auf den Straßen herumgetrieben. Aber anders als früher, wenn wir bei der Getreidefestparade getrennt wurden, kam Vater nicht mehr, um nach mir zu suchen. Er war so in seiner Trauer gefangen, dass ich für ihn nicht mehr existierte. Er hat Malachite eingestellt, damit er auf mich aufpasst und dafür sorgt, dass ich nicht ebenfalls den Hexen zum Opfer falle. Aber das war auch schon alles, was er mir an Aufmerksamkeit zukommen ließ. Je mehr Zeit ich in der Stadt verbrachte, desto öfter sah ich, dass es Jungen wie mich gab, für die es Alltag war, eine Schwester zu verlieren, aber durch profane Dinge – nicht genug Brot, nicht genug Kleidung, eine gewöhnliche Erkältung. Dinge, die zu verhindern gewesen wären. Also fing ich an zu stehlen. Genauer gesagt sah ich anderen Kindern beim Stehlen zu und machte es ihnen nach. Und dann kopierte ich die Geschickteren. Und wurde einer von ihnen.« Er streicht sich die verschwitzten Haare aus den Augen. »Wie war es bei dir? Wie hast du es gelernt?«

Am liebsten würde ich ihm die Wahrheit sagen. Stattdessen zucke ich mit den Schultern. »Meine Geschichte ist längst nicht so tragisch. Wo ich aufgewachsen bin, gab es nicht viel zu tun. Wenn ich mir schöne Dinge nahm, fühlte ich mich besser. Kurz gesagt, ich habe es aus reiner Selbstsucht gelernt.«

»Haben wir das nicht alle?«, murmelt er. Einen Moment später hält er eine kristallbesetzte Haarnadel hoch, die mir ziemlich bekannt vorkommt.

»Wo hast du die her?« Ich schnappe danach, aber er hält sie noch höher. Ich trete näher an ihn heran und greife verzweifelt nach der Nadel, doch ich kann sie nicht erreichen. Jetzt rücke ich ihm richtig auf die Pelle, so nah, dass ich seine Wärme spüren kann und seinen glatten Hals direkt vor der Nase habe.

»Vom Empfang.« Er grinst auf mich herab. »Als ich dich angerempelt habe.«

Ich springe hoch, doch er hält die Haarnadel noch höher und wir stoßen unsanft mit der Brust zusammen.

Ich werde knallrot und stammle: »Wie konntest du … vor all den Leuten?«

»Ich sagte doch – ich bin einer von den geschickteren Dieben.«

»Du hast Lady Y'shennria eindeutig noch nie wütend erlebt«, entgegne ich. »Denn dann würdest du dir in die Hose machen und die Haarnadel sofort zurückgeben.«

»Y'shennria hat Dutzende davon. Ich gebe diese hier dem Mädchen«, widerspricht er.

»Dem Mädchen, das auch die goldene Uhr bekommen hat?«

»Ja, genau. Die Kleine sieht harmlos aus, aber sie weiß, wie man auf dem Schwarzmarkt von Vetris Handel treibt. Das Gold, das sie für meine kleinen Fundstücke bekommt, hält die jüngeren Waisen am Leben.«

»Ich habe mich schon gewundert, wieso die Straßenkinder hier so gut genährt aussehen«, bemerke ich. Er streckt mir den Ellbogen entgegen, wie ein Edelmann es bei seiner Herzensdame tun würde.

»Möchtest du mit mir noch einen Spaziergang durch die Stadt machen? Ich verspreche auch, dass wir zeitig zu Hause sind.«

Ich lache. »Du bist ein Lügner. Ein gut aussehender Lügner, aber dennoch ein Lügner.«

Er verdreht die Augen und schlendert los. Einen wundervollen Moment lang spaziere ich im Schein des Mondlichts Arm in Arm mit Lucien, noch erhitzt vom Tanzen und trunken von meinem Menschsein, trunken von der Illusion der Freiheit, die ich gerade empfinde, inmitten von diesem Gewirr aus Straßen und Gassen. Der Gedanke, ihm sein Herz zu nehmen, taucht ein oder zwei Mal auf, doch ich verdränge ihn sofort wieder. Ich werde nicht zulassen, dass dieser Moment zerstört wird. Nur für kurze Zeit ein Mensch sein, ist das zu viel verlangt?

Aber das habe ich mir auch vor dem Tanz gesagt. In mir erwacht die Gier. Während ich noch sein Profil bewundere, das mich an einen Falken erinnert, so stolz und ernst, lässt sich die Glut nicht mehr unterdrücken.

Wenn er wüsste, was du bist, würde er dich mit seinem weißen Schwert in Stücke schlagen. Dich jagen, wie er auch sonst Monster jagt.

Mit einem Ruck befreie ich meinen Arm. Es stimmt. Der Prinz *würde* mich töten, wenn er wüsste, was ich bin. Sein Schwert schimmert kalt an seiner Hüfte, als er sich mit gerunzelter Stirn zu mir umsieht.

»Stimmt etwas nicht, Zera?«

»Es … es ist mir nur gerade wieder eingefallen«, sage ich. »Wer wir sind. Du bist der Kronprinz und ich eine Lady. Es gehört sich nicht, dass wir so tun, als wären wir uns nah.«

Lucien wirkt unglaublich enttäuscht. »So tun? Glaubst du das wirklich? Also, ich habe nicht nur so getan.« Sein Blick wird noch intensiver. »Und du?«

Ich schon.

»Nein«, beteuere ich. »Es ist nur …«

Plötzlich beugt er sich über mich und ist mir ganz nah. Sein Geruch – jetzt gemischt mit Schweiß und Nachtluft – macht mich benommen. Er ist so menschlich. So dunkel und anmutig und schlank, seine Lippen so dicht bei meinen, so verlockend. Ein Kuss. Wie es sich wohl anfühlt, einen Prinzen zu küssen, einen Jungen, einen Jäger? Jemandem so nah zu sein, ganz sanft, nach drei Jahren voller Trauer und Schmerz?

»Wenn ich dich hier und jetzt küsse«, murmelt er, und seine Stimme lässt das Medaillon auf meiner Brust pochen, »dann würde ich nicht nur so tun als ob.«

Er kommt noch näher, jetzt trennen uns nur noch wenige Zentimeter, und die Glut stürzt sich aus dem Nichts auf mich.

Er gehört mir!, kreischt sie, und ich sehe nur noch rot. **ENDLICH GEHÖRT ER MIR!**

Mit dem letzten Rest klaren Verstands, der mir geblieben ist, hebe ich die Arme und stoße ihn weg. Lucien taumelt rückwärts, und die Wärme, die zwischen uns war, weicht sofort der Kälte.

»Ich …« Ich schlucke bitteres Bedauern, aber auch Erleichterung, und danke den Göttern für die Maske, die mein Gesicht verdeckt. »Ich kann das nicht. Es ist nicht richtig.«

Prinz Lucien sieht fassungslos aus, aber nicht, weil ich ihn weggestoßen habe, sondern weil er nicht glauben kann, was er beinahe getan hätte. Er starrt auf seine Hände, als wäre er nicht sicher, wem sie gehören. Doch plötzlich, bevor mir ein paar scherzhafte Worte einfallen, mit denen ich die Situation überspielen kann, zerreißt ein schriller Schrei die Stille. Luciens Kopf fährt hoch und er blickt in die Richtung, aus der der Schrei kam – aus einem heruntergekommenen Haus.

»Nicht der Markt«, wispert er mit zusammengebissenen Zähnen und stürmt durch den verkohlten Türrahmen, denn es gibt keine Tür. Verwirrt und beunruhigt folge ich ihm. Das ganze Haus ist verkohlt, anscheinend hat es hier vor langer Zeit gebrannt. Es hört sich an, als käme das Schreien von unten, was mich verwirrt, bis Lucien eine Falltür aufreißt, die ich für einen Haufen verbranntes Holz gehalten habe. Er springt hinein und ich folge ihm in einen schwach beleuchteten gemauerten Tunnel. Die Schreie werden lauter und ich höre gebrüllte Befehle und das Scheppern von Metall.

Das alles passiert so schnell, so unerwartet und es ist so surreal, dass Lucien jetzt sein Schwert zieht und ich meins. Waren wir nicht noch vor einer Minute ganz gelassen und zufrieden? In Nightsingers Wald stand die Zeit still, aber hier macht sie unvorhersehbare Sprünge.

Der Tunnel mündet in einen riesigen höhlenartigen Raum, der aber klein wirkt, weil er voller panischer Menschen ist. Klapprige Stände mit Nahrungsmitteln und Kleidung wurden umgeworfen, die Leute tragen nur Lumpen – das muss der Schwarzmarkt sein, von dem Lucien gesprochen hat. Zwischen den abgerissenen Gestalten blitzen die silbrigen Uniformen der Gesetzeshüter auf, die mit ihren Schlagstöcken aus Eichenholz auf die Menge einprügeln. Kinder schreien, während ihre Mütter sie zu schützen versuchen, Männer werden zu Boden geworfen und dort festgehalten, Celeons mit gesträubtem Fell, als Warnung an die Gesetzeshüter, von denen einige ebenfalls Celeons sind. Und der Geruch von Blut – blutige Köpfe, Blut, das von gebrochenen Nasen tropft. Blutlachen unter leblosen Körpern.

So viel Chaos und Angst befeuern die Glut in mir.

Und über allem, auf einem Mauervorsprung, steht Erzherzog Gavik, flankiert von Gesetzeshütern. Öllampen werfen ein schwaches Licht. Er betrachtet das Durcheinander mit seinen gnadenlosen wässrigen Augen, sieht zu, wie seine Gesetzeshüter schreiende, zappelnde Menschen wegschleppen, und wirkt ausgesprochen zufrieden.

»Bastard!«, zischt Prinz Lucien. »Hier lang!« Er ruft es den Menschen zu und drängt einige zu dem Eingang, durch den wir gerade gekommen sind. Ich bin wie erstarrt. Lucien schreit mich an. »Was ist los? Die Leute müssen hier raus!«

Der Blutgeruch steigt mir in die Nase und die Glut brüllt auf. Die Menschen wissen nicht wohin, sie haben in ihrer Angst die Augen so weit aufgerissen wie Vieh, das zur Schlachtbank geführt wird. Lucien schlägt mir auf die Schulter.

»Jetzt, Zera! Bevor noch mehr sterben!«

Seine warme Berührung löscht die Glut und befreit mich aus ihrem Griff. Für den Bruchteil einer Sekunde staune ich, wie klar mein Kopf ist – die Glut ist weggeblasen wie Blätter im Wind. Der Prinz hat recht. Diese Menschen sind in Gefahr und mehr als die fünf Männer will ich nicht auf dem Gewissen haben.

Doch die Glut ist kaum erloschen, da flammt sie schon wieder auf.

Selbstsüchtig, spottet sie. **Du rettest dieses jämmerliche Volk doch nur für deinen eigenen Seelenfrieden.**

Ich schlinge die Arme um eine alte Frau, die ihr Kopftuch festhält, und führe sie durch den Tunnel. Ihre Enkelkinder laufen schluchzend hinter uns her.

So schwach. Weiche, dürre Knochen, leicht zu brechen.

Sie kann die Leiter nicht hochsteigen – sie ist zu langsam, zu gebrechlich, und die anderen, die panisch nachrücken, stoßen sie zur Seite. Ich warte auf eine Lücke, lege ihre Arme um meinen Hals und steige mit ihr auf dem Rücken die Leiter hoch. Dabei muss ich gegen den Drang ankämpfen, sie zu töten. Ich übergebe die dürre Alte einem jungen Mädchen mit unglaublich blauen Augen in einem langen Umhang.

Als ich wieder unten angekommen bin und durch den Tunnel zurückgehe, haben die Gesetzeshüter einen Kreis um Prinz Lucien gebildet, der sich den Schal heruntergerissen hat und jetzt sein Gesicht und seinen langen schwarzen Zopf zeigt. Gaviks Gelächter hallt durch die Höhle, und es ist so laut, dass es selbst das Stöhnen und Schreien der Menschen übertönt.

»Und was habt Ihr hier zu suchen, Euer Hoheit?«, fragt der Erzherzog.

»Lasst die Leute in Ruhe, Gavik«, knurrt Lucien, der sein weißes Schwert gezogen hat und damit zuschlagen wird, sobald ihn einer der Gesetzeshüter angreift. »Sie haben nichts getan.«

»Nichts außer Stehlen und Morden«, erwidert Gavik. »Einige von ihnen sind Hexen, Euer Hoheit. Ihr wollt doch sicher auch, dass diese Bestien ihre gerechte Strafe bekommen?«

»Woher wollt Ihr wissen, dass es Hexen sind?«, fährt Lucien ihn an.

»Natürlich durch die Crimson Lady.« Gavik lächelt und bleckt seine Zähne. »Oder glaubt Ihr etwa nicht an die Fähigkeiten unserer Wissenschaftler?«

»Was ich glaube, spielt keine Rolle.« Luciens Stimme ist wie ein Feuer, dessen Flamme stetig größer wird. »Diese Menschen versuchen nur zu überleben.«

»Indem sie Diebesgut auf diesem heruntergekommenen kleinen Schwarzmarkt verkaufen!« Gavik gibt sich empört. »Ich tue das nur für Vetris, Euer Hoheit. Das sind Kriminelle. Hexen. Das solltet Ihr nicht vergessen, denn ich möchte nicht gezwungen sein, Euch wegen Gotteslästerung mit diesem Pack in den Kerker werfen zu lassen.«

»Ich bin der Kronprinz.« Lucien verengt seine Augen, doch Gavik lacht nur.

»Wenn Ihr einen Dieb verteidigt, ist das verzeihlich, aber stellt Euch auf die Seite einer Hexe oder eines Herzlosen – Kronprinz oder nicht –, dann seid Ihr ein Verräter vor dem Neuen Gott.« Der Erzherzog betrachtet wie nebenbei seine Fingernägel. »Und das wird mit der ganzen Härte der Tempelgesetze bestraft.«

»Wie viele von ihnen sind Hexen?«, fragt Lucien, der sich von dieser Drohung nicht einschüchtern lässt. »Was hat Euch Euer roter Turm gesagt?«

»Oh, ich kann mich nicht erinnern.« Gavik überlegt. »Sieben? Acht? Vielleicht zehn. Mir scheint, meine Männer haben«, er nimmt sich einen Moment Zeit, um die reglosen Körper zu zählen, »dreizehn von ihnen erledigt, aber drei davon waren Diebe, die wie Blutegel am Körper von Vetris schmarotzt haben.«

»Seht Euch doch um – diese Menschen sind dem Hungertod nahe. Sie haben ihren Lebensunterhalt verloren, weil mein Vater so schlechte wirtschaftliche Entscheidungen getroffen hat. Wenn jemand bestraft werden sollte, dann er.«

Wieder lacht Gavik. »Schlagt Ihr wirklich vor, dass ich Euren Vater einsperren soll? Ich wusste, dass Ihr rebellisch und stur seid, mein Prinz, aber ich hatte keine Ahnung, dass Ihr auch ein Verräter seid. Ihr klingt schon fast wie Prinzessin Varia, dieses dumme kleine Ding.«

Lucien zuckt zusammen und ballt die Faust. Auch ich muss die Wut unterdrücken, die in mir aufsteigt. Wie kann Gavik es wagen, vor ihm so abfällig über Varia zu reden? Aber Luciens Schmerz soll nicht umsonst sein – ich weise so vielen Leuten den Weg zum Ausgang, wie ich nur kann, während Gavik und Lucien reden. Doch dann dröhnt plötzlich Gaviks Stimme durch den Raum.

»Lady Zera! Diesen Busen kenne ich doch. Wedelt mit Eurer kleinen fetten Hand noch einmal in Richtung dieses Tunnels und ich lasse meine Männer auf sie schießen.«

»Lady Zera!«, bellt Lucien, ohne sich zu mir umzudrehen. »Geht, jetzt.«

»Und lasse Euch mit diesem ranzigen Hundearsch allein zurück? Ganz bestimmt nicht.«

»Ranziger Hundearsch«, murmelt Gavik. »Ihr seid einfallsreicher als jede andere Braut, die wir bisher hatten, das muss ich Euch lassen. Aber was das Schießen angeht, meine ich es durchaus ernst.«

Ich verkneife mir ein Auflachen. »Ihr kennt mich nicht, Erzherzog, wenn Ihr glaubt, dass mir die Drohung, eine Hand zu verlieren, Angst macht.«

Lucien will zu mir, aber die Gesetzeshüter richten ihre Schwerter auf ihn. »Lady Zera, nicht …«

»Dann gestattet mir, Euren Mut auf die Probe zu stellen«, sagt Gavik kalt, und auf ein Fingerschnippen zielt ein Bogenschütze an seiner Seite auf mich. Er schießt schneller, als ich reagieren kann. Der Pfeil durchschlägt mein linkes Handgelenk, die Knochen brechen, eine blutige Sauerei. Die Schmerzen sind so grauenhaft, dass ich keine Luft mehr bekomme, und jedes Mal, wenn ich versuche, nach Luft zu schnappen, fühlt es sich an, als würde jemand an meiner Hand sägen. Die verängstigten Menschen schreien. Mit den Zähnen ziehe ich mir das Tuch vom Hals und schlinge es um meine Hand.

»Ihr …« Luciens Gesicht läuft dunkel an und er blickt von meiner Wunde zu Gavik. Das Feuer in seinen Augen flammt auf, seine Stimme ist plötzlich wild und heiser, eine Naturgewalt. »Es wird Zeit, dass Ihr erfahrt, wie unverzeihlich es ist, meine Untertanen zu verletzen.«

Er hebt sein Schwert und es sieht aus, als wollte er sich auf die Gesetzeshüter stürzen, die ihn umzingeln, oder auf Gavik, der auf dem Vorsprung über ihm steht. Aber es geht nicht. Es sind einfach zu viele, und obwohl Lucien der Kronprinz ist, würde Gavik nicht zögern, ihn zu verletzen oder in den Kerker zu sperren.

»Ist das alles, was Ihr könnt?«, rufe ich dem Erzherzog zu und bemühe mich, möglichst selbstsicher zu klingen. Eigentlich ist es nur das verzweifelte Bemühen, Gavik von Lucien abzulenken. Seit wann habe ich einen solchen Beschützerinstinkt, wenn es um einen Menschen geht? »Oder fehlen Euch die *vachiayis*, herunterzukommen und die Sache selbst zu erledigen, Milord?«

Gavik runzelt die Stirn wegen des Beneather-Worts und seine Verwirrung ermöglicht es einem weiteren Celeon-Bürger, in Richtung Ausgang zu fliehen. Doch plötzlich hebt Gavik die Hand und die Bogenschützen zielen nicht auf mich, sondern auf die Menschen, die hinter mir zu entkommen versuchen.

»Sofort stehen bleiben!«, brüllt er. »Auf Anweisung der vetrisischen Obrigkeit seid Ihr alle verhaftet!«

Die Fliehenden erstarren. Mein Körper reagiert schneller als mein Kopf. Ich baue mich zwischen ihnen und den Bogenschützen auf und breite die Arme aus, um so groß wie möglich zu wirken.

Was machst du da, du jämmerliche Kuh?, faucht die Glut. **Was in Gottes Namen tust du da?**

Wenn ich mit Pfeilen gespickt werde, bin ich »tot« und kann mich am Hof nicht mehr blicken lassen. Aber ich kann einfach nicht noch einmal zusehen, wie Gavik Menschen umbringt. Es hat mir gereicht, was er bei seiner sogenannten Säuberung dem Jungen angetan hat. Ich könnte es mir nie verzeihen, wenn ich diese Menschen hier für meine Freiheit opfern würde.

»Tötet Ihr sie, bleibt Ihr ungestraft, Erzherzog!«, brülle ich. »Aber tötet mich und Ihr habt eine Adlige ersten Rangs auf dem Gewissen. Und die Lieblingsbraut des Königs.«

»Ihr seid ein Nichts. Ihr seid entbehrlich.« Gavik starrt auf mich herab. Die eisigen Worte sollen mich treffen.

Sie werden versuchen dir einzureden, dass du nicht gut genug bist. Y'shennrias Worte gehen mir im Kopf herum. *Das ist nicht wahr. Du bist eine Y'shennria. Du warst schon immer gut genug.*

Ich recke den Kopf ein bisschen höher. »Dann tut, was Ihr

nicht lassen könnt. Aber bitte zügig. Ich bin schnell gelangweilt.«

»Lady Zera!«, schreit Lucien – die panische Sorge in seiner Stimme bilde ich mir sicher nur ein? »Geht aus dem Weg!«

»Ich fürchte, das kann ich nicht, Euer Hoheit«, antworte ich, ohne den Blick von Gavik abzuwenden.

Der Erzherzog murmelt etwas, aber die Menge ist so laut, dass es kaum zu verstehen ist. Lucien macht einen Schritt auf mich zu, aber die Gesetzeshüter, die ihn umringen, rücken näher. Plötzlich seufzt Gavik und richtet seine Aufmerksamkeit wieder auf den Prinzen.

»Wollt Ihr diese Hexen nicht tot sehen, Euer Hoheit? Schließlich haben sie Eure geliebte Varia umgebracht. Was, wenn eine von denen, die gerade entkommen sind, den mörderischen Herzlosen beauftragt hat? Ihr könnt sie nicht vor ihrer längst überfälligen Strafe fliehen lassen.«

Lucien verengt die Augen zu Schlitzen. »Ich entscheide, wer verurteilt wird, nicht Ihr. Ich dulde nicht, dass Unschuldige zu Opfern werden. Meinem Vater machen diese Verluste vielleicht nichts aus, aber seid versichert – mir schon. Seine Regierungszeit ist bereits mehr als zur Hälfte vorüber. Meine aber wird lang sein, und ich vergesse nicht.«

Es ist eine ziemlich eindeutige Warnung. Gaviks Blick huscht von Lucien zu mir, dann lacht er.

»Meinetwegen, spielt diesmal den Volkshelden, Euer Hoheit. Aber ich muss Euch daran erinnern, dass die Menschen von Vetris nicht wissen, wie man ein Schwert schwingt. Sie wissen nicht, wie man Herzlose tötet. Sie wissen nicht, wie man Hexen ertränkt. Sie besitzen kein Stückchen weißes Quecksilber oder die Maschinen, die es produzieren. Ich schon. Ich weiß das alles.«

Mit dieser Drohung wendet Gavik sich ab und verlässt den Raum durch den Torbogen hinter sich, gefolgt von seinen Gesetzeshütern, bis nur noch blutende, verstörte Menschen und ihr wütender Prinz zurückbleiben.

Gaviks Worte gehen mir im Kopf herum. Nicht die bösen oder gehässigen Worte, sondern die, die ich kaum hören konnte, seine voller Misstrauen geäußerte Erkenntnis.

Er sagte: *Ihr habt keine Angst vor dem Tod.*

Es dauert eine Weile, die Leichen aufzubahren und die Verwundeten zu versorgen. In der Menge entdecke ich das Mädchen, dem Lucien die goldene Uhr gegeben hat. Die Kleine ist im Gedränge hingefallen und mit dem linken Auge auf eine scharfe Kante geprallt. Ihr Verband blutet sofort wieder durch. Es gibt mehrere Verletzte, die sich den Arm gebrochen haben, als sie nach einer Waffe griffen, um sich zu verteidigen, einige haben sich bei der panischen Flucht ein Bein gebrochen. Aber die Menschen, die unverletzt geblieben sind, reagieren, wie ich es noch nie erlebt habe, schnell und gut vorbereitet. Die Händler spenden ihre Waren – Kräuter zum Desinfizieren, Nadel und Faden für klaffende Wunden, Decken für die Verletzten. Über Feuerstellen werden Kessel mit Wasser erhitzt, frische Gaze und Verbandwatte tauchen wie aus dem Nichts auf. Wer gut nähen kann, kümmert sich um die Wunden, andere bringen die Toten und Verwundeten in ruhige Ecken. Kinder singen die Kleineren in den Schlaf. Meine Erinnerungen drohen mich zu überwältigen, denn ich muss daran denken, wie oft ich abends für Peligli gesungen habe. Celeons halten diejenigen fest, die vor Schmerzen um sich schlagen, während ihnen Aderpressen angelegt werden, und sie reichen Flaschen mit starkem Celeon-Schnaps herum, um die Nerven zu beruhigen.

Das hier ist etwas ganz anderes als die Säuberungen, kein Vergleich mit der Barbarei, die ich von den Bewohnern von Vetris erwartet habe.

Eine Celeon-Frau mit langen türkisfarbenen Haaren reicht mir eine Flasche aus Ton und lächelt.

»Für Euch, in Dankbarkeit. Der feinste *yolshil* diesseits der Tollmount-Kilstead-Berge. Sehr wohlschmeckend, sehr stark.«

Ich nippe an der Flasche. Der Geschmack erinnert an Ingwer und Äpfel und wärmt mich von innen. »Vielen Dank. Aber ich habe kaum etwas getan.«

»Ihr habt viel riskiert, als Ihr Euch zwischen den Erzherzog und uns gestellt habt.«

»Das war doch nichts.«

Die Frau lächelt, doch ihre Züge bewegen sich kaum, weil sie zu erschöpft ist. »Bei uns gibt es ein Sprichwort: Bescheidenheit tötet wie eine Dürre – langsam und von innen heraus.«

»Diesen heiteren Spruch vergesse ich bestimmt nicht«, versichere ich. Die Celeon-Frau klopft mir mit ihrer Pfote auf den Rücken, geht weiter und verteilt noch mehr Tonflaschen. Eine Gestalt in Lederkleidung durchschreitet die Menge – Prinz Lucien. Als er mich entdeckt, eilt er herbei, streift seine Kapuze ab und hockt sich neben mich.

»Zera, da bist du! Ich habe nach dir gesucht.« Er ist außer Atem. Ich weiß nicht, was ich fühlen soll – einerseits freut es mich, dass er sich Sorgen um mich gemacht hat, andererseits macht es mich nervös, weil ich Angst habe, was das bedeutet. Was es in mir auslöst.

»Heb dir deine Sorge für ein süßeres Mädchen auf«, scherze ich und meine Wangen glühen. Dieser *yolshil* ist stärker, als ich gedacht habe. Lucien kann über meinen Witz nicht lachen und runzelt die Stirn.

»Ich entscheide selbst, um wen ich mich sorge. Wie geht es dem Handgelenk? Ist es versorgt worden?«

Ich habe meinen Schal gegen einen sauberen Verband getauscht, als niemand hinsah, nur um den Schein zu wahren, denn die Wunde ist natürlich längst geheilt. Ich zügle mein Lächeln und verziehe theatralisch das Gesicht. »Wenn du mit versorgt meinst, dass eine Frau vorbeikam, die Kräuterwasser hineingegossen und die Wunde dann mit ihrer grässlichen Riesennadel zugenäht hat, dann ja.«

»Das ist gut. Und wie fühlt es sich jetzt an? Tut es weh?« Er betrachtet mich mit einem merkwürdig sanften Blick. Wieso? Wieso sieht er mich so an? Es zerreißt mich innerlich. Ich nehme einen großen Schluck *yolshil*. Vielleicht betäubt der Schnaps den Schmerz.

»Nicht mehr. Geht es dem Mädchen gut, dem du die Kleinigkeiten gibst?«

»Sie wird durchkommen«, sagt Lucien. »Aber das Schicksal meint es nicht gut mit einem einäugigen Kind, das auf der Straße lebt.« Er verstummt und der Feuerschein spiegelt sich in seinen dunklen Augen. »Du bist nicht gerannt, als ich es dir befohlen habe.«

»Ich tue einiges – ich mache Witze, bin nicht auf den Mund gefallen und ein wenig verrückt –, aber feige bin ich nicht.«

Alles gelogen. Du bist von Natur aus feige – tötest unbewaffnete Banditen, willst das Herz dieses Jungen, weil es dir einen Vorteil bringt, weil du so selbst davonkommst.

»Das stimmt zweifellos.« Lucien ergreift meine unverletzte Hand. »Du bist viel mutiger als jeder andere, den ich kenne.«

Es trifft mich, so etwas von ihm zu hören. Es beruhigt mich, so etwas von ihm zu hören. Schmerz und Freude vermischen sich, als könnte sich mein Gehirn nicht entscheiden, was ich fühlen soll. Lucien sieht immer noch ernst aus.

»Kopf hoch, Hoheit«, sage ich. »Diesen Kampf haben wir gewonnen.«

»Lucien.« Er atmet hörbar aus. »Du sollst doch Lucien zu mir sagen.« Es fällt mir immer noch schwer, ihn mit Vornamen anzusprechen wie einen Freund. Er kann kein echter Freund sein. Ich kann Witze darüber machen, kann so tun als ob, aber es wird niemals echt sein. Nicht er. Jeder andere, nur nicht er.

»Lucien«, wispere ich. Der Wein im Lokal war Wasser im Vergleich zu dem Schnaps, den ich gerade trinke. Die Welt verschwimmt und das Stückchen von meinem Herzen im Medaillon schmerzt, als mich Lucien mit seinen dunklen Augen prüfend ansieht.

»Kann es sein, dass ihr zwei mir die Schau gestohlen habt?«

Der Moment ist vorüber und wir schauen auf zu der Stimme – sie gehört dem Mädchen mit dem langen Umhang, dem ich die alte Frau übergeben habe. Ihre blauen Augen leuchten, als sie ihre Kapuze abstreift und lockige mausbraune Haare und ein rosiges Gesicht zum Vorschein kommen. Sie hat ihren Stock nicht dabei, aber der Umhang verbirgt ihren ungleichmäßigen Gang.

»Fione«, stellt Lucien erstaunt fest. »Was machst du denn hier?«

»Dasselbe könnte ich dich fragen, Lucien.« Sie wirft einen Blick auf den Verband an meinem Handgelenk und hebt eine Braue. Bestimmt würde sie zu gern wissen, ob Y'shennria und ich geplant haben, dass ich hier bin, aber das kann sie natürlich nicht fragen, solange Lucien direkt neben uns steht.

Lucien?, meldet sich die Glut. **Du meinst die Zielperson. Die Beute.**

»Ich habe dir oft genug gesagt, dass du dich aus den Angelegenheiten deines Onkels heraushalten sollst.« Lucien mustert sie strafend. »Aber du ignorierst mich ja stets. Willst du wirklich unbedingt verletzt werden?«

»Selbst wenn es so ist, geht es dich nichts an«, faucht Fione, doch als ihr klar wird, wen sie da anfaucht, mäßigt sie ihren Ton. »Du solltest nicht hier sein. Du weißt genauso gut wie ich, dass mein Onkel jede Gelegenheit nutzt, dir zu schaden.«

Lucien funkelt sie erbost an. Da ist etwas zwischen den beiden, das ich nicht durchschaue – ein alter Streit, irgendeine alte Geschichte. Und es geht eindeutig nicht nur um die Demütigung, die Fione bei ihrem Frühlingsempfang erleben musste. Sie dreht sich zu mir um und setzt ein Lächeln auf.

»Also, zumindest gebt ihr beide ein entzückendes Paar ab.

Allerdings ist dies ein lausiger Ort für ein Date, wenn ich das so sagen darf.«

Ein Paar? Ein flüchtiger, unmöglicher Gedanke. Ich kann nicht riskieren, etwas zu ihr zu sagen, irgendwie zu erkennen zu geben, dass wir uns längst mit Vornamen ansprechen. Zum Glück stellt Lucien die nächste Frage für mich.

»Du wusstest, dass Gavik hier sein würde, nicht wahr, Fione?«

Ihr Lächeln bleibt unverändert. »Natürlich. Er hat schon seit Wochen mit dem Hauptmann der Stadtwache darüber gesprochen, meistens in unserem Liliengarten, wo er alle Einzelheiten mit ihm durchgegangen ist. Ich wollte rechtzeitig hier sein und so viele Leute wegschicken wie möglich, bevor das Chaos ausbrach, aber …« Fiones Blick huscht über die verletzten, erschöpften Menschen. »Keiner von ihnen wollte hier weg. Es gibt einen Zustand der Verzweiflung, in dem die Verlockung von Nahrung und dem Lebensnotwendigsten größer ist als das Bedürfnis nach Sicherheit. Und diese Leute leben wohl schon länger in dieser Verzweiflung, als man es ertragen kann.«

Luciens Miene wird ernst, als auch er die Menschen betrachtet. Er reibt sich müde die Stirn und murmelt: »Ich konnte kaum etwas tun. Wenn sie das gesehen hätte, würde sie sich für mich schämen. Sie wäre enttäuscht von mir.«

Sie. So bedeutsam, wie er es ausspricht, kann er nur eine Person meinen – Varia. Als Fione das hört, verzieht sie das Gesicht, aber sie lächelt immer noch.

»Tu dir das nicht an, Lucien. Das Leiden dieser Menschen ist nicht deine Schuld. Und wenn sie sich für jemanden schämen müsste, dann für meinen Onkel.«

Lucien schweigt und Fiones Hand wandert zu einem kleinen Dolch, den sie am Gürtel trägt. Sie zieht ihn heraus und betrachtet die Klinge. Es ist eine wunderschöne Arbeit – der Griff ist mit ringförmig angeordneten Saphiren und Perlen geschmückt und die Klinge mit Gold und Silber überzogen. Die Waffe einer Adligen. Nein – eine *königliche* Waffe.

»Ich habe es ihr versprochen.« Ihre blauen Augen blicken finster. »Ich habe ihr versprochen, dass er uns niemals trennen wird.«

Die Härte in ihrer Stimme überrascht mich. Ich bin daran gewöhnt, dass sie das dumme, schüchterne und schwache Mädchen spielt. Auch als ich sie das erste Mal bei Y'shennria getroffen habe, hat sie mich angelächelt, obwohl ich sie offenkundig nicht leiden konnte. Sie hat die Glückliche gespielt. Aber jetzt ist sie vollkommen ernst. Kein vorsichtiges Abwägen, kein vorgetäuschtes Irgendwas. Nur Ehrlichkeit. Nur alte Wunden, die immer noch bluten. Ist es wegen Varia? Verrät sie deswegen Gavik und geht diese Risiken ein?

Fione sieht mich an. »Du hast mich überrascht, Zera. Ich wette, du hast auch meinen Onkel überrascht. Er ist es nicht gewöhnt, dass sich ihm jemand in den Weg stellt, der nicht d'Malvane heißt.«

»Daran sollte er sich gewöhnen«, sage ich. »Weil ich vorhabe, es so oft zu tun wie möglich.«

Sie kichert. »Hast du das gehört, Lucien? Jetzt muss nur noch einer von uns sie für unsere Sache gewinnen.«

Luciens Augen verengen sich. »Nein. Das würde Zera noch mehr in Gefahr bringen.«

Das Medaillon auf meiner Brust zuckt – er macht sich Sorgen um mich? »Ich fühle mich geschmeichelt«, sage ich. »Wenn ich auch keine Ahnung habe, worum es geht.«

Fione holt tief Luft. »Lucien und ich versuchen seit Jahren, meinen Onkel zur Strecke zu bringen. Ich habe vorgeschlagen, dass wir zusammenarbeiten, aber das gelingt nicht – wir vertragen uns nicht allzu gut.« Sie verstummt nachdenklich. »Aber jetzt, da du hier bist, Zera …«

»Auf keinen Fall«, fällt Lucien ihr ins Wort.

»Ich habe doch noch gar nichts gesagt!« Fione stampft mit dem Fuß auf.

»Aber ich weiß, was du denkst«, kontert er. »Mit Gavik spielt man nicht und ihn zu Fall zu bringen ist keine leichte Aufgabe. Ich bin durch meinen Status einigermaßen vor seinem Einfluss geschützt und du durch deine Verwandtschaft mit ihm, aber Zera hat nichts dergleichen, wohinter sie sich verstecken könnte. Sie wäre das perfekte Opferlamm, das er mit Freuden zur Schlachtbank führen würde.«

»Soll das andeuten, dass ich mich nicht einmal wehren würde?« Ich runzle die Stirn. »Du traust mir entschieden zu wenig zu.«

»Nein«, beharrt Lucien. »Ich weiß nur genau, wie viel Macht Gavik hat. Es geht nicht darum, dass ich dir nichts zutraue – es ist eine Tatsache. Er würde dich in Stücke reißen.«

Genau wie ich dich, und zwar schon bald, höhnt die Glut.

Fione räuspert sich.

»Lucien, du hast gesehen, wie mutig Zera war. Ich habe sie bei Hofe erlebt – sie ist klug. Hat immer einen witzigen Spruch auf

Lager. Sie kennt sich zwar nicht so gut in Vetris aus wie wir, aber sie ist etwas viel Besseres – neutral. Und das ist gut für uns beide. Ich mag sie, und du …« Ihr Blick wandert zwischen uns hin und her und sie fängt an zu lächeln, als betrachte sie einen Wurf Katzenbabys. »Sagen wir mal, ich nehme an, dass du sie ebenfalls magst.«

Aus Luciens Kehle dringt ein Knurren, als wolle er etwas dazu sagen, aber Fione lässt ihn nicht zu Wort kommen.

»Ich bin so dicht dran, Lucien.« Jetzt wirkt sie wieder ernst und entschlossen. »All diese Jahre, und es ist fast geschafft. Der Käfig meines Onkels braucht jetzt nur noch ein Schloss, dann ist es vorbei. Dann ist alles vorbei und ich kann endlich Ruhe finden. Dann kann ich mir endlich erhobenen Hauptes ihr Porträt ansehen.«

Lucien starrt Fione an und sie starrt zurück. Doch dann wendet sie den Blick von ihm ab, ihre blauen Augen suchen meine und sie fängt wieder an zu lächeln.

»Was meinst du, Zera? Wir drei gegen Gavik? Mit deinem Witz, meinem Charme und der finsteren Miene des Prinzen könnten wir es schaffen.«

»Was schaffen?«, frage ich. Ihr Lächeln wird noch strahlender.

»Meinen Onkel von innen heraus zu zerstören, was sonst?«

11

Blutvergießen

Ich rechne damit, dass Lucien Nein sagt, dass er ablehnt, weil der Vorschlag von Fione kommt. Aber nach längerem angespanntem Schweigen nickt er.

»Also gut.«

Sogar Fione kann nicht fassen, wie schnell er zugestimmt hat. »Einfach so?«

»Das falsche Hexenfeuer am Tempel.« Er holt tief Luft. »Und jetzt diese Razzia auf dem Schwarzmarkt, der die Armen am Leben hält – Gavik versucht immer weiter, die Angst der Leute zu schüren, damit es zum Krieg kommt. Und mein Vater wird ihn niemals aufhalten. Aber jemand muss es tun.«

Er spricht von demselben Krieg, den ich verhindern oder zumindest verzögern will. Der Krieg, der den Hexen solche Angst macht, dass sie mich hergeschickt haben.

»Ich dachte …« Ich beiße mir auf die Zunge, bevor ich irgendeine gefährliche Meinung äußere. Ich hasse es, meine Meinung zurückhalten zu müssen, weil sie gefährlich sein könnte, denn ich bin es gewöhnt, zu sagen, was ich will, wann immer ich es will. Und jetzt sieht mich Lucien auch noch mit hochgezogenen Brauen an.

»Was denn, Zera? Frag und ich werde antworten.«

Ich werfe Fione einen Blick zu, aber die schaut demonstrativ weg. »Ich habe gehört, dass du auf die Jagd nach Hexen und Herzlosen gehst. Warum willst du einen Krieg gegen sie verhindern, wenn du sie jagst? Hasst du sie denn nicht?«

Fione und Lucien tauschen einen Blick, der ausnahmsweise ein gewisses Einvernehmen erahnen lässt.

»Wir sollten gehen.« Fione nimmt meinen Arm und lächelt. »Es ist schon spät und ich bin sicher, dass sich Lady Y'shennria bereits Sorgen macht.«

Prinz Lucien räuspert sich und verbeugt sich vor mir. »Vielen Dank für diesen Abend, Zera. Bitte tu mir den Gefallen, deine Wunde sorgfältig zu reinigen.«

Fione zerrt mich weg. An jedem anderen Tag wäre ich stark genug gewesen, mich loszureißen, aber die Wirkung des Alkohols und der Stress wegen des verletzten Handgelenks fordern ihren Tribut. Wir verlassen den Tunnel.

»Was …«

»Nur zur Information: Er jagt keine Hexen«, unterbricht mich Fione. »Er tut nur so. Zur Tarnung.«

»Wofür?«

Sie sieht sich misstrauisch in der Gasse um. »Nicht hier. Warte, bis wir von vier Wänden geschützt sind.«

Auf dem Weg zu Y'shennrias Haus kann ich meine Neugier kaum bezähmen. Reginall lässt uns ein und bietet Fione ein Glas warme Ziegenmilch und Haselnussgebäck an, aber sie lehnt höflich ab. Er versteht den Wink und lässt uns allein.

»Da es Y'shennria anscheinend nicht für wichtig genug gehalten hat, es dir zu sagen, werde ich es tun.« Sie holt tief Luft, als wäre das, was sie mir mitteilen will, von ungeheurer Bedeutung. »Ich habe dir erzählt, dass ich mit Lucien aufgewachsen bin. Und mit Varia. Wir drei …« Sie schluckt. »Wir standen uns sehr nah. Varia hasste die Spannungen zwischen Hexen und Menschen. Am tiefsten empfand sie das Leid, das der Sonnenlose Krieg verursacht hat. Immer wenn sie sich aus dem Palast schleichen konnte, ging sie in die Stadt und bot ihre Hilfe an – in den Unterkünften der Obdachlosen, den Wissenschaftlern, den Veteranen und den Witwen. Jedem, der Hilfe brauchte. So ein Mensch war sie eben.«

Fione schaut auf, geht zur Wohnzimmertür und schließt sie. Dann dreht sie sich wieder zu mir um und lehnt sich erschöpft an die Tür.

»Ich habe zu ihr aufgesehen und sie bewundert. Aber mein Onkel hat sie gehasst. Sie hat ständig mit ihm diskutiert. Hat seine Machenschaften sabotiert, wann immer sie konnte. Manchmal hat sie es sogar geschafft, König Sref gegen ihn aufzubringen. In Gaviks Augen war sie eine echte Landplage. Wenn ich geahnt hätte, wie sehr er sie gehasst hat, hätte ich sie vielleicht retten können.«

Ich will nicht hören, was nun kommt. Fione stützt sich mit einer Hand an der Rückenlehne eines Sofas ab.

»Mit sechzehn hat Varia eine Reise aufs Land unternommen, um die Menschen kennenzulernen, deren Königin sie eines

Tages werden sollte. Sie wollte Vetris schon immer verlassen. König Sref hat sie nicht aufgehalten. Später haben wir herausgefunden, dass er keine Einwände hatte, weil Gavik wollte, dass sie aufbricht. Er hat den König überredet, sie gehen zu lassen.«

»Soll das heißen …«

Fione stößt die nächsten Worte so hastig aus, als wären sie schon viel zu lange in ihrem Kopf eingesperrt gewesen. »Ich habe gehört, wie mein Onkel darüber gesprochen hat. Darüber gelacht hat. Ein Bote kam mit der Nachricht und er hat gelacht und gar nicht mehr aufgehört. Zur Feier des Tages hat er eine halbe Flasche avellischen Brandy getrunken. ›Sie ist tot‹, hat er immer wieder gesagt und ins Feuer gestarrt.« Sie sieht mich mit ihren blauen Augen an, die vor Trauer fast schiefergrau wirken. »Das war an dem Abend, bevor ihre Begleiter mit ihren Überresten nach Vetris zurückkamen.«

Der Abend, bevor … Das bedeutet …

»Erzherzog Gavik hat Prinzessin Varia getötet?«, krächze ich. Fione zuckt zusammen, aber sie schafft es, mir zu antworten.

»Durch Söldner, nehme ich an. Oder Attentäter. Ich habe herauszufinden versucht, wie er es gemacht hat, doch bisher ohne verwertbare Ergebnisse.« Sie macht eine kurze Pause. »Wie auch immer, ich habe es Lucien gesagt. Ich habe auch versucht, es dem König zu sagen, aber mein Onkel war schneller. Er hat behauptet, dass es Herzlose waren.«

»Dieser … widerwärtige Bastard!« Ich knirsche mit den Zähnen. »Wie kannst du mit einem solchen Mann zusammenleben?«

»Ich behaupte immer, ich würde früh ins Bett gehen.« Sie

lacht, doch es schwingt ein Hauch Verzweiflung mit. »Und dann schleiche ich fort, um Nachforschungen anzustellen oder Leute zu treffen, die vielleicht Informationen oder Beweise für mich haben.«

»Und das fällt ihm nicht auf?«

Fione berührt ihr Bein. »Er denkt, ich kann nichts anderes tun, als herumzuhumpeln und ›Ja, lieber Onkel‹ zu sagen. Seit Varias Tod habe ich an diesem Bild von mir gearbeitet.«

Ich bin fasziniert von ihrem Mut, doch meine vordringliche Frage ist immer noch unbeantwortet. »Du hast mir nicht gesagt, wieso Lucien auf die Jagd geht.«

»Ich schleiche herum und versuche im Verborgenen einem der seltenen Fehler meines Onkels auf die Spur zu kommen. Aber Lucien hat einen anderen Weg eingeschlagen. In Vetris ist es Tradition, dass ein unverheirateter Kronprinz einmal im Jahr auf die Jagd geht, ursprünglich auf Füchse oder Hirsche. Aber Prinz Lucien hat sich von seinem Vater die Erlaubnis geben lassen, Hexen zu jagen. Er hat behauptet, er wolle Varias Tod rächen. Tatsächlich nutzt er diese Jagden, um den Wald abzusuchen, in dem sie gestorben ist.«

»Wonach sucht er?«

Fione schüttelt den Kopf. »Ich weiß es nicht. Er will es mir nicht sagen.«

»Ich dachte, ihr wärt Jugendfreunde?«

Sie atmet so heftig aus, dass eine Locke auffliegt. »Anfangs haben Lucien und ich zusammen daran gearbeitet, meinen Onkel zur Strecke zu bringen, aber … unsere Trauer hat uns entfremdet. So etwas kommt vor. Er ist auf der Suche nach irgendeinem Baum, der nur in seiner Fantasie existiert, und ich will handfeste Beweise gegen meinen Onkel finden.«

»Moment mal – was für ein Baum?«

Sie verdreht die Augen. »Das weiß ich wirklich nicht. Zumindest hat er das in den letzten Jahren immer gesagt, wenn ich wissen wollte, was er auf seinen Jagdausflügen macht: ›Ich suche einen Baum.‹ Wenn du mich fragst, ist das ein schlechter Scherz.«

Ich sehe sofort Y'shennrias Rosenkranz vor mir. »Im Glauben an den Alten Gott spielt ein Baum eine Rolle.«

»Das weiß ich. Aber mehr ist es nicht – nur ein Symbol. Der Baum ist genauso wenig real, wie es die Götter sind.«

Ich hebe eine Braue. »Ich weiß nicht, ob ich beeindruckt sein soll, weil du anscheinend alles weißt, oder ob mich das beunruhigen sollte.«

»Dann glaubst du, dass es die Götter wirklich gibt?«, fragt sie, und das verblüfft mich. Wo ist das entzückende Wesen im rosafarbenen Kleid geblieben, das mich erst vor zwei Tagen in genau diesem Raum so niedlich angelächelt hat? Ist das hier jetzt ihr wahres Ich?

Ich ziehe die Fione von heute vor – auf die muss ich wenigstens nicht neidisch sein.

»Ich bin in keiner Beziehung so sicher wie du«, gestehe ich. »Wenn es die Götter wirklich gibt, dann sind sie grausam, und wenn es sie nicht gibt, beruhen all das Töten und der ganze Hass auf einer Lüge. Wie auch immer, es ist deprimierend. Hast du dich denn nie gefragt, wieso Lucien nach einem Baum sucht?«

»Weil er nicht über Varias Tod hinwegkommt«, behauptet

Fione. »Weil er lieber irgendeinen magischen Baum des Alten Gottes dafür verantwortlich macht, als sich einzugestehen, dass wir sie nie …« Fione versagt die Stimme. Sie klingt kratzig, als sie fortfährt. »Dass wir sie nie wiedersehen.«

Ich wähle meine nächsten Worte mit Bedacht. »Weißt du, wie man zur Hexe wird, Fione?«

»Nein. Solche Informationen sind in Vetris nicht gerade leicht zu finden. Weißt du es denn?«

Ich öffne den Mund und klappe ihn sofort wieder zu. Für sie bin ich Zera Y'shennria, keine Herzlose. »Natürlich nicht.«

Ihre blauen Augen blitzen auf. »Wieso fängst du dann davon an?«

Als ich nicht antworte, kommt sie auf mich zu und sieht mir in die Augen.

»Ich habe sie gesehen, Zera. Ich habe ihre Körperteile gesehen, alles, was von ihr übrig war. Ich sah ihr Blut, ihre Finger, ihre …« Fione verzieht voller Schmerz das Gesicht. »Sie ist tot. Und hinter irgendeinem göttlichen Aberglauben – des Alten Gottes oder des Neuen – herzujagen, bringt sie nicht zurück.«

Danach herrscht langes Schweigen zwischen uns, das ich nutze, um über alles nachzudenken, während Fione sich wieder sammelt. Ich habe Lucien falsch eingeschätzt. Ich habe ihn für einen Mörder gehalten. Ein Teil von mir schämt sich dafür. Ein anderer Teil ist bitter enttäuscht – er ist unberührt, unbefleckt. Er ist nicht die mit Blut besudelte verwandte Seele, für die ich ihn gehalten habe. Er hat sich nur verstellt, wie es auch Fione tut. Diese Adligen sind bessere Schauspieler, als ich es ihnen zugetraut habe.

»Diese angeblichen Jagden des Prinzen … ist das nicht sehr viel Aufwand?«

Fione verschränkt die Arme und ich vernehme tatsächlich eine gewisse widerstrebende Bewunderung in ihrer Stimme. »Er zieht diese Schau nun schon seit vier Jahren durch.«

»Ihr beide wahrt eure Fassade«, bemerke ich. Fione lächelt wieder.

»Und das tust du jetzt auch.«

Im Schatten zwischen uns rieselt leise eine Sanduhr.

»Warum hast du mich gefragt, ob ich mich dir und Lucien anschließe?«, will ich wissen.

»Ich bin die Nichte des Erzherzogs und Lucien ist der Prinz. Er hat Zugang zu Bereichen des Palastes, von denen ich nur träumen kann. Und er mag dich.«

Plötzlich ist mein Hals wie zugeschnürt und ich muss husten. Fione grinst und greift nach einem Krug mit Wasser.

»Etwas zu trinken?«

»Ich bin durchaus … in der Lage …«, würge ich hervor.

»Oh, davon bin ich überzeugt. Deswegen hat Y'shennria dich hergeholt, damit du den Prinzen heiratest und ihrer Familie wieder zu Status verhilfst. Ich hatte schon Pläne geschmiedet, dich wieder loszuwerden, für den Fall, dass du dumm wie Bohnenstroh bist. Aber zum Glück war das …«

»Du solltest mich morgens sehen, bevor ich meine Tasse heiße Schokolade getrunken habe.«

»… unnötig, was das Ganze sehr vereinfacht.« Sie ignoriert meinen Scherz. »Ich brauche den Prinzen an meiner Seite, um Zugang zu bestimmten Bereichen des Palastes zu bekommen.

Er braucht dich, um auch nur in Betracht zu ziehen, mir zu helfen. Und du brauchst mich, weil ich dafür sorgen kann, dass du mehr Zeit mit dem Prinzen verbringen wirst.«

»Dafür sorgt Y'shennria schon ganz wunderbar, vielen Dank.«

»Ohne Leibwächter«, sagt Fione mit einem verschmitzten Lächeln. »Ohne öffentliches Aufsehen. Es gibt Dutzende Möglichkeiten, mit ihm allein zu sein, und das an diversen abgeschiedenen Orten.«

Ihr Grinsen verrät ihre Zuversicht – sie ist wirklich überzeugt, dass sie genau weiß, was ich will. Und damit hat sie recht. Nur was den Grund dafür angeht, irrt sie sich.

»Du wirst in kürzester Zeit Königin werden«, versichert sie mir. »Und was mich betrifft, werden sich die Jahre der Planung, des Sammelns von Beweisen und des Wartens in den nächsten Tagen bezahlt machen. Wenn ich an ein paar Orte gelangen kann, die niemand betreten darf, wird mein Onkel alles verlieren. Der Respekt, die Macht, die er sich verschafft hat, und die Furcht, die er in den Menschen auslöst, werden verschwunden sein. Und für ihn ist das schlimmer als der Tod.«

Ich starre auf meine Hände und auf die kaum noch sichtbaren Blutflecke auf meiner Kleidung, die alles sind, was von meiner längst verheilten Wunde am Handgelenk übrig ist. Etwas geht mir durch den Kopf, das mich beunruhigt. *Ihr habt keine Angst vor dem Tod,* hat Gavik zu mir gesagt.

»Ist das nicht, was du willst? Zeit mit Prinz Lucien verbringen?«, fragt Fione. Ich schaue hastig auf.

»Doch, das wünsche ich mir mehr als alles andere«, antworte ich.

»Wieso siehst du dann so traurig aus?«

Ihre Worte krallen sich in mich wie eisige Finger. Ich reibe mir die Augen, weil ich fürchte, dass sie die Wahrheit in ihnen lesen könnte. »Ich bin einfach nur müde und ich habe Schmerzen.«

»Das Gefühl kenne ich.« Sie tippt auf ihr Bein und salutiert mir scherzhaft. »Dann verlasse ich dich jetzt. Wenn du mit unserer Abmachung einverstanden bist, lass mir durch einen Wassersprecher eine Nachricht zukommen. Keine Einzelheiten, ein einfaches Ja ist ausreichend. Gute Nacht, Zera.«

Nachdem sie fort ist, wanke ich in mein Zimmer. Die Wirkung des *yolshil* ist verflogen und ich falle in mein Federbett. Reginall klopft an die Tür, mittlerweile kenne ich sein Klopfen – zweimal kurz, gefolgt von einer Pause. Erschöpft antworte ich ihm.

»Da seid Ihr ja.« Er verbeugt sich. »Milady hat auf Euch gewartet. Sie hat mich gebeten, Euch zu ihr zu schicken, sobald Ihr heimkommt, aber …« Er verstummt und schaut zu Y'shennrias verschlossener Tür. »Ich fürchte, sie schläft bereits. Sie hat in den letzten Tagen nicht viel Schlaf bekommen.«

Natürlich nicht. Mit jedem Tag, der verstreicht, bleibt uns weniger Zeit. Der Stress muss sie fast umbringen, auch wenn sie einen Plan für den Jagdausflug hat.

»Lassen wir sie schlafen«, sage ich leise. »Ich gehe gleich morgen früh zu ihr.« Reginall verbeugt sich noch einmal, doch bevor er sich verabschieden kann, frage ich: »Reginall, wie viele Menschen habt Ihr im Krieg getötet?«

Er erstarrt, dreht sich wieder zu mir um, lässt sich aber nichts anmerken. »Siebenundvierzig, Milady.«

»Erinnert Ihr Euch an ihre Gesichter?«

»Jede Nacht, Milady.«

Der Wind lässt die Äste eines Kirschbaums über eine Fensterscheibe kratzen. Ich habe Peligli einmal erzählt, mit diesem Geräusch würde uns der Waldgott eine gute Nacht wünschen.

»Wenn ich den Prinzen zum Herzlosen mache, wird er töten müssen. Er wird die Glut kennenlernen. In sein Gedächtnis wird sich eine Zahl einbrennen, genau wie bei uns.«

Reginall sagt nichts. Ich spreche weiter und meine Worte sind klar und deutlich. »Was findet Ihr schlimmer, Reginall? Selbst zu töten oder andere dazu zu zwingen? Ist es nicht unrecht, ein Herz zu rauben, wenn man genau weiß, dass man den anderen dazu verdammt, diese grauenvolle Schuld auf sich zu nehmen und mit der furchtbaren Glut zu leben?«

Er rührt sich nicht und schweigt.

»Was ist schlimmer, Reginall, ein Monster zu sein oder andere zu Monstern zu machen?«

Wir beide kennen die Antwort. Aber nur eine bleibt in ihrem Zimmer, schließt die Tür und fängt an zu lachen, als hätte sie den Verstand verloren.

Nur eine merkt, wie einsam sie ist, verlässt das Zimmer und steht vor Y'shennrias Tür.

Nur eine hebt die Hand, um anzuklopfen, und betet insgeheim für etwas Trost, für eine Umarmung von irgendwem.

Nur eine steht reglos vor der Tür und erkennt, wie sinnlos ein solches Gebet für ein Monster ist.

Ich liege in meinem Himmelbett, zähle die rautenförmigen Löcher in den Deckenplatten und frage mich wie schon so oft, warum eine Platte in der Ecke merkwürdig hervorsteht – vielleicht ist das nur Dekoration? Oder kann man etwas daran aufhängen? –, als mir klar wird, dass etwas mit mir nicht stimmt. Etwas hat sich verändert; es ist, als spürte ich einen Juckreiz an einer Stelle, die ich nicht erreichen kann. Vor meinen Augen laufen immer wieder die Ereignisse des Abends ab. Immer wieder sehe ich Prinz Luciens Gesicht, die Beuge seines Halses, den Schatten, den sein Schlüsselbein wirft, den Ausdruck in seinen Augen, als wir getanzt haben, sein Lächeln, sein unglaublicher Mut, als er sich Gavik mit erhobenem Schwert entgegengestellt hat …

Ich springe aus dem Bett und gehe zum Ankleidetisch, auf dem das Glas für Luciens Herz steht. Die eingravierte Schlange scheint mich höhnisch anzugrinsen. Sobald sein Herz darin ist, werde ich vollkommen frei sein, meine Brust nicht länger leer, sondern mit einem Herzen, das genauso schlägt wie bei jedem anderen Menschen. Ich werde meine Sachen packen und über die Grenze von Cavanos nach Pendron, nach Avel gehen – natürlich begleitet von Crav und Peligli –, bis in die entferntesten Ecken des Nebelkontinents, wo ich endlich Frieden finden werde. *Frieden.* Dieser Tanz, sein Lachen, die Wärme seiner Haut, da hatte ich meinen *Frieden.*

Ich schüttle den Kopf und versuche mich zu konzentrieren. Ich stelle mir vor, wie ich mit meinem Schwert sein Herz herausschneide, aber jedes Mal, wenn ich ihm die Waffe in die Brust stoße, bricht meine Vision ab und ich spüre wieder, wie er seine Arme sanft um mich legt, so zögerlich, als fürchtete er …

Er soll sich fürchten!, faucht die Glut. **Weil ich ihn mir hole.**

Ich habe es in deinen Augen gesehen, du hattest keine Angst. Vor mir. Vor irgendwem. Und genau in diesem Moment wurde mir klar, dass du ein Dorn in meinem Fleisch sein würdest.

Er gehört mir, ich werde ihn vernichten, zerfetzen, mein Schwert in ihn …

Aber jetzt bin ich nicht mehr so sicher. Bist du ein Dorn? Oder bist du die Rose?

Der Sonnenaufgang durchbricht meine Gedanken, die mir in einer Dauerschleife durch den Kopf jagen, und ich gehe nach unten, um zu essen. Die rohe Leber schmeckt wie ein Mund voll Asche, noch schlimmer als sonst. Rohes Fleisch hält mich am Leben, aber nachdem ich so viel unglaublich wohlschmeckendes Menschenessen gekostet habe, sehne ich mich nach Kräutern, Gewürzen und gebratenem Speck. Anfangs habe ich dieses Essen gefürchtet, die Schmerzen, die damit verbunden sind, aber jetzt will ich nichts anderes mehr, den Schmerzen zum Trotz.

Ich habe meine ungeliebte Mahlzeit erst zur Hälfte verspeist, als Y'shennria auftaucht, die Lippen geschürzt, das Haar perfekt frisiert.

»Gut geschlafen?«, fragt sie.

»Kann man so sagen.«

»Was ist das für ein Verband an deinem Handgelenk?«, will sie wissen und runzelt besorgt die Stirn. »Lady Himintell hat mir eine Nachricht über die Razzia zukommen lassen, aber nicht erwähnt, dass du verletzt wurdest.«

»Ah, also wusstet Ihr bereits, dass ich nicht geschlafen habe.«

»Nachzufragen ist reine Höflichkeit.«

»Sind wir über diese Höflichkeitsnummer nicht längt hinaus? Können wir nicht ein bisschen lockerer miteinander umgehen?«

»Wenn wir ›lockerer‹ werden, riskieren wir, Fehler zu machen. Und Fehler bedeuten deinen Tod. Und dann sterben unsere Hoffnungen mit dir.«

In der darauffolgenden Stille rühre ich in der heißen Schokolade, die ich mir gemacht habe, um den Lebergeschmack loszuwerden. Y'shennria beginnt, eine Sternfrucht aufzuschneiden. *Unsere Hoffnungen*, hat sie gesagt. Nicht *die Hoffnungen der Hexen.* Sie betrachtet sich als eine von ihnen, und das nach allem, was sie ihr und ihrer Familie angetan haben.

»Ich werde nur noch einmal fragen«, sagt sie streng. »Wie bist du verletzt worden?«

Ich grinse. »Das ist nichts. Nur ein Kratzer und außerdem heilen Wunden bei mir sehr schnell, Tantchen. Oder habt Ihr das vergessen?« Sie starrt mich an, ohne zu blinzeln, und ich seufze. »Der Erzherzog hat seine Männer angewiesen, auf mich zu schießen.«

Die Knöchel der Hand, mit der sie die Gabel hält, werden weiß, und ich schwöre, dass sie halblaut etwas murmelt, das verdächtig nach »Bastard« klingt. Ist sie meinetwegen so wütend? Wegen einer Herzlosen? Wie ungewöhnlich für sie. Doch sie gewinnt ihre Fassung schnell zurück.

»Du wirst für den Rest deiner Zeit in Vetris die Verwundete spielen. Ich werde mehrere der Ärzte, die keine enge Beziehung zum Palast haben, zu uns einladen, damit es so aussieht, als würdest du intensiv behandelt. Falls jemand fragt: Du bist hingefallen und hast dir das Handgelenk verstaucht.« Sie runzelt die Stirn. »Sieh mich nicht so an. Wir brauchen eine Ausrede. Wenn wir allen sagen, dass Gavik auf dich schießen ließ, haben wir beide eine Zielscheibe auf dem Rücken.«

Wir gehen ins Esszimmer. Maeve kommt humpelnd herein, deckt den Tisch und serviert das Frühstück.

»Ihr seid nicht wütend auf mich?«, will ich wissen.

»Natürlich bin ich das«, antwortet sie. »Sich in eine von Gaviks Razzien einzumischen, angeschossen zu werden – du hast Glück gehabt, dass sie nicht an Ort und Stelle gemerkt haben, was du bist.«

Ihr habt keine Angst vor dem Tod. Gaviks Worte gehen mir immer noch im Kopf herum. Ich schüttle sie ab, stehe auf und gehe zu Y'shennrias Platz am Kopfende des Tisches hinüber. Ich setze mich neben sie und beuge mich nur so dicht zu ihr, wie sie es ertragen kann.

»Fione glaubt, dass Gavik die Prinzessin getötet hat.«

»Ich weiß.« Y'shennria nickt. »Sie hat es mir vor einem Jahr gesagt.«

»Was meint *Ihr*?«

Y'shennria seufzt. »Er war damals eindeutig fähig dazu und er hat sie wirklich gehasst. Ich denke, wenn Fione recht hat und es schafft, dem König Beweise vorzulegen, würde sich Vetris zum Guten verändern. Aber ich fürchte, sie spielt das gefährlichste Spiel von allen in dieser Stadt.«

»Noch gefährlicher als meins?«

Ihre Mundwinkel zucken. »An einem Spiel nimmt man freiwillig teil. Wofür du dich rüstest, ist eine Schlacht.«

»Das ist meine erste Schlacht, in der man Seidenkleider tragen und andauernd lächeln muss.«

»Bete, dass es dir niemals mehr abverlangen wird als das«, bemerkt sie leise. Das weiße Narbengewebe an ihrem Hals ist deutlich zu sehen, denn sie trägt ein ungewöhnlich tief ausgeschnittenes Kleid. Heute scheint es ihr egal zu sein, ob jemand es sieht. Ich würde ihr gern erzählen, dass ich mich mit Fione und dem Prinzen verbündet habe, um Gavik zu Fall zu bringen. Fione hat mir versprochen, dass ich Zeit mit Lucien verbringen werde, nur er und ich. Das wäre die perfekte Gelegenheit. Aber dann muss ich wieder an Y'shennrias Anweisung denken, erst beim Jagdausflug zuzuschlagen, auf keinen Fall vorher.

Nach dem Frühstück erscheint Reginall und berichtet, dass im Studierzimmer ein Gast auf uns wartet. Wir sehen uns verblüfft an und gehen nach oben. Ich werfe einen Blick auf den Feuerkalender an der Wand. Sieben Tage? Ist das wirklich alles, was mir noch bleibt? Mir gleitet die Zeit durch die Finger, sie verrinnt einfach, während ich mich von unbedeutenden Dingen wie einem Straßenfesttanz oder Menschenessen ablenken lasse. Ich darf keins von diesen Mädchen werden, zu denen Y'shennria kein Vertrauen hat – menschliche Mädchen. Immerhin schätzt sie mich, gerade weil ich ein Monster bin. Und dennoch habe ich mich verändert, seit ich in diese Stadt gekommen bin. Ich habe zwar immer einen lockeren Spruch auf den Lippen, aber ich bin nicht dumm. Ich merke, dass ich schwächer geworden bin. Meine Entschlossenheit verrieselt wie Sand, je mehr Zeit ich mit dem Prinzen, mit Y'shennria und mit so menschlichen Dingen wie Essen und Tanzen verbringe. Nach den Jahren im Wald haben mich diese Annehmlichkeiten weich werden lassen.

Das darf nicht so weitergehen. Aber ich kann mich auch nicht dagegen wehren. Ich muss handeln, je schneller, desto besser. Also behalte ich das Geheimnis unseres Abkommens für mich und bete zu den Göttern, dass ich es nicht irgendwann bereue.

Ich richte mich hoch auf und betrete das Studierzimmer, wo Malachite mit lang ausgestreckten Beinen auf einer Couch sitzt. Seine übergroßen Ohren berühren beinahe die gepolsterte Rückenlehne und das silberne Haar ist zerzaust. Die Pupillen seiner blutroten Augen verengen sich, als er mich sieht. Er grinst schief und erhebt sich.

»Da seid Ihr ja. Ich dachte schon, Ihr hättet etwas gegen mich.«

»Wie könnte ich etwas gegen Euch haben? Vor allem weil Ihr immer ausseht, als hättet Ihr gerade einen besonders fetten Kanarienvogel verputzt.«

»Ihr nennt mich selbstgefällig, Zera?«

»Ihr werdet sie mit Milady ansprechen«, verlangt Y'shennria und greift nach einem Tuch, um ihren Hals zu verbergen. Malachite lacht, verstummt aber sofort, als er ihr Gesicht sieht.

»Natürlich. Tut mir leid, Ma'am.«

»*Milady*«, verbessert sie ihn eisig.

Er zuckt zusammen und ich muss mir das Lachen verkneifen, denn er sieht aus wie ein kleines Kind, das gescholten wird.

»Oh, also – das ist für Euch.« Er reicht mir ein gefaltetes Stück Papier und ich nehme es entgegen.

Unsere gemeinsame Bekannte von letzter Nacht hat mich auf eine Gartenparty auf dem westlichen Rasen eingeladen und ich würde ungern allein hingehen. Würdest du mich auch diesmal erpressen, bitte?

Bei einer Gartenparty, erklärt mir Y'shennria, treffen sich die Adligen an heißen Sommertagen im Schatten, um zu trinken und Spiel und Sport zu treiben. Sie ist zufrieden mit meinem hellgrünen, hauchdünnen Sommerkleid, das mit kleinen Zuchtperlen in einem hypnotisierenden Spiralmuster besetzt ist. Malachite bietet an, mit mir in der Kutsche zu fahren. Y'shennria behauptet, so etwas gehöre sich nicht, doch Malachite versichert ihr, es gehe ihm nur um meine Sicherheit. Die beiden starren einander an und einen Moment lang blicken seine roten Augen genauso stur wie ihre braunen. Schließlich lenkt sie ein.

»Achtet gut auf sie, Sir Malachite. Sie bedeutet mir sehr viel.« Das zu hören, lässt mein Unherz höher schlagen. Y'shennria beugt sich durchs Kutschenfenster zu mir, als wolle sie Malachites Blick ausweichen. »Sei vorsichtig. Vergiss nicht, so zu tun, als wärst du verletzt. Der Erzherzog wird es merken, wenn du nicht gelegentlich zusammenzuckst.«

»Keine Sorge. Ich war schließlich bei der Besten in der Lehre, stimmt's?« Ich lächle und Y'shennria schnaubt, doch diesmal ist es kein missbilligendes Schnauben.

»Das warst du wohl.«

Malachite steigt zu mir in die Kutsche und Fisher lässt die

Pferde antraben. Malachite hat so lange Beine, dass ich mich in die gegenüberliegende Ecke quetschen muss, um ihn nicht zu berühren.

»Sind alle Beneather so groß?« Ich wollte es eigentlich nicht laut sagen, doch er hört es und lacht.

»Um ehrlich zu sein, die meisten von uns sind eher klein«, sagt er. »Aber gelegentlich wird einer geboren, der aus der Art schlägt. Unter der Erde macht es keine Freude, so groß zu sein wie ich. Meine Stirn hat schon Bekanntschaft mit jedem Stein in Pala Amna gemacht.«

»Pala Amna?«

»Die Endgültige Stadt«, erklärt Malachite. »Unsere Zuflucht. Oder, genauer gesagt, die letzte Zuflucht derer, die das Beneather-Reich verlassen mussten. Die Valkerax haben uns schon vor einigen Hundert Jahren von dort vertrieben.«

»Die müssen Eure Leute zum Fressen gern haben.« Ich verstumme. »Äh, in meinem Kopf hat sich das nicht so fies angehört.«

»Davon bin ich überzeugt.« Er lacht. »Aber nein. Es braucht mehr als nur ein bisschen Beneather-Fleisch, um ein paar Tausend kreischende Valkerax aus dem Tiefen Dunkel hervorzulocken.« Er verstummt. »So nennen wir die unterirdische Welt, falls Ihr es nicht wusstet.«

»Ihr seid ein hervorragender Lehrer, was die Beneather-Kultur angeht. Ihr hättet gestern Abend das Gesicht von Erzherzog Gavik sehen sollen, als ich ihn gefragt habe, ob er *vachiayis* hat.«

Malachite lacht so laut, dass draußen ein Schwarm Honigsauger auffliegt. Durchs Fenster betrachtet er das Adelsviertel und in seinen roten Augen spiegeln sich das Metall an der Uniform eines Gesetzeshüters und das weiße Gestein der prunkvollen Gebäude. Ich kann mir nicht vorstellen, dass es unter der Erde ein ganzes Reich gibt – viele Dutzend Kilometer tief unter meinen Füßen. Die Vorstellung von Höhlen voller kreischender Valkerax mit ihren grässlichen Zähnen macht mir Angst. Das Einzige, was ich über Beneather weiß, ist das, was alle zu wissen glauben – sie sind furchtlose Krieger, die die Valkerax daran hindern, in die Welt über der Erde zu gelangen. Das Breitschwert auf Malachites Rücken glänzt bedrohlich. Ich bin überzeugt, dass es trotz seiner lockeren Einstellung und dem mangelnden Respekt vor Autoritäten eine echte Herausforderung sein muss, gegen ihn zu kämpfen. Es wundert mich nicht, dass König Sref ihn als Luciens Bodyguard angeheuert hat.

»Ich hätte dort sein müssen«, sagt Malachite. »Bei Euch und Luc, bei dieser Razzia.«

»Niemand hat etwas gegen einen freien Tag einzuwenden, oder ein paar davon.« Ich schon gar nicht. Das stand nie in Frage – ich kann Lucien das Herz nur nehmen, wenn Malachite nicht da ist.

»Von wegen freier Tag. Da war ein Kerl in Luciens Schlafzimmer und ich war damit beschäftigt, ihn zu verhören. Mit meinem Schwert an seiner Kehle.«

»Und hat er schön gesungen?«, will ich wissen.

»Ach, Ihr wisst schon: ›Die d'Malvanes sind jetzt schon viel zu lange an der Macht, König Sref hat mir meinen Sohn genommen, deswegen nehme ich ihm jetzt seinen, Prinz Lucien steht für alles, was ich an Adligen hasse.‹ Das Übliche.«

Mindestens einer von diesen Sätzen klingt wie etwas, das auch ich schon gedacht habe. »Ich kann mir nur schwer vorstellen, dass es ›das Übliche‹ ist, wenn jemand den Kronprinzen töten will.«

Malachite zuckt mit den Schultern. »König Sref ist nicht besonders beliebt. Attentatsversuche sind nicht ungewöhnlich, aber dieser jetzt …« Er nagt an seinem blassen Daumen. »Nein, vergesst es.«

»Ihr könnt es mir sagen. Ich habe zwar ein großes Mundwerk, aber ich versichere Euch, dass ich meine Worte auch ganz klein halten kann.«

Er kichert, verstummt aber wieder. »Es war irgendwie merkwürdig. Alles, was er sagte, klang einstudiert. Obwohl er Angst hatte, ist er nicht zusammengebrochen und nicht von seiner Geschichte abgewichen. Er hat dieselben Sätze immer und immer wieder wiederholt. Und seine Klinge …«

Malachite zieht einen Dolch aus seiner Rüstung. Den Geruch erkenne ich sofort – weißes Quecksilber. Im Griff befindet sich eine gebrochene Phiole, in der man noch Reste des Quecksilbers erkennen kann.

»Es war dieses komische Ding«, berichtet Malachite. »Das ist weißes Quecksilber, oder?«

Ich nicke. »Ich glaube schon.«

»Die königlichen Wissenschaftler haben mir gesagt, dass das Zeug die Magie unterdrückt, wenn es in eine Hexe oder einen Herzlosen gelangt. Es ist nicht billig und auch nicht leicht zu bekommen. Und die Wissenschaftler halten es unter Verschluss. Wieso hat dann ein gewöhnlicher Attentäter versucht, einen menschlichen Prinzen mit einer Quecksilberwaffe zu töten? Und wer hat sie ihm gegeben?«

Mir fällt der Celeon-Attentäter wieder ein, der mich umbringen wollte, kurz bevor ich Nightsinger verlassen habe. Die Hexen sagten, dass jemand in Vetris Attentäter ausschickt, um das weiße Quecksilber an Hexen und Herzlosen zu testen. Vielleicht die königlichen Wissenschaftler? Nein, ich weiß es besser. Ich weiß, wer dahintersteckt.

»Die d'Malvanes sind eine Hexenfamilie, stimmt's?«, frage ich leichthin, doch meine Worte sind von tiefer Bedeutung.

Malachite nickt. »Angeblich.«

»Mir fällt nur eine Person ein, die Hexen abgrundtief hasst und Zugang zu weißem Quecksilber hat«, entgegne ich. »Erzherzog Gavik.«

Er wird ganz still und steckt den Dolch wieder weg. »Finstere Tiefen – ich hoffe, er war es nicht.«

»Fürchtet Ihr, dass Ihr nicht mit ihm fertig werdet?«, frage ich.

Malachite lacht kurz auf. »Diesen mordlustigen alten Knaben hacke ich mit einer Hand in Stücke. Ich mache mir Sorgen um Lucien. Die beiden haben sich noch nie ausstehen können. Aber Gavik hat bis jetzt noch nicht versucht, ihn umzubringen, weder mit weißem Quecksilber noch sonst wie. Wenn sich das nun geändert hat, bedeutet es, dass sich Gavik seiner Macht sehr sicher ist. Und damit schwebt Lucien in größerer Gefahr, als ich dachte.«

»Dann freut es Euch vermutlich zu hören, dass Lucien, Lady Fione und ich eine Art … *Pakt* gegen ihn geschlossen haben. Ich würde ihn den Lasst-uns-Gaviks-schimmligen-Arsch-ins-Jenseits-treten-Pakt nennen. Ihr könnt Euch uns gern anschließen.«

Er lacht und schüttelt den Kopf. »Davon habe ich schon gehört. Vielleicht mache ich es. Aber seid vorsichtig. Der Rachedurst dieses Himintell-Mädchens ist so groß, dass es ihr egal ist, ob sie mit ihren Aktionen sich oder andere in Gefahr bringt.«

»Hat Lady Fione … hat ihr Prinzessin Varia viel bedeutet?«

»Das ist immer noch der Fall«, bestätigt Malachite. »Ich war noch nicht hier, als Varia starb, habe aber mitbekommen, was danach los war. Fione hat sie verehrt. Sie geliebt, würde ich sogar vermuten. Rache brennt umso heißer, wenn man jemanden verliert, den man liebt.«

Liebe. Das ergibt Sinn und erklärt, warum Fione solche Risiken eingeht. Ein Hauch Traurigkeit für diese unerfüllte Liebe findet den Weg in mein Herzmedaillon. Ich hoffe nur, dass Fione wenigstens die Chance hatte, Varia zu sagen, was sie für sie empfunden hat. Je mehr ich über ihr Leben erfahre, desto schwerer fällt es mir, meine Eifersucht aufrechtzuerhalten.

Die Kutsche hält vor dem Palast, Malachite und ich steigen aus und gehen hinüber zu der Party auf dem Rasen unter den Eichen. Die Sonne brennt vom Himmel, es ist heiß und schwül. In der fahrenden Kutsche war es auszuhalten, aber jetzt habe ich das Gefühl zu ersticken. Im Schatten ist es nur unwesentlich kühler.

Ich stelle fest, dass alle Adligen hier in meinem Alter sind. Die einzigen Erwachsenen sind Zofen, die ihren Schützlingen Luft zufächeln, und Palastdiener, die kaltes Bier anbieten. Auch die

Priseless-Zwillinge sind da, aber sie wagen es nicht, mir in die Augen zu sehen, solange Malachite neben mir steht. Leider sind auch Charm und Grace gekommen, aber sie ignorieren mich. Lucien sitzt unter einem Baum, umgeben von ein paar Celeon-Palastwachen. Malachite scheucht sie weg und nimmt seinen Platz an Luciens Seite ein. Der Prinz wirkt erleichtert, seinen Leibwächter bei sich zu haben, und ich weiß jetzt auch, wieso – Gavik hat auf die Palastwachen zwar keinen so großen Einfluss wie auf die Stadtwachen, aber sie auf seine Seite zu ziehen wäre kein Problem für ihn. Dazu müsste er nur König Sref manipulieren. Dass Gavik das kann, hat er bereits bewiesen, und es hat zur Ermordung der Kronprinzessin geführt.

Vielleicht weiß auch Gavik, dass er nur an Prinz Lucien herankommt, wenn Malachite aus dem Weg ist. Bei diesem Gedanken läuft mir trotz der Hitze ein kalter Schauer über den Rücken.

Fione kommt in einem schulterfreien beigefarbenen Kleid auf mich zu. Ihr Elfenbeinstock sinkt bei jedem Schritt im Rasen ein und ihre zu einem Pferdeschwanz zusammengebundenen Locken wippen bei der kleinsten Kopfbewegung.

»Lady Zera!«, ruft sie freudig. »Wie schön, Euch zu sehen. Machen wir einen Spaziergang?«

Ich nehme ihren Arm und wir entfernen uns ein Stück von der Party. Die Gäste sind ohnehin in ein Spiel vertieft – irgendetwas, das mit silbernen Wurfstäben und dreieckigen Würfeln gespielt wird. Erst als Fione sicher ist, dass wir außer Hörweite sind, fängt sie an zu sprechen.

»Ich habe Seine Missgelaunte Hoheit über meinen Plan informiert, aber dich noch nicht eingeweiht. Das tue ich hiermit.« Sie zieht mich hinter einen Hortensienbusch und die dunkelrote Blütenpracht schirmt uns vor den Blicken der Partygäste ab.

»Mein erklärtes Ziel ist es, König Sref wasserdichte Beweise vorzulegen, dass mein Onkel Prinzessin Varia töten ließ«, murmelt Fione. »Der König ist der Einzige, der meinen Onkel im Zaum halten kann. Und Varia ist seine große Schwäche. Wenn er erfährt, dass mein Onkel für ihren Tod verantwortlich ist, wird er garantiert schnell für seinen Sturz sorgen. Aber mein Onkel ist sehr gut darin, seine Spuren zu verwischen.«

»Besser als du?« Ich bin fasziniert von dem Weg, den sie einschlägt – um Bäume herum, zwischen Büschen hindurch und hinter Springbrunnen entlang, und dabei hört sie nicht auf zu lächeln. Auf einen Außenstehenden muss es wirken, als machten wir einen ganz und gar unschuldigen Spaziergang.

»Was glaubst du, wo ich das gelernt habe.« Sie lacht. »Aber das ist nicht wichtig. Meinem Onkel hat es vermutlich Freude bereitet«, sie muss gegen ihre Wut ankämpfen, »Varia zu töten. Aber es gibt etwas, das er noch mehr liebt, als seine Feinde zu vernichten.«

»Unschuldige ermorden?«, frage ich leichthin. Sie schüttelt den Kopf.

»Auf dem neuesten Stand der Technik zu sein. Du hast das Schwert des Prinzen gesehen, oder?«

»Soll das ein versauter Witz sein? Dabei hat Y'shennria gesagt, du wärst eine perfekte Lady.« Fione tut so, als würde sie sich übergeben, und ich muss lachen. »Der Prinz hat Varias Schwert, richtig?«

Sie bückt sich und pflückt eine Seerosenblüte aus einem der künstlich angelegten Teiche. »Jetzt schon. Aber ich glaube, dass es mein Onkel hatte, bevor uns die Nachricht von ihrem Tod erreicht hat.«

»Das verstehe ich nicht.«

Fione schnuppert an der Blüte und ich sehe nur noch ihre Augen. »Dieses Schwert ist etwas ganz Besonderes – ein Meisterwerk der Schmiedekunst. Es gab nur einen Wissenschaftler auf der Welt, der das weiße Quecksilber nahtlos ins Metall einarbeiten konnte. König Drevenis hat ihm auf dem Sterbebett den Auftrag dazu erteilt. Daraufhin hat er während des Krieges vier von diesen Schwertern hergestellt und ist danach verschwunden.«

Das Schwert des Prinzen enthält weißes Quecksilber? Ich nehme mir vor, dem Ding aus dem Weg zu gehen. Fione reicht mir die Seerosenblüte.

»Manche Leute sagen, dass der Wissenschaftler nicht mit seinen Schuldgefühlen leben konnte, nachdem er so mächtige Hexentöter geschaffen hat. Er hat keine Zeichnungen hinterlassen, keinen Lehrling ausgebildet. Die Schwerter wurden in Schlachten zerstört oder gingen in dem Durcheinander verloren, das nach dem Sonnenlosen Krieg herrschte. Seit damals ist es niemandem gelungen, etwas Ähnliches zu erschaffen. Das treibt meinen Onkel bis heute zur Weißglut.«

»Ich wette, er würde seine Gesetzeshüter nur zu gern mit tausend Hexen tötenden Schwertern ausrüsten«, überlege ich laut.

Fione nickt. »Allerdings. Alles hat sich verändert, als König

Sref Varia das letzte erhalten gebliebene Schwert geschenkt hat. Mein Onkel war hingerissen davon und wollte Varia überreden, es ihm zu geben, damit er es studieren könnte. Sie kannte ihn jedoch zu gut und hat sich geweigert. Er hat sie aus verschiedenen Gründen getötet, aber das Schwert ist der einzige greifbare, der einzige handfeste Beweis.«

Ich runzle die Stirn, aber sie lächelt noch strahlender. Ein unechtes Lächeln.

»Ich bin sicher, dass die Gefolgsleute meines Onkels in der Nacht, in der sie getötet wurde, zuerst ihm Bericht erstattet und ihm das Schwert gebracht haben. Ihm blieb ein ganzer Tag, um es zu studieren, bis er es dann dem Gesetzeshüter mitgab, der die Aufgabe hatte, die königliche Familie zu informieren. Mein Onkel muss irgendwo Aufzeichnungen über das Schwert verstecken. Wenn ich sie finde, kann ich beweisen, dass er das Schwert hatte und vor uns anderen wusste, dass Varia getötet wurde. Dass er dieses Attentat in Auftrag gegeben hat.«

Ich schweige. Was sie sagt, klingt vernünftig, aber es ist so kompliziert und gefährlich, dass es mich nervös macht.

»Er versucht nun schon seit fünf Jahren, ein Schwert wie das von Varia zu erschaffen, aber bisher waren all seine Versuche eher stümperhaft«, berichtet Fione. »Doch er wird mit jedem Jahr besser. Er *muss* irgendwo Notizen haben.«

Ich denke wieder an den Dolch mit der Phiole, mit dem ich niedergestochen wurde, und an den, den Malachite dem Attentäter abgenommen hat. Stümperhaft vielleicht, aber dennoch effektiv. Ich sehe Fione fragend an.

»Und wie wollen wir vorgehen? Ich nehme an, ihm einen Besuch abzustatten und höflich um seine Aufzeichnungen zu bitten kommt wohl nicht infrage.«

Sie lacht. »Bestimmt nicht. Ich weiß, wie mein Onkel denkt und wo er etwas aufbewahren würde, das ihm so wichtig ist. Ich habe es auf zwei potenzielle Verstecke eingegrenzt. Und wenn alles klappt, werde ich noch heute herausfinden, welches der beiden es ist.«

»Erfahre ich irgendwelche Einzelheiten oder schickst du mich einfach los und sagst mir, ich soll mein Ding durchziehen?«

Sie klatscht vor Freude in die Hände. »Oh, Zera, das liebe ich an dir! Du kommst ohne Umschweife zur Sache. Ich möchte, dass du meinen Onkel aus seinem Studierzimmer lockst. Das Fenster des Raums ist auf dieser Seite des Palastes. Er kann uns jetzt also sehen und wird auf jeden Fall mitbekommen, wenn auf der Party etwas vorgeht.«

»Du kennst ihn am besten. Was soll ich tun?«

»Mmmmh, also … er liebt es, Menschen leiden zu sehen, Milchbrötchen aus Pendron und Kampfkunst.«

»Kampfkunst«, wiederhole ich. »Streiterei? Oder so etwas wie ein Duell?«

Ihr Lächeln wird noch breiter. »Genau, so etwas wie ein Duell.« Sie seufzt. »Nur leider hat er jeden hier schon sich duellieren sehen, einschließlich des Prinzen. Das ist nichts Neues, es sei denn, wir erhöhen den Einsatz oder wir sorgen dafür, dass sich seine geliebten Priseless-Zwillinge verletzen …«

»So schön sich Letzteres anhört, er hat *mich* noch nicht in einem Duell gesehen.«

Fiones Augen funkeln. »Du duellierst dich?«

»Gut genug, um Abwehr und Angriff unterscheiden zu können.«

»Ein Mädchen, das sich duelliert, und noch dazu eine Frühlingsbraut ...«, flüstert Fione vor sich hin. Dann schaut sie zu mir auf. »Das könnte klappen.«

»Wie viel Zeit brauchst du?«

»Zehn Minuten. Drei, um reinzukommen, fünf, um die Schlösser zu knacken, und zwei, um wieder zu verschwinden.«

»Und er wird dich nicht erwischen?«

»Wenn doch, war es nett, dich kennengelernt zu haben, Zera.«

»Du bist wirklich bereit, dafür dein Leben zu riskieren?«, frage ich. »Nur, um dich zu rächen?«

Fione hört nicht auf zu lächeln.

»Rache? Nein. Gerechtigkeit? Ja.« Sie wendet sich ab. »Ich überlasse es dir. Wenn sich eine Gelegenheit ergibt, bin ich weg. Vielen Dank im Voraus.«

Sie verlässt mich am Rand der Rasenfläche, auf der die Adligen immer noch in ihr Würfelspiel vertieft sind. Ich muss erst einmal verarbeiten, was Fione mir aufgetragen hat, und gehe auf Lucien zu, der im Schatten der Bäume sitzt und den anderen bei ihrem Spiel zusieht. Malachite winkt mir zu und Luciens missmutiges Gesicht wird ein bisschen freundlicher.

»Hat ja lange genug gedauert«, bekomme ich zur Begrüßung zu hören, und es klingt ziemlich königlich-hochnäsig. Malachite knufft ihn grob.

»Sag ihr einfach, dass du froh bist, sie zu sehen, du alter Miesepeter.«

Ich muss lachen. »Malachite, Ihr habt nicht nur keine Manieren, sondern auch keinen Bezug zur Realität. Der Tag, an dem der Prinz froh ist, mich zu sehen, ist der Tag, an dem Vetris Hexen in seinen Mauern willkommen heißt.«

Malachite und ich kichern, aber Luciens Gesicht bleibt versteinert und seine schwarzen Augen sind unverwandt auf mich gerichtet. Wir hören auf zu lachen und ich räuspere mich, um die peinliche Stille zu durchbrechen.

»Ich frage mich, Euer Hoheit …«

»Lucien«, verbessert er mich sofort.

»Lucien.« Ich unternehme einen neuen Versuch, obwohl ich das Gefühl habe, dass ein Schmetterling in meiner leeren Brust herumflattert. »Hast du Freude am Duellieren?«

»Ja, durchaus, vor allem, wenn ein neuer Gegner auftaucht.«

Ich lächle ihn an und entschuldige mich. Meine Hände zittern leicht, so nervös bin ich. Wieso war er so ernst? Bestimmt hat er die Nase voll von seiner vorlauten Erpresserin. Ich hatte mit einer bissigen Retourkutsche gerechnet. Aber er hat gar nichts gesagt.

Der Beinahekuss von gestern Abend geistert noch in meinem Kopf herum, doch ich setze ein Lächeln auf und gehe hinüber zu den spielenden Gästen. Es dauert nicht lange, bis ich ihnen ein Duell schmackhaft gemacht habe – eine Chance für die Jungs, die Ladys zu beeindrucken, und die Ladys können sich daran erfreuen, wie die Jungs um ihre Zuneigung wetteifern. Die Jungen ziehen ihre Jacken aus, weil sie wissen, dass sie ins Schwitzen geraten werden, und die Mädchen beginnen zu tuscheln, weil damit eine Hülle gefallen ist. Dienstboten bringen Schwerter und legen bunte Säckchen mit Reis auf den Boden, um den Duellbereich zu markieren. Die Mädchen schließen Wetten ab – haushoher Favorit ist Lord Grat, ein breitschultriger Adliger zweiten Rangs, gebaut wie ein Ochse, mit einem Nacken, kräftiger als mein nicht gerade schlanker Oberschenkel. Beim Aufwärmen stürzt er sich auf einen imaginären Gegner und schwingt sein Langschwert erstaunlich schnell für jemanden von seiner Größe. Grat sieht, dass ich ihn anstarre, winkt mir zu, legt die Hände an den Mund und ruft: »Ich gewinne dieses Duell für Euch, Lady Zera!«

Die Mädchen kichern und ich bemühe mich nach Kräften, verlegen zu erröten. Neben mir pfeift jemand. Ich drehe mich um und sehe, dass Malachite aufgetaucht ist und wie ich Lord Grat betrachtet.

»Nicht schlecht. Wenn er noch ein paar Jahre weiterwächst, könnte er stark genug sein, um es mit einem frisch geschlüpften Valkerax aufzunehmen.«

Ich mustere Malachite von oben bis unten. Er ist deutlich schlanker als Lucien, aber sie haben dieselbe Schulterbreite. »Wie stark seid *Ihr*?«

Malachite lacht. »Wieso? Sehe ich nicht aus wie ein Kampfstier?«

»Eher wie ein Hühnchen.«

Er schnalzt mit der Zunge. »Ihr seid wirklich unverbesserlich. Da passe ich auf Euch auf und zum Dank bezeichnet Ihr mich als Federvieh.« Ich grinse, doch Malachite ist noch nicht fertig. »Wir Beneather sind stärker, als wir aussehen. Natürlich nicht so stark wie Celeons, aber doch ziemlich stark. Außerdem verfügen wir über gewisse … *Widerstandskräfte.*«

»Gegenüber Feuer?«, frage ich. »Als wir uns einander vorgestellt haben, sagtet Ihr, dass Ihr durch das falsche Hexenfeuer gegangen seid.«

»Sehr gut, *Milady.*« Er klatscht spöttisch in die Hände. »Ihr habt aufgepasst.«

Ich zeige ihm den Mittelfinger, aber er lacht nur. Lucien ist zu uns getreten und seine rote Jacke fällt zwischen all den hemdsärmeligen Jungen richtig auf.

»Ein Duell?« Er hebt eine schwarze Braue. »Ich hoffe, du erwartest nicht, dass ich daran teilnehme, Zera. Ich habe schon öfter gegen diese Idioten gekämpft – keiner von ihnen ist besonders gut.«

Ich werfe einen Blick auf das Fenster, das Fione mir gezeigt hat. Lucien hat recht – der Prinz im Kampf gegen einen Haufen Adliger ist nicht aufregend genug, um den Erzherzog aus seinem Studierzimmer zu locken. Aber wenn Prinz Lucien gegen ein Mädchen kämpft und noch dazu seine Frühlingsbraut …

»Ich mache mit«, verkünde ich. Lucien und Malachite starren mich fassungslos an.

»Was?«, zischt Lucien. »Ist das dein Ernst?«

Ich klopfe auf Vaters Schwert, das an meiner Seite hängt. »Mein voller Ernst. Außerdem kann ich ein bisschen Training brauchen.«

»Was ist mit deinem Handgelenk?«, fährt er mich an. »Wenn die Wunde wieder aufbricht …«

»Y'shennrias Ärztin sagt, dass es gut aussieht«, lüge ich. »Sie hat nur abgeraten, das Gelenk ins Wasser zu tauchen, aber Bewegung kann ihm nicht schaden.«

»Bist du sicher?« Luciens Stimme wird immer eisiger.

Ich seufze.

»Ja, und nichts, was du sagst, kann etwas daran ändern.«

»Finstere Tiefen.« Malachite kichert. »Mir scheint, ihr seid euch schon näher gekommen, als ich dachte. Und ich habe immer geglaubt, ich müsste auf dich aufpassen …« Malachite verstummt erschrocken, denn Luciens leuchtend rote Jacke fliegt in seine Arme. Der Prinz steht jetzt in einem lockeren weißen Hemd da und schwingt das Schwert seiner Schwester hin und her, um sich aufzuwärmen. Weißes Quecksilber, eingearbeitet in die Klinge, hat Fione gesagt. Ich muss alles tun, was in meiner Macht steht, um nicht von dieser Klinge verletzt zu werden. Lucien mustert mich unbeeindruckt von oben bis unten.

»Du willst doch sicher nicht in so einem Kleid kämpfen«, sagt er.

»Ich werde in so einem Kleid *gewinnen*«, korrigiere ich ihn.

Malachite kichert, bis Lucien ihm einen erbosten Blick zuwirft. Ich sehe mir die Arena an – die Dienstboten haben das traditionelle Cavanos-Karree aufgebaut. Ich bevorzuge die runde Arena, wie sie im Endlosen Sumpf üblich ist, aber ich kann nicht wählerisch sein.

»Soll ich dir erklären, wie das Ganze abläuft, Zera?«, fragt Prinz Lucien. »Oder hat man dir das Kämpfen mit Schweineknüppeln auf eurer Farm beigebracht?«

Da sind sie – die boshaften kleinen Spitzen, die ich von ihm gewöhnt bin, auch wenn sie heute noch ein wenig eisiger sind als sonst. Ich kenne ihn mittlerweile gut genug, er wollte nur wissen, ob ich die Regeln beherrsche, um sie mir notfalls zu erklären. Wie unglaublich hilfsbereit er doch ist.

»Spar dir deinen Atem für die Duelle, Hoheit.« Ich grinse ihn an. »Du wirst ihn brauchen.«

Alles, was ich über die Duelle auf dem Nebelkontinent weiß, hat Crav mir beigebracht, und ich bin ihm sehr dankbar dafür. In Cavanos sind die Regeln ganz einfach: Wenn man seinen Gegner dazu bringt, aus dem Viereck zu treten, hat man gewonnen. Anders als in anderen Ländern gibt es in Cavanos eine strikte Blutregel – Verletzungen sind tabu. Wer seinem Gegner eine zufügt, gilt als unfähig, seine Waffe zu kontrollieren, und verliert. Diese Regel ist der einzige Grund, aus dem ich mich auf das Duell einlasse, obwohl Luciens Schwert weißes Quecksilber enthält. Wenn er mich damit verletzt, hat er verloren, auch wenn es wehtun und Nightsinger eine Ewigkeit brauchen wird, um mich zu heilen.

Die Mädchen pflücken Mohnblumen, jeder Teilnehmer muss eine ziehen und die Menge an Saatkörnern entscheidet. Der erste Kampf wird von Lord Grat und Lucien ausgefochten. Grat sieht panisch aus. Wenn er verliert, werden ihn die anderen für schwach halten. Wenn er gewinnt, wird ihn der Prinz vielleicht hassen. Eine echte Zwickmühle.

Crav sagt, dass man alles über eine Person herausfindet, wenn man sie kämpfen sieht, aber das habe ich bisher nicht recht geglaubt. Jetzt erkenne ich genau, warum man den Prinzen Schwarzer Adler nennt – er kämpft wie ein Raubvogel, und das verschlägt mir den Atem. Seine Hiebe sind scharf und schnell, und obwohl er seinen nächsten Angriff hinauszögert wie ein zum Sprung bereites Raubtier, zeigt er beim Zuschlagen keine Gnade. Es ist grauenvoll und atemberaubend zugleich. Das gefällt mir am Schwertkampf am besten – zuzusehen, wie unterschiedlich jede Person kämpft, einen Blick in ihre Seele zu werfen, die sie bei jedem Vorstoßen und Parieren offenbart. Grat bewegt sich kraftvoll, wie ein Bär in einer Ritterrüstung, aber der Prinz wartet geduldig darauf, dass er einen Fehler macht. Und den macht er – sein Vorstoß kommt verzögert und Lucien nutzt seine Chance und schlägt ihm das Schwert aus der Hand. Grat muss sich bücken, um es wieder aufzuheben, und sieht den Prinzen misstrauisch an. Wird er ihn aus dem Ring stoßen, während er nach dem Schwert greift? Aber Lucien hält ihm nur die Hand hin, um anzudeuten, dass er unbesorgt sein soll. Ich bin stolz auf ihn. Es ist nur eine kleine Geste, aber ein unehrenhafter Kämpfer hätte diese Situation gnadenlos ausgenutzt. Doch der Prinz ist ein wahrer Ehrenmann.

Grat, der immer verzweifelter wird, schlägt ungezügelt auf den Prinzen ein und die Klingen krachen aufeinander. Grat sagt etwas, und Luciens Blick zuckt kurz zu mir herüber. Dann schlägt er Grats Klinge mit einem wilden Ausbruch zur Seite, der nichts mehr mit seinen vorherigen gezielten Angriffen zu tun hat. Die Mädchen feuern den Prinzen an, die Jungen sind für Grat – anscheinend ist Lucien bei ihnen nicht besonders beliebt. Ich frage mich, was Grat wohl gesagt hat, um einen überlegten Duellanten wie Lucien zu einer solch unkontrollierten Aktion zu verleiten.

Die beiden kämpfen weiter in der Hitze dieses Sommertags. Ich riskiere immer wieder einen Blick auf Gaviks Fenster. Bis jetzt ist er dort nicht aufgetaucht, aber das war zu erwarten. Er hat den Prinzen bestimmt schon mit jedem Adligen seines Alters kämpfen sehen. Prinz Lucien und Lord Grat treten nach einem verfehlten Konter zurück, Lucien stößt einen frustrierten Seufzer aus und zieht sich in einer schnellen Bewegung das Hemd über den Kopf. Die Mädchen an der Seitenlinie beginnen zu kreischen, und sogar ich muss zugeben, dass sein schweißglänzender Rücken mit den nicht besonders starken, aber doch bemerkenswerten Muskelsträngen etwas fürs Auge ist.

Ich werde sofort knallrot. Ich habe noch nie einen Jungen mit freiem Oberkörper gesehen und es ist einfach peinlich, Götter, total *peinlich*, wie warm mein Gesicht plötzlich ist. Ich muss mich zusammenreißen. Y'shennria hat mich gelehrt, in jeder Lebenslage eine damenhafte Miene aufzusetzen. Die Glut wird lauter und schreit nach Tod, seinem Tod, aber ich konzentriere mich auf seine lange starke Wirbelsäule und die Schulterblätter, die an die Flügel eines Vogels erinnern. Ich sehe genauer hin – tatsächlich, auf seiner goldenen Haut hat er das Tattoo eines schwarzen Vogels, der seine Krallen auf seinem Bizeps ausstreckt und dessen Flügel bis an sein linkes Schulterblatt reichen. Ein Adler.

»Ich hab ihm gesagt, dass es kitschig ist«, seufzt Malachite, »aber er wollte nicht hören.«

»Er … Wann hat er das machen lassen?«

»Er hat ein Jahr Wildhüterdienst geleistet, wie es die Adligen vor dem Krieg getan haben. Das war die Idee des Königs – ich nehme an, dass er ihm damit über Varias Tod hinweghelfen wollte. Alle Wildhütergehilfen lassen sich das erste Tier tätowieren, das sie erlegt haben. Und seins war ein großer …«

»… schwarzer Adler«, hauche ich. »Deswegen nennen sie ihn so?«

Malachite nickt grinsend. »Was dachtet Ihr denn – weil er aussieht wie ein Vögelchen?«

Ich nicke verlegen und Malachite kichert. Das Duell ist immer noch nicht entschieden, Lucien greift gerade wieder an. Malachites Lächeln schwindet und er beobachtet aufmerksam den Kampf. »Was meint Ihr, wer gewinnt?«

Er schüttelt den Kopf.

»Keine Ahnung. Grat ist längst nicht so gut wie Luc. Aber Luc ist … *abgelenkt.*«

»Wovon?«

Er schnaubt. »Immer einen flotten Spruch auf den Lippen, aber schwer von Begriff.« Er sieht mich bedeutungsvoll an.

Ich? Dieses wunderschöne, ernste, einsame Wesen ist *meinetwegen* abgelenkt?

Das todgeweihte Wesen, mischt sich die Stimme ein. **Abgelenkt von seinem Jäger?**

Die Zuschauer werden lauter und wir richten unsere Aufmerksamkeit wieder auf den Kampf. Grat liegt am Boden, knapp außerhalb der Linie. Lucien hat sein Schwert auf ihn gerichtet, er ist außer Atem. Ein Mädchen schwenkt die Arme und erklärt den Prinzen zum Sieger. Die Ladys jubeln und die Jungen helfen Grat auf die Beine. Lucien kommt zu Malachite und mir. Er wirkt gereizt.

»Grat ist ein Opportunist«, schnauft er, als er neben mir steht.

Er keucht und riecht umwerfend nach einer Mischung aus Schweiß und frischem Gras. »Verschwende nicht deine Zeit mit ihm.«

»Ist das ein guter Rat oder ein prinzlicher Befehl?«, frage ich und will, dass die Hitze aus meinem Gesicht weicht, will, dass die Glut aufhört, nach seinem Herzen zu schreien. Geht es um das, was Grat mir zugerufen hat? Wieso regt ihn das so auf? Als er weiterhin schweigt, füge ich hinzu: »Leider, Euer Hoheit, steht es Euch nicht zu, mir vorzuschreiben, mit wem ich meine Zeit verschwende und mit wem nicht.«

Ich ziehe mein Schwert und trete in den Ring. Als mir klar wird, dass mein erster Gegner einer von den Priseless-Zwillingen ist, muss ich lächeln. Meine Rache wird süßer sein als Honig.

»Ich bin nicht daran gewöhnt, mich mit Mädchen zu duellieren, Milady«, spottet der Zwilling.

»Ich versichere Euch, es ist nicht anders, als mit einem Mann zu kämpfen«, sage ich und mache sofort einen Ausfall auf seine linke Flanke. Er pariert den Hieb im letzten Augenblick und stolpert mit großen Augen rückwärts. »Erlaubt mir, einen weisen Ausspruch meines Lehrers mit Euch zu teilen: Eine Klinge ist eine Klinge, egal, wer sie führt, sie schneidet immer.«

Mit einer Finte zwinge ich ihn auf die Knie und seine Verblüffung wird allmählich zur Gereiztheit.

Ich sollte dich dafür in Stücke reißen, dass du geglaubt hast, du könntest mir etwas antun, faucht die Glut. Ich lasse die Stimme nicht zu mir durchdringen und erfreue mich stattdessen an einer menschlichen Empfindung, die man *Genug-*

tuung nennt. Der Zwilling springt wieder auf und schlägt nach mir – das Schwert hoch über den Kopf erhoben, wie zu erwarten. Ich halte Distanz. Ein Schwertkampf mag etwas von einem Spiel haben, aber wenn ich mich auf einen Nahkampf einlasse, könnte er mich mit seiner Körperkraft überwältigen. Ich muss ihn so weit von mir fernhalten, wie es geht. In der Distanz bin ich am besten. Außerdem muss ich auf Distanz bleiben, damit ich nicht Gefahr laufe, verletzt zu werden und vor allen Leuten sofort wieder zu heilen.

Es gibt zwei Dinge, die Männer von Frauen denken: dass sie dumm und dass sie schwach sind. Das trifft heute, wie auch an jedem anderen Tag, auf mich nicht zu. Aber ich tue trotzdem so, als würden meine Kräfte schwinden. Ich atme schwer und lasse mein Schwert kurz sinken. Priseless nutzt die Gelegenheit, sich auf mich zu stürzen, und gerät dabei aus dem Gleichgewicht. Ich wehre seinen Hieb ab, trete zur Seite und sein Schwung trägt ihn über die Linie. Ein Mädchen verkündet jubelnd meinen Sieg und die anderen fangen an zu kreischen. Der Zwilling braucht einen Moment, um wieder auf die Beine zu kommen. Ohne sich vor mir zu verbeugen, stürmt er zu seinem Bruder. Ich habe ihn in seinem Stolz verletzt. Suchend schaue ich mich nach Fione um und entdecke sie in der hintersten Reihe. Wir sehen uns an, ihr Blick wirkt heiter und amüsiert, doch ich weiß, dass sie innerlich nervös sein muss. Oder vielleicht auch nicht. Vielleicht ist sie wirklich so selbstsicher. Vielleicht ist das alles ein Kinderspiel für sie, nachdem sie jahrelang hinter dem Rücken ihres Onkels Informationen gesammelt hat.

»Wo wollt Ihr hin, Lord Priseless?« Luciens eisige Stimme

hallt über den Rasen. Der Kopf des blonden Zwillings ruckt hoch und er sieht plötzlich ängstlich aus. »Lady Zera hat dieses Duell gewonnen und Ihr werdet Euch vor ihr verneigen. Es sei denn, Ihr wisst nicht, was sich gehört.«

Bestimmt hat Malachite ihm erzählt, dass die Priseless-Zwillinge versucht haben, mich anzugreifen. Luciens Blick ist schärfer als das Schwert an seiner Seite, als wollte er den Zwilling damit in Stücke schneiden. Hier geht es nicht nur um ehrenhaftes Benehmen. Das hier hat eine ganz andere Bedeutung. Er verlangt, dass sich der Flegel bei mir entschuldigt, und um ihn dazu zu zwingen, setzt er seinen königlichen Rang als Waffe ein, die gefährlicher ist als Varias Schwert. Priseless kommt zu mir zurück, verbeugt sich steif vor mir und ich erwidere die Geste. Als wir uns wieder aufrichten, treffen sich unsere Blicke. Er kocht vor Wut. Dann stürmt er davon und die Adligen spekulieren flüsternd, was seine Reaktion bedeutet, doch das hält nicht lange an. Als ich den Ring verlasse, stürzen sich sofort einige der Ladys auf mich.

»Das war unglaublich, Lady Zera!«

»Ich habe noch nie erlebt, dass sich eine Frau duelliert! Ihr müsst mir beibringen, wie man so kämpft!«

Sie berühren meinen Arm, sie lächeln, doch ich kann nur daran denken, wie entsetzt sie aufkreischen würden, wenn sie erführen, wer ich wirklich bin. Die Glut zischt sie an und lässt Bilder ihrer zerfetzten Körper vor meinem inneren Auge aufblitzen. Ich zwinge mich zu lächeln und sage nicht viel. Inzwischen haben sich noch mehr Zuschauer eingefunden, es sind jetzt etwa doppelt so viele Adlige und Palastwachen wie zu Anfang. Aber immer noch kein Gavik. Fione wartet geduldig. Ich wende mich von den Mädchen ab und gehe wieder zu Lucien und Malachite.

»Und?«, frage ich fröhlich. »Wie sieht's aus?«

»Ich glaube, Luc hat Konkurrenz bekommen, was eure Heirat angeht«, verkündet Malachite grinsend. »Von Lord Grat und jetzt auch noch von ein paar sehr verliebten Ladys.«

Lucien kann nicht darüber lachen. »Die können sie haben. Sie ist ohnehin nur ein Quell ständigen Ärgers und Missvergnügens.«

Ich muss mir das Lachen verkneifen. Erst nutzt er seine Stellung dazu, Priseless zu zwingen, dass er sich bei mir entschuldigt, und im nächsten Augenblick beleidigt er mich. Fione hat recht, er ist wirklich ein harter Brocken.

»Ihr vergesst Schönheit«, verbessere ich ihn streng. »Und Eleganz.«

»Ich werde sie zu meiner Liste hinzufügen, sobald du über diese Attribute verfügst.«

»Das reicht!« Ich hebe beide Hände. »Dir bleiben genau drei Sekunden, um wieder nett zu mir zu sein.«

»Drei ganze Sekunden.« Malachite stößt einen beeindruckten Pfiff aus. »Du solltest dich beeilen, Luc.«

Lucien verdreht die Augen. »Soll ich sie aufknüpfen lassen, weil sie es wagt, mir Vorschriften zu machen?«

»Begrab mich lieber tief in der Erde«, schlage ich vor. »Oder mein Geist verfolgt dich für den Rest deines Lebens.«

»Verlockend«, knurrt Lucien. »Aber ich verzichte. Es reicht mir schon, wie du mich bereits jetzt verfolgst.«

»Nur in romantischer Absicht, wie in der Erzählung eines Barden«, beteuere ich.

»Nein.«

»Doch«, versichere ich ihm.

»Nein.«

»Doch!«

»Bitte, Kinder«, stöhnt Malachite. »Es reicht – Mutter braucht Ruhe und Frieden.«

»Damit du zusehen kannst, wie diese Lords aufeinander einschlagen?«, ärgert Lucien seinen Freund. »Ich dachte immer, dass du Wert auf *erstklassige* Unterhaltung legst.«

»Die sind *wirklich* schlecht«, stimme ich zu und beobachte, wie zwei Lords auf der Kampffläche Löcher in die Luft schlagen. »Ihr lehrt die Mädchen, nicht zu denken, und die Jungen lernen nicht, sich zu duellieren. Was bringt Vetris seinen Kindern überhaupt bei?«

»Rumzicken«, antwortet Malachite. »Dazu etwas Komasaufen und ein Hauch Modebewusstsein.«

Lucien und ich lachen gleichzeitig los und unsere Blicke treffen sich, huschen aber im nächsten Moment wieder auseinander. Auch wenn ich seinen Annäherungsversuch gestern abgewiesen habe, fühlt es sich doch gut an, so mit ihm zu lachen.

Nachdem wir einem ungeschickten Adligen nach dem anderen zugesehen haben, sind Lucien und ich die einzigen Duellpartner, die noch übrig sind. Plötzlich entdecke ich ein bekanntes Gesicht in der vornehmen Menge, ziemlich weit hinten. Weißes Haar und wässrige Augen. Der Erzherzog ist da. Ich habe es geschafft. Ich suche nach Fione, aber sie ist nirgendwo zu sehen. Wahrscheinlich ist sie auf ihrer Mission.

Ein Mädchen tritt vor, wedelt mit einem Taschentuch und verkündet laut: »Verehrte Gäste, dies ist unser letzter Kampf! Herausforderer ist unsere Überraschungsteilnehmerin, Lady Zera Y'shennria!«

Ich bekomme Beifall. Das Mädchen deutet auf den Prinzen, der immer noch mit freiem Oberkörper dasteht, das Tattoo nicht zu übersehen.

»Und auf der Gegenseite Euer zukünftiger König, der Schwarze Adler des Westens, Prinz Lucien Drevenis d'Malvane!«

Unter den Anfeuerungsrufen der Zuschauer stellen wir uns voreinander auf. Wir heben unsere Schwerter und verbeugen uns. Ich zwinge mich, ihm ins Gesicht zu sehen, nicht auf seinen Körper. Ich werde mich nicht von seiner nackten Haut ablenken lassen, egal wie laut die Glut schreit.

»Du kämpfst gut«, sagt er leise. Sein Blick huscht zu meinem Handgelenk. Die Wunde auf seinem Handrücken ist fast verheilt, es ist nur noch etwas Schorf zu sehen. »Aber ich werde mich nicht zurückhalten.«

»Welche Erleichterung. Ich wollte dir gerade dasselbe sagen.«

Er schlägt so schnell zu, dass ich es kaum kommen sehe, doch ich reiße mein Schwert hoch und pariere in der allerletzten Sekunde. Stahl schlägt dröhnend auf Stahl.

Ramm ihm die Klinge in die Brust, sofort!, befiehlt die Glut. **Fühl sein Blut auf deinen Händen.**

Ich tauche unter seiner Abwehr durch und sorge für Distanz zwischen uns, bevor ich erneut zustoße. Meine Schläge kommen schnell und gezielt und ich lasse ihm keine Zeit zum Verschnaufen. Er greift nicht an. So hart ich auch auf ihn losgehe, er zögert. Wenn ich es nicht besser wüsste, würde ich vermuten, dass er mich schonen will, weil ich ein Mädchen bin. Aber dann riskiere ich zu viel, stolpere über meine eigenen Füße und er springt vor. Ich richte mich hastig wieder auf, und schon ist er weg.

»Du wirst nicht gewinnen, wenn du darauf wartest, dass ich einen Fehler mache wie all die anderen«, stichele ich.

»Wir machen alle Fehler«, sagt er.

»Ich habe bisher nur einen gemacht«, murmle ich halblaut. »Dich kennenzulernen.«

Gerade als ich denke, dass er wieder in die Defensive geht, springt er vor. Sein Hieb ist so stark, dass meine Arme sofort taub sind und Varias Klinge eine neue Kerbe im Schwert meines Vaters hinterlässt. Er ist gut. Beim Auge des Alten Gottes – er ist viel besser, als ich dachte. Ich kann keinen Zentimeter zurückweichen, aber mich auch keinen Zentimeter vorbewegen.

»Ich werde es nie als Fehler bezeichnen, dass wir uns kennengelernt haben«, bemerkt Lucien und seine Mitternachtsaugen blitzen.

Mein Herzmedaillon macht einen Satz – das hat er gehört? Der Schmerz im Medaillon gleicht einem brennenden Inferno – *nein.* Ich darf mich jetzt nicht ablenken lassen. Nicht jetzt und auch sonst nie. Ich springe vor. Er pariert meinen Angriff mit einem gekonnten Schlag. Mein Magen tanzt, und obwohl die Spitze seines Schwerts nur Zentimeter von meinem Gesicht entfernt ist, strömt Euphorie durch meine Adern. Dasselbe Gefühl hatte ich, als ich ihn durch die Gassen gejagt habe, als wir zusammen beim Festumzug getanzt haben. Und jetzt, in diesem Moment, gibt es keine Zukunft, keinen Raub seines Herzens, keine Adligen und keinen Gedanken daran, was sie von mir denken, keine Y'shennria oder Fione oder Crav oder Peligli, die von mir abhängig sind, kein Loch in meiner Brust, kein Cavanos, das den Krieg erklärt – es gibt nur ihn und mich.

In diesem Augenblick fühle ich mich menschlich. Ich fühle mich … *glücklich.*

Ich bin so von diesem Moment gefesselt, dass ich zu spät merke, wie seine Klinge in meine Haut eindringt – warmes Blut strömt über meinen aufgeschlitzten Unterarm. Luciens Augen werden groß und er lässt sein Schwert sinken. In mir steigt Panik auf; ich weiß, dass ich gleich höllische Schmerzen haben werde. Wir treten zurück.

»Lady Zera siegt aufgrund der Blutregel!«, verkündet das Mädchen. Die Adligen sind außer sich, sie jubeln und werfen Taschentücher in die Arena. Sogar Gavik lässt sich widerstrebend dazu herab, Beifall zu klatschen. Lucien ist weniger erfreut.

»Du bist verletzt«, stößt er hervor. Ich beiße die Zähne zusammen, denn das weiß glühende Quecksilber brennt in meinem Körper. Ich muss so schnell wie möglich verschwinden, damit die Wunde heilen kann, wo mich niemand sieht.

»Ich sage das nur ungern, aber so etwas passiert gelegentlich bei einem Kampf.«

»Dein Arm …« Lucien unterbricht meine Gedanken, schiebt seine Finger sanft unter meinen Unterarm und hebt ihn an, um sich die hässliche Wunde anzusehen. »Das ist meine Schuld.«

Ich sage nichts, sehe nur auf seine langen, anmutigen Finger auf meiner Haut. Es fühlt sich gut an, von jemandem so zart berührt zu werden. Aber das kann nicht so weitergehen. Ich ziehe den Arm weg.

»Jetzt bist du plötzlich nett zu mir? Dann weiß ich nun, was ich zu tun habe – ich muss nur ein bisschen bluten und schon bist du ein echter Kavalier.«

Seine schwarzen Augen sind unverwandt auf mich gerichtet und etwas in mir beginnt nachzugeben – ein Gefühl, das ich hasse, das mich aber auch mit Glück erfüllt.

»Was ist, Lucien?«, fragt Malachite, der auf uns zukommt. »Behandeln wir jetzt ihre Verletzung oder nicht?«

Lucien wendet nur zögernd den Blick von mir ab. »Ja. Natürlich.«

»Das ist wirklich nicht nötig«, beteuere ich. »Ich kann das auch selbst …«

»Die Wunde kann sich entzünden«, unterbricht er mich. »Komm. Ich habe Verbandmaterial.«

Er greift nach meiner unverletzten Hand und seine Finger sind rau und warm. Die Adligen flüstern und lassen uns nicht aus den Augen. Gavik starrt mich an. Ich kann schon die Gerüchte hören … Aber ich will nur sein Herz, keine echte Zuneigung. Ich ziehe meine Hand weg.

»Euer Hoheit, wenn Ihr das tut, könnte es einen falschen Eindruck erwecken …«

»Der Eindruck ist mir egal«, widerspricht er. »Wir müssen die Wunde versorgen.«

Malachite legt eine Hand auf meinen Rücken und schiebt

mich in Richtung Palast. »Zwingt mich nicht, Euch hinzutragen.«

»Das würde ich zu gern erleben«, necke ich ihn in dem verzweifelten Bemühen, mich aus dieser Situation zu befreien. »Selbst einem Beneather dürfte es schwerfallen, mein Gewicht …«

»Genug!«, befiehlt Lucien mit gerunzelter Stirn. »Kommt mit, und zwar *sofort.* Das ist ein Befehl Eures Prinzen.«

Das Geflüster der Adligen verstummt bei seinem energischen Ton. Ich kann mich dem Befehl des Kronprinzen nicht widersetzen, nicht vor all den Leuten. Aber es ärgert mich – wie kann er es wagen, seine Stellung auszunutzen, um mich zu zwingen, ihm zu folgen? Glaubt er wirklich, dass er damit durchkommt? Natürlich glaubt er das – er ist es nicht gewöhnt, dass jemand wagt, ihm zu widersprechen. Ich schlucke, bleibe eisern stehen und starre ihn bockig an. Ich werde ihm nicht gehorchen. Ich will nicht, dass er denkt, ich wäre wie alle anderen. Aber wieso nicht? Ich weiß es nicht, da ist nur Dickköpfigkeit, wo Vernunft regieren sollte. Lucien macht den Mund auf, um etwas zu sagen, doch plötzlich fängt die Welt an, sich zu drehen, und der Prinz verschwimmt vor meinen Augen. Ich höre Malachites Stimme wie aus weiter Ferne und dann wird alles schwarz.

12

Der Apfel und der Baum

Ich wache in einem Raum mit weißen Wänden auf, weiße Vorhänge wehen in der sanften Brise, die durch die geöffneten Fenster hereinkommt. Unter mir ein weiches Bett, über mir eine leichte Decke – ein Schlafzimmer. Aber die Zimmerdecke ist so hoch, dass ich selbst in meinem benebelten Zustand begreife, dass dies ein Schlafzimmer im Palast sein muss.

Ich versuche mich aufzusetzen, aber der Schmerz schießt wie ein Blitz durch meinen Kopf und spaltet mich in zwei Hälften. Ich krümme mich und bin überzeugt, dass mir jemand mein Medaillon weggenommen hat, aber meine Hände ertasten es auf meiner Brust. Der Splitter meines Herzens schlägt dort immer noch.

Ich bin in Sicherheit. Aber wie lange noch? Was ist passiert? Wer hat meine Heilung gesehen? Die Tatsache, dass ich in einem bequemen Bett liege und nicht im Kerker, lässt mich nicht vollkommen die Fassung verlieren. Mein Unterarm ist bandagiert, schön fest und sauber, und Vaters Schwert lehnt an einem der Bettpfosten. Ich trage immer noch dasselbe Kleid wie beim Duell.

Wie viele Leute haben mitbekommen, wie ich umgekippt bin? Ich sehe die Menge wieder vor mir, schattenhaft und riesig. Viel zu viele, Gavik eingeschlossen. *Wieso* bin ich umgekippt? Und warum fühle ich mich, als wäre ich von einer Kutsche überfahren worden? Mein ganzer Körper schreit – meine Lunge kämpft um jeden Atemzug, mein Mund ist so trocken wie ein Wattebausch. Ich habe mich schon häufig so gefühlt: jedes Mal, wenn ich gestorben bin.

Also bin ich wohl tot.

»Zera, du bist wach.« Prinz Lucien steht neben dem Bett, an seiner Seite Malachite. Beide sehen besorgt aus, aber Lucien scheint vollkommen fertig zu sein. Sein langer Zopf hat sich aufgelöst und schwarze Strähnen hängen ihm über die Schultern. Er hat dunkle Ringe unter den Augen – hat er nicht geschlafen?

Wieder will ich mich aufsetzen, aber die Schmerzen sind unerträglich. Lucien ist sofort bei mir und hilft mir, mich an die Kissen zu lehnen.

»Nicht so schnell«, murmelt er. »Etwas Wasser? Oder hast du Hunger?«

»Es tut weh«, keuche ich. Das ist nicht richtig. Herzlose haben keine anhaltenden Schmerzen – sie kommen und verschwinden genauso schnell wieder. Ich hoffe immer noch, dass sie bald aufhören, dass die Wunde magisch heilt, aber die Schmerzen lassen kein bisschen nach. »Wie lange war ich bewusstlos?«

»Einen Tag. Der Arzt, den Lady Y'shennria geschickt hat,

sagte, dass es anfangs sehr wehtun würde«, berichtet Lucien. »Die Wunde hat sich entzündet.«

»Ein Arzt?« Meine Stimme zittert und ich versuche verzweifelt, einen Blick unter den Verband zu werfen – ist schon alles verheilt? Hat dieser Arzt die Heilung *gesehen*? Lucien schüttelt den Kopf.

»Keine Sorge – er ist der Einzige, der sich die Wunde angesehen hat. Gavik wollte seine Ärzte schicken, aber das habe ich auf Lady Y'shennrias Wunsch hin abgelehnt.«

Ich bin erleichtert, aber auch verunsichert. Y'shennria hat mir einen Arzt geschickt? Wieso geht sie ein solches Risiko ein? Und Gavik wollte, dass seine Leute sich um mich kümmern? So etwas würde er nie tun, wenn nicht etwas dabei für ihn herausspringt. Es sei denn, er verdächtigt mich irgendwie. Hat Fione wenigstens bekommen, was sie haben wollte, oder war alles vergeblich? Besorgnis gesellt sich zu den Schmerzen und ich schlucke.

»Dieser Arzt, wie hat er ausgesehen?«

»Groß, mit einem weißen Bart«, berichtet Malachite, der an der Wand lehnt. »Ich fand, dass er ziemlich hochnäsig gewirkt hat.«

Reginall. Das war ganz sicher Reginall. Y'shennria hat ihn als vermeintlichen Arzt zu mir geschickt – ziemlich raffiniert.

»Was hat er noch gesagt?«, frage ich. Lucien bedeutet einem wartenden Zimmermädchen, dass sie Wasser bringen soll, und sie eilt sofort los.

»Er meinte, dass du dich zu Hause besser erholen würdest«, berichtet Lucien. »Ich habe Lady Y'shennria versprochen, dass wir dich sofort heimbringen, sobald du aufwachst, und ich beabsichtige, dieses Versprechen einzuhalten. Malachite, rufst du ihre Kutsche?«

Malachite zwinkert mir zu und verlässt den Raum. Jetzt sind es nur noch der Prinz und ich in der sanften Brise. Sie spielt mit seinen losen Strähnen und ich greife gedankenverloren nach einer und streiche mit den Fingern darüber. Sie ist so weich, dass ich meine Schmerzen fast vergesse.

»Wie Seide«, murmle ich.

Ein Schatten zieht über Luciens Gesicht.

»Ich hatte Angst, dass du nie wieder aufwachst …« Seine Stimme bricht.

»Das geht nicht.« Ich hasse meinen flehenden Ton. »Du *darfst* dich nicht um mich sorgen.«

»Glaubst du, das hätte ich nicht versucht?«, fragt er. »Ich habe es versucht, *bei den Göttern*, ich habe es versucht, aber jedes Mal, wenn ich dich sah, wurde es schwerer, bis …« Er greift nach meinen Fingern und umfasst sie mit seiner warmen Hand. »Ich bin so froh, dass du noch lebst.«

Was noch von mir übrig ist, zerbricht unter seiner Berührung. Seine Worte treffen die Risse in meiner rauen Schale wie ein Hammer – obwohl ich bisher gar nicht wusste, dass sie Risse hat. Ich sehe zu Vaters Schwert. Viele Wochen nach ihrem Tod habe ich es jede Nacht gehalten und um ihn geweint, um meine Mutter, habe die Götter angefleht, mich auch zu sich zu holen, mich von meinem Dasein als Monster zu befreien und mich wieder mit ihnen zu vereinen – das alles taucht jetzt in meiner Erinnerung auf wie eine Gewitterwolke, die die Sonne verdunkelt. Ich merke, wie mir eine Träne über die Wange rinnt. Lucien wischt sie weg und sieht mich verständnislos an.

»Warum weinst du?«, fragt er. »Sind es die Schmerzen? Ich kann etwas Brandy holen …«

»N-nein. E-es tut mir leid. Es ist nur – so etwas hat noch nie jemand zu mir gesagt.«

Ich will nichts anderes mehr, als für immer in diesem Moment verweilen, mit meiner Hand in seiner. Aber das ist unmöglich. Eine Schwäche. Ich bin ein Monster, und er ist ein Mensch. Ich will sein Herz erobern, und ich will sein Herz an mich bringen. Seine Zuneigung, sein Blut. Ich will alles.

Aber wenn ich das eine nehme, kann ich das andere nicht bekommen.

Töte ihn, fleht die Stimme, und sie ist lauter und verzerrter, als ich es gewohnt bin, als wären es tausend Stimmen auf einmal statt nur einer. **Töte ihn. Töte ihn. TÖTE …**

Lucien steht auf, verlässt den Raum und kehrt kurz darauf mit einem Glas zurück, in dem sich eine bernsteinfarbene Flüssigkeit befindet. Ich schlucke gierig, doch peinlicherweise muss er mir beim Trinken helfen.

»So habe ich mir unsere erste Verabredung nicht vorgestellt«, bemerke ich. Er lacht, Honig für meine Ohren.

Nimm sein Herz, jetzt! Die Glut schreit und heult lauter als ein Orkan. **Töte ihn! TÖTE IHN!**

In meinem Kopf ist nur noch der Drang, ihn vollkommen zu vernichten, er steigt wie die Flut, wie ein Mond, unausweichlich und unaufhaltsam. Ich erkenne mit grausamer Gewissheit, dass ich ihn schlimm zurichten werde, wenn ich diesen Raum nicht sofort verlasse. Die Glut ist so viel stärker geworden – so habe ich sie noch nie erlebt. Es kommt mir vor, als hätte ich seit Wochen, seit *Monaten* nicht mehr gegessen, obwohl es nur ein Tag war. Was stimmt nicht mit mir?

»Zera? Geht es dir gut?«

Töte ihn.

»A-alles in Ordnung.« Ich unterdrücke die Glut mithilfe meiner jahrelangen Erfahrung, doch sie wehrt sich und rast durch mich hindurch wie ein mit scharfen Klingen bewehrter Wirbelwind. »Ich möchte nur nach Hause.«

»Natürlich.« Lucien nickt. Malachite kommt zurück, und die Glut schreit wild, als Lucien mir aus dem Bett hilft. Er besteht darauf, mich zur Kutsche zu tragen, aber als er mich hochheben will, strecke ich die Arme aus und stoße ihn heftig von mir. Wenn er mir noch näher kommt, ist er tot. Noch näher, und ich greife in seine Brust und reiße ihm das verdammte Herz heraus. Lucien sieht schockiert aus, aber er beruhigt sich wieder, als Malachite eingreift und mich hochnimmt. Ich wehre mich nicht. Lucien folgt uns verlegen mit meinem Schwert und macht ein hilfloses Gesicht.

Er darf nicht erfahren, was ich bin, denn er wird mich dafür hassen, dass ich ihn getäuscht habe. Und auch für meine Natur. Aber er *muss* erfahren, was ich bin, und zwar schon bald, wenn ich wieder frei sein will.

Als Fisher losfährt und Lucien so weit entfernt ist, dass ich ihm nichts mehr antun kann, sitze ich mit dem Schwert an meiner Seite in der Kutsche und lasse der Glut freien Lauf.

Die Schmerzen, die weiter in mir toben, sind das Erste, was

mir verrät, dass etwas nicht stimmt. Das Zweite ist das Blut, das durch den Verband an meinem Unterarm sickert. Blut bedeutet nur eins.

Ich bin nicht geheilt.

Ein ganzer Tag ist vergangen und Nightsingers Magie hat mich immer noch nicht geheilt.

Y'shennria kommt so schnell aus dem Haus gestürzt, als hätte sie am Fenster gestanden und auf unsere Ankunft gewartet. Sie ist sofort an meiner Seite und hilft mir beim Aussteigen. Meine Beine geben vor Schmerzen fast unter mir nach, aber sie stützt mich und befiehlt mir kein einziges Mal, mich gerade zu halten oder mich zusammenzureißen. Beim Betreten des Hauses übernimmt Reginall die Aufgabe, mich am Zusammenklappen zu hindern, und das Porträt von Lord Y'shennria heißt mich freundlich willkommen. Das Erste, worauf mein Blick fällt, ist der Feuerkalender, auf dem schon wieder ein Tag weggebrannt ist.

»Fünf Tage«, ächze ich. »Das ist alles, was mir noch bleibt.«

»Ruhe jetzt!«, befiehlt Y'shennria. »Konzentriere dich darauf, wieder gesund zu werden.«

»Ist mir egal«, ich stöhne, denn Reginall trägt mich, und jeder Schritt, den er macht, lässt glühende Schmerzen durch meine Knochen rasen, »ob ich gesund werde. Wenn ich sein Herz kriege, geht es mir gut. Sein Herz. Das ist alles.«

»Du bist im Delirium«, seufzt Y'shennria. »Schnell, Reginall, bringt sie ins Bett.«

»Ich gehe auf die Jagd«, verkünde ich, als er mich ins Bett legt und in meine Decke wickelt. »Ich gehe auf jeden Fall … was immer geschieht.«

»Natürlich.« Y'shennria nickt. »Aber jetzt denk nicht mehr daran und ruh dich aus.«

»Das gilt auch für Euch«, erwidere ich. Sie sieht vollkommen erledigt aus, das Kleid ist so zerknittert, als hätte sie darin geschlafen. Ihr Make-up ist verschmiert, und das verrät mir, dass sie … was, sich Sorgen um mich gemacht hat? Nie im Leben. Ich sehe Reginall an. »Ihr seid als Arzt gekommen, stimmt's? Verkleidet.«

Wieder nickt Y'shennria. »Als ich gehört habe, dass du zusammengebrochen bist, wusste ich, dass es keine normale menschliche Ursache haben konnte. Also habe ich denjenigen losgeschickt, der sich am besten mit Herzlosen auskennt. Was genau ist passiert?«

»Prinz Lucien und ich haben uns duelliert, er hat mich versehentlich verletzt und dann bin ich ohnmächtig geworden. Sein Schwert besteht aus weißem Quecksilber. Die Wunde brennt, und das Brennen geht durch meinen ganzen Körper. Ich glaube … es hat mich umgebracht.«

»Das kann nicht sein – immerhin liegst du hier und redest mit uns.«

»Hier!« Ich zeige ihr meinen Arm. »Die Wunde ist nicht verheilt. Und die Glut – bei den Göttern, Y'shennria, es fühlt sich an, als wollte die Glut jeden töten, den ich sehe. Sie unter Kontrolle zu halten ist … als wollte man eine vor Hunger tobsüchtige Bestie mit einem Bindfaden fesseln.«

Du kannst uns Bestie nennen, aber du bist diejenige, die

fünf Männer getötet hat. Du bist diejenige, die den Prinzen verraten wird, heult die Glut. **Jämmerlich.**

Y'shennria wird bleich und verlässt hastig mein Zimmer. Bestürzt sehe ich ihr nach (immer noch, trotz allem, was wir gemeinsam durchgemacht haben?), aber Reginall lächelt mich grimmig an.

»Lady Zera, Ihr sagt, dass es das Schwert des Prinzen war, das Euch getötet hat? Eine Waffe aus weißem Quecksilber?«

Ich nicke. Reginall atmet hörbar aus.

»Auch im Sonnenlosen Krieg gab es solche Waffen. Klingen, die aus reinem weißem Quecksilber bestanden. Wir wussten, dass es den Menschen nicht leicht fiel, sie herzustellen. Ein paar Generäle hatten ein solches Schwert.« Er verstummt. »Wenn man davon verletzt wurde, blieb das Quecksilber tagelang im Körper, und es fiel der Hexe schwer, ihre Herzlosen zu heilen oder ihnen Befehle zu erteilen. Erinnert Ihr Euch daran, was ich Euch über die weinenden Herzlosen erzählt habe?«

»Warum?«

»Die Weinenden waren diejenigen, die zuvor von einer Quecksilberklinge getroffen worden waren.«

»Wie meint Ihr das?«

»Ich bin mir nicht ganz sicher. Ich habe sie nach einer Schlacht im Lager gesehen, mit Wunden, die nicht heilen wollten. Von einer so starken Quecksilberklinge verletzt zu werden, soll den Einfluss der Hexe auf ihren Herzlosen verringern. Jedenfalls haben wir gehört, wie die Hexen darüber flüsterten.«

»Das … das ist doch nichts Schlechtes«, sage ich.

Reginall hebt eine Hand.

»Ich wusste es viele Jahre nicht, aber die Verbindung zwischen einer Hexe und einem Herzlosen dient nicht nur der Heilung seiner Wunden. Die Hexenmagie hält auch die Glut im Zaum. Zumindest halbwegs, aber das ändert sich, sobald er keinem ständigen Strom aus Magie mehr ausgesetzt ist.«

»Das verstehe ich nicht.«

»Es bedeutet, dass eine Verletzung durch eine so machtvolle Klinge aus weißem Quecksilber die Verbindung zur Hexe schwächt. Die Glut wird stärker. Und die Bestie in uns drängt immer mehr darauf, die Oberhand zu gewinnen. Einige Herzlose, die so verletzt wurden wie Ihr, konnten ihr nicht standhalten – sie sind auf alles und jeden losgegangen. Irgendwann ging von ihnen eine solche Gefahr aus, dass sie von ihren Hexen zersprungen wurden. Nur sehr wenigen gelang das Weinen – eine Methode, die Glut unter Kontrolle zu halten, und der einzige Ausweg. Entweder das oder der Tod.«

Ich schlucke. Es ist jetzt schon unglaublich schwer, die Glut im Zaum zu halten. Reginall zieht einen Stuhl an mein Bett und sieht mich prüfend an. »Schließt die Augen.«

Ich tue, was er sagt, und mein Herzmedaillon pocht nervös.

»Konzentriert Euch auf die Leere in Eurer Brust.« Reginalls Stimme ist tief und gleichmäßig. »Fühlt die Leichtigkeit darin, die Leere, wo ein Herzschlag sein sollte. Ihr seid in dieser Stille. Ihr seid diese Stille.«

Die Schwärze auf der Innenseite meiner Lider wird tiefer, frei von jeglichem Licht oder nervösem Zucken. Lehrt er mich, wie man weint?

»Legt die Hand auf Euer Unherz«, fährt Reginall fort. »Dort werdet Ihr es finden.«

Ich warte, die Finger immer noch auf der Brust. Was soll ich finden? Da ist nichts unter der Haut, nichts als Dunkelheit. Ich bin unvollständig, un-menschlich. Unter meiner Hand ist ein Mädchen, das nur aus Fehlern und Lügen gemacht ist. Die Tür geht auf, Reginall erschrickt und ich reiße die Augen auf. Y'shennria kommt herein, mit einem silbernen Tablett voll roher Leber. Sie rümpft die Nase und stellt es auf meinen Nachttisch.

»Iss.«

Töte sie!, schreit die Glut. **Ich kann zu Ende bringen, was andere versucht haben**.

Ich verschlinge die Leber so schnell, dass ich würgen muss. Y'shennria dreht sich weg und schaut aus dem Fenster. Sogar Reginall, der bestimmt an den Anblick gewöhnt ist, wendet sich ab und rückt eine Sanduhr auf einem Regal zurecht. Als der Teller leer ist, erwarte ich, mich satt zu fühlen und dass die Stimme schweigt. Aber die Glut kreischt immer noch in meinen Ohren, dass ich fast taub werde.

»H-habt Ihr von Fione gehört?« Es fällt mir schwer zu sprechen. »Hat sie bekommen, was sie braucht?«

Y'shennria nickt. »Sie möchte, dass du sie morgen auf der königlichen Schießanlage triffst, damit ihr die nächsten Schritte besprechen könnt. Ich habe ihr gesagt, dass du nur kommst, wenn es dir besser geht. Falls es dir jemals besser geht.«

»Das wird es«, versichere ich ihr, doch ich kann kaum glauben, wie unsicher meine Stimme klingt.

Y'shennria steht an der Tür. Sie kann mir nicht in die Augen sehen. »Ruh dich aus. Reginall, kommt. Lasst sie schlafen.«

Reginall geht zu ihr, lächelt mir ein letztes Mal zögernd zu, verbeugt sich und schließt die Tür. Hält mich Y'shennria jetzt für nutzlos? Wenn ich meine Fähigkeiten als Herzlose verliere, wird sie dann einen Ersatz für mich finden? Doch es ist die Logik, die meine Ängste zerstreut. Sie hat keine Zeit mehr, ein Menschenmädchen so weit auszubilden, dass es die Aufmerksamkeit des Prinzen erregen kann. Sie muss mit mir vorliebnehmen, egal, wie unnütz ich geworden bin.

Sie kann nichts im Stich lassen, was sie nicht liebt, höhnt die Stimme.

Selbst mit einem Teller voll Leber im Magen ist die Glut nicht im Mindesten besänftigt. Sie schreit nach mehr. Ich kann nicht schlafen, um sie zu ignorieren, denn ihre widerlichen, gewalttätigen Gedanken türmen sich in mir wie stinkender Müll, wie rostige Nadeln, die sich in meine Haut bohren. Maeve geht an meiner Tür vorbei, staubt die Gemälde auf dem Flur ab, und die Glut schlägt ihre Krallen in meinen Schädel.

Alt, schwach, leichte Beute, zum Warmwerden vor dem Jagdausflug …

Mein Anblick im Ankleidespiegel macht es nur schlimmer – mein Spiegelbild ist bleich und gequält, das Gesicht voller Mordlust, sosehr ich auch dagegen ankämpfe. Wie soll ich jemals wieder am Hof erscheinen – oder bei der Jagd –, wenn ich mich nicht beherrschen kann?

Wie soll mir Lucien jemals verzeihen, wenn ich ihm sein Herz nehme?

Das wird er nicht …

Ich lege eine Hand über die andere und versuche verzweifelt, die Wärme seiner Handfläche zu empfinden, das seidige Gefühl seiner Finger auf meinen.

Unmöglich, faucht die Glut. **Du kannst sein Herz nicht gewinnen, du jämmerliches kleines Ding …**

Ich habe es satt, mich mit den Schmerzen und den widerwärtigen Gedanken herumzuschlagen. Ich greife nach meinem Schwert und steige aus dem Bett. Die Sonne ist längst untergegangen, und als ich nach unten komme, sehe ich, dass Y'shennria schon begonnen hat, Vorbereitungen für den Jagdausflug zu treffen – einer meiner Koffer steht offen da und ist voller perfekt gefalteter Kleider. Der Feuerkalender quält mich erbarmungslos, die verbrannten Tage scheinen mich anzustarren wie schwarze Augen. Luciens Augen. Wieso bin ich nur plötzlich so besessen von ihm? Nur weil er meine Hand berührt hat? Wieso kriege ich ihn nicht aus meinem Kopf?

Ich stolpere und wäre beinahe hingefallen. Ich bin schwach. Und abgelenkt.

So kriegst du sein Herz nie – eher stirbst du dabei …

Die Stimme der Glut klingt wie ein Dutzend Harfen, die über Glasscherben gezogen werden und deren Saiten misstönend reißen. Ich brauche unbedingt einen Moment Ruhe, gehe nach draußen und hole mir einen Wetzstein, eine Schale mit Wasser und einen Lappen. Ich setze mich auf die Eingangsstufen des Hauses und schärfe im roten und blauen Schein der Monde unablässig Vaters Schwert – die eintönige Arbeit lässt die Glut fast verstummen. Die schwarzen Rosensträucher schwanken im

Mitternachtswind. Ihre Dornen sehen aus wie Reißzähne, die in den Nachthimmel beißen.

Wie viele Menschen willst du noch leiden lassen, bis du endlich zufrieden bist?

Ich bewundere meine Arbeit. Vaters Schwert ist jetzt so scharf, dass ich mir vorstelle, damit einen Mond aus dem Himmel herauszuschneiden.

Es ist ein ewiger Kreislauf aus Hass und Schmerz und du bist nur ein Rädchen, das ihn in Gang hält …

Die Zweifel und Ängste, die die Glut in mir auslöst, steigern sich zu einer niemals endenden Kakophonie. Ich umklammere meinen Kopf und beuge mich vornüber.

»Lady Zera?« Reginalls Stimme lässt mich aufschauen. Er sieht mich besorgt an. »Geht es Euch gut?«

»Nein«, gebe ich mit einem Auflachen zu. »Mit mir stimmt etwas nicht. Ich habe Schmerzen. Die Stimme der Glut ist so laut und verzerrt. Und meine Wunde …« Ich halte den blutgetränkten Verband hoch, frisches rotes Blut überdeckt das getrocknete. »Sie will nicht heilen.«

Reginall räumt meine Schleifsachen weg. Er schweigt eine ganze Weile, und mit jeder Sekunde, die verstreicht, frisst sich die Glut tiefer in mich. Schließlich räuspert er sich.

»Manche Wunden heilen nie. Nicht einmal mit Magie.«

Er schaut hoch zu dem erleuchteten Fenster von Y'shennrias Schlafzimmer im ersten Stock und ich betrachte das Licht mit ihm.

»Ich habe Angst«, sage ich. »Angst, sie zu enttäuschen. Angst, zu versagen.«

»Ich verstehe.«

»Aber noch mehr Angst habe ich, das Falsche zu tun.«

Ich spüre Reginalls Blick auf mir, als versuche er, in meinem Gesicht zu lesen. Seine Stimme ist kaum mehr als ein Flüstern.

»Ich weiß noch, wie es sich anfühlt – die gewaltige Last tragen zu müssen, die man sich auflädt, wenn man anderen das Leben nimmt. Wenn einen jeder Fehler, jeder Zweifel verfolgt und man nicht vergessen kann. Die Leute sagen, Herzlose wären keine Menschen.« Er nickt. »Aber ich frage mich bis heute, ob sie nicht vielleicht sogar menschlicher sind als die Menschen selbst.«

Die Monde scheinen still auf uns herunter, während sie den Sternen über den Himmel folgen. Reginall schaut hoch zu den Roten Zwillingsmonden.

»Wie schlimm die Glut auch brennt, Milady, Ihr dürft nicht vergessen, dass sie nur ein Passagier in Eurem Körper ist. Sie kann Euch bedrängen, aber sie besitzt Euch nicht. Ihr seid immer noch in weiten Teilen dieselbe Person, die Ihr auch wart, bevor Ihr zur Herzlosen wurdet.«

»Ich kann mich nicht mehr erinnern, wer diese Person war.« Ich ersticke fast an meinen eigenen Worten.

»Dann müsst Ihr bis zu dem Tag durchhalten, an dem Ihr Euch wieder erinnern könnt.«

Das Lachen, das aus mir herausbricht, klingt hysterisch. »Was, wenn ich versage? Was, wenn ich zersprungen werde wie ein Spielzeug? Was, wenn ich sterbe, ohne mein Herz je zurückbekommen zu haben, meine Erinnerungen noch in ihm …«

Reginall packt meine Schultern und sein runzliges Gesicht wirkt streng.

»Bitte, Milady. Verliert nicht das Vertrauen in Euch. Es ist das Einzige, was die Glut Euch nicht nehmen kann.«

»Sie hat doch schon alles gestohlen«, fauche ich ihn an. »Wie soll ich noch Hoffnung haben, wenn sie versucht, mir auch die wegzunehmen?«

Er ergreift meine Hände und scheint keine Angst davor zu haben, wer ich bin. Was ich bin.

»Kämpft!«, beschwört er mich und seine Stimme kling jetzt feurig. Sonst ist er immer so ruhig und bescheiden. »Kämpft mit allem, was Ihr habt, allem, was Ihr seid. Alles, was von Euch noch da ist – kämpft damit. Kämpft im Mondlicht, im Schein der Sterne. Jeder kleine Hoffnungsschimmer, den Ihr erkennt – klammert Euch an ihn. Heißt selbst das kleinste Licht willkommen und hört niemals auf zu kämpfen.«

Ich schweige und wir sehen gemeinsam dem Sonnenaufgang zu. Ich kehre als Erste ins Haus zurück. Auf dem Weg nach oben flehen mich die Schmerzen an, mich nicht mehr zu bewegen, und die Glut will, dass ich irgendjemanden in Stücke reiße. Ich kämpfe dagegen an und stehe schließlich in meinem Zimmer. Mein Körper und mein Geist sind erschöpft, denn sie werden von allen Seiten angegriffen. Wenn ich Lucien das Herz nehme, bin ich frei. Das geht mir im Kopf herum wie ein Mantra, ein Gebet.

Sein Herz. Freiheit. Sein Herz. *Freiheit.*

Ich suche mir ein Kleid aus dem Schrank und schminke mich.

Als ich zum Frühstück im Esszimmer erscheine, trage ich ein blaues Samtkleid und bin perfekt geschminkt, Rouge, bläulicher Lippenstift und dunkle Wachslinien auf den Wangen, wie eine Kriegsbemalung. Y'shennria schaut entgeistert von ihrem Buch auf.

»D-du …« Zum ersten Mal, seit ich sie kenne, stottert sie. »Du solltest nicht herumlaufen.«

Ich lächle sie mit meiner damenhaften Maske an und setze mich an den Tisch. »Das sagen alle.«

Es kostet mich viel Überredung, aber schließlich lenkt Y'shennria ein und erlaubt mir, Fione auf dem königlichen Schießstand zu treffen, allerdings erst, nachdem ich meine geistige Gesundheit unter Beweis gestellt und alles aufgesagt habe, was sie mich gelehrt hat. Adlige ersten und zweiten Rangs und die vom Goldrang. Der kleine Löffel für kalte Suppe, der große Löffel für heiße Suppe. Nimm nie die Hand eines Mannes, wenn er es dir nicht anbietet – hundert Fragen und hundert Antworten, die ich mittlerweile auswendig kenne. Nach der letzten verstummt Y'shennria.

»Stimmt etwas nicht?«, frage ich. Sie runzelt die Stirn.

»Du hast gut gelernt.«

»Wieso seht Ihr dann so verärgert aus?«

»Das bin ich nicht«, versichert sie mir. »Es ist nur so … merkwürdig. So stolz zu sein …«

»… auf eine Herzlose«, beende ich ihren Satz. Sie erwidert meinen Blick beinahe liebevoll.

»Auf wen auch immer. Als meine Familie starb, dachte ich …«

Ich sehe ein Zucken an ihrem vernarbten Hals. »Ich dachte, ich würde so etwas nie wieder fühlen.«

Sie schaut auf das Gemälde von Lord Y'shennria. Auch ich betrachte ihn.

»Wenn er hier wäre, möchte ich wetten, dass er auch auf Euch stolz wäre«, wage ich zu sagen. Y'shennria reißt den Blick von ihm los, und ich könnte schwören, dass ihre Augen feucht sind, aber das kann nicht sein. Y'shennria weint nicht, nicht vor mir und auch vor keinem anderen.

»Er würde mir vorwerfen, dass ich eine paranoide alte Frau bin«, sagt sie und lacht. »Und ich würde ihm sagen, dass er den Mund halten soll.«

Sie lacht und lacht. In diesem Moment wirkt sie plötzlich viel jünger. Ich balle die Fäuste.

»Ich verspreche Euch, Lady Y'shennria, dass ich diesen Krieg verhindern werde.«

Bei diesen Worten beruhigt sie sich wieder und tupft sich die Augen mit ihrem Taschentuch. »Natürlich wirst du das, du Dummchen.« Ich wäre beleidigt gewesen, wenn das jemand anders gesagt hätte. Aber von ihr zu hören, dass sie mir vertraut und sicher ist, dass ich es schaffe – das kommt einem Kompliment verdammt nah. Ich freue mich immer noch darüber, als ich in die Kutsche steige und zusehe, wie Y'shennrias Haus hinter mir immer kleiner wird.

Die königliche Schießanlage ist kaum mehr als eine gut gepflegte Rasenfläche am Stadtrand von Vetris, auf der ein paar Zielscheiben aus Stroh stehen und gelangweilte Gärtner in grünen Kitteln herumlaufen. Es sind keine anderen Adligen da, was mich vermuten lässt, dass Bogenschießen in Vetris nicht sehr beliebt ist. Entweder das oder hier hat erst kürzlich jemand einen Pfeil in seinen vornehmen Hintern gekriegt.

»Zera!« Fione winkt mich zu sich auf die einzige belegte Schussbahn. Sie hat eine ziemlich große Armbrust dabei. »Ich habe mich schon gefragt, ob du kommen würdest.«

Ich gehe auf sie zu. Ihre Zielscheibe ist mit Pfeilen übersät. Sie zielt und schießt, der Pfeil mit der Stahlspitze verfehlt nur knapp das Zentrum der Scheibe. Ich pfeife beeindruckt.

»Erinnere mich daran, dass ich dich auf meine Liste der Leute setze, die man besser nicht verärgern sollte.«

»War ich noch nicht auf dieser Liste?«, fragt Fione lachend und bereitet den nächsten Schuss vor. »Das verletzt mich aber.«

»Erlaube mir einen kleinen Moment des Selbstmitleids.« Ich deute auf meinen bandagierten Unterarm und das Handgelenk. »Du bist entschieden weniger verletzt als ich.«

Sie lacht wieder. »Das stimmt allerdings. Y'shennria sagte, dass du frühestens in ein paar Tagen aufstehen könntest.«

»Tantchen unterschätzt meinen eisernen Willen«, sage ich. »Oder, wie sie es ausdrücken würde, meine dickköpfige Sturheit.«

Mein Blick fällt auf Fiones Stock mit dem Valkeraxkopf, der ganz in der Nähe an einem Zaun lehnt. **Sie kann nicht wegrennen**, geifert die Stimme. **Tränk ihre hübschen Locken mit ihrem Blut.**

Fione lächelt und schießt wieder einen Pfeil ab. Er landet fast genau in der Mitte der Scheibe. Einer der Gärtner kommt herbei und fragt, ob ich etwas brauche, aber sie schickt ihn mit einer Handbewegung weg.

»Man sollte meinen, dass der Anblick meiner riesigen Armbrust ausreicht, um diese Leute fernzuhalten«, scherzt Fione.

»Du bist eine Adlige, sie sind Dienstboten. Es ist schwierig, jemanden in Ruhe zu lassen, wenn man weiß, dass derjenige das eigene Schicksal in der Hand hält«, gebe ich zu bedenken. Fione zögert kurz, dann legt sie den nächsten Pfeil ein und denkt über meine Worte nach. Sie schießt, doch diesmal verfehlt sie die Zielscheibe und runzelt die Stirn. Entzückend.

»Ich glaube, so habe ich das noch nie betrachtet.«

Sie schießt noch drei weitere Pfeile ab, die alle ins Schwarze treffen. Sie hat ein gutes Auge, lässt sich aber zu leicht ablenken. Das verrät mir ihr Fehlschuss.

»Hast du gefunden, was du brauchtest?«, frage ich leise. Fione sieht mich an und lächelt.

»Vielleicht habe ich einen verschlossenen Safe in einem bestimmten Büro im Palast geöffnet und dort möglicherweise den Namen eines Turms im Adelsviertel entdeckt. Und dann habe ich eventuell eine Palastwache auf dem Flur gehört und bin geflohen, bevor ich alles in Ruhe durchlesen konnte.«

»Du hast eine komische Art, Ja zu sagen.« Ich verdrehe die Augen. Sie kichert und stützt sich auf ihre Armbrust wie sonst auf ihren Stock.

»Dein … Opfer, falls wir es so nennen können? Ich kann dir versichern, dass es nicht vergebens war. Wieso bist du eigentlich in Ohnmacht gefallen? Kannst du kein Blut sehen?«

Ich schweige, denn ich suche noch nach einer passenden Ausrede. Fione hebt erneut die Armbrust und legt den nächsten Pfeil ein.

»Lucien sagt, es wäre eine Infektion. Aber ich habe gehört, wie mein Onkel zu einem der königlichen Ärzte sagte, dass sich keine Infektion so schnell ausbreitet.«

Mein Mund ist plötzlich ganz trocken – dass Gavik mich noch mehr verdächtigt, kann ich nun wirklich nicht brauchen.

»Es lag daran …« Ich beuge mich zu ihr hinüber. »Du darfst es aber niemandem sagen.«

»Dein Geheimnis ist bei mir sicher. Schließlich stecken wir gemeinsam in der Sache drin.«

Ich schaue ihr in die großen blauen Augen. Sie ist gut darin, Informationen zu beschaffen und Geheimnisse auszuspionieren. Ich muss überzeugend lügen, um die großen Lügen darunter zu verbergen. Um möglichst glaubhaft zu erscheinen, nage ich an meiner Unterlippe.

»Ich … faste. Die anderen Bräute sind so schlank und ich …«

»Oh, bei den Göttern, nicht auch du.« Fione seufzt. »Bist du deswegen beim Bankett so oft ins Bad verschwunden? Ich hasse diesen verdammten avellischen Trend. Iss gefälligst, verstanden?«

»Zum Glück bist du nicht meine Mutter«, kontere ich.

»Ich kann kein halb verhungertes Ding brauchen, das mir helfen soll, meinen Onkel zu erledigen«, beharrt sie auf ihrem Standpunkt. »Iss, oder ich werfe dich aus dem Team und du kommst um deine Privataudienzen mit dem Prinzen.«

Wo sollen wir zuerst angreifen? Die Stimme lenkt meine

Augen auf Fiones Hals, ihre Handgelenke – die zartesten Teile ihres Körpers. **Ihre weichen Augen oder ihr weiches Herz?**

»Auch wenn du deinen Onkel hasst wie die Pest, drohen kannst du genauso gut wie er«, werfe ich ihr an den Kopf. Fione lacht und lässt den Pfeil fliegen. Er trifft mit einem hölzernen *Pfump* ins Schwarze, und erst als der Wind auffrischt, sehe ich zwei dünne Pfeilhälften in der Brise wehen. Der letzte Schuss hat einen der anderen Pfeile genau in der Mitte gespalten. Ich verstehe nichts vom Armbrustschießen, aber ein Schuss wie dieser muss nahezu unmöglich sein.

Sie dreht sich um und grinst mich an. Wenn Gaviks Augen Wasser sind, dann sind ihre der Himmel.

»Stimmt. Er und ich sind uns recht ähnlich. Aber dasselbe gilt für dich und deine ›Tante‹. Sogar Lucien ist ein wenig wie sein Vater, auch wenn er das natürlich abstreitet. Das ist das Gemeine an Familien, stimmt's? Was immer wir für einzelne Familienmitglieder empfinden, wir werden unser Leben lang aussehen wie sie, handeln wie sie. Immerhin wurden wir von ihnen aufgezogen.«

Fione legt die Armbrust ab und greift nach ihrem Stock.

»Die Frage lautet nicht, ob der Apfel weit vom Stamm fällt, denn das tut er nicht.« Sie richtet den Blick in die Ferne. »Viel interessanter ist doch, ob der Apfel größer werden kann als der Baum.«

13

Ein Mann ohne Gnade muss fallen

»Würdet Ihr uns bitte allein lassen?«, sagt Fione zu dem Bediensteten, der sich in unserer Nähe herumdrückt. Er verbeugt sich und schlurft hastig davon. Erst als er verschwunden ist, erklärt Fione: »Ich erwarte Gäste.«

Sie hat kaum ausgesprochen, als auch schon zwei Personen aus dem Wald hinter der Schießbahn treten – einer schwarzhaarig, der andere grau, beide groß und breitschultrig. Prinz Lucien und Malachite. Sie kommen über den gepflegten Rasen auf uns zu, und mein Instinkt als erfahrene Diebin sagt mir, dass sie schon die ganze Zeit im Wald waren und uns beobachtet haben.

Als sie nah genug sind, mache ich meinem Unmut Luft. »Habt Ihr Freude daran, nichts ahnende Leute anzustarren?«

»Ich habe ja bekanntlich keine Manieren«, bemerkt Malachite. »Aber solltet Ihr nicht wenigstens einen Knicks machen, bevor Ihr anfangt, mit Anschuldigungen um Euch zu werfen?«

Fione macht einen Knicks und ich folge missmutig ihrem Beispiel. Lucien deutet eine Verbeugung an, wie es sich unter Adligen ersten Rangs gehört. Malachite beobachtet das alles amüsiert. Als Lucien sich wieder aufrichtet, sieht er mich sofort mit seinen dunklen Augen an.

»Deine Wunden sind doch sicher noch nicht verheilt. Hast du Schmerzen?«

Pausenlos, faucht die Glut.

Seine Besorgnis ist zu weich. Zu ungeschützt. Ihn so zu erleben ist, als würde ein hungriger Wolf ein neugeborenes Lamm zappeln sehen. Aufreizend und auch nah an der Grenze zur Peinlichkeit. Ich dachte, er wäre abgebrühter. Und klüger. Vielleicht habe ich ihn falsch eingeschätzt. Oder sein Herz hat trotz seiner Narben noch nicht gelernt, dass es ein Fehler ist, jemanden zu begehren. Ich habe ihn immer wieder gewarnt. Und trotzdem sorgt er sich noch um mich. Sieht mich immer noch so sanft an.

Was für ein Idiot!

»Das ist nichts, was ein bisschen Medizin nicht heilen kann«, versichere ich ihm. Malachite lacht.

»Ich musste ihn mit aller Kraft daran hindern, sofort loszurennen, als er Euch entdeckt hat. Aber als er dann gesehen hat, dass Ihr stehen und atmen könnt wie jeder andere, hat er sich wieder eingekriegt.«

»Mal«, sagt Lucien drohend, und Röte kriecht an seinem Hals hoch. »Schweig.«

Malachite wedelt mit einer Hand in seine Richtung. »Ja, ja. Das Übliche – ich halte den Schnabel und sehe nur zu.«

Fione mischt sich ein. »Wenn der Prinz meinem Vorschlag zustimmt, wirst du viel mehr tun als nur zusehen, Malachite.«

Das erregt unsere Aufmerksamkeit und wir sehen sie neugierig an. Sie merkt natürlich, dass sie jetzt am Zug ist, und lehnt zwei ihrer Pfeile an den Zaun. Sie berührt die Spitze des einen, der in den Himmel zeigt.

»Das ist die Crimson Lady am Rand des Bürgerviertels.« Sie legt den Finger auf die andere Spitze. »Das ist der East-River-Turm an der Grenze zum Adelsviertel.«

»Genau die Geografiestunde, die ich mir gewünscht habe«, maule ich. Fione lächelt gezwungen.

»Ich habe herausgefunden, dass die Beweise, von denen ich gesprochen habe, im East-River-Turm sind.«

»Dieser Turm ist ein Getreidelager«, sagt Malachite. »Er hat keinen Ein- oder Ausgang.«

»Und auch keine Fenster«, fügt Lucien hinzu. »Wenn Gavik diese Beweise wirklich unter zehn Tonnen Getreide vergraben hat, werden wir das Ding sprengen müssen, um sie zu kriegen.« Er sieht mich an. »Zera, weißt du zufällig, wie man eine Bombe baut?«

»Wieso fragst du mich das?« Ich hebe eine Braue.

»Du weißt, wie man sich duelliert, wie man stiehlt, und du besitzt die Fähigkeit, mich in jedem nur denkbaren Versteck aufzuspüren«, sagt er. »Ich dachte, du hast vielleicht auch den ein oder anderen explosiven Trick auf Lager.«

»Schön wär's.« Ich seufze. »Dann wären diese Bankette vielleicht nicht mehr so langweilig.«

Malachite stößt ein entsetztes Japsen aus. »Wagt es ja nicht, meine Lieblings-Lachscremepasteten in die Luft zu jagen!«

Fione räuspert sich. »Können wir bitte beim Thema bleiben?«

»Ich würde beim Thema bleiben, wenn es nicht kompletter Unsinn wäre«, sagt Lucien. »Die Beweise sind im East-River-Turm – und was heißt das? Das ist ein versiegelter Turm. Da kommt niemand rein.«

»Ich will auch nicht *rein*«, erklärt sie. »Sondern *darunter.*«

Lucien und ich tauschen einen Blick. Fione pocht mit den Fingernägeln auf die Zaunlatte zwischen den beiden aufrecht stehenden Pfeilen.

»Ich glaube, mein Onkel hat einen alten Wassersprecherkanal freigelegt und nutzt ihn als Tunnel von der Crimson Lady, wo er gewöhnlich mit den Wissenschaftlern arbeitet, zum East-River-Turm, wo er meiner Meinung nach seine Forschungsunterlagen aufbewahrt.«

»Ein Wassersprecherkanal?« Lucien rümpft die Nase. »Ich glaube kaum, dass sich Gavik jedes Mal durch eine enge Röhre quetscht, wenn er an seine Papiere will.«

»Du hast recht«, bestätigt Fione grinsend. »Die neuen, die in den letzten Jahrzehnten gebaut wurden, sind sehr eng. Aber die alten, die Prototypen? Die sind riesig und sie befinden sich immer noch unter der Stadt.«

»Woher willst du das wissen?«, frage ich.

»Ich habe die alten Karten studiert – ein Tunnel führt direkt von der Crimson Lady zum East-River-Turm.«

»Und du glaubst, dass er die Informationen in dieser Röhre herumliegen lässt?« Ich sehe sie fragend an.

»Ich weiß es nicht mit Sicherheit, aber alles deutet auf den

Gang unter dem Turm hin. Wenn wir dorthin gelangen können, bin ich überzeugt, dass wir genügend Material finden, um ihn beim König in Ungnade fallen zu lassen.«

Malachite hebt die Hand wie ein Schulkind und Fione nickt ihm zu.

»Du willst also, dass wir vier in die größte Anti-Hexen-Waffe des Landes – der Welt – eindringen, um diese Röhre zu finden?«

Es herrscht Schweigen, nicht einmal Fione will etwas dazu sagen. Malachite lässt nicht locker.

»Die Crimson Lady ist rund um die Sanduhr besetzt, in acht Schichten mit jeweils zehn Mann. Die Röhre, von der ihr sprecht, befindet sich wahrscheinlich im Untergeschoss, wo auch die empfindlichen Wasserpumpen stehen, die das verdammte Ding am Laufen halten. Und die wiederum werden von unabhängigen Patrouillen bewacht, bei denen es sich um die größten und stärksten Celeons handelt, die es in Vetris gibt. Und ihr meint, dass wir ungesehen da reinkommen?«

»Ich habe nicht gesagt, dass es einfach sein würde«, erwidert Fione langsam.

»Du hast auch nicht gesagt, dass es unmöglich ist«, fährt Lucien sie an.

»Ganz zu schweigen von den Schlössern, die uns den Weg versperren«, füge ich hinzu.

»Ich habe alle Schlüssel, die wir für die Crimson Lady brauchen«, verkündet Fione. Malachite blinzelt verblüfft.

»Ach, tatsächlich? Und woher im Namen deines verdrießlichen Gottes hast du die?«

»Das geht dich nichts an.« Sie runzelt die Stirn. »Ich will nur wissen, ob wir diese Sache als Team durchziehen.«

»Also, ich persönlich würde nur ungern bei einem Einbruch getötet«, gestehe ich.

»Es ist ja nicht so, als hätte ich keinen Plan«, versichert sie. »Lucien, ist es möglich, vier Wissenschaftlerroben aus der Sternenhalle im Palast mitzunehmen?«

Der Prinz überlegt. »Ja. Aber sie werden nach weniger als einer Stunde vermisst werden.«

»Mehr Zeit werden wir nicht brauchen, wenn alles gut geht.«

»Und wenn nicht?«, fragt er. Sie hält seinem Blick stand.

»Dann erfahren wir nie, wer deine Schwester wirklich getötet hat. Und die Terrorherrschaft meines Onkels geht weiter, bis deine Untertanen in den Krieg geschickt werden. Bist du dabei? Und du, Malachite?«

Fiones Worte hinterlassen Eindruck. Es folgt ein Moment des Schweigens. Der Prinz hat sich bereits entschieden, das kann ich ihm ansehen. Malachite sieht es ebenfalls.

Der Beneather seufzt. »Meinetwegen. Aber wenn wir erwischt werden, verpetze ich euch alle, damit wenigstens meine sterblichen Überreste nach Pala Amna gebracht werden.«

Lucien nickt Fione zu. »Ich bin dabei.«

Jetzt sehen alle mich an. Ich muss mir das Lachen verkneifen – über die Absurdität des Ganzen, über die Entschlossenheit dieser adligen Kinder, die das alles für eine Prinzessin tun wollen, die schon viele Jahre tot ist. Ich kann mir nicht vorstellen, so geliebt zu werden. Jemals. Wieder steigt die Eifersucht in mir auf – wie eine Schlange, die immer dann auftaucht, wenn Menschen etwas Edles und zugleich Dummes mit ihrem sterblichen Leben anstellen.

Sie können so viel riskieren, weil sie so viel haben. Ihr Herz. Eine Zukunft. Freiheit.

Und hier bin ich und bettele um Abfälle. Bettele um die Gelegenheit, das zu nehmen, was ich will, und dann zu verschwinden.

Ich lächle. »Wann geht es los?«

Fione sagt jedem von uns, was er mitbringen soll und wo wir uns am Abend treffen. Ihre Planung ist perfekt – sie hat bereits vier verschiedene Werkzeuggürtel besorgt, wie sie die Wissenschaftler tragen. Sie werden uns in der Crimson Lady alle Türen öffnen. Ich kann nur raten, woher sie die Gürtel hat, aber ich wette, es hat mit Erpressung zu tun, und wahrscheinlich hat sie auch die Verbindungen ihres Onkels genutzt. Lucien wird die Roben mitbringen, und solange wir die Kapuzen aufhaben, dürfte uns niemand erkennen. Malachite soll uns beschützen und ich bin – laut Fione – die Ausrede.

»Wenn etwas schiefgeht und wir erwischt werden«, hat sie gesagt, »behauptest du, dass du unbedingt mal die Crimson Lady sehen wolltest und Prinz Lucien angefleht hast, sie dir zu zeigen. Er wird sagen, dass er zugestimmt hat, weil er dich so sehr liebt, und wird die Wachen bitten, Stillschweigen zu bewahren und ihm zu verzeihen.«

Bei diesem Teil des Plans ist Lucien erstarrt und hat die Zähne zusammengebissen. Um nicht laut loszuprusten, hat Malachite gekeucht wie eine Hyäne, der ein Knochen im Hals steckt.

»Das klappt doch nie«, habe ich gesagt, obwohl mein Hals ganz trocken war. Fione hat mich angegrinst – diesmal kein falsches Zuckergusslächeln, sondern ein echtes und zuversichtliches Grinsen.

»Er ist ihr Prinz. Der zukünftige König. Mein Onkel würde nicht zögern, ihn zu bestrafen, aber alle anderen schon.«

Auf dem Rückweg muss Fisher langsam fahren, weil auf dem Markt so viel Verkehr ist. Mir bleibt genug Zeit, mir darüber klar zu werden, dass Fione uns ausnutzt. Lucien hat zugestimmt, weil er wissen will, was seiner Schwester wirklich zugestoßen ist, Malachite macht wegen Lucien mit und ich wegen meines Herzens. Ein unterirdischer Tunnel, Dunkelheit, der Randbezirk des Adelsviertels, kein weiter Weg zurück – perfekte Bedingungen, um Lucien das Herz herauszureißen.

Die Glut wächst schon wieder und attackiert mich bei jedem Atemzug. Ich kralle die Finger in meine Brust und bete, dass die Schmerzen aufhören. Mein verletzter Unterarm blutet und der Verband färbt sich tiefrot.

Fiones ewiges Lächeln, ihre Bemühungen, uns zusammenzubringen – das ist nicht einfach nur nett und dient auch nicht dazu, uns besser kennenzulernen. Sie benutzt uns wie Bauern auf dem Schachbrett. Ich nehme an, wenn man etwas unbedingt will, wenn man etwas verliert, was einem alles bedeutet hat, dann sind andere Menschen nur noch Spielsteine, die man herumschiebt, um sein Ziel zu erreichen.

Ich benutze Lucien auf dieselbe Weise, wie es Fione mit uns macht. Er ist für mich nur eine Figur in einem Spiel. Ein Meilenstein auf dem Weg in die Freiheit.

Du lügst!, kreischt die Glut mit tausend Stimmen wie berstendes Glas. **Du bist eine furchtbare Lügnerin.**

Geschrei reißt mich aus meinen Gedanken. Aus dem Kutschenfenster sehe ich, wie das Marktvolk auf etwas am Himmel zeigt – nein, etwas ist auf dem Dach eines Gebäudes gelandet. Krähen. Ihre glänzenden schwarzen Federn schimmern im Sonnenlicht, mit einer Ausnahme. Eine Krähe ist strahlend weiß.

»Eine Hexe!«

»Holt die Gesetzeshüter!«

»Schießt sie ab!«

Ein Obsthändler erscheint mit einer kleinen Armbrust. Er zittert beim Anlegen, aber als der Vogel zu Boden fällt, jubelt das Marktvolk. Die Stadtwachen sind sofort zur Stelle und kommen mit dem toten Vogel an meinem Kutschenfenster vorbei. Blut tropft von den Fingern des Gesetzeshüters. Ein paar weiße Federn lösen sich von dem leblosen Körper der Krähe und wehen über den Marktplatz. Die rosafarbenen Augen starren mich blicklos an. Keine Hexe – Hexenkrähen sind vollkommen farblos. Ein Tier. Ein Albino.

Ein wunderschönes Wesen, zur falschen Zeit am falschen Ort.

14

Sünde und Schatten

Ich bin erst seit zwei Wochen hier, und doch kann Y'shennria mir bereits ansehen, wenn ich etwas im Schilde führe. Jemanden kennenzulernen ist ein zweischneidiges Schwert – man erfährt viel über den anderen, er aber auch über einen selbst.

Y'shennria mustert mich misstrauisch. »Du hast doch etwas vor.«

»Ist das so offensichtlich?«, flöte ich und stopfe Haarnadeln in die Bauchtasche, die auf meinem Bett liegt. Als sie nicht antwortet, füge ich noch Verbandmaterial, Reiseproviant und Goldmünzen für den Notfall hinzu.

»Allerdings«, antwortet sie trocken. »Hat Lady Himintell vergessen, mir zu sagen, für welche illegale Aktion sie dich diesmal eingespannt hat?«

»Illegale Aktion?« Ich gebe mich schockiert. »Tantchen, bitte. Es ist nur ein unschuldiges Trinkgelage mit furchtbar reichen und gelangweilten jungen Leuten.«

Sie hebt ihre schmalen Brauen und betrachtet die Haarnadeln, die aus der Bauchtasche ragen. Ich räuspere mich.

»Also gut, erwischt – vielleicht ist auch ein kleiner Einbruch geplant. Aber das war es dann auch schon.« Sie hört nicht auf, mich anzustarren. Ich füge hinzu: »Es sei denn, auch Knutschen zählt zu den illegalen Aktionen. Was es meiner Meinung nach sollte.«

»Zera.« Sie kommt zu mir und kippt den Inhalt meiner Bauchtasche aufs Bett. »Du musst mir sagen, was los ist.«

»Wenn ich das tue, werdet Ihr versuchen, mich aufzuhalten.«

»Ich halte dich auf jeden Fall auf – die Jagd steht kurz bevor. Ich werde nicht zulassen, dass du alles, wofür wir gearbeitet haben, bei einem von Lady Himintells Kreuzzügen aufs Spiel setzt.«

»Ich dachte, Ihr mögt sie«, sage ich. »Wart Ihr es nicht, die mir gesagt habt, dass ich mich mit ihr vertragen soll? Ihr habt behauptet, sie würde mir helfen.«

»Das war, bevor ich …« Y'shennria schluckt. »Das war, bevor ich erkannte, was für eine perfekte Gelegenheit die Jagd ist. Das Umfeld ist ideal.«

»Für Euch«, kontere ich. »Ich war auch damit einverstanden, zumindest eine Zeit lang. Aber die Glut tobt immer schlimmer.«

»Zera …« Ihr Blick wird sanfter.

»Ich kann meine eigenen Gedanken kaum noch hören«, unterbreche ich sie. »Essen hilft, aber nur für ein paar Minuten. Jedes Mal, wenn ich Euch oder Maeve oder sonst jemanden ansehe, zeigt mir die Glut Bilder davon, wie ich denjenigen in Stücke reiße. Ihre Stimme ist so laut geworden. Auch jetzt schreit sie, ich solle Euch töten.«

… reiß ihr die Haut vom Körper …

Y'shennrias dunkler Teint wird ganz bleich, mit einem Hauch ins Grünliche. »Zera, du darfst nicht …«

»Ich weiß, dass ich es nicht darf. Das wusste ich schon immer. Aber seit ich von Luciens Schwert verletzt wurde, kann ich die Glut kaum noch unterdrücken. Wisst Ihr, wie sich das anfühlt? Wenn man die ganze Welt zerfetzen will?«

Die Roten Zwillingsmonde, die gerade über den weit entfernten Tollmount-Kilstead-Bergen aufgegangen sind, leuchten ins Fenster wie zwei rote Augen, die uns beobachten und niemals blinzeln. Schließlich nickt Y'shennria.

»Ja, ich weiß es. Es ist schrecklich.«

Sie schiebt ihre Finger über die Bettdecke zu meiner Hand. Doch dann zögert sie, zieht sie ein Stückchen zurück, bis sie sich zwingt, es doch zu tun. Ihre Hand, die nun auf meiner liegt, ist schmal und kühl.

»Du darfst dich nicht unnötig in Gefahr bringen.«

»Das ist doch der Grund, warum ich hier bin«, erwidere ich.

»Nein«, sagt sie mit eiserner Stimme. »Gefahr? Natürlich. Aber keine unnötige Gefahr. Wenn du erwischt wirst, ist alles vorbei. Für dich und für mich und für viele Hexen.«

»Wir können nicht all unsere Hoffnungen auf die Jagd setzen«, erwidere ich gereizt. »Wenn sich vorher eine Gelegenheit bietet, will ich da sein und …«

»Genau wie ich«, fällt sie mir ins Wort und ihre Stimme wird lauter. »Um dafür zu sorgen, dass du ungesehen zurück ins Haus kommst. Um sicherzustellen, dass du nicht vom Leibwächter des Prinzen verletzt wirst oder Schlimmeres.«

Ich beginne zu lachen, doch dieses Lachen entspringt eher meiner Verzweiflung. »Nichts davon gehört zu den überaus logischen Einwänden, die ich von Euch gewohnt bin und die ich lieben gelernt habe. Es klingt beinahe so …« Meine Kehle ist plötzlich wie zugeschnürt und ich bekomme die nächsten Worte nicht heraus. Y'shennria nimmt ihre Hand von meiner und starrt sie an.

»Ich will kein weiteres Porträt in meiner Halle, Zera.«

Ein Porträt. Sie meint eins wie das von Lord Y'shennria – ein Gemälde von einem Verstorbenen. Sie räuspert sich und als sie sich zu mir umsieht, fällt das rote Mondlicht auf ihr gepflegtes Haar.

»Es fing als Schauspielerei an«, sagt sie. »Wir haben nur so getan als ob. Haben heile Welt gespielt, mit einer neuen Nichte. Der ich Sachen gekauft habe, die ich unterrichtet habe und die vor meinen Augen zu einer Dame gereift ist. Vor langer Zeit habe ich gehofft, das alles mit meinen eigenen Töchtern erleben zu können. Doch als sie mir genommen wurden, habe ich …« Ihr vernarbter Hals zuckt. »Ich habe damit abgeschlossen. Habe jeden Gedanken daran weggesperrt.«

Sie sieht mir in die Augen und lächelt gequält.

»Aber der Alte Gott liebt es, uns auf die Probe zu stellen«, fährt sie fort. »Er schickt uns gern jemanden, der unser Leben auf wundervolle und schreckliche Weise verändert.«

»Wenn ich wieder ein Mensch bin«, sage ich, »könnt Ihr Euch gern um mich kümmern. Aber noch nicht. Nicht, solange ich noch so bin wie jetzt.«

Y'shennria lacht. »Du kannst mir nicht vorschreiben, wann

ich mich um dich kümmere, Zera. So funktioniert ein Tantchen nicht.«

Der Splitter meines Herzens macht im Medaillon einen Satz und mir bleibt die Luft weg. Y'shennria geht wie üblich schneller zur Tagesordnung über als ich. Sie steht vom Bett auf.

»Du wirst heute Abend nicht ausgehen«, sagt sie energisch. »Ich werde Reginall anweisen, alle Fenster von außen zu verriegeln, und er wird den Rest der Nacht die Tür bewachen. Wenn du fortgehst, erfahre ich es.«

»Ihr könnt mich nicht aufhalten«, fauche ich.

»Nein, aber das hier kann es.« Sie zeigt mir einen Dolch mit einer merkwürdigen Furche in der Klinge und einer kleinen Klappe am Ende des Griffs. Ein Dolch mit einer Quecksilberphiole.

»Ihr … woher habt Ihr den?«

»Ich habe die Hexen darum gebeten, bevor du nach Vetris kamst – genau genommen habe ich darauf bestanden, bevor ich auf ihren Vorschlag einging. Ich fand es beunruhigend, das Haus mit einer Herzlosen teilen zu müssen. Allerdings würde ich ihn jetzt nicht mehr aus Angst einsetzen, sondern zu deinem Schutz.«

»Ich warne Euch, ich bin sehr geschickt mit dem Schwert«, drohe ich.

Das beeindruckt Y'shennria kein bisschen. »Und ich habe schon mit dem Dolch trainiert, als du noch nicht einmal geboren warst. Du wirst dieses Zimmer nicht verlassen. Du wirst nicht eigenmächtig handeln. Du wirst an dem Jagdausflug teilnehmen wie geplant.«

Sie schließt die Tür hinter sich mit einem leisen *Pfump*. Das gedämpfte Geräusch regt mich mehr auf, als wenn sie die Tür zugeknallt hätte. Ich laufe gereizt im Zimmer herum und balle die Fäuste. Ich hätte es wissen sollen – Y'shennria ist genauso stur wie ich. Sie kann meine Schmerzen nachvollziehen, aber sie kennt nicht die Glut. Ich spüre, wie sie sich mit jeder Sekunde tiefer in meine Adern frisst. Ich habe vorhin Leber gegessen, aber das hat mir nur ein paar Minuten Erleichterung verschafft. Wenn ich nicht sofort aufbreche, komme ich zu spät zum Treffpunkt.

Ein Geräusch von draußen erregt meine Aufmerksamkeit – eine lange Eisenstange verriegelt meine Fenster. Reginall. Von unten sichert er mit der Stange jedes einzelne Fenster, und als ich erbost zu ihm hinuntersehe, lächelt er verlegen zu mir hoch. Ich kann keine Scheibe einschlagen, denn das würde Y'shennria hören. Außerdem würde ich mir die Beine brechen, wenn ich aus dem ersten Stock springe, und da mein Unterarm noch nicht geheilt ist, gehe ich davon aus, dass auch meine Beine nicht heilen würden.

Ich biege drei Haarnadeln auf und versuche erfolglos, mit ihnen das Schloss der Zimmertür zu knacken. Ich schreie Reginall zu, dass er mich rauslassen soll, bettle ihn an, doch er antwortet nicht. Die Glut stachelt mich an, etwas kaputt zu machen, sie kaputt zu machen – **Töte das Pack, das uns gegen unseren Willen hier festhält.** Schließlich lasse ich mich aufs Bett fallen, Wut und Anstrengung haben mich erschöpft. Wie schon so oft wandert mein Blick zu dem Rautenmuster an der Decke, das ich mittlerweile auswendig kenne.

Y'shennria ist ganz sicher nicht dumm. Wenn überhaupt war

ich es, weil ich ihr unbedingt erzählen musste, dass wir etwas geplant haben. Aber diesen Stubenarrest habe ich nicht kommen sehen, denn bis zu diesem Zeitpunkt hätte ich nie gedacht … dass ich ihr etwas bedeute. Mit einer Art missgelaunter Dankbarkeit erkenne ich, dass sich alle Menschen so fühlen müssen, die Eltern oder Verwandte haben: verärgert, aber nicht fähig, wirklich wütend auf sie zu sein. Die Erinnerung, wie es bei meinen Eltern war, ist längst verblichen, aber das hier fühlt sich irgendwie vertraut an. Irgendwie … *richtig.*

»Ich mag sie ja auch«, murmle ich. »Jedenfalls, wenn ich nicht stinkwütend auf sie bin.«

Mein Blick wandert in die linke Ecke der Zimmerdecke. Dort schließt eine Platte nicht genau mit den anderen ab – sie steht ein wenig hervor. In den ersten Tagen ist es mir nicht aufgefallen, aber wenn man eine Woche an die Decke starrt, bemerkt man die kleinsten Unregelmäßigkeiten. Normalerweise höre ich dem unbedeutenden Geschwätz der Adligen nicht richtig zu, aber eine Unterhaltung ist mir im Gedächtnis geblieben.

Es war auf einer der Dinnerpartys, die Y'shennria gegeben hat, bevor der Frühlingsempfang stattfand. Baroness d'Goliev hatte mich über den Feigenpudding hinweg mit ihren alten gelben Zähnen angelächelt.

»Ihr hättet Lord Y'shennria kennenlernen sollen, Lady Zera. Einen so brillanten Geist werden wir so schnell nicht mehr bei Hofe haben.« Sie seufzte.

»Oh?« Ich war ehrlich neugierig. »War er Wissenschaftler?«

»In jüngeren Jahren wollte er einer werden. Aber seine Familie hat darauf bestanden, dass er eine adlige Dame ersten Rangs heiratet und seinem Namen Ehre macht. Und er war im Grunde schon immer ein Familienmensch.« Die Baroness wischte sich einen Puddingfleck von ihrem mit Seide bespannten Busen. »Aber er hat das Erfinden niemals aufgegeben. Schon als Junge brachte er alle möglichen ausgeklügelten Apparate in den Palast – Dinge, die sich bewegten, Dinge mit Geheimtüren, kleine Kästchen, die man nur mit einem raffinierten Dreh öffnen konnte. Diese Trickschlösser hat er später noch überarbeitet und das Patent an Erzherzog Gavik verkauft, ist das nicht unglaublich? Das war die einzige seiner Erfindungen, die er bis zum Ende durchdacht hat. Und natürlich dieses Haus.«

»Das Haus? Hat er denn selbst daran gebaut?«, fragte ich.

»Allerdings! Er hat mich während des Baus eingeladen und mir einen entzückenden kleinen Geheimgang im ersten Stock gezeigt. Man konnte ihn nur durch ein Loch in der Decke erreichen, aber das war so gut versteckt, dass es mir nie aufgefallen wäre!«

Die Baroness hatte gelacht und ich lachte mit.

Aber jetzt lache ich nicht. Ich stehe unter der merkwürdigen Deckenplatte. Sie ist hoch über mir, aber wenn ich die Möbel verrücke, um hinaufzugelangen, wird Y'shennria es hören. Sie weiß garantiert, dass ihr Mann einen Geheimgang in mein Zimmer eingebaut hat. Leise staple ich meine Koffer aufeinander – es ist zwar sehr wacklig, aber ich reiche hoch genug, um die Platte zu berühren. Ich drücke dagegen und sie springt auf, klappt an einem Scharnier nach oben und ermöglicht den Zugang zu einem dunklen Loch, das gerade groß genug ist, dass jemand von meiner Statur durchkriechen kann.

»Die Götter mögen dich segnen, du eindeutig sehr dürres Genie«, stöhne ich und strecke die Arme nach dem Loch aus. Mühsam ziehe ich mich hoch und vor mir liegt ein Tunnel, in den mattes Licht fällt. Ich krieche auf Händen und Knien vorwärts und versuche, mich auf dem hölzernen Tunnelboden so lautlos wie möglich zu bewegen. Ich muss jetzt genau über Y'shennrias Zimmer sein.

Der Kriechtunnel endet dort, wo ich das Badezimmer vermute. Die Fliese mit dem Federmechanismus gibt unter meinen Händen nach und ich lasse mich vorsichtig nach unten gleiten, doch meine Stiefel landen mit einem deutlich hörbaren *Bums* auf dem Boden. Ich erstarre und warte auf das unvermeidliche Gezeter, doch es passiert nichts. Ich greife nach dem Türknauf, aber die Tür ist verschlossen. Sie wird nie abgeschlossen! Typisch Y'shennria, bloß kein Risiko eingehen.

Ich trete ans Fenster, und das ist unverschlossen. Und dann sehe ich ihn – einen Kirschbaum, groß und stolz und ziemlich knorrig. Ich *könnte* es schaffen. Ich könnte ihn aber auch verfehlen und mir das Rückgrat zertrümmern, und die Verletzung würde nicht heilen.

»Mit den Worten des überaus intelligenten Hexenphilosophen Erildan«, flüstere ich, öffne das Fenster und setze mich auf die Fensterbank, wo mir der Wind die Haare zerzaust. »›Was sicher ist, kann uns nie zufriedenstellen.‹«

Ich stoße mich so kräftig ab, wie ich kann, und für den Bruchteil einer Sekunde habe ich das Gefühl zu fliegen. Dann holt mich die Realität wieder ein und ich lande mit dem Oberkörper auf einem Ast. Der Schmerz verschlägt mir den Atem. Ich klammere mich fest, rutsche am Stamm hinunter und humple außer Sichtweite des Hauses und in die Nacht.

»Dazu passen die berühmten letzten Worte des vielleicht doch nicht so intelligenten Hexenphilosophen Erildan«, keuche ich. »›Ich hätte das nicht tun sollen.‹«

Mir tut alles weh und deshalb bemerke ich die Risswunde an meiner Wange nicht, bis ich in den Tiger's Eye Pub komme und Prinz Lucien aufspringt. Er trägt wie üblich seine Lederkleidung und tarnt sein Gesicht mit dem dunklen Lederschal. Die Harfenmusik klingt plötzlich gedämpft und ich nehme die anderen Gäste, die trinken und singen, kaum noch wahr, als er auf mich zukommt. Das Einzige, was ich von ihm sehen kann, sind seine dunklen Augen.

»Du bist verletzt«, murmelt er, zaubert ein Taschentuch aus dem Nichts hervor und drückt es an mein Gesicht. Er seufzt. »Allmählich habe ich genug davon, dass du jedes Mal irgendwo blutest, wenn wir uns begegnen.«

»Ich bin eben ein Mädchen mit vielen Talenten und dazu gehört auch, dass ich an allen Ecken und Enden meine Lebenskraft verströme«, scherze ich und verziehe dann peinlich berührt das Gesicht. »Oh Götter, ich wollte wirklich nicht so früh in unserer Beziehung einen Menstruationswitz machen.«

Lucien grinst. Hinter seinen breiten Schultern höre ich ein lautes, halb unterdrücktes Lachen. Malachite sitzt am Tisch und beobachtet uns, doch als ich in seine Richtung schaue, weicht er meinem Blick aus. Fione sitzt neben ihm und pocht ungeduldig mit den Fingerspitzen auf die Tischplatte. Lucien sieht zu ihnen hinüber, dann wieder zu mir.

»Stachle Malachite bloß nicht an – er hat den Humor eines Zehnjährigen.«

»Das hat er gehört?«, staune ich. Lucien führt mich zum Tisch.

»Was? Dachtest du, dass er diese Riesendinger rechts und links am Kopf nur trägt, weil sie gut aussehen?«

Malachites lange Ohren wippen im Schein der Lampe, als er mir zunickt.

Fione räuspert sich. »Nachdem wir endlich vollzählig sind …«

»Ich muss mich entschuldigen«, flüstere ich hektisch. »Ich musste mich erst aus dem Hausarrest befreien.«

»Dann können wir los.« Sie beachtet mich nicht. »Gehen wir.«

Sie steht auf, Malachite ebenfalls, doch Lucien fragt: »Wo wollen wir uns umziehen?«

»Nicht hier. Die Straßen sind sicherer«, antwortet Fione.

»Wo?«, wiederholt Lucien. »Auf welcher Straße?«

»Ich dachte an die erste Nord.«

»Die Fleischergasse? Da wimmelt es um diese Zeit von Gesetzeshütern. Die zweite Fisch ist besser.«

»Tut mir leid, Lucien.« Fione lächelt ihn an. »Aber bei allem Respekt, das ist meine Mission.«

»Bei allem Respekt«, erwidert er, hart wie Stein und Eisen. »Das ist meine Stadt. Ich kenne sie besser als du. Da bin ich ganz sicher.«

Es folgt ein angespannter Moment, in dem die beiden sich bewegungslos anstarren. Malachite sieht zu mir und verdreht die Augen, als wolle er sagen: *So sind die beiden immer.*

»Ich will ja kein Spielverderber sein.« Ich huste demonstrativ. »Aber da ist dieses lästige kleine Ding, das sich Zeit nennt, und es bewegt sich weiter, auch wenn wir es nicht tun.«

Die gereizte Stimmung zwischen den beiden verfliegt, und Fione, die auf ihren Stock gestützt dasteht, schnauft gereizt. »Also gut. Die zweite Fisch. Schnell!«

Wir verlassen den Tiger's Eye Pub und Lucien zeigt uns den Weg. Er führt uns um unzählige Ecken, bis wir in einer menschenleeren Gasse landen, in der sich Fischeingeweide türmen. Ich fange sofort an zu würgen, denn der Gestank ist fast so schlimm wie meine schlimmsten Erinnerungen an den Tod.

»Igitt.« Fione verzieht das Gesicht. »Hier stinkt's.«

»Es hat schon seine Gründe, wieso die Stadtwachen diese Gasse meiden«, bemerkt Lucien kühl.

»Ist das jetzt der Moment, in dem wir uns alle nackt ausziehen?«, fragt Malachite, dem der Gestank offenbar nichts ausmacht. »Ich bin nämlich nur deswegen mitgekommen.«

Lucien gibt jedem von uns eine schlichte braune Robe, die an eine Mönchskutte erinnert, und wir suchen uns vier weniger vermüllte Ecken, um sie über unsere Kleidung zu streifen, sehr zu Malachites Enttäuschung. Fione zeigt uns, wie wir die mit Kupferwerkzeug behängten Gürtel anlegen müssen, damit es ganz natürlich aussieht. Doch dann beginnen Fione und Lucien über etwas zu streiten, das sie »Zirkelachse« nennen, bis Fione ihn anfaucht, dass wir uns nicht als *königliche* Wissenschaftler verkleiden, und danach sagt er nichts mehr.

Mit tief ins Gesicht gezogenen Kapuzen kehren wir zurück auf die Straßen von Vetris und gehen auf die alles überragende Crimson Lady zu. Unsere Nerven sind zum Zerreißen gespannt. Lucien ballt immer wieder die Fäuste, Fione hat ihren Stock dicht an ihrer Seite, verbirgt ihn aber in den Falten der Robe, genau wie ich es mit meinem Schwert mache, und bewegt sich in ihrem, wie sie es nennt, »Normalo-Gang«. Sogar Malachite knirscht nervös mit den Zähnen. Je weiter wir uns der Lady nähern, desto mehr Gesetzeshütern begegnen wir. Sie lassen uns ziehen, denn ein paar Wissenschaftler, die mit Kapuzen auf dem Kopf einen Spaziergang machen, sind ein vertrauter Anblick. Schließlich erreichen wir die Stufen, die zum Eingang des Turms hinaufführen.

»Überlasst mir das Reden. Folgt mir einfach«, flüstert Fione uns zu.

Ich salutiere scherzhaft vor ihr und sie schenkt mir ein Lächeln – eins von den echten –, dann zieht sie den Kopf tiefer in den Schatten ihrer Kapuze zurück. Wir bleiben dicht hinter ihr. Die vier Stadtwachen am Eingang bewegen sich erst, als wir die Tür erreichen.

»Halt, einen Moment.« Einer der Gesetzeshüter hebt die Hand. »Erzherzog Gavik hat angeordnet, dass heute Abend keine weiteren Besucher eingelassen werden. Wir haben schon genug Leute, die hier arbeiten.«

»Es ist ein Leck in einem der Speichertanks aufgetreten.« Fiones Stimme klingt verblüffend tief und ganz anders als sonst.

»Wir müssen unseren Vorgesetzten so schnell wie möglich Bericht erstatten!«

Der Wachmann schnieft und sein Blick wandert über unsere Werkzeuggürtel, als würde er etwas überprüfen. »Tut mir leid, daraus wird nichts. Darum kann sich die Speichertankbesatzung kümmern.«

»Die Speichertankbesatzung hat durch die Quecksilbergase das Bewusstsein verloren«, fährt sie ihn scharf an. »Alle siebzehn.« Der Gesetzeshüter ist erschrocken. Fione wittert ihre Chance. »Wenn Ihr also nicht vorhabt, Erzherzog Gavik zu erklären, wieso sein gesamter Vorrat an weißem Quecksilber in nur einer Nacht in Rauch aufgegangen ist, schlage ich vor, dass Ihr uns durchlasst. Und zwar sofort.«

»E-eure Kapuzen …«

»Auch wir haben den Rauch eingeatmet. Deswegen vertragen unsere Augen nicht einmal mehr das Mondlicht. Um Kavars willen, lasst uns rein, bevor auch wir das Bewusstsein verlieren. Immerhin sind wir die Einzigen, die alle Details zum Leck kennen!«

Der Mann zuckt zusammen, salutiert uns zackig und öffnet die Tür. Fione huscht so schnell hindurch wie eine Katze und wir folgen ihr. Sie macht große, schnelle Schritte und führt uns durch gemauerte Flure, vorbei an Räumen, in denen zischende Maschinen aus Kupfer stehen, die von hochkonzentrierten Wissenschaftlern bedient werden. In einem Treppenhaus wird sie schließlich langsamer, streift ihre Kapuze ab und hakt einen Kupferstab von der Art, mit der Gavik während der Säuberung seine Stimme verstärkt hat, an ihren Gürtel. Hat das Ding ihre

Stimme so merkwürdig klingen lassen? Sie zeigt auf eine Bodenluke aus Stahl.

»Da ist es.«

»Sicher?«, fragt Lucien.

»Ziemlich sicher«, zischt sie. »Schließlich habe ich die Blaupausen dieses Turms sechs Monate lang studiert.«

»Wie …«, beginnt Malachite. »Woher weißt du so viel über die Lagerung von weißem Quecksilber?«

»Wieso glühen deine Augen rot?«, antwortet sie mit einer Gegenfrage. »Du zuerst.«

Ich spähe unter seine Kapuze – tatsächlich, Malachites rote Augen glühen sanft, als würden sie von einem Feuer im Innern erleuchtet, und die Pupillen sind Schlitze.

»Das ist so ein Beneather-Ding bei Vollmond«, sagt er. »Und was ist deine Ausrede?«

»Mein Onkel ist ein Arschloch.«

Malachite nickt beeindruckt. »Ist ein Argument.«

»Wenn ihr fertig seid, können wir dann gehen?«, flüstert Lucien und sieht sich hektisch um. »Zu lange auf einem Fleck herumstehen ist nicht mein Ding.«

Fione löst ein Schlüsselbund von ihrem Werkzeuggürtel und sieht Malachite und Lucien an. »Wache halten, okay?«

Sie kniet sich neben die Luke und probiert einen Schlüssel nach dem anderen aus.

Plötzlich zischt Malachite: »Da kommt einer! Die Luke auf, schnell!«

»Ich versuche es ja!«, antwortet Fione.

»Schneller!«, dränge ich.

»Auf den vetrisischen Blaupausen sind keine Schlüsselnummern vermerkt«, murmelt sie und stößt einen goldenen Schlüssel ins Schloss.

Lucien lässt den Wissenschaftler, der sich uns nähert, nicht aus den Augen, seine Hand wandert bereits zum Heft seines Schwerts, das er unter seiner Robe trägt, und er murmelt Malachite zu: »Erinnere mich daran, das zu ändern, sobald ich König bin.«

Malachite stöhnt nur und tastet nach dem gezahnten Dolch an seiner Hüfte. Der Wissenschaftler, ein Mann mit Hängelidern, der ein wenig dümmlich aussieht, wirft uns bereits misstrauische Blicke zu. Er ist mittleren Alters und hat fettige Haare. Er könnte uns verraten. Er ist eine Gefahr.

»Ich hole euch wieder ein«, flüstere ich Lucien und Malachite zu. »Seht nur zu, dass ihr es nach unten schafft.«

»Was hast du vor, Zera?« Luciens Augen werden schmal. Ich zwinkere ihm zu und gehe den Korridor entlang. Langsam streife ich die Kapuze ab und nutze jeden Trick, den ich seit meiner Ankunft in Vetris gelernt habe, um mein Lächeln unwiderstehlich zu machen. Der Kerl ist Wissenschaftler – kein königlicher, sondern ein ganz normaler –, also weiß er vermutlich nicht, wer ich bin oder welchen Titel ich trage. Ich mache einen Schmollmund und meinen verführerischen Augenaufschlag und versuche mir vorzustellen, dass er der Prinz ist. Ich weiß, dass ich Erfolg habe, denn er stolpert über den Saum seiner Robe. Er ist abgelenkt – jetzt werde ich ihn um den Finger wickeln. Ich stolpere, lande mit meinem nicht gerade mickrigen Busen an seiner Schulter und halte mich an seinem Arm fest. Ich lächle zu ihm hoch und tue so, als wäre ich außer Atem.

»Oh, bei den Göttern, das tut mir leid. Das ist meine erste Woche und ich habe mich noch nicht daran gewöhnt, hier zu arbeiten.«

Der Mann wird knallrot, fängt an zu stammeln und kann den Blick nicht von mir abwenden, vor allem nicht von der Stelle, wo sein Arm zwischen meinen Brüsten liegt. »I-ihr … Ich wollte nicht … Es tut mir leid …«

»Euch muss gar nichts leid tun.« Ich lächle affektiert. »Es war meine Schuld. Ich bin ja so ungeschickt.«

Hinter mir höre ich halb erstickten Protest und dann das Klappen der Luke. Danach herrscht absolute Stille. Sehr gut. Die anderen müssen im Tunnel sein. Der Wissenschaftler wirft einen Blick hinter mich und ich verstärke sofort den Griff an seinem Arm.

»Ich kenne mich hier immer noch nicht aus. Könntet Ihr mir wohl zeigen, wo die Waschräume sind?«

»Wa-waschräume«, stottert der Mann, der offensichtlich nicht daran gewöhnt ist, mit Frauen zu sprechen. »Ja. Hier entlang!«

Er ist so fasziniert von mir, dass er mit Riesenschritten vorausgeht, um mir den Weg zu zeigen. Ich lache mir ins Fäustchen, sprinte zur Luke, klappe sie auf und klettere hinunter. Fione wartet dort auf mich, und ich bin kaum unten, als sie auch schon hinter mir abschließt. Lucien kann mir nicht in die Augen sehen und starrt eine Wandfackel an. Malachite grinst und hat wie üblich einen frechen Spruch auf Lager.

»Und? Habt Ihr dem armen Kerl die Seele ausgesaugt, bevor oder nachdem er Euch vollgesabbert hat?«

»*Niemand*«, murmelt Lucien, »saugt hier irgendwen aus.«

»Ich weiß, dass dir deine Menscheneltern das nie gesagt haben, Lucien«, stichelt Malachite. »Aber es ist vollkommen in Ordnung, eifersüchtig zu sein. Es ist sogar ganz natürlich.«

Ich lache und muss mir auf die Lippe beißen, als Lucien mich für den Bruchteil einer Sekunde finster ansieht. Fione räuspert sich.

»Wenn jetzt alle damit fertig sind, sich wie pubertierende Teenies aufzuführen, möchte ich gern weiter. Malachite, du gehst vor. Halte dich auf der Westseite und achte auf eine Tür ohne Schloss.«

Ich starre nach vorn, doch die Dunkelheit jenseits der wenigen Fackeln ist undurchdringlich. Malachite seufzt und fährt sich mit einer Hand durch die Haare.

»Deswegen sollte ich also mitkommen – nicht wegen meiner Muskelpakete.«

»Herzlichen Glückwunsch, du hast es erkannt«, bestätigt Fione. »Und jetzt los.«

Sie weist uns an, eine Kette zu bilden. Lucien hält sich an Malachites Robe fest, ich an der von Lucien und Fione greift nach meiner. Wir kommen nur langsam voran und alles, was ich in der vollkommenen Dunkelheit sehen kann, ist das sanfte Glühen von Malachites roten Augen. Das entfernte Zischen nicht sichtbarer Maschinen hallt gruselig durchs Dunkel.

»Es ist hier so finster, um Eindringlinge fernzuhalten«, flüstert Lucien mir zu. »Die Celeon-Wachen können in der Dunkelheit ausgezeichnet sehen. Damit sind sie uns gegenüber im Vorteil.«

»Diese Schummler«, flüstere ich zurück, und obwohl es stockdunkel ist, bin ich sicher, dass er lächelt, und mein Herzmedaillon hüpft vor Freude. Er ist mir so nah, dass ich die Wärme seines Körpers spüre, die auch mich erwärmt. Einen kurzen Moment lang wünsche ich mir, dass nur wir beide hier wären, hier unten im Dunkeln.

Dann könntest du ihm leichter das Herz aus seiner wunderschönen Brust reißen, höhnt die Glut. Ausnahmsweise hat sie recht. Hier ist es wirklich stockdunkel. Wenn ich Lucien für mich allein hätte, könnte ich ihm sein Herz so schnell nehmen, wie ein Mungo eine Viper erledigt.

Als wir an einer Fackel vorbeikommen, sehe ich im schwachen Licht Malachites große Ohren. Wenn er mich in einer lärmenden Kneipe aus zehn Metern Entfernung hören konnte, hört er hier unten garantiert auch alles. In jedem Fall ein Schwert, das aus der Scheide gezogen wird. Schon wieder durchkreuzt er meine Pläne. Wenn er kein so netter Kerl wäre, würde ich allmählich anfangen, ihn zu hassen.

»In Deckung«, flüstert Malachite, und Lucien geht neben ihm in die Hocke. Auch ich mache mich klein und wir verstecken uns hinter etwas, das sich anfühlt wie ein großes Fass aus Metall. Es nähert sich jemand, der laut atmet und zwischen den Atemzügen ein pantherähnliches Knurren ausstößt. Schwere Schritte, dann Stille und das Geräusch von Luft, die durch die Nase eingesogen wird. Der Herzsplitter in meinem Medaillon wird eiskalt – es spielt keine Rolle, ob der Celeon uns sehen kann, denn diese Wesen haben einen hervorragenden Geruchssinn. Wir sind erledigt. Wir sind ganz sicher erledigt.

»Baudur«, ruft eine grobe Stimme, so nah, dass ich zusammenzucke. »Hast du schon wieder Leber gegessen?«

Leber. Riecht er sie an mir? Aus einiger Entfernung antwortet ein zweiter Celeon.

»Sie war in Ziegenbutter gebraten. Was willst du von mir?«

Die erste Stimme in unserer Nähe grunzt: »Einen Freund, der avellisches Essen mag.«

Die zweite Stimme lacht, es ist eine Mischung aus Kreischen und Schnurren. Die schweren Schritte gehen an uns vorbei und verklingen. Lucien richtet sich wieder auf, ich folge seinem Beispiel und schleiche hinter Malachite her, der dicht an der Wand bleibt.

»Hier«, zischt er leise. »Die einzige Tür ohne Schloss. Aber Beeilung – die Celeons drehen ihre Runden im Uhrzeigersinn.«

Ich spüre, wie Fione meine Robe loslässt, höre, wie sie sich an der Wand entlangtastet, und dann folgt ein leises Klicken.

»Lässt sich das Schloss im Dunkeln öffnen?«, flüstert Lucien.

»Ja«, antwortet Fione. »Es lässt sich erfühlen. Es hat keine Zahlen, sondern Stifte zum Eindrücken. Mein Onkel würde nicht auf die schützende Dunkelheit hier unten verzichten, nur um es bequemer zu haben.«

»Kann der Celeon nicht das Leuchten in Euren Augen sehen?«, frage ich Malachite. Er kichert.

»Ich habe sie jetzt fast die ganze Zeit geschlossen.«

»Und wie findet Ihr Euch dann zurecht?«

»Ich spüre, wohin ich gehe, auch ohne es zu sehen. Ich fühle mich hier wie zu Hause«, versichert er mir. »Die Dunkelheit, das Gestein. Da fühlen wir uns wohl.«

»Ich schätze, deswegen nennt man euch Beneather«, überlege ich. Wieder kichert er.

»Bene-Thar.«

»Was?«

»So nennen wir unser Volk, die Bene-Thar. Es bedeutet ›Die mit den Blut-Augen‹.«

»Aber wir nennen euch Beneather.«

»Als sich Menschen und Bene-Thar zum ersten Mal begegnet sind, haben sie Beneather verstanden, als sie wissen wollten, was wir sind«, erklärt Malachite. »Zum Totlachen, oder?«

»Und niemand hat versucht, das richtigzustellen?«

»Oh, das haben wir«, versichert er mir. »Aber da hatte es sich schon zu weit verbreitet. Aber es hat auch Vorteile. Wenn jemand in der Erdenwelt den Namen falsch ausspricht – Feind. Sagt er es jedoch wie wir, ist er ein Freund. Fione, ich will dich ja nicht hetzen, aber du solltest dich *wirklich* beeilen.«

»Geschafft!« Sogar in der Dunkelheit kann ich ihre stille Freude spüren. Uns strömt kalte Luft entgegen. Hinter der Tür ist es nicht ganz so dunkel und ich kann endlich wieder die Hände vor meinen Augen sehen. Die Tür schlägt hinter uns zu, was uns alle zusammenzucken lässt.

»Gut möglich, dass es hier Sprengfallen gibt«, warnt Fione, holt eine Kupferröhre mit einem Kristall aus ihrem Gürtel und klickt einen anderen Gegenstand, der an einen Nussknacker erinnert, darüber. Der Kristall beginnt zu leuchten und verbreitet ein strahlend weißes Licht. Es scheint in einen langen moosbewachsenen Tunnel. »Malachite, geh vor.«

»Ich bin nicht gerade ein Experte, wenn es um die Fallen deines Onkels geht«, gibt er zu bedenken.

Fione schüttelt den Kopf.

»Aber du hast die besten Reflexe von uns allen.«

Lucien schnaubt empört. »Nein, die habe ich.«

»Ich hatte bisher nicht das Vergnügen, mich mit Malachite zu duellieren«, mische ich mich ein. »Aber der Prinz sagt die Wahrheit – er ist wirklich sehr reaktionsschnell.«

»Sei nicht blöd, Lucien«, sagt Malachite. »Lass mich vorgehen.«

»Du hast mir gesagt, dass es ein Vorrecht der Jugend ist«, Lucien setzt sich so vorsichtig und leise an die Spitze, als wäre er der Dieb Whisper, »blöde Entscheidungen zu treffen und Risiken einzugehen.«

»Aber nicht, wenn man der letzte Thronerbe ist! Los, geh hinter mich!«, befiehlt Malachite und versucht ihn mit der Schulter wegzustoßen.

»*Du* gehst hinter *mich*!« Lucien wird schneller. Malachite holt ihn mühelos ein, und Fione und ich versuchen verzweifelt, bei diesem Kampf um das männliche Ego mitzuhalten.

»Nicht so schnell!«, rufe ich. »Wenn da eine Falle ist …«

Wenn sie tatsächlich in eine Falle laufen und Lucien darin umkommt …

Dann kannst du sein Herz rauben und in der Dunkelheit verschwinden, während diese jämmerlichen Sterblichen noch trauern, meldet sich die Stimme der Glut, doch das Stück meines Herzens im Medaillon krampft sich zusammen bei der Vorstellung, Lucien tot zu sehen, sein schönes Gesicht leblos …

Unter Malachites Stiefeln knirscht etwas und er und Lucien schauen langsam nach unten. Es sind Knochen – der ganze Boden ist übersät mit alten, ausgeblichenen Knochen.

Lucien bückt sich, um sie genauer zu betrachten.

»Ich glaube, die sind von einer Kuh«, verkündet er. »Rehe. Ein paar Hunde.«

Ich schlucke schwer. Dieser Anblick ist mir bekannt, ich habe so etwas schon im Wald gesehen, in der Nähe von Bärenhöhlen oder Wolfsbauen. »Das … das hier ist ein Bau.«

»Ein Bau?« Fione sieht mich fragend an. »Wie meinst du das?«

»Da!« Lucien zeigt auf etwas. Fione hält ihr Kristalllicht höher und Malachite sagt etwas auf Beneather, das keiner von uns versteht, doch wir kapieren auch so, was es war. Ein Fluch. Ein Gebet. Denn dort, im weißen Licht, liegen die riesigen moosbewachsenen Knochen einer schlangenartigen Kreatur, die den Tunnel versperren. Jede einzelne Rippe ist größer als ein Ochse, jede Kralle größer als ich und jeder Zahn so breit wie einer meiner Oberschenkel. Das Gerippe wirft gruselige Schatten an die Tunnelwand. Der wolfsähnliche Schädel liegt auf den gekreuzten Unterarmen, als hätte das Monster den Kopf im Moment seines Todes dort abgelegt.

»Valkerax«, haucht Malachite.

15

Knochen und Erinnerungen

Mein Mund ist staubtrocken und meine Hände zittern. Ein Valkerax, ausgerechnet hier?

»Ich bin wirklich nicht religiös«, gesteht Malachite, in dessen Stimme mehr als nur ein Hauch Panik mitschwingt. »Aber kann mir der verdammte Kavar mal verraten, wozu dein Onkel das Skelett von einem Valkerax braucht?«

»Er hat eindeutig hier gelebt.« Fione schluckt und setzt sich ruckartig in Bewegung. »Jemand … hat ihn gefüttert.«

»Jemand wie dein Onkel?«, frage ich.

»Die Knochen sind alt«, stellt Lucien fest und nähert sich dem Skelett ohne die geringste Furcht. »Fünf, vielleicht sechs Jahre. Und diese Abdrücke hier …« Er legt die Hand auf die Rippen, in denen sich deutliche Kerben befinden. »Jemand hat ihn mit einem Stich ins Herz getötet. Mit einem Schwert oder einer Hellebarde.«

Er zieht probeweise Varias Schwert und schiebt es in die Kerben. Zu unserer Verblüffung passt die Klinge perfekt. Lucien steckt die Waffe weg und tritt wieder zu mir zurück. Ich zeige auf den Schädel des Valkerax.

»Was ist das da?« In den Schädelknochen ist ein Symbol eingekratzt, das sicher nicht zufällig dorthin gekommen ist. Malachite verengt seine glühenden roten Augen.

»Das ist … Aber das kann nicht sein.«

»Was ist es?«, fragt Lucien.

»So markieren wir einen erlegten Valkerax. Entweder kannte jemand unsere Traditionen oder ein Beneather war hier.« Er holt tief Luft, fängt dann an, sich die Wände des Tunnels genauer anzusehen, und beginnt, dicke Moosschichten wegzureißen. »Hier müssen irgendwo Runen sein.«

»Was für Runen?«, frage ich. Lucien ist mir so nah und Malachite so hektisch und abgelenkt. Meine Hand wandert zum Heft meines Schwerts. Ich könnte es jetzt tun – **tu es jetzt!** –, dem Prinzen das Herz herausschneiden und in der Dunkelheit verschwinden, bevor Fione und Malachite auch nur in der Lage wären zu reagieren. Ich würde der Westwand folgen, schnell und leise, sollen sich die Celeon-Wachen doch zum Teufel scheren. Nein – sie würden mich erwischen. Es ist zu riskant. Ich muss erst einen besseren Fluchtweg ausfindig machen.

»Die Runen sperren den Valkerax ein – wie ein Käfig. Sie sind das Einzige, das ihn zurückhalten kann«, erklärt Malachite, und seine Suche fördert eingekratzte Buchstaben im Metall der Tunnelwand zutage. »Hier! *›Tornuvasin, der Erste seines Namens, beauftragt, die Wertsachen des Mannes ohne Gnade zu bewachen‹* … Und da!« Malachite reißt noch mehr Moos ab und spricht schnell und aufgeregt. »Die Runen beginnen unvollständig und wenn ein Valkerax stirbt, kratzen sich von selbst weitere Zeichen ein, die über die Umstände seines Todes berichten.«

»Das klingt nach Zauberei«, grüble ich. Malachite nickt.

»Alte vetrisische Magie – mehr als tausend Jahre alt, als Menschen und Hexen noch zusammen daran gearbeitet haben, die Valkerax wegzusperren.« Er zeigt auf die letzten Worte: »Hier, sein Tod: ›*Getötet wurde er in einem Akt der Gnade von der Lachenden Tochter.*‹«

»Lachende Tochter?«, flüstere ich. »Mann ohne Gnade? Was sollen diese Namen bedeuten?«

»Die Valkerax sind nicht wie wir«, versucht Malachite zu erklären. »Sie sind alt, älter als alles andere auf der Welt. Sie können jedem Lebewesen in die Seele schauen, und aus dem, was sie dort sehen, leiten sie den Namen für diese Person ab. Für einen Erdenmenschen ist das … schwer zu verstehen.«

Lucien neben mir erstarrt. Fione sieht ihn scharf an.

»Du weißt doch etwas, Lucien.« Der Prinz nagt an seiner Unterlippe. Fione tritt auf ihn zu und ihr rosiges Gesicht ist todernst. »Die Lachende Tochter? Du weißt, wer das ist, oder? Sag es mir.«

»Das geht dich nichts an«, sagt Lucien leise.

»Natürlich geht es mich etwas an! Raus damit!«, brüllt Fione. Wir weichen erschrocken zurück und ihr wütender Schrei hallt durch den Tunnel. »Es war Varia, oder? Sie hat das getan. Sie wusste von dem Geschöpf hier unten und hat es getötet. Wozu, um meinen Onkel zu ärgern?«

Luciens Gesicht ist hart wie Granit. Fione wütet weiter, doch jetzt sind ihre Augen voller Tränen.

»Sie ist tot, Lucien! Ich habe ihre Überreste gesehen. *Du* hast sie gesehen. Wir haben sie zusammen begraben. Sie wird nie zurückkommen. Und die Tatsache, dass sie dieses Vieh getötet hat, ändert nichts daran!«

»Das ist mir bewusst«, knurrt der Prinz knapp.

»Dann hör auf. *Hör endlich auf*«, faucht Fione ihn an, »so zu tun, als gäbe es noch Hoffnung.«

Malachite sieht über ihre Schultern hinweg zu mir und in seinem Blick liegt Bedauern. Fione wirbelt herum, hält das Licht höher, sucht sich einen Weg durch das Valkerax-Skelett und gelangt auf die andere Seite.

Malachite ruft ihr nach: »Warte! Was ist mit den Fallen?«

Seine Stimme verklingt, denn er rennt bereits hinter ihr her und nur Lucien und ich bleiben zurück.

Es ist so weit, frohlockt die Glut. **Endlich ist es so weit.**

Ich kann es nicht tun. Die Celeon-Wachen …

Du kannst sie niedermetzeln, stachelt die Stimme mich auf. **Sie sind auch nur Fleisch. Er gehört dir. Alles gehört dir …**

»Varia hat mal gesagt«, murmelt Lucien und reißt mich aus meinen Fantasien, »wenn sie jemals einem Valkerax begegnet, will sie ihm ein paar Fragen stellen.« Er richtet seine Mitternachtsaugen auf die letzten Runen. »Getötet in einem Akt der Gnade? Vielleicht war das der Preis, den er für sein Wissen verlangt hat.«

Meine Hand schließt sich um den Griff meines Schwerts, und der Prinz lacht plötzlich auf, doch es ist ein trauriges Lachen. Ich kann sein Gesicht in der Dunkelheit nicht sehen, aber ich höre die Qual in diesem Lachen, die Qual der vielen Tage des Wartens, Bedauerns und Hassens.

»Obwohl sie längst fort ist, finde ich immer noch ihre Spuren.«

Meine Hand erschlafft, sie ist wie gelähmt von dem Schmerz in seiner Stimme. Sein warmer Körper ist so nah, dass ich zögernd eine Hand ausstrecke und auf seine Schulter lege. Er zittert.

»Jede Spur, jeder ihrer Schatten lässt mich wieder hoffen«, murmelt er. »Und das ist das Schlimmste. Nicht, dass sie tot ist. Sondern dass sie nicht tot bleibt.«

Er lehnt sich leicht zu mir herüber. Ich lege auch den anderen Arm um ihn, und als würde ein Damm brechen, lässt er sich in meine Arme sinken, hält mich fest und seine Wange drückt sich an meine. Die Stimme klagt und schreit und meine Finger wollen zustoßen. Aber seine Wärme an meinem Körper, das wohlige Beben meines Medaillons bei jedem Atemzug, den wir teilen – ich tue das Einzige, was ich kann: Ich atme. Ich erinnere mich.

Ihr seid in dieser Stille. Reginalls Stimme. *Ihr seid diese Stille.*

Langsam, qualvoll langsam, wie ein Dorn, der aus einer Wunde gezogen wird, weicht die Glut zurück. Nicht vollständig und eigentlich auch nicht sehr weit, aber weit genug, dass sich mein Kopf etwas klarer und leichter anfühlt, als ich es wage, mit einer Hand tröstend über Luciens schwarzes Haar zu streichen.

Es ist krank und es ist falsch, aber für diesen einen Moment, in diesem fremden Tunnel aus Metall in einer fremden Stadt, mit diesem nicht so fremden Jungen im Arm, empfindet dieses Monster tatsächlich Glückseligkeit.

Irgendwann lassen wir einander los, doch er greift nach meiner Hand, was das Stückchen meines Herzens im Medaillon beinahe stehen bleiben lässt. Wortlos folgen wir Fione und Malachite durch den Tunnel. Es ist ein großartiges Gefühl, wie seine starke Hand meine Finger umfasst, wie er immer wieder zögert, um sicher zu sein, dass ich nicht über Knochen stolpere. Zuneigung. Wertschätzung. Ich fühle seinen Blick auf mir, nicht unerträglich heiß, aber doch sehr warm.

Unangenehm warm.

Immerhin habe ich vor, ihn zu töten und zum Sklaven einer Hexe zu machen. Einem Kriegsgefangenen.

Mit fast übermenschlicher Kraft ziehe ich meine Hand aus seiner und er bleibt sofort stehen. »Stimmt etwas nicht, Zera?«

»Ich habe Bedenken«, behaupte ich. »Wenn irgendjemand erfährt, dass wir die Anstandsregeln verletzen ...«

»Vergessen wir die verdammten Anstandsregeln«, sagt Lucien entschlossen und hält mir die Hand hin. Ich zögere, zu lange, und er atmet leise aus. »Vielleicht hast du recht. Du wirst am Hof nicht so leicht zur Zielscheibe des Klatsches, wenn das hier unser Geheimnis bleibt.«

Bis zum Schluss um mein Wohlergehen besorgt. Doch ich fühle mich deswegen ganz und gar nicht gut – es dreht mir das Unherz in der Brust herum und das Bedauern tut mir fast körperlich weh.

Bevor ich etwas sagen kann, lässt eine Explosion den Tunnel erbeben. Lucien und ich rennen los bis zu einer offenen Tür. Fiones weißes Licht liegt auf dem Boden und wir hören ihre panische Stimme.

»… alles in Ordnung? Malachite, sag doch was!«

Zwischen zerbrochenen Bücherregalen und Papierfetzen liegt Malachite. Er regt sich nicht und eins seiner langen Beine steckt verkrümmt unter dem Körper. Lucien fällt neben ihm auf die Knie und rüttelt an seinen Schultern.

»Malachite!« Der Prinz schaut zu Fione auf. »Was ist mit ihm?«

»I-ich weiß es nicht! Ich habe den Tresor hinter dem Bücherregal entdeckt und ihn gebeten, es für mich wegzuschieben, und dann … Oh Götter!« Sie ringt die Hände. »Ich habe es nicht auf eine Falle überprüft. Ich war so wütend, ich – Malachite, *bitte*, wach auf!«

Malachite reagiert nicht, seine Lider zucken nicht einmal. Ich versuche, den giftigen Kloß in meinem Hals hinunterzuschlucken. Es war nie vorgesehen, dass ich so etwas empfinde. Es war nie vorgesehen, dass mir jemand so viel bedeutet – nicht der Prinz und auch nicht sein Leibwächter. Niemand. Das alles sollte nur vorgetäuscht sein. Und doch stehe ich jetzt hier und mein Magen krampft sich vor Angst zusammen.

Lucien verpasst Malachite eine Ohrfeige. Eine richtig harte Ohrfeige. »Wach auf, verdammt noch mal!«

Nichts. Lucien klingt verzweifelt.

»Du kannst mich nicht alleinlassen. Du hast versprochen, dass du an meiner Seite bleibst, bis ich den Thron besteige. Du hast es *versprochen*!«

Ich gehe neben Malachite auf die Knie, lege mein Ohr an seine Brust, um sein Herz zu hören. Es schlägt, aber sehr schwach. Er atmet flach und rasselnd. Ich bin oft genug gestorben, um zu wissen, dass rasselnder Atem das schlimmste Zeichen ist – er deutet darauf hin, dass der Körper kurz davor steht, alle Funktionen einzustellen.

»Wir müssen Hilfe holen.« Ich schaue auf. »Fione, gibt es hier einen Ausgang?«

Sie nickt und zeigt auf eine eiserne Falltür in der Decke. Wenn es uns gelingt, ihn hinauszuschaffen, weit genug weg vom Turm, und dann einen Arzt finden, der ihn versorgt …

»Steh auf!«, schreit Lucien. Ich lege eine Hand auf seinen Arm, aber er reißt sich los und schlägt mit beiden Händen auf Malachites Brust. »Ich sagte, *steh auf!*«

Es ist, als hätte ihn ein Blitz getroffen – Malachite setzt sich auf und holt tief Luft. Unter flatternden Lidern sieht er uns mit glühenden Augen benommen an.

»Was habe ich verpasst?«, krächzt er. Luciens Anspannung weicht. Fione steht da wie erstarrt.

»Es tut mir so leid, Malachite!«, stößt sie hervor. »Es war meine Schuld – ich habe das Regal nicht auf mögliche Fallen untersucht, bevor du …«

»*Vachiayis!*«, flucht Malachite, der jetzt sein Bein umklammert hält. »Was in den finsteren Tiefen ist mit mir passiert?«

»Du magst feuerfest sein, aber wie sich herausgestellt hat, bist du nicht immun gegen Explosionen«, scherze ich und vergesse vor Erleichterung jede Förmlichkeit. Malachite grinst trotz seiner Schmerzen.

»Das ist gut zu wissen.« Er versucht aufzustehen, und Lucien hilft ihm hoch. »Tut mir leid, wenn ich dich beunruhigt habe, Luc. Aber manchmal muss ein Kerl ein Nickerchen im Dreck machen, wenn du verstehst, was ich meine.«

Lucien lacht gequält und sogar von Fione kommt ein halb ersticktes Kichern. Erleichterung beruhigt die Menschen. Malachite beteuert, dass es ihm gut geht, und Fione vermutet, dass die Explosion mit einem Alarmsystem gekoppelt ist und wir deswegen so bald wie möglich verschwinden müssen. Sie nähert sich vorsichtig dem Tresor und bearbeitet das Trickschloss. Lucien ist bei ihr. Damit bleibt es mir überlassen, Malachites Bein mit Holz des zerbrochenen Bücherregals zu schienen.

»Hast du immer Verbandzeug dabei?«, fragt er, als ich die Rolle Mull aus meiner Bauchtasche hole.

»Nur wenn ich weiß, dass der idiotischste Beneather von allen mitkommt«, albere ich. Er schnaubt.

»Zu meiner Verteidigung: Ich wollte das Ganze ein wenig beschleunigen. Noch länger bei diesen Valkerax-Knochen herumzuhängen, hätte Lucien nicht gutgetan. Und Fione auch nicht.«

»Erinnerungen können gefährlich sein«, murmle ich.

»Manchmal halten sie dich gefangen«, bestätigt er. »Aber sie zu haben, sie besuchen und in ihnen leben zu können, wenn das wirkliche Leben zu grausam ist – ich finde, das ist es wert.«

Woher sollen wir das wissen?, fragt die Glut. **Wir haben uns längst von diesen menschlichen Erinnerungen befreit.**

Ich lache, weil mir nichts anderes übrig bleibt, und erst jetzt fällt mir auf, dass mein Lachen hier in Vetris fast immer der Verzweiflung geschuldet ist.

Fione findet im Tresor, was sie gesucht hat – eine alte Pergamentrolle –, und wir schaffen es durch die Falltür, kurz bevor die Schritte der Celeon-Wachen durch den Tunnel hallen. Ich bin so froh, die Monde wieder zu sehen und die kühle Nachtluft zu spüren. Wir streifen unsere Roben ab und beeilen uns, den langen Schatten des East-River-Turms hinter uns zu lassen. Malachite fällt das Gehen schwer und Fione und Lucien sehen erschöpft aus, Fione stützt sich schwer auf ihren Stock. Mir geht es prima, aber ich zeige trotzdem auf eine abgelegene Bank, die von der Straße aus wegen der dicken roten avellischen Bäume nicht zu sehen ist. Nicht einmal Fione hat etwas gegen eine kurze Pause einzuwenden, und wir setzen uns. »Nur um wieder zu Atem zu kommen«, beteuert sie.

Ich habe mal gelernt, dass es eine Ruhe vor dem Sturm gibt, und dies ist sie. Fione spricht als Erste.

»Ich habe einen Blick auf das Dokument geworfen; es sind detaillierte Aufzeichnungen über Varias Schwert in der Handschrift meines Onkels, datiert auf den Tag, bevor wir erfahren haben, dass sie getötet wurde. Ich hatte … ich hatte recht. Die ganze Zeit über hatte ich *recht.*«

Lucien ballt die Fäuste. Fione fährt fort:

»Jetzt wird die Zeit knapp. Er wird merken, dass die Papiere weg sind, und nach ihnen suchen. Mir bleiben höchstens zwei Tage, bis er herausfindet, dass ich es war.«

»Was willst du jetzt tun?«, frage ich. Sie sieht die Pergamentrolle an und lächelt schwach.

»Sie dem König bringen. Und dann fliehen. Ich muss mich irgendwo verstecken, wo mein Onkel mich nicht findet, bis er hinter Gittern sitzt und seine Macht verloren hat.«

»Übermorgen gehe ich auf die Jagd.« Lucien wischt sich den

Schweiß von der Stirn. »Da wärst du sicher und könntest abwarten.«

Fione lächelt ihn erschöpft an. »Das ist eine gute Idee. Ich nehme dankbar an.«

Danach herrscht verlegenes Schweigen. Die ersten Sonnenstrahlen kriechen über den Horizont und fallen auf die Gesichter einer sehr ungewöhnlichen Gruppe junger Leute.

»Entschuldigung, Lucien«, murmelt Fione, »dass ich so geschrien habe.«

Lucien sieht sie nur an, sie ist wirklich vollkommen erledigt. Er stützt die Ellbogen auf die Knie, legt das Kinn in die Hände und sagt: »Schon gut. Tut mir leid, dass ich diese Sache mit Gavik nicht früher geglaubt habe.«

»Betrachtet mich offiziell als gerührt«, mischt sich Malachite ein. Ich knuffe ihm gegen sein unverletztes Bein.

»Halt den Schnabel.«

Er kichert. Lucien verdreht die Augen und Fione schüttelt kaum merklich den Kopf. Der Sonnenaufgang vertreibt den Nachthimmel. Gesetzeshüter streben auf den East-River-Turm zu, erst nur wenige, dann immer mehr, bis es schließlich ein stetiger Strom ist. Sie sehen uns nicht, aber wir können ihre Stimmen hören.

»… Crimson Lady hat Magie in dieser Gegend aufgespürt.«

»… du sicher, dass diese Eierköpfe die Meldung richtig gelesen haben?«

»Die Wissenschaftler sind doch keine Idioten, natürlich haben sie alles richtig gemacht.«

»… ein gewaltiger Ausbruch von Magie unter der Erde …«

Wir sehen uns an. Malachite ist der Erste, der etwas flüstert.

»Die Runen waren das nicht. Die verlieren ihre Magie, wenn der Valkerax stirbt.«

»Und die Explosion wurde ausgelöst von einer Quecksilberfalle«, versichert uns Fione. »Keine Magie.«

»Was war es dann?« Lucien runzelt die Stirn. Ich sage ihnen lieber nicht, wie nah Malachite dem Tod war. Dass Lucien ihm auf die Brust geschlagen hat, hätte niemals ausgereicht, um ihn zurückzuholen. Und dass Malachite sich so plötzlich aufgesetzt hat, so hellwach und voll orientiert …

Das war wie Zauberei.

Als wir schließlich aufbrechen – die Nähe der Stadtwachen zwingt uns zur Vorsicht und so gehen wir einzeln und nacheinander –, betrachte ich Luciens Rücken. Die d'Malvanes sind eine Hexenfamilie. Man kann auch Hexen zu Herzlosen machen, aber in Nightsingers Büchern stand, dass so etwas das Schlimmste ist, was man einer Hexe antun kann, natürlich abgesehen davon, sie zu töten. Eine schändliche Strafe, die an Folter grenzt.

Lucien dreht sich noch einmal zu mir um und sein Lächeln lässt seine Mitternachtsaugen strahlen.

Eine Strafe, die wir ihm auferlegen werden.

16

Die Jagd

Als ich bei Y'shennrias Haus ankomme, sitzt sie auf den Eingangsstufen, trinkt Tee und liest. Sie legt das Buch weg, erhebt sich, steht stocksteif vor mir, als ich näher komme, und ihre Augen blitzen schärfer als jedes Schwert.

»Du bist gegangen«, sagt sie kalt.

»Ich musste es versuchen.« Ich halte ihrem Blick stand, ohne zu blinzeln. Ich bin bereit, die Konsequenzen für meinen Ungehorsam zu tragen.

Einen Moment lang sagt keiner mehr etwas. Die Vögel zwitschern und die adligen Kinder nebenan spielen im Garten und kreischen laut. Y'shennrias Blick wird sanfter und sie streckt mir die Hand entgegen.

»Ich weiß«, sagt sie schließlich ganz ruhig, und eine Sekunde lang bin ich sicher, dass dahinter auch ein ungesagtes *Ich bin nur froh, dass du wieder da bist* mitschwingt. Ich ergreife langsam und zögernd ihre warme Hand, und diesmal zuckt sie nicht zurück. Wir setzen uns ins Wohnzimmer und trinken schweigend eine Kanne Tee; es ist diese Art von Schweigen, die jede Kluft füllt wie Gänsedaunen – sanft und weich.

Wir haben entschieden, Y'shennria und ich, Frieden miteinander zu schließen. Wie es in Familien üblich ist.

Auch der Kronprinz hat eine Entscheidung getroffen.

Später am Tag schickt er mir etwas, das Y'shennria »eine traditionelle Einladung zur Jagd« nennt – ein wundervolles Cape aus weißem Pelz. Ich streiche über den Fuchsschwanz an seinem Ende und meine Gedanken überschlagen sich.

Empfindet er nach dem Abend beim Straßenfest oder unserem Duell dasselbe wie ich? Nach unserer Umarmung in dem dunklen Tunnel? Denkt auch er ständig an unsere gemeinsamen Augenblicke und ist auch für ihn die Erinnerung noch frisch und neu und so warm, als fühlte er meine Berührung? Ich sollte glücklich sein, dass er mich zur Jagd eingeladen, mich auserwählt hat. Das kann nur bedeuten, dass er mich zur Seite nehmen und mir die Frage stellen wird, die jede Frühlingsbraut hören will. Und es kann nur bedeuten, dass dies der perfekte Moment sein wird, seine Brust aufzuschlitzen und ihm das Herz herauszureißen.

Ihm sein Herz nehmen – bisher war ich fest entschlossen, es zu tun. Aber jetzt? Ihn an die Hexen zu verlieren, ihn zu verraten und in das zu verwandeln, was ich am meisten hasse – dieser Gedanke macht mich krank. Wie kommt das auf einmal? Wieso kann ich nicht das Mädchen sein, das ich vorher war, nur daran interessiert, meine Freiheit zu erlangen, koste es, was es wolle?

Warum kann ich nicht einfach das Monster sein?

Weil es wehtut, schreit die Glut.

Der Tag der Jagd kommt viel zu schnell. Ich starre auf den Feuerkalender, während ich darauf warte, dass Fisher die Kutsche vorfährt. Es ist der letzte Tag. Ein einziger Tag, der noch zwischen der Sommersonnenwende und mir liegt. Zwischen dem Versagen und mir. Ich zupfe nervös an dem weißen Fuchspelzcape.

»Hast du alles?«, fragt Y'shennria. Sie trägt ein makelloses grünes Seidenkleid und ich könnte schwören, dass ihr trotz ihrer gefassten Stimme die Nerven flattern. »Dein Nachthemd, das Schwert, das Make-up …«

»Ich dachte, ich verzichte auf den Lippenstift und benutze stattdessen Blut. Ihr wisst schon, dieser wilde Jägerinnenlook.«

»Du bist eine richtige Hofnärrin«, stellt sie fest.

»Ich bevorzuge den Ausdruck Modepionierin.«

»Hast du das Glas?«, vergewissert sie sich.

Ich taste nach der Schultertasche, in der ich meine persönlichen Reiseutensilien aufbewahre. Durch den Seidenstoff fühle ich das Glas für Luciens Herz, gefüllt mit Süßigkeiten, damit es keinen Verdacht erregt, falls es jemand sieht.

»Schwert – vorhanden. Glas – vorhanden. Panische Angst vor dem Unbekannten – vorhanden.« Ich streiche mir die Haare aus der Stirn und lächle Y'shennria an. »Habe ich etwas vergessen?«

»Eine große Dosis Optimismus«, sagt sie. »Wir stehen kurz vor dem Ziel. Ich habe vollstes Vertrauen in dich.«

»Keine gute Idee«, widerspreche ich. »Die letzte Person, die mir vertraut hat, war meine Mutter, und Ihr wisst ja, was aus ihr geworden ist.«

Y'shennrias Blick wandert durchs Fenster zu den Rosenbüschen, die jetzt in voller Blüte stehen und deren schwarze Blüten ihren süßen Duft verströmen. »Meine Tochter hieß Alyserat.«

Ihre Tochter – die sie verloren hat. Bisher hat sie noch nie von ihr gesprochen.

»Das ist Altvetrisisch«, fährt Y'shennria fort. »Man hat Kinder gern nach Sprichwörtern benannt – netten Warnungen. Ihr Name war keine gute Wahl und er verfolgt mich bis heute: ›Fürchte die Vergangenheit, nicht die Zukunft.‹ In meiner Jugend, meiner Naivität, glaubte ich, diesen Spruch zu verstehen. Wenn man die Vergangenheit fürchtet, kann man unmöglich in die Zukunft gehen.«

Sie sieht mich an, nicht durch mich hindurch oder an mir vorbei, wie sie es sonst immer getan hat, sondern direkt in mein Gesicht, und die Intensität, die in ihren haselnussbraunen Augen liegt, verschlägt mir den Atem.

»Wenn man die Vergangenheit fürchtet, wird das deine Zukunft«, sagt Y'shennria schließlich. »Man sitzt auf ewig in der Vergangenheit fest, gefangen von seiner Angst. Es gibt keine Möglichkeit, ihr zu entkommen. Ich glaube, ein Teil von mir weiß das – deswegen habe ich Reginall eingestellt. Und deswegen habe ich zugestimmt, dich aufzunehmen und zu unterrichten. Auch wenn es mir wehgetan hat.«

Ich bin tief getroffen. »Das tut mir leid, Y'shennria …«

Entschuldige dich nicht bei der Beute, geifert die Glut.

»Nein, dir muss nichts leidtun. Durch dich habe ich gelernt, keine Angst mehr zu haben.«

Ich bin ganz still und ihre Lippen verziehen sich zu einem Lächeln.

»Wegen dieses Mädchens, das ich ausgebildet habe, des Mädchens, das sich vor meinen Augen von einem ungehobelten Ding in eine feine junge Dame verwandelt hat – deinetwegen, Zera, habe ich jetzt keine Angst mehr.«

Nun lächelt sie voller Stolz und mein Unherz hüpft in meiner Brust. Ist sie tatsächlich stolz auf mich, trotz all meiner Zweifel und Fehler? In diesem Moment kommt sie mir vor wie die Mutter, an die ich mich nicht mehr erinnern kann. Jemand, dem ich etwas bedeute.

Y'shennria und ich haben besprochen, was sie tun wird, nachdem ich dem Prinzen auf dem Jagdausflug das Herz genommen habe. Wir haben in allen Einzelheiten besprochen, wie sie in den Wald fliehen wird, wo die Hexen ihr Unterschlupf gewähren werden. Reginall, Maeve, Fisher und ihr Stalljunge Perriot werden sie begleiten. Denn in dem Augenblick, in dem ich auf Lucien einsteche, werden sie zu Verrätern.

Und ich werde den Prinzen verraten. Fione und Malachite. Dann bin ich eine Lügnerin und ein Monster. Ein Monster, das ein zweites erschafft, nur um der eigenen Freiheit willen.

»Die Kutsche ist eben vorgefahren, Lady Y'shennria!«, ruft Reginall. Ich muss gegen die Angst ankämpfen, die mich zu überwältigen droht, und lächle Y'shennria tapfer an.

»Es ist Zeit.«

Sie nickt und hilft mir beim Einsteigen. »Pass auf dich auf, Zera. Jenseits der Stadtgrenzen kann ich nichts mehr für dich tun.«

»Entspann dich, Tantchen.« Ich mache einen letzten Versuch,

sie zu ärgern. »Du hast genug für mich getan. Jetzt bin ich an der Reihe, das alles zurückzuzahlen.«

Sie weist Fisher an, mich sicher ans Ziel zu bringen, dann traben die Pferde los. Sie winkt mir von den Eingangsstufen aus hinterher, bis sie nur noch ein leuchtend grüner Fleck in der Ferne ist. Ich sehe zu, wie sie immer kleiner wird, wie das Haus hinter uns zurückbleibt, und fange sofort an, sie zu vermissen, sie und das Zuhause, das sie mir unter großer Gefahr gegeben hat.

Die Wunde an meinem Unterarm ist endlich verschorft, tut aber immer noch weh. Die Prellung, die ich mir beim Sprung aus dem Badezimmerfenster zugezogen habe, pocht an meinen Rippen. Es ist nur ein kleiner Trost, aber ich weiß jetzt, was Menschen fühlen – ständige Schmerzen von heilenden Verletzungen. So ähnlich fühle ich mich jetzt; ich sitze im kühlen Schatten des Menschseins, nachdem ich die letzten Jahre in der unbarmherzigen Sonne schmoren musste.

Ich beobachte die Gesetzeshüter, die auf einer Rasenfläche angetreten sind. Ihre Schwerter glitzern in der Sonne, bevor sie sie in lebensgroße Strohpuppen rammen. Machen sie Witze darüber, dass diese Puppen Hexen sind? Herzlose? Wie sehr brennen sie darauf, mich und andere wie mich zu töten? Ein Blinzeln reicht und aus den Strohpuppen werden echte Menschen – eine von ihnen hat Nightsingers Gesicht. Eine andere wird zu Crav, sein kleiner Körper schlaff und tot, eine weitere ist Peligli, verwundet und voller blauer Flecke. Auf der letzten Puppe glaube ich, Y'shennrias blutiges Gesicht zu sehen.

Das darf nicht passieren. Es geht hier nicht nur um *mein*

Herz. Das habe ich ganz vergessen, weil ich immer nur an mich gedacht habe, an meine Freiheit.

An Lucien. An Glück.

Die Strohpuppe mit Y'shennrias Gesicht erinnert mich an ihre Worte: *Eine Herzlose hat nur ein Ziel. Sie will ihr Herz zurück. Und wer ein Ziel vor Augen hat, lässt sich nicht so leicht blenden.*

Ich will wieder Mensch sein. Aber was für ein Mensch wäre ich ohne jemanden, den ich lieben kann? Was für ein Mensch wäre ich, wenn ich so viele andere verrate? Ich umklammere mein Medaillon, starre auf den Boden der Kutsche.

»Was, wenn ich die ganze Zeit geblendet war, Tantchen?«, flüstere ich.

Die Weite der Grasflächen auf dem flachen Land ist wie Balsam für meine Wunden. Wir fahren nicht zum Knochenpfad, sondern in die entgegengesetzte Richtung – nach Osten, nicht nach Westen. Bauern arbeiten in ihren Obstgärten, die Bäume sind voller Sauerkirschen, Pflaumen und Birnen. Unmengen Grillen zirpen im Gras. Ich schaue hinaus in der Hoffnung, dass der Wind meine düsteren Gedanken davonweht. Wir fahren so dicht an einem Bauernhof vorbei, dass eins der Kinder, die bei der Ernte helfen, an den Zaun gerannt kommt und mir eine Birne in die Kutsche reicht.

Schlitz ihr die Kehle auf, lass sie bluten, fordert die Glut. Doch bevor ich dem Mädchen danken kann, ist es schon wieder verschwunden. Ich beiße in die saftige Frucht. Gegen die Glut hilft sie nicht, aber sie zu essen, beruhigt meine Nerven, auch wenn ich Minuten später die blutigen Tränen wegwischen muss. Ich betrachte weiter das vorbeiziehende Land – kleine Dörfer und Handelsposten voller Staub und umherstreunender Hunde, Dörfer, die nach dem Krieg verlassen wurden und jetzt nur noch verblichene Ruinen sind. Massengräber am Straßenrand, markiert mit moosbewachsenen Statuen von Kavars Auge. Hier sind die Narben des Sonnenlosen Krieges noch allgegenwärtig.

Es ist eine merkwürdige Vorstellung, dass alles, was ich hier sehe, eines Tages Lucien gehört hätte. Die Adligen von Vetris und ihr Königshof sind so weit weg von den Obstbäumen, den Wiesen und Feldern. Ihnen ist es egal, ob die Ernte durch Schädlinge vernichtet wird oder ob die Schlaglöcher auf diesen Straßen tief und gefährlich sind. Das Leben der Menschen von Cavanos ist ganz anders als das der parfümierten Adligen auf den Banketten. Eine einzige Kartoffel kann für diese Menschen den Unterschied zwischen Leben und Tod bedeuten. Das habe ich gesagt und ich stehe dazu. Ich frage mich nur, ob irgendwer, der in Cavanos etwas zu sagen hat, jemals wirklich begreifen wird, was das heißt. Erzherzog Gavik weiß es bestimmt nicht und König Sref auch nicht. Lucien versucht es zu begreifen, wirklich zu begreifen. Aber das Leid der Menschen in Vetris ist nicht mit dem harten Leben der Landbevölkerung zu vergleichen.

Lucien. Ich will eigentlich nicht an ihn denken, aber ich kann nicht anders. Jedes Mal, wenn ich die Augen schließe, sehe ich sein lächelndes Gesicht bei unserem Tanz auf dem Straßenfest vor mir.

Er gehört uns, UNS, niemandem sonst, wir werden ihn uns holen, wir werden ihn berühren …

Die geifernde Stimme deprimiert mich so, dass ich kaum merke, dass wir das Tempo verringern. Nach und nach überholen wir andere mit Seide bespannte Kutschen und nicht mehr die schäbigen Holzkarren der Bauern und Händler. Das Jagdgebiet muss ganz in der Nähe sein. Ich entdecke Charms Kutsche, aber nicht die von Grace, und Lord Grat winkt mir im Vorbeifahren zu. Ich erwische mich dabei, wie ich auf der Straße nach Fiones silberner Kutsche Ausschau halte, was natürlich Unsinn ist. Jetzt ist Schluss mit so tun als ob. Es ist besser, wenn ich mich von ihr fernhalte.

»Da ist das Lager der Jagdgesellschaft, Miss!«, ruft Fisher. Ich recke den Kopf aus dem Fenster – vor uns auf einer flachen, grasbewachsenen Ebene am Rand eines dunklen Fichtenwalds sind farbenfrohe Zelte errichtet worden. Das größte besteht aus golddurchwirktem Flachs und gehört garantiert Prinz Lucien. Die anderen sind bescheidener, aber auch aus edlem Material. Natürlich können die Adligen auch in der Wildnis nicht auf feinstes Tuch verzichten. Überall im Lager verrichten Diener, angetan mit den Farben und Emblemen der jeweiligen Familie, die Arbeit: Sie räumen den Mist der Pferde weg, schleifen Schwerter und bereiten über dem Feuer Mahlzeiten zu – in der Hitze gehen Brotlaibe auf und von Lammkeulen tropft das Fett. Dieses Lager wurde nicht einfach nur errichtet, es wurde über einen längeren Zeitraum bis ins Detail geplant.

Fisher parkt die Kutsche hinter denen, die bereits in einer Reihe stehen, und als ich aussteige, begrüßt mich niemand anders als Ulla, die Haushofdame aus dem Palast.

»Lady Zera, willkommen.«

»Vielen Dank.« Ich nicke ihr zu. »Verzeiht – warum seid Ihr hier? Ist Euer Arbeitsbereich nicht der Palast?«

Sie lächelt süß – ich habe sie schon genug Leute auf diese Weise anlächeln sehen, um zu wissen, dass es ein herablassendes Lächeln ist. »Ich habe die Gelegenheit genutzt, den Palast in die Hände meines sehr fähigen Lehrlings zu übergeben. Außerdem traue ich niemandem außer mir selbst zu, dafür zu sorgen, dass die erste öffentliche Jagd des Prinzen störungsfrei verläuft. Euer Zelt ist das dunkelrote, Lady Zera, im Norden des Camps. Abendessen gibt es bei Sonnenuntergang und die Reinigungszeremonie findet eine halbe Stunde später statt.«

»Reinigungszeremonie?«

Im ersten Moment wirkt sie verblüfft. »Oh, Entschuldigung – ich vergaß, dass Ihr noch nicht mit den vetrisischen Traditionen vertraut seid. In der alten Zeit, als es noch keine Wissenschaftler gab, glaubte man, dass ein Herzloser Angst riechen kann. Deswegen erfanden die alten Vetrisier ein Baderitual, um ihre Furcht mit einer besonderen Mischung aus Kräutern und Gewürzen zu überdecken. Natürlich wissen wir es heute besser, aber die Tradition ist erhalten geblieben. Alle teilnehmenden Jäger baden in einer Quelle ganz in der Nähe.«

»Alle teilnehmenden Jäger«, wiederhole ich. »Zusammen?«

»Zusammen«, bestätigt sie.

Ich atme aus. »Fantastisch.«

Ulla weist Fisher an, mein Gepäck ins Zelt zu bringen.

»Wo wird er schlafen?«, frage ich sie, aber Fisher lächelt mir zu.

»Macht Euch um mich keine Sorgen, Miss. Ich habe die Kutsche.«

Was wir nicht aussprechen, sagen unsere Blicke – er wird in der Nähe bleiben, damit ich schnell fliehen kann –, aber er bricht den Augenkontakt ab, lädt sich trotz seiner dürren Statur meinen Koffer auf und verschwindet damit in der Menge. Ulla führt mich zu meinem Zelt und ich entdecke Fione, die sich gerade in einem grauen Zelt nicht weit vom Eingang zum Camp einrichtet. Sie bemerkt mich nicht, und ich nehme mir vor, noch einmal zu ihr zu gehen, bevor alles endet, um mich zu verabschieden.

Verabschieden.

Das Wort und alles, was damit verbunden ist, fühlt sich jetzt an, als wäre es in meinen Gedanken eingefroren – in den Gedanken, in dem Fione fast eine Freundin war. Allmählich erkenne ich, dass »fast« mit mehr Bedauern verbunden ist als ein eindeutiges Ja oder Nein. Ja und Nein stehen für ein Ende und einen Anfang. Aber »fast« bleibt an der Grenze, bleibt immer vage und ist dennoch da.

Ullas Worte lösen mich aus meiner Erstarrung. »Der Prinz ist noch nicht eingetroffen, aber wenn er kommt, wird eine formelle Begrüßung erwartet.«

»Verstehe. Wann beginnt die Jagd?«

»Sie fängt morgen früh an – aber keine Sorge. Ich bin sicher, dass Prinz Lucien seine Jäger vorher zusammenrufen wird, um über die Taktik zu sprechen.«

Am Morgen. Das ist nicht die beste Zeit, um Lucien das Herz zu nehmen. Die Dunkelheit der Nacht wäre mir lieber gewesen.

Ulla verabschiedet sich vor meinem Zelt. Im Innern ist es

angenehm kühl, der dunkelrote Stoff hält das Sonnenlicht erstaunlich gut ab. Mein Koffer thront auf einem Haufen Pelzdecken auf einem Feldbett, doch Fisher ist nirgendwo zu sehen. In einer Ecke des Zelts stehen ein Lederstuhl und ein Klapptisch und in der anderen eine Waschschüssel. Die Einrichtung ist schlicht und erinnert mich an Nightsingers Hütte. Doch ich erwische mich dabei, wie ich mich in Y'shennrias düsteres Haus zurücksehne, nach dem Porträt von Lord Y'shennria, der beruhigenden Anwesenheit von Reginall und Maeve, den Deckenplatten mit den Rauten, die nur darauf warten, gezählt zu werden, um meine innere Unruhe zu besänftigen.

Ich gehe wieder hinaus. Das rote Zelt von Lord Grat ist direkt neben meinem, und unsere beiden stehen gegenüber von Luciens goldenem. Lord Grat, der eine steife Brokatweste und Reithosen trägt, lächelt und kommt auf mich zu.

»Lady Zera! Seht nur, unsere Zelte stehen so dicht beieinander, als hätte uns das Schicksal zusammenbringen wollen.«

Das ist so albern, dass ich lachen muss. »So kann man es auch ausdrücken.«

»Merkwürdig, oder?«, bemerkt Lord Grat.

»Was meint Ihr? Doch bestimmt nicht mein Kleid – der Schneider sagte, dass es viel besser aussieht, wenn es erst mit Schlamm bedeckt ist.«

Er lacht. »Nein, das nicht. Ich finde es nur merkwürdig, dass Prinz Lucien ausgerechnet diese Gegend für die Jagd ausgesucht hat, wenn man bedenkt, was das hier für ein Ort ist.«

»Dieser Ort?« Ich drehe mich zu den hohen, samtig grünen Bäumen um. »Was ist daran so besonders?«

Der Wind pfeift zwischen den Zelten durch, und Lord Grat sagt: »Ganz in der Nähe ist Prinzessin Varia getötet worden.«

Ich muss wieder an Luciens Worte in dem dunklen Tunnel denken. Vielleicht will er ihr einfach so nah sein, wie es geht, an diesem letzten Ort, an dem sie in ihrem Leben gewesen ist.

Im Lager läutet eine Glocke, was bedeutet, dass der Prinz naht. Aus den kreisförmig angeordneten Zelten streben alle in Richtung Eingang, die Dienerschaft ebenso wie die Adligen. Im Kopf gehe ich die Anzahl der Wachen durch – Palastwachen, riesige Celeons, wie sie auch neben dem Thron des Königs stehen. Aber von ihnen sind nur ein paar mitgekommen. Die anderen Wachen begleiten den Prinzen, es sind zwei Bataillone in glänzender Rüstung, und die hellgrünen Banner mit der d'Malvane-Schlange flattern im Wind. Das Donnern der Hufe ihrer Pferde lässt den Boden beben und die Erschütterung dröhnt in meiner Brust.

Prinz Lucien reitet eine lackschwarze Stute. Seine Haltung ist königlich und er trägt einen dunkelgrünen Falkneranzug, der mit einem silbernen Blattmuster bestickt ist. Seine dunklen Augen sind nach vorn gerichtet und er würdigt die wartende Menge keines Blickes, sondern trabt einfach hindurch. In seinen langen schwarzen Zopf sind Silberfäden eingeflochten und seine goldene Haut ist vom Wind gerötet. Er sieht so unglaublich schön aus – die Sonne strahlt ihn an, doch ihr Strahlen wird von seiner düsteren Aura verschluckt. Malachite reitet neben ihm, die roten Augen unter einer Kapuze verborgen. Er trägt eine prunkvolle Rüstung und sein Bein steckt in einem dicken Gipsverband. Alle Anwesenden verbeugen sich, und obwohl ich natürlich weiß, dass ich das auch tun sollte, stehe ich wie erstarrt da und sehe dem Prinzen in sein wundervolles Gesicht. Ich muss ihn zu einem Herzlosen machen, wenn ich meine Freiheit will. Ich muss ihn zu einem Herzlosen machen, um den drohenden Krieg zwischen Hexen und Menschen zu verhindern. Aber das elende Leben als Herzloser … Soll ich ihn wirklich dazu verdammen, eine Geisel der Hexen zu werden, ohne jede eigene Freiheit? Soll ich Lucien das antun, keinem verwöhnten Jungen, sondern *Lucien*, Lucien mit dem durchdringenden Blick und den sanften Händen, Lucien, dem Dieb Whisper, Lucien, dem Tänzer auf dem Straßenfest, der seinen Körper an meinen drückt, die Arme um mich legt …

»Verbeugt Euch vor dem Kronprinzen!«, bellt der Anführer der Prinzengarde und zeigt mit dem Schwert auf mich. Aber seine Stimme klingt so weit entfernt und das Glitzern seines Schwerts ist kaum heller als ein Sonnenstrahl, der von der Finsternis verschluckt wird, denn ich versuche gerade, mir Luciens Gesicht einzuprägen, wie es jetzt noch ist – nichts ahnend und mir immer noch zugetan.

»Ich sagte, Ihr sollt Euch verbeugen!«, brüllt mich der Kerl an und kommt auf mich zugeritten.

Wenn ich Lucien das Herz nehme, wird er mich verachten. Er wird erfahren, was ich wirklich bin, und mich dafür verabscheuen, dass ich ihm dieses Schicksal aufbürde – und die Glut.

Er wird mich hassen.

Wegen des Geschreis des Wachsoldaten fällt Luciens Blick auf mich, und jetzt sieht er nicht mehr beherrscht und abweisend aus, sondern verwirrt. Doch erst als der Anführer der Prinzengarde absteigt und mich zu einer Art Verbeugung grob auf die Knie zwingt, wird mir bewusst, dass es sich bei der Nässe, die auf mein Kleid tropft, um einen steten Tränenstrom handelt.

Der nächste Moment, der Augenblick, in dem Lucien und ich uns ansehen, scheint eine Ewigkeit zu dauern, während er noch überlegt, ob er absitzen und zu mir kommen soll, doch die stumme Zwiesprache endet, als jemand die Campglocke läutet. Es klingt hektisch. Eine der Palastwachen kommt auf den Anführer der Prinzengarde zugerannt und erstattet ihm hastig Bericht. Der Offizier dreht sich zu seinen Truppen um und hebt sein Schwert.

»Banditen im Osten gesichtet! Trupp Falcon, Außensicherung des Camps! Trupp Robin, Schutz der adligen Personen!«

Das Bataillon teilt sich sofort auf, reitet in die verdutzte Menge und treibt Adlige und Dienstboten zurück ins Lager. Ich wische mir hastig die Tränen weg und lasse mich mit der Menge treiben. Während uns die Wachen zu den Zelten begleiten, entdecke ich Fiones mausbraunen Lockenkopf, und plötzlich befinde ich mich direkt neben ihr, denn der Strom der panischen Menschen hat uns zueinandergedrängt. Ihre rosigen Wangen werden merkwürdig blass, als sich unsere Blicke treffen.

»Selbst wenn diese Banditen ein Gehirn nicht größer als ein Hühnerei haben, sollte man meinen, dass sie clever genug sind, sich von der Jagdgesellschaft des Kronprinzen fernzuhalten«, scherze ich. Fione lächelt.

»Ich nehme an, das werden sie schnell begreifen – auf die eine oder andere Weise.«

Schweigen. Ich öffne und schließe meinen Mund und komme mir vor wie ein Fisch. Fione streicht sich über ihre Locken.

»Ich bin schon ganz aufgeregt – ich war noch nie auf der Jagd.«

»Schwer vorzustellen, dass eine solche Meisterspionin noch nie ein Schwert erhoben hat.«

Sie kichert. »Ich bevorzuge es, schneller zu denken als jeder, der sich mir mit einer Waffe in den Weg stellt. Es ist merkwürdig, aber ich habe die Anwendung von Gewalt immer als eine Art … Versagen betrachtet. Das Versagen meiner Intelligenz, weil mir nichts eingefallen ist, um das Blutvergießen zu verhindern.«

»Hier ist Varia ermordet worden, nicht wahr?«, frage ich.

Fiones Lächeln erstirbt. »Stimmt.«

»Es ist sicher schwer für dich, an diesem Ort zu sein.«

Ihr Blick wandert über die dunklen Spitzen der Nadelbäume. »Vielleicht ist dieser Besuch längst überfällig.«

Einer der Wachsoldaten kommt auf uns zu, nimmt Fione am Arm und führt sie zu ihrem Zelt. Ich ziehe mich in mein Zelt zurück und schließe die dunkelrote Klappe hinter mir. Der Soldat hat gesagt, dass wir auf das Glockenläuten warten sollen, das die Entwarnung verkündet. Ich habe ein ungutes Gefühl – hoffentlich haben sie Gavik in der Zwischenzeit eingesperrt und den Schlüssel weggeworfen.

Am Ende sterben sie alle schreiend, verspricht die Glut mit tausend Stimmen, scharf wie Klingen.

Ich sitze an meinem kleinen Klapptisch, umgeben von anderen Leuten in ihren Zelten, und doch fühle ich mich so einsam wie nie zuvor. Aber das wusste ich – ich wusste, dass mich so etwas erwartet. Das war von Anfang an mein Schicksal, und deshalb ist die Traurigkeit, die ich jetzt empfinde, nicht gerechtfertigt. Ich hätte darauf vorbereitet sein sollen. Ich hatte zwei Wochen, um mich vorzubereiten, um hart zu werden, und stattdessen habe ich sie damit verschwendet, so zu tun, als wäre ich ein Mensch.

Die Rufe der Soldaten, das Scheppern ihrer Rüstungen. Wäre es besser, überlege ich, wenn ich mich stelle? Ich nehme einen Brieföffner in die Hand und richte die scharfe Silberklinge auf mich. Wäre es besser, nach draußen zu gehen, mit dieser Klinge in meinem Unherz, und den Wachen und allen anderen zu zeigen, dass ich hungrig, unsterblich und un-menschlich bin? Ihnen zu zeigen, dass ich eine Gefahr bin – und immer gewesen bin – für ihren geliebten Kronprinzen? Eine Gefahr für sie alle?

»Zera?«

Die tiefe Stimme veranlasst mich, den Brieföffner fallen zu lassen und mich umzudrehen. Im Zelteingang steht Lucien. Er wirkt außer Atem, als wäre er hergerannt. Bevor die Zeltklappe wieder zufällt, kann ich ein Stück von Malachites Rüstung sehen, der draußen Wache steht.

»Lucien.« Ich mache einen tiefen Knicks. »Du solltest in deinem Zelt sein. Es ist vermutlich viel hübscher als das hier, und wenn die Banditen uns finden, würde ich es vorziehen, dass sie nur einen von uns ermorden.«

Er kommt auf mich zu, seine Hand umfasst mein Kinn und sein Blick ist schrecklich sanft.

»Wenn du glaubst, dass ein paar schlaue Worte ausreichen, dass ich deine Tränen vergesse, irrst du dich.«

Es ist der perfekte Augenblick, ihm sein Herz herauszureißen. Wir sind allein, hinter uns liegt der Wald, die Wachen sind abgelenkt, mein Schwert will Blut sehen und die Glut noch mehr.

NIMM SEIN DUMMES GESCHENK AN!, schreit die Glut. Ihre Stimme ist nicht mehr verzerrt, sondern so gellend laut, dass ich Kopfschmerzen bekomme. **SCHLITZ IHN MIT DEINER KLINGE AUF UND BEENDE SEIN ELENDES LEBEN!**

Meine Hand nähert sich zitternd dem Schwert, aber ich gebiete ihr Einhalt.

WARUM ZÖGERST DU? ANGST? DU FÜRCHTEST NIEMANDEN, SCHON GAR KEINEN SCHWACHEN MENSCHEN. ER KÖNNTE DICH NICHT AUFHALTEN, SELBST WENN ER ES WOLLTE. NIMM SEIN HERZ, NIMM SEIN LEBEN, ER GEHÖRT DIR.

Ich befreie mein Kinn aus seiner Hand und gehe auf Abstand. Je weniger er mich berührt, je weiter ich von ihm weg bin, desto stärker ist mein Wille.

»Ich war nur gerührt vom Anblick deiner berittenen Truppen. Das war im Sonnenlicht ein wirklich schönes Bild.«

ER MACHT DICH SCHWACH. ERLEDIGE IHN.

Luciens Augen werden schmal. »Und du erwartest, dass ich das glaube?«

ICH ERWARTE, DASS DU BLUTEST.

»Ich erwarte nichts von dir.« Ich beiße die Zähne zusammen. »Abgesehen davon, dass du mir die Höflichkeit erweist, mir zu vertrauen.«

»Warum hast du geweint?«, bohrt er weiter.

»Ich habe dir den Grund genannt. Oder glaubst du, das war ein Witz? Ich nehme es sehr ernst, wenn ich etwas Schönes betrachten darf.«

»Das ist gelogen.«

Es sollte so sündhaft einfach sein. Das Glas steht hier auf dem Tisch, zur Tarnung mit Süßigkeiten gefüllt. Einmal zustoßen, spritzendes Blut, und sein Leiden hätte ein Ende. Ich strebe wieder auf ihn zu, meine Hand liegt auf seiner Brust, wo das, was mir gehört, unregelmäßig pocht, immer schneller, je näher sich unsere Gesichter kommen, bis unsere Lippen nur noch Zentimeter voneinander entfernt sind. Meine Hand umklammert den Griff des Schwerts und ich bin bereit, zuzustoßen.

STICH ZU, verlangt die Glut. **STICH EINMAL ZU UND DER SCHMERZ HAT EIN ENDE.**

Luciens heißer Atem vermischt sich mit meinem und er sieht mich verunsichert an. Ich spüre wieder, wie mich Adrenalin durchfährt, genau wie damals, als ich ihn bei unserer ersten Begegnung durch die Straßen von Vetris gejagt habe. *Glückseligkeit.*

Es geschieht ganz plötzlich, wie ein Sturm, der aus dem Nichts aufzieht. Lucien legt beide Hände an meine Wangen und drückt seine Stirn an meine. Meine Hand mit Vaters Schwert sinkt hinab und ich habe keine Kraft mehr im Arm.

»Ich bin darin nicht besonders gut«, gesteht er leise.

»Den Herzensbrecher zu spielen?« Ich lache. »Beim Frühlingsempfang konntest du das bei den anderen Bräuten aber sehr gut.«

»So zu tun ist einfach, aber wenn es echt ist«, er holt tief Luft, »schwirrt einem der Kopf.«

»Es kann nicht echt sein«, sage ich und zwinge meine Stimme, stark und energisch zu klingen, obwohl der Herzsplitter in meinem Medaillon schmerzt. »Das weißt du, oder?«

»Warum nicht?« Er starrt mich an und will eine Antwort.

WEIL ICH EIN MONSTER BIN, faucht die Glut glücklich.

»Weil ... weil ich kaum eine Adlige bin. Ich bin nur eine Stiefnichte und weiß praktisch nichts über die Gepflogenheiten am Hof und deshalb ...«

»Bedeuten deine Gefühle denn gar nichts?«, fragt Lucien.

»Ich habe Angst vor meinen Gefühlen«, gestehe ich, denn das ist das Einzige, was ich gestehen kann. Er ist schockiert.

»Dann habe nur ich diese Gefühle? Sag mir, dass du für mich nicht dasselbe empfindest, und ich schwöre, dass ich nie wieder davon sprechen werde.«

Ich kann ihm nichts sagen. Ich kann ihm nicht sagen, wer ich wirklich bin und warum ich tatsächlich hergekommen bin. Ich versuche hektisch, irgendeine Erklärung zu finden, irgendeine glaubhafte Lüge.

»Ich habe es dir gesagt, als wir uns das erste Mal begegnet sind – ich will dein Herz. Das Herz des Prinzen von Cavanos.«

Lucien zuckt zusammen, aber er kann nicht verhindern, dass sich ein Lächeln auf seinem Gesicht ausbreitet. »Der Thron also? Darum geht es dir? Ich schenke ihn dir. Das ist nur ein geringer Preis dafür, dich an meiner Seite zu haben.«

Obwohl er jetzt denkt, dass ich mich nur an ihn herangemacht habe, um auf den Thron zu gelangen, hört er nicht auf, mich anzusehen, als wäre ich ein Festessen für einen Verhungernden oder Wasser für eine verdorrte Blume. Will er mir wirklich so viel Macht in seinem Königreich verleihen, eine unschätzbare Ehre, nur um mich an seiner Seite zu haben?

»Warum?« Meine Stimme bricht. »Warum ich? Was habe ich getan, dass ich dein Herz verdiene?«

Die Welt kann aus den unterschiedlichsten Gründen zusammenbrechen. Meine ist zusammengebrochen, als Mutter und Vater starben. Und dann noch einmal, als ich die fünf Männer getötet habe. Sie ist zusammengebrochen, als ich mich von Crav und Peligli verabschieden musste, um hierherzukommen. Und sie ist zusammengebrochen, als ich die sogenannte Säuberung miterleben musste.

Doch nun wird diese zerstörte Welt vor meinen Augen wieder aufgebaut. Genauer gesagt, vor meinen Lippen, denn sie spüren jetzt seine, weich und süß, sein Mund begierig und seine Hände noch begieriger – sie greifen in mein Haar, liegen auf meinen Hüften. Einen golden strahlenden Moment lang ist nichts mehr von Bedeutung. Ich kann nicht denken. Die Glut ist vollkommen still, während er mich küsst. Ein Kuss. Das ist also ein Kuss – merkwürdig und sanft und wundervoll. So menschlich. Ich glaube, wenn ich ein Herz hätte, wäre es jetzt stehen geblieben.

Kann er schmecken, was ich getan habe? Schmecken, was ich noch tun werde?

Wir lösen uns langsam voneinander und Lucien sieht wunderschön aus, als würde er vor Glück von innen heraus strahlen. Die Glut kommt mit Macht zurück, bohrt ihre Krallenfinger tief in mein Gehirn und will, dass er noch einmal so dicht an mich herantritt.

Diesmal sind wir bereit.

»Ich hoffe, das ist Antwort genug für dich.« Luciens Stimme ist rau. »Weil es dafür keine Worte gibt. Ich kann dir nur zeigen, was ich empfinde.«

Erst da fällt ihm auf, dass etwas vor mir liegt, und er bückt sich, um es aufzuheben. Vaters Schwert. Ich muss so geschockt gewesen sein, dass es mir aus den Händen geglitten ist.

»Das hast du fallen lassen.« Er lächelt und hält mir die Klinge auf den ausgestreckten Händen hin. Sein Lächeln ist so unschuldig. Er ist vollkommen überzeugt, dass ich ein wundervolles Wesen bin, das es wert ist, geküsst zu werden. Wert, geliebt zu werden. Beinahe wäre ich mit allem herausgeplatzt, jetzt, in diesem Moment, in dem ich so verwirrt bin, weil meine Welt zusammengebrochen war und in nur wenigen Sekunden wieder erstanden ist. Hätte ihm am liebsten alles gesagt. Was ich bin. Warum ich hergekommen bin. Was er mir bedeutet.

Ich nehme ihm das Schwert behutsam ab. Für den Bruchteil einer Sekunde sehe ich mich, wie ich es ihm in die Brust stoße, genau hier und jetzt. Der Boden wäre mit seinem Blut getränkt. Er würde bluten und nicht mehr aufhören, bis ich sein Herz herausreiße und in das Glas stecke, das Glas mit der eingravierten Schlange, das Glas, von dem ich gehofft hatte, es niemals sehen zu müssen …

»Entschuldige.« Lucien sieht betroffen aus. »War ich zu voreilig?«

Vor dem Zelt kann ich den Umriss des langohrigen Malachite

sehen, der sein Gewicht von einem Bein aufs andere verlagert. Es geht nicht. Ich kann ihn hier nicht töten – Malachite würde es wissen. Er würde mich angreifen. Malachite war von Anfang an das Problem. Aber es gibt einen Weg, das verliebte Mädchen, das den Plan zunichte machen will, ganz tief in meinem Innern zu vergraben.

»Das kam so plötzlich. Ich … ich brauche ein bisschen Zeit«, sage ich. »Eine Stunde? Vielleicht zwei? Das müsste ausreichen, um meine Gedanken zu ordnen.«

Lucien nickt. »Ja, natürlich.«

»Können wir uns dann irgendwo treffen, wo wir ungestört sind?« Ich werfe einen Blick auf Malachites Schatten, damit er den Hinweis begreift. »Nur wir beide?«

Der Kronprinz von Cavanos lächelt mich an, wie ein Lamm den Wolf anlächelt.

»Das würde mir gefallen.«

UND MIR ERST, antwortet die Glut boshaft.

Lucien und ich verabreden ein Treffen um Mitternacht, an der knorrigen Eibe in der Nähe der östlichen Jagdroute. Er verlässt mich mit dem strahlenden Lächeln, das ich schon kenne, und es ist, als würde ein Teil von mir zerbrechen, der andere vor Freude frohlocken. Als würde ich innerlich zerrissen.

Ich höre noch, was Malachite sagt, bevor er und der Prinz weggehen – die Banditensichtung war ein falscher Alarm, die Soldaten konnten weder ihr Lager finden noch einen einzigen Banditen aufspüren. Was oder wen auch immer die Wache gesehen hat, ist verschwunden. Oder war nie da.

Da die Bedrohung abgewendet ist, kann das Abendessen beginnen. Es ist eine ziemlich formelle Angelegenheit in einem offenen weißen Zelt. Wir speisen an einem Holztisch, den wer weiß wie viele Dienstboten hergeschleppt haben, gedeckt mit genauso viel Silber und feinem Porzellan wie bei einem Bankett im Palast. Und wir setzen uns auf dieselbe Weise – dem Rang nach. Alles ist wie im Palast, abgesehen davon, dass die meisten von uns schlichter gekleidet sind. Die jungen Männer tragen Reithosen, weite Hemden und strahlen eine gewisse Nervosität aus. Die Damen haben sich für Kleider aus einfachem Leinen entschieden, mit Baumwollhosen darunter, und sich sehr viel Mühe gegeben, ihr Make-up natürlicher wirken zu lassen, mit Gloss auf den Lippen und Rouge auf den Wangen. Die jungen Leute werden immer ausgelassener, ich nehme an, dass sie sich freier fühlen, weil ihre Eltern nicht da sind. Sie trinken und flirten heftiger als sonst, doch Ullas strenge Miene verhindert, dass sie es übertreiben. Der Duft der Freiheit ist süßer als jede Wildblume und liegt schwer in der drückend warmen Abendluft. Glühwürmchen umschwirren die Öllampen, die an den Zelten und Masten des Camps hängen, und lassen die Rüstungen der Soldaten funkeln wie der Sternenhimmel.

Fione sitzt in meiner Nähe und neckt mich gnadenlos, wenn sich Luciens und mein Blick über den Tisch hinweg treffen. Ich esse nicht viel, denn meine Nerven sind zum Zerreißen gespannt. Y'shennria konnte mir kein frisches Fleisch mitgeben, deshalb hat sie getrocknete Leber in meinen Koffer gepackt. Das ist nicht ideal, aber ich muss nur einen Tag überstehen. Oder weniger. Bis Mitternacht sind es nur noch ein paar Stunden.

Ich habe die perfekte Falle aufgebaut. Ich bin der perfekte Köder. Ich habe meine Rolle als perfekter Köder so gut gespielt, dass sich Lucien in ihn verliebt hat. Oder hat er sich in mich verliebt? In das Monster in mir? In das Waisenmädchen ohne Herz?

UNMÖGLICH!, brüllt die Glut.

Prinz Lucien sitzt am Kopfende des Tisches, rührt sein Essen kaum an und wirft mir über sein Wasserglas hinweg verstohlene Blicke zu. Immer wenn sich unsere Blicke treffen, lächelt er und es zerreißt mir fast den Splitter in meinem Herzmedaillon. Irgendwann steht er auf, um einen Toast auszubringen, und alle Anwesenden hören gespannt zu.

»Ihr, die Ihr hier versammelt seid, gehört zu den wenigen Auserwählten«, beginnt Lucien. »Ich habe Euch hergebeten, damit Ihr Zeugen der Zukunft von Vetris und Cavanos seid, die in den nächsten Tagen anbrechen wird.«

Einige klatschen höflich Beifall. Am Tisch wird geflüstert; er spricht doch sicher von seiner bevorstehenden Verlobung? Die Zukunft von Vetris hängt von ihm ab und von seiner Prinzgemahlin, die ohne Zweifel an diesem Tisch sitzt. Alle sehen mich an, doch ich konzentriere mich auf die Bläschen in meinem Champagnerglas. Ich weiß es besser. Ich weiß, wie das hier endet, und sie wissen es nicht.

Vor allem Lucien weiß es nicht.

»Ihr seid das neue Blut von Vetris«, sagt der Prinz. »Meine Altersgenossen, die eines Tages aus eigener Kraft hohe Positionen einnehmen werden. Aber auch ich werde schon bald ein hohes Amt bekleiden.« Er reißt den Blick von mir los und sieht

Fione an, Lord Grat und dann einen nach dem anderen. »Ich bin nicht wie mein Vater«, fährt er fort. »Ich werde Euch nicht bedrohen wie er, der Eure Eltern mit seiner Macht unter Druck setzt und sie fürchten lässt, sein Wohlwollen zu verlieren. Wenn ich den Thron besteige, wird das Leiden in Vetris nicht länger toleriert.«

Lucien lässt den Blick über die Adligen hinwegschweifen, zu den Dienstboten, der schockierten Ulla und den Wachen.

»Wir sind alle in einer vom Krieg verwüsteten Welt aufgewachsen. Wir haben die Veteranen gesehen, unsere Eltern, Großeltern, Onkel und Tanten, die Menschen, die unsere Felder bestellen, unsere Kutschen fahren – sie alle haben Narben vom Sonnenlosen Krieg davongetragen. Wir mussten miterleben, wie die Erwachsenen Hass und Schmerz in Vetris verbreiten mit einer Säuberung nach der anderen.«

Die jungen Adligen flüstern miteinander, aber Lucien hebt die Stimme.

»Ich habe gesehen, wie ein kleines Mädchen von einer verzweifelten Menge niedergetrampelt wurde und dabei ein Auge verlor. Ich habe Männer und Frauen sterben sehen, nur weil ein roter Turm in der Mitte von Vetris einem gewissen Erzherzog verkündet hat, dass sie den Tod verdienen. Ich habe das satt. Ich habe es satt, ein Teil davon zu sein. Es muss irgendwann enden, und das wird recht bald geschehen, wenn das d'Malvane-Blut, das durch meine Adern fließt, etwas dazu zu sagen hat.«

Lucien zieht Varias Schwert. »Ich weiß, dass das schwer zu verstehen ist. Aber ich weiß auch, dass Ihr es ebenfalls gesehen habt, dass Ihr aus dem goldenen Käfig, der Euch von der Realität abschirmt, gelegentlich einen Blick auf das Leid geworfen habt. Ich bin überzeugt, dass es so ist, und auch, dass Euer erster Impuls war, wegzuschauen. Aber das werfe ich Euch nicht vor – unsere Eltern haben es uns vorgemacht. Sie ersticken uns mit Traditionen wie diesen Jagden oder den Frühlingsbräuten.« Er zieht seinen Pferdeschwanz über die Schulter. »Sogar meine Haare sind eine Tradition, die mich an dieses Nest des Leidens kettet, das wir Cavanos nennen.

Mein Cavanos wird ein neues Cavanos werden. Menschen und Hexen werden in Frieden leben. Der Alte Gott, der Neue – keiner von beiden wird dem menschlichen Fortschritt noch länger im Weg stehen.«

Lord Grat verzieht das Gesicht und Fione ist blass, sieht aber ziemlich stolz aus. Was Lucien sagt, ist riskant. Es ist Ketzerei. Es wird den Edelleuten garantiert zu Ohren kommen, und zwar bei Hofe, wo die wahre Macht liegt. Lucien steht immer noch aufrecht da.

»Euer Hoheit?« Ulla räuspert sich nervös. Malachite neben ihm steht auf und legt ihm eine Hand auf die Schulter.

»Luc«, murmelt er. »Was hast du vor?«

Lucien ignoriert ihn, packt seinen langen Zopf mit einer Hand und legt das Schwert an den mitternachtsschwarzen Haaransatz an seinem Hinterkopf. Mit einer schnellen Bewegung schneidet er den Zopf sauber ab. Jetzt sind seine Haare kurz. Das steht ihm noch besser, Trotzdem ächzen die Adligen erschrocken und schlagen sich die Hand vor den Mund. Das Haar ist der ganze Stolz der königlichen Familie, ein Symbol ihrer Macht und der Königswürde. Lucien hätte ebenso gut die Krone von seinem Kopf schneiden können. Die Wachen und die Gäste sind jetzt so still, dass man das Summen der Glühwürmchen hören kann. Lucien lässt den Zopf fallen, der in der Abendbrise über den Boden weht. Er steckt das Schwert weg und hebt sein Wasserglas.

»Auf ein neues Vetris!«, sagt der Prinz laut und deutlich. »Auf ein neues Cavanos!«

Das schockierte Schweigen ist unerträglich. Doch dann wird es von etwas durchbrochen – einem langsamen, deutlichen Klatschen. Neben mir applaudiert Fione, die hoch aufgerichtet dasteht, ohne ihren Stock, und ihre blauen Augen strahlen den Prinzen an. Er sieht unglaublich entschlossen aus, ganz bei sich – als wäre er bereit für alles, was jetzt kommen mag. Ich bewundere ihn so sehr, dass meine Wangen glühen, doch in diese Bewunderung mischt sich Verzweiflung. Er hat sich so viel vorgenommen, aber dass er morgen kein Herz mehr haben wird, ahnt er nicht.

Fiones Klatschen löst die Erstarrung der Anwesenden und die Gäste folgen zögernd ihrem Beispiel, erheben sich einer nach dem anderen und klatschen, als wüssten sie nicht, ob diese Reaktion die richtige ist. Sie machen einfach das, was auch die anderen tun. Aber ihre anfängliche Verunsicherung verwandelt sich schnell in Gemurmel, gefolgt von Lächeln und Gejohle, als ein paar Adlige anfangen zu jubeln. Einige sind sitzen geblieben, starren erbost auf ihre Teller und sind offensichtlich nicht mitgerissen von der Rede des Prinzen. Aber die meisten sind aufgesprungen. Auch ich stehe auf und klatsche mit.

»Lang lebe Prinz Lucien! Lang lebe Prinz Lucien!«

Luciens steinerne Miene wird weicher und er grinst die Leute an. Er hebt seinen Kelch und die Adligen stoßen mit ihren Gläsern an und trinken. Ich lasse den Blick zu ihm wandern und muss feststellen, dass er mich längst ansieht, und zwar mit einer so glühenden Freude, dass es mir fast die Haut verbrennt.

17

T'ragan dhim af-artora, af-reyun horra

Die Rede des Prinzen zeigt Wirkung, das ist im ganzen Lager zu spüren. Der Wein fließt in Strömen und alle lächeln, von den höchsten Adligen bis hin zum jüngsten Stallburschen. Alle kennen nur noch ein Thema. Ein Cavanos des Friedens? Ein Cavanos ohne Hass, ohne Angst? Ohne die Bedrohung durch einen weiteren Krieg? Auch die Wachsoldaten reden von nichts anderem als von der Aussicht auf Friedenszeiten, in denen sie nicht befürchten müssen, auf dem Schlachtfeld zu sterben. Die Köche des Lagers – überwiegend Frauen – schwatzen aufgeregt darüber, was sie tun werden, wenn sie die sicheren Stadtmauern von Vetris verlassen können, wohin sie gehen, welche neuen und aufregenden Orte sie kennenlernen werden.

Hoffnung.

Das ist es, was man überall hört. Fast kann ich sie als goldenen Honig von den Lippen der Leute tropfen sehen, als Fione und ich nach dem Essen auf mein Zelt zugehen. Nachdem der kalte, stählerne Vorhang der Angst weggezogen wurde, kommt mir die Menschheit nicht mehr so Furcht einflößend und seltsam vor. Die Menschen haben Hoffnungen und Träume, genau wie ich. Und wenn man ihnen die Chance dazu gibt, wollen auch sie in Frieden leben.

»Ich hätte nicht in einer Million Jahren damit gerechnet, dass unser mürrischer kleiner Prinz so viele Leute begeistert«, sagt Fione nachdenklich und muss dann lachen. »Er hat mindestens zehn Jahre lang jeden Adligen mit Verachtung gestraft und plötzlich macht er ihnen neuen Mut! Was ist bloß in ihn gefahren?«

Ich berühre geistesabwesend meine Lippen, denn ich spüre immer noch seinen Kuss. Ich schaue wieder auf. Fiones Gesicht ist ganz dicht an meinem und ihre blauen Augen mustern mich neugierig.

»Wenn ich so darüber nachdenke, warst du den ganzen Abend ungewöhnlich still. Es kamen höchstens zwei spitze Bemerkungen, und das ist schon großzügig gezählt. Hast du Fieber? Oder bist du mit deinen Gedanken ganz woanders?«

»Ich glaube tatsächlich, du musst mir noch einmal beibringen, wie man eine Salatgabel benutzt.«

Ein Bote nähert sich uns und Fione hört auf zu lachen. Verglichen mit den königlichen Kurieren, die in den Stallungen der Jagdpferde untergebracht sind, wirkt dieser sehr jung und dünn – ich muss sofort an das halb verhungerte Mädchen denken, dem Lucien die goldene Uhr gegeben hat, das Mädchen mit einem Auge. Der Junge überreicht Fione einen Brief, den sie entfaltet und hastig liest. Augenblicklich verändert sich ihre Haltung – sie steht stocksteif da und wird so leichenblass, dass es aussieht, als bestünde sie aus Papier.

»Fione, was ist los?«, frage ich. Sie schluckt und kann den Blick nicht von dem Blatt abwenden. Schließlich hält sie es mir hin. Die Schrift ist hastig hingekritzelt, die Botschaft furchtbar:

Habe Gaviks Zelle überprüft. Wachen sagen, dass sie seit heute Morgen leer ist – er hat einen von ihnen bestochen. Der König verliert kein Wort darüber. Zuletzt gesehen, wie er Vetris Richtung Osten verlassen hat. Vorsicht geboten.

Mir dreht sich der Magen um. Ich schaue von dem Brief auf, doch Fione eilt bereits davon, gestützt auf ihren Gehstock, den sie schnell und heftig in das Gras stößt.

»Fione! Warte!« Ich hole sie ein. »Was willst du jetzt tun?«

»Ich weiß es nicht.« Die Knöchel der Finger, mit denen sie den Stock umklammert hält, sind weiß. »Es gibt nur einen Grund, wieso er diese Richtung eingeschlagen hat – meinetwegen. Ich bin eine der wenigen, denen er beigebracht hat, diese Trickschlösser zu öffnen. Dass er irgendwann darauf kommen würde, war mir klar. Und jetzt …« Sie schluckt. »Jetzt kommt er, um mich zu holen.«

»Ich kann helfen«, beteuere ich. »Ich kann ihn zu einem Duell herausfordern, kann ihn aufhalten, während du fliehst …«

Ihr Lachen klingt brüchig. »Du glaubst, er wird sich dazu herablassen, sich mit dir zu *duellieren*? Ich habe ihm alles genommen, Zera. Und jetzt wird er mir alles nehmen. Aber eigentlich hat er das schon getan, vor vielen Jahren. Das Einzige, was noch übrig ist, ist mein Leben.«

»Wir können die Wachen anweisen, ihn aufzuhalten …«

»Die werden nichts unternehmen. König Sref hat es geheim gehalten – sie wissen nicht, dass er ein Verräter ist. Er wird ihnen befehlen, mich zu ihm zu bringen, und das ist mein Ende.«

»Dann eben – die königlichen Wachen! Die gehorchen nur Lucien …«

»So kampferprobt sie sein mögen, die Gesetzeshüter sind fünfzigfach in der Überzahl. Glaubst du, ich wäre nicht schon in Gedanken jeden Fluchtplan durchgegangen?«, fährt sie mich an. »Nichts von dem, was du vorschlägst, ist einen Deut besser als das, was mir eingefallen ist.«

Ich zucke zusammen. Der Grund für ihre Gehässigkeit ist Angst. Aber verdient habe ich sie dennoch. Sie weiß es nur noch nicht.

»Lass mich helfen.« Ich lege ihr eine Hand auf die Schulter. »Ich werde tun, was immer nötig ist.«

»Du wirst Stillschweigen bewahren. Du wirst so tun, als wäre alles in Ordnung. Und wenn er hier auftaucht, werde ich ihm sagen, was ich getan habe – was ich für ihn empfinde –, und das ein für allemal. Keine Masken. Keine Fassade. Nur eine Nichte, die ihren Onkel hasst. Nur eine Familienstreitigkeit, die seit dreizehn Jahren schwelt.«

Fione macht kehrt und verschwindet in ihrem Zelt, ohne mich hereinzubitten. Das ist ein eindeutiges Zeichen, dass sie allein sein will, und das muss ich respektieren. Das ist das Mindeste, was ich für sie tun kann. Oder doch nicht?

Ulla wartet, bis die Dämmerung hereinbricht und die Wirkung des Weins nachlässt, dann verkündet sie, dass es Zeit für die Reinigungszeremonie ist. Sie benimmt sich, als wäre nichts gewesen – eine gute Idee, und vor allem wird sie so später keinen Ärger kriegen. Was immer die Folgen von Luciens kleiner Ansprache sein werden, sie hält sich von allem fern. Und obwohl er davon gesprochen hat, mit alten Traditionen zu brechen, zählt diese Reinigungszeremonie offenbar nicht dazu – vielleicht, weil sie schon so alt ist?

Die Dienstboten satteln die Pferde. Fisher hat eine seiner Schimmelstuten für mich ausgesucht.

»Sie ist ganz lieb, Miss«, versichert er mir. »Ihr werdet keine Probleme mit ihr haben.«

Ich lege der Stute zögerlich eine Hand auf die Flanke, bevor ich versuche, in den Sattel zu steigen. Ich bin schon seit Jahren nicht mehr geritten, ich glaube, das letzte Mal, bevor ich eine Herzlose wurde. Y'shennria hat es nicht mit mir geübt, weil sie davon ausging, dass ich in der kurzen Zeit, die ich bei ihr war, nur mit der Kutsche fahren würde. Ich bin so nervös, dass ich nicht auf den Rücken der Stute komme, und die anderen Adligen fangen schon an, mich anzustarren. Das sollte ein Kinderspiel für mich sein – das angebliche Bauernmädchen. Ich werde knallrot. So kurz vor dem Ziel darf eine solche Kleinigkeit die anderen auf keinen Fall misstrauisch machen.

Beim nächsten Versuch spüre ich starke Hände an meinen Hüften und der Schwung reicht aus, um mich in den Sattel zu befördern. Malachite grinst zu mir hoch.

»Es sah aus, als könntest du etwas Hilfe brauchen, Milady.«

»Und du siehst aus, als wäre es dir ein Vergnügen gewesen«, kontere ich.

»Was soll ich sagen? Immer gern zu Diensten.«

»Dann könntest du mir vielleicht noch einen weiteren Dienst

erweisen«, sage ich. Er hebt eine silbergraue Braue und sieht mich fragend an.

»Nenn deinen Wunsch und ich … werde ausgiebig darüber nachdenken.«

Ich beuge mich nach vorn, um sicherzugehen, dass uns keine der Wachen hört. »Fione hat eine Nachricht bekommen, dass der Erzherzog aus seiner Zelle ausgebrochen und auf dem Weg nach Osten ist. Und der König hat noch nicht offiziell verkündet, dass Gavik ein Verräter ist.«

Malachite beobachtet Fione, die so mühelos auf einen Rotschimmelwallach aufsitzt, wie man es nur mit jahrelanger Übung schafft.

»Um sich an ihr zu rächen?«, fragt er.

»Ja, vermutlich. Du kennst ihn doch – er ist nicht gerade der *verständnisvollste* Mensch auf Erden.«

Malachite grinst. »Das ist wirklich eine nette Umschreibung. Hat Luciens Kuss dir den Kampfgeist ausgetrieben, oder was?«

Ich erstarre. »Du weißt davon?«

»Ich weiß nur, dass er nicht aufhört, wie ein Idiot zu grinsen«, seufzt Malachite. »Und ich habe zwar noch nicht viel Zeit mit dir verbracht, aber du bist leicht zu durchschauen. Etwas macht dir Sorgen, tief im Innern. Geht es um deine Gefühle für ihn?«

Leicht zu durchschauen? Er hat ja keine Ahnung. Ich zwinge mich zu einem fröhlichen Lachen. »Im Leben dreht sich nicht alles um die Liebe, Malachite.«

Er sieht mich mit seinen roten Augen so todernst an, wie ich es bisher noch nicht erlebt habe. »Nein. Nur das, was wirklich wichtig ist.« Seine Worte klingen weise, weiser als sonst.

»Passt du bitte auf Fione auf? Wenn Gavik auftaucht, ist sie so gut wie tot. Und ich will nicht erleben, dass noch jemand sein Leben verliert.«

»Noch jemand?«, fragt Malachite, und die schwarzen Pupillen im Mittelpunkt seiner roten Augen ziehen sich zu winzigen Punkten zusammen. Er denkt wirklich schnell, aber vielleicht bin ich auch einfach zu langsam. Seit Lucien mich geküsst hat, habe ich das Gefühl, durch Treibsand, durch geschmolzenes Eisen zu waten.

Das ist das Ende, oder? Malachite ist nur ein netter Freund. Ein Freund? *Ein Bekannter.* Wesentlich unpersönlicher. Noch ein harmloses Geheimnis preiszugeben, kann wohl nicht schaden.

»Vor einigen Jahren waren da diese fünf Banditen«, beginne ich, und die Worte in meinem Mund sind wie Kupfermünzen, denn ich schmecke und rieche wieder das Blut. »Und ich habe sie getötet.«

Malachite sagt nichts, er schaut nur zu mir hoch. Neben dem Pferd wirkt er viel kleiner. Als wäre er nicht fähig, mich mit seinem Breitschwert in zwei Teile zu hacken.

»Ein Alter, ein Junger, einer ohne linkes Auge, einer mit einem schiefen Lächeln und einer, der nicht aufgehört hat zu grinsen, was immer ich mit ihm gemacht habe.«

MÖRDERIN. BÖSES MÄDCHEN.

»Und seit damals«, sage ich, lauter als die Glut, »lege ich Wert darauf, nicht noch mal mitzuerleben, wie jemand stirbt.«

»*T'ragan dhim af-artora, af-reyun horra*«, sagt Malachite und sieht mich mit seinen roten Augen nicht mehr ganz so ernst an.

»Und das bedeutet was?«

»Wie wir alle sein sollten, aber nicht sein können.«

Ich lächle, doch es ist ein dünnes Lächeln. Das ist ein sehr schönes Sprichwort, allerdings auch ein trauriges, aber vielleicht ganz passend für ein Volk, das seit Jahrhunderten gegen die übermächtigen Valkerax kämpft. Die Pferde, mit denen die Teilnehmer zur rituellen Reinigung reiten, setzen sich in Bewegung, angeführt von Lucien. Meine Stute kann es kaum abwarten, den anderen zu folgen. Ich schaue ein letztes Mal auf Malachite hinab.

»Ich fand immer, dass deine Stimme am schönsten klingt, wenn du Beneather sprichst«, sage ich.

Und dann trabt die Stute los und er und seine schönen Worte bleiben zurück.

Der Ritt dauert nicht lange, aber er ist voller Gefahren: tief hängende Äste und steile Senken auf der alten Jagdstrecke. Die jungen Adligen, die Vetris in ihrem ganzen Leben kaum verlassen haben, finden das alles sehr spannend. Gekreisch und lautes Geschwätz begleiten unseren Ritt. Fione ist eine der wenigen, die konzentriert bei der Sache sind und nach vorn schauen. Als Lucien schließlich an einer schwarzen Felsformation anhält, sitzen wir alle ab. Ulla und die Dienstboten, die mitgekommen sind, kümmern sich um die Pferde und binden sie an den Bäumen der Umgebung fest.

Die Felsformation scheint im Mittelpunkt des allgemeinen Interesses zu stehen und ich gehe auf die Steine und die Gruppe zu, die sich dort bereits versammelt hat. In der Mitte der Felsen befindet sich ein saphirblauer Teich, der von einer Quelle gespeist wird. Der Blaue Riese ist gerade erst aufgegangen, aber die Roten Zwillingsmonde stehen schon hoch am Himmel und ihr blutrotes Licht zaubert ein großartiges Farbenspiel auf die Wasseroberfläche. Ein Dienstbote kommt mit einem Korb voller duftender Blüten und Gewürze und wirft sie ins Wasser. Die Blüten schwimmen auf der stillen Oberfläche. Lucien schaut zu mir herüber und lächelt mich an.

WIE LANGE SOLL DIESES GLÜCK NOCH DAUERN?, schreit die Glut.

Ich bin so damit beschäftigt, die Glut in Schach zu halten, dass mir gar nicht auffällt, wie viel nackte Haut plötzlich zu sehen ist. Ich merke es erst, als auch Lucien sein Hemd auszieht und das Mondlicht auf seine Muskeln fällt. Ich erhasche einen Blick auf sein Tattoo, den Adler, dessen Gefieder sich über seine Schulter ausbreitet und die Krallen auf seinem Bizeps. Fione steht immer noch bekleidet da, während die anderen schon ins Wasser gleiten, kichern und einander nicht gerade verstohlen mustern.

Ulla kommt herbei und fordert uns auf, uns auszuziehen und zu den anderen in den Teich zu steigen. Ich rechne damit, dass Fione schüchtern zögert, doch sie zieht sofort ihr Kleid über den Kopf und steht nur in Unterwäsche da. Sie steuert den Teich an und lässt ihren Stock an einen Felsen gelehnt zurück.

Ulla verlangt, dass ich ihr folge, diesmal sehr energisch. Ich knöpfe mein Kleid auf und lasse es fallen. Die warme Luft umweht meine Haut. Ich behalte mein Medaillon um und hoffe, dass sie mich nicht zwingt, es abzulegen. Mein Bauch, meine Oberschenkel – alle können es sehen. Ich bekomme mit, wie Charm kichert und wie Lord Grat mich anglotzt. Trotz der Spannung, die gerade noch zwischen uns geherrscht hat, zwinkert mir Malachite aufmunternd zu. Er ist nicht im Wasser, sondern steht an der Quelle und hält Wache. Prinz Lucien schaut kurz zu mir, wendet den Blick dann aber so schnell wieder ab, als hätte er sich verbrannt. Meine Unterwäsche verbirgt fast nichts und ich lasse mich hastig in den Teich gleiten, damit das warme Wasser meinen Körper vor ihren Blicken verbirgt. Fione sitzt allein am Rand des Teichs und zupft das Moos von einem Felsen. Lucien starrt in den Himmel, als gäbe es dort etwas Wichtiges zu sehen, und das Wasser der warmen Quelle hat seinen Hals und seinen Unterkiefer gerötet.

Ich betrachte meine Hände unter der Oberfläche, die durch das Mondlicht ganz verzerrt wirken. Ich habe genug davon, dieses Spiel zu spielen, genug davon, ein Monster zu sein, gegen die Glut zu kämpfen. Luciens und Fiones Wünsche sind so viel einfacher. Lucien will sein Königreich reformieren. Er will mich. Was ich will? Ich will *ihn*, das Glück, das ich in seiner Gegenwart empfinde, wenn ich sein schiefes Grinsen sehe und seine sanften Umarmungen spüre. Bei ihm fühle ich mich wieder wie ein Mensch. Er ist der Einzige, der es in den letzten drei Jahren geschafft hat, einen Funken Menschlichkeit in mir aufflammen zu lassen.

Aber ich will ein richtiger Mensch sein, und dafür wird er den Preis bezahlen.

»Haben alle verstanden, welche Aufgabe sie morgen bei der Jagd haben?«, fragt Lucien. Ich war so in Gedanken versunken, dass ich kein Wort gehört habe, aber ich nicke. Auch die Adligen nicken, doch einige von ihnen sind blass geworden. Kein Wunder – sie glauben, wir würden Jagd auf Hexen machen. Sie wissen nicht, dass Lucien die Hexen gar nicht verfolgt. Und sie haben keine Ahnung, dass sie morgen früh keinen Prinzen mehr haben werden.

ER WIRD UNS GEHÖREN, zischt die Glut triumphierend. **FÜR IMMER UND EWIG.**

Ich warte auf die Mitternachtsstunde wie ein Verurteilter auf seine Hinrichtung.

Die kleine Sanduhr auf meinem Tisch rieselt munter vor sich hin und macht sich nichts aus meiner wachsenden Panik. Ich versuche mich mit kleinen Witzen aufzuheitern, versuche mich zu überzeugen, dass alles gut wird, und schlage die Zeit tot, indem ich mich ein Dutzend Mal umziehe. Aber im Spiegel sehe ich nur ein blasses Mädchen mit gehetztem Blick, zu großen Augen, ausgeblichenem Haar und einer Leere in sich, die kaum zu ertragen ist.

Natürlich ist es Unsinn, aber es kommt mir vor, als wäre jedes Kleid, das ich anprobiere, voller Blut. Sie sehen alle falsch aus.

Ein letztes Kleid habe ich noch. Ein schwarzes. Schwarz wie die Trauer.

Ein Teil von mir betet zum Alten und zum Neuen Gott, dass Lucien mit Malachite im Schlepptau zu unserer Verabredung auftaucht. Malachite hat ihm bestimmt erzählt, dass Gavik auf dem Weg hierher ist. Sicher wird Lucien seinen Leibwächter mitbringen, immerhin haben die Wachen am Nachmittag diese mysteriösen Banditen gesichtet.

Wenn er Malachite mitbringt, kann ich ihm nichts antun. Auch mit einem gebrochenen Bein ist Malachite immer noch ein Beneather. Ihn kann ich nicht besiegen.

Aber wenn Lucien ihn nicht mitbringt …

Die Sanduhr kündigt Mitternacht an. Ich nehme den Seidenbeutel, in dem sich das Glas befindet, und lege mir den Gurt mit Vaters Schwert um die Hüfte.

Jeder Atemzug, jedes Lächeln, jede Lüge hat zu diesem Moment geführt. Y'shennria hat mich zu diesem Moment geführt.

Ich trete hinaus.

18

Der hungrige Wolf und die schwarze Rose unter der Eibe

Das Lager zu verlassen ist schwieriger, als ich erwartet habe – bis jetzt schlafen nur die Adligen. Ulla überwacht die Köche, die den Teig für die süßen Frühstücksbrötchen kneten. Die Wachen drehen ihre Runden, vermutlich sind sie immer noch nervös wegen der vermeintlichen Banditen. Zum Glück konzentrieren sie sich hauptsächlich auf das Zelt des Prinzen, was es mir ermöglicht, zu den Pferden zu laufen. Ihre großen Körper geben mir Deckung, und in ihrem Schutz gelange ich an den Rand des Lagers, wo der Wald beginnt. Erst dort werfe ich einen Blick zurück – die Öllampen und Lagerfeuer brennen hell in der Dunkelheit.

Der Wald ist mir vertrauter als jedes Haus, in dem ich jemals gelebt habe – der Duft der Bäume, der Geruch von Flechten, Moder und trockenen Blättern. Es riecht hier genauso wie in Nightsingers Wald.

Nightsinger. Ich habe sie seit zwei Wochen nicht mehr gesehen, aber es fühlt sich an, als wären es schon zwei Monate. Ich weiß, dass sie ihr Wort halten und mir mein Herz zurückgeben wird, doch nur, wenn ich ihr das des Prinzen bringe. Aber wenn nicht …

Ich kneife einen Moment lang die Augen zu und straffe meine Schultern. Der östliche Pfad ist nicht sehr lang, aber gewunden, und ich muss einen kleinen Hügel hochsteigen, um die Eibe zu entdecken, die in einer Senke steht. Ihre knorrigen Äste wirken im Nadelwald wie Fremdkörper. Der Baum ist sehr alt, hat keine Rinde mehr und ist von der Sonne ausgeblichen. Es ist ein toter Baum.

Ein passender Ort, um es zu Ende zu bringen.

Lucien ist nicht zu sehen, aber er ist auch Whisper und wird es immer sein. Er ist hier irgendwo und verbirgt sich im Schatten, hinter den Felsen. Nicht hinter denen im Norden – zu auffällig. Er hockt auch sicher nicht hinter dem umgestürzten Baum. Damit bleibt nur ein Versteck übrig. Ich gehe langsam auf den Stamm der toten Eibe zu und lehne mich dagegen.

»Wenn du nicht hier bist, versagt mein Spürsinn«, flüstere ich. Lucien tritt hinter dem Stamm hervor, der Wind fährt ihm durch das kurze rabenschwarze Haar und er grinst mich an.

DA BIST DU, MEIN HAUPTGEWINN, MEINE BEUTE. Die Glut flammt lodernd in mir auf.

»Ich denke nicht, dass du jemals diese unheimliche Fähigkeit verlieren wirst, mich aufzuspüren«, sagt Lucien. Er trägt wieder Whispers dunkle Lederkleidung, in der ich ihn zum ersten Mal gesehen habe. Varias Schwert hängt wie üblich an seinem Gürtel. Wenn mir mein Überraschungsangriff nicht gelingt, wird er sich wehren, und eine Wiederholung des Duells wäre eine Katastrophe – der Kampf würde ewig dauern und noch eine Verletzung wäre mein Ende. Aus diesem Grund muss ich schnell sein.

Je länger es dauert, desto größer ist die Gefahr, dass ich zögere.

Je länger es dauert, desto mehr wird er mich verachten. **DESTO MEHR WERDE ICH MICH VERACHTEN.**

»Wie fandest du meine Ansprache?«, fragt er. »Ich habe mir die ganze Zeit vorgestellt, dass du mich auslachst, weil ich plötzlich so ernst war. Ich weiß, was ich verkündet habe, ist ein wenig idealistisch, aber ich wollte das schon immer sagen. Mir hat bisher nur der Mut gefehlt. Aber dann habe ich dich getroffen und gemerkt …«

Luciens schwarze Augen lösen sich von meinem Gesicht. »Entschuldige. Ich wollte dich nicht in Verlegenheit bringen.«

Einen Moment lang herrscht Schweigen zwischen uns, und die Spannung ist so qualvoll, dass ich das Gefühl habe, geschmolzenen Stahl zu atmen.

»Ist Malachite hier?«, frage ich. Lucien schüttelt den Kopf.

»Nein. Ich habe ihm gesagt, dass ich allein sein will. Normalerweise ignoriert er so etwas, aber als ich ihm sagte, dass wir uns treffen, hat er eingewilligt. Was aber nicht lange so bleiben wird. Ich wette, während wir hier reden, ist er trotz seines gebrochenen Beins schon auf dem Weg zu uns.«

Dann muss ich mich beeilen.

»Auch wenn es nichts mehr nützt«, beginne ich. »Ich glaube, du wärst ein wundervoller König geworden.«

Er runzelt die Stirn, lächelt mich jedoch weiter an. »Ich wäre? Wie meinst du das?«

SO VERSESSEN DARAUF, MIR ZU VERTRAUEN, höre ich die geifernde Stimme. Ich gehe auf ihn zu, doch einen verführerischen Blick bringe ich nicht zustande. Meine Haut fleht mich an, noch einmal seine spüren zu dürfen, die Menschlichkeit zu fühlen, die im gleichen Takt durch seine und meine Adern pulsiert. Seine Finger, so lang und schlank ...

TÖTE IHN. LASS IHN LEIDEN, WIE ER DICH LEIDEN LASSEN HAT ...

Lucien steht still da, ein perfektes Opfer.

»Zera.« Er haucht meinen Namen und es klingt wundervoll. »Wenn du mich für das hasst, was ich getan habe – für diesen Kuss –, wenn du mich wirklich nicht magst, dann sag es mir bitte. Das Warten ist eine Qual ...«

Ich lache bitter. »Ja, das kann man wohl sagen. Bei mir sind es schon drei Jahre. Bei dir nur ein paar Tage.«

Jetzt runzelt er die Stirn noch mehr und wird wieder zu dem misstrauischen Lucien, an den ich gewöhnt bin. »Drei Jahre?«

Ich kann meine Freiheit förmlich in seiner Brust pochen hören. Ich kann sie schmecken, so süß und leicht, frei von der furchtbaren Schuld, die ich schon so lange mit mir herumtrage. Ich bin ein Monster, aber sein Herz wird mir Vergebung bringen. Sein Herz ist das Einzige, was ich will.

REISS ES IHM AUS DER BRUST! Die Glut schreit wie wahnsinnig und ihre Stimme löscht alles andere aus – Luciens Worte, sein Gesicht. Alles, was ich noch sehen kann, ist seine Lederjacke über der Brust, in der sein Herz schlägt. Die Glut wird immer gleißender, ich spüre meine Vernunft davonfließen wie einen schlammigen Fluss.

»Zera? Alles in Ordnung?«

Ich schaue auf und sehe ihm in die Augen. Er lächelt. Er hat keine Ahnung, was für düstere und hässliche Dinge mir durch den Kopf gehen, und er lächelt mich an. *Immer noch.* Bittere Wut durchströmt mich.

»Es spielt keine Rolle, ob alles in Ordnung ist«, fauche ich.

»Red keinen Unsinn …«

»Ich bin ein Werkzeug«, unterbreche ich ihn grob. »Einem Werkzeug muss es nicht gut gehen. Jeder fragt danach, als würde es ihn wirklich interessieren, als würde es tatsächlich etwas bedeuten, wie sich jemand wie ich fühlt! Die haben ja keine Ahnung! Das sind alles ignorante Idioten, die jedem Mädchen vertrauen, das in hübschen Kleidern daherkommt und nette Worte sagt. **KAPIERST DU ES NICHT?** Als wir uns das erste Mal begegnet sind, warst du so clever und misstrauisch, aber jetzt hast du nur noch dieses dämliche Lächeln im Gesicht. Sag – habe ich deinen Schutzwall durchbrochen, den du um dich errichtet hast? Hat dich deine kranke Verliebtheit in ein Monster geblendet?«

Ich werfe den Kopf zurück und lache über den Ausdruck auf Luciens Gesicht – totale Verwirrung. Er ist verletzt. Ich tue ihm weh, aber mit jedem Wort, das ich ihm an den Kopf werfe, quäle ich mich selbst. Eigentlich ist alles, was ich zu ihm sage, an mich gerichtet, an mein Ich der letzten Tage, das so grausam war, ihm vorzugaukeln, dass ich seine Gegenwart genossen habe. Ihm vorzumachen, dass ich ihn liebe. Denn nur das war es, nur das kann es sein – ein Vortäuschen.

Ich rechne damit, dass er zurückschreit und mir Gemeinheiten an den Kopf wirft. Doch ich hätte nie damit gerechnet, dass er seine festen, warmen Arme um mich schlingt, und zwar so schnell, dass ich nicht ausweichen kann. Er hält mich fest, sein Regenwasserduft droht mich zu überwältigen und seine Wärme dringt in meine abweisende Kälte.

»Das bist du nicht«, murmelt er in meine Haare. »Du bist kein Monster. Du bist klug und ein herzensguter Mensch …«

Wie kann er es wagen. **WIE KANN ER ES WAGEN!** Die Glut verzehnfacht meine Wut und verwandelt das Feuer in mir in ein flammendes Inferno.

Ich stoße ihn so heftig weg, wie ich kann, und schreie ihn an: »Was weißt du denn schon? Du hast dein ganzes Leben in dieser verdammten Stadt verbracht, dich in Selbstmitleid gesuhlt und im Schatten deiner toten Schwester gelebt! Du weißt nicht das Geringste über mich! Du bist nun wirklich der Letzte, der sich ein Urteil über meine Monstrosität erlauben darf!«

Lucien steht da wie erstarrt und sein Gesicht wirkt im Schein der drei Monde vollkommen versteinert. Doch dann löst sich seine Erstarrung, er mustert mich und sein Lächeln ist verschwunden.

»Du … warum bist du so? Du verhältst dich wie ein ganz anderer Mensch.«

»Ich war nie der Mensch, für den du mich gehalten hast«, verhöhne ich ihn. »Dieses Mädchen gibt es gar nicht. Es ist nur für ein einziges Ziel erschaffen worden, und das ist jetzt erreicht. Das Mädchen, in das du dich verliebt hast – das kluge und herzensgute Mädchen … ist tot. **UND ICH HABE ES GETÖTET**. Ich töte es direkt vor deiner Nase, damit du begreifst, dass du auf einen Trick hereingefallen bist. Eine Illusion. Etwas, das nicht echt ist. Die Götter mögen dir helfen, falls du jemals den Thron besteigst, denn wenn ein ungebildetes Werkzeug wie ich dich reinlegen kann, möchte ich nicht wissen, wozu andere in der Lage sind, die wirklich gut schauspielern können.«

»Zera …«

»Eigentlich Elizera. Kein Nachname. Tochter eines fahrenden Händlerpaars, an deren Gesichter ich mich nicht mehr erinnern kann.«

»… das bist nicht du«, sagt er grob. Beinahe gebieterisch.

»Das bin ich.« Ich grinse ihn an und zeige meine Zähne. »Du warst nur zu dumm, es zu sehen. Geblendet von einem üppigen Busen und einem hübschen Kleid. **JÄMMERLICH.**«

Lucien taumelt rückwärts, als hätte ich ihn geschlagen, und in diesem Augenblick hätte ich beinahe nachgegeben. Ich wünsche mir nichts sehnlicher, als ihn zu umarmen, ihm zu sagen, dass das alles eine Lüge war – dass ich ihn liebe, ihn heiraten will und mit ihm als seine Königin über sein neues, hoffnungsvolles Cavanos herrschen werde. Ein Happy End. Aber so wird es nicht enden. Ich bin nicht hergekommen, damit wir glücklich werden. Es geht hier nur um mein Glück und sonst nichts. Je mehr meine Worte ihn verletzen, desto besser lernt er seine Lektion. Wenn ich schonungslos mit ihm spreche, wird er die Wahrheit erkennen. Und er hat verdient, die Wahrheit zu erfahren, und zwar mehr als jeder andere.

Verzweiflung. Ich spüre, wie sie sich vor mir auftut wie ein schwarzer Abgrund. Er hat noch nicht nach seinem Schwert gegriffen. Ich ziehe meins.

ES IST VORBEI!, kreischt die Glut, und die drei Worte gellen in meinen Ohren. **ES IST VORBEI! DER SCHMERZ. ALL DEIN LEIDEN – ENDLICH VORBEI. FREI! FREI, EIN MENSCHLICHES LEBEN ZU FÜHREN.** Meine Füße bewegen sich auf ihn zu und ich lächle ihn an. Endlich wird diese grässliche Glut für immer verschwinden. Ich werde kein Monster, *kein Monster, KEIN MONSTER* mehr sein.

Die blinde Wut, die Mordlust lässt einen kurzen Moment lang nach. Meine Klinge ist direkt auf Luciens Brust gerichtet. Er starrt mich an und der Verrat lässt seine dunklen Augen noch schwärzer erscheinen. Ich kann es ihm ansehen – Hass keimt in ihm auf. Mein altes Ich – das tote Ich – schreit innerlich vor Reue und der Schrecken des bevorstehenden Endes lässt mir das Blut in den Adern gefrieren.

Der einzige Mensch auf dieser Welt, der mich wirklich glücklich macht, verachtet mich.

Meine Hand, die das Schwert hält, fängt plötzlich an zu zittern.

TU ES.

Nein. (Ich habe meinen Schleier gehoben und er hat mich angesehen, als wäre ich von Bedeutung.)

ER WÜRDE DASSELBE MIT DIR MACHEN, OHNE ZU ZÖGERN – ALLE MENSCHEN SIND SELBSTSÜCHTIGE TIERE, ALLE MENSCHEN HASSEN DICH …

Nein, er nicht. (Er hält beim Tanzen meine Hand und seine Augen sind schwarz wie Kohlen.)

ER WIRD DICH TÖTEN – SIEH IHN DOCH AN. SIEH DIR SEIN GESICHT AN. ER HASST DICH. ER WIRD DICH ANGREIFEN. ERLEDIGE IHN, SOLANGE DU NOCH IM VORTEIL BIST!

Das ist nicht wahr. Er hat mich geküsst und die Welt ist stehen geblieben.

MACH SCHON, DU FEIGLING. ER STEHT DOCH DIREKT VOR DIR! NUR EIN PAAR ZENTIMETER, EIN ZENTIMETER, UND WIR SIND FÜR IMMER FREI …

»Nein!« Ich vergrabe meinen Kopf in den Armen, denn die Glut wütet in mir wie nie zuvor – sie zerrt an meinen Eingeweiden und krallt sich in meine Kehle, sie will hinaus, um das alles zu beenden. »Ich werde ihm das nicht antun! Ich lasse ihn nicht leiden! Nicht ihn!«

Meine Schreie werden lauter. Ich hole aus und schleudere mein Schwert so weit weg, wie ich kann, bevor die Mordlust erneut die Kontrolle über meinen Körper gewinnt.

»Ich tue das nicht, du verfluchtes Monster …«

Ein höllischer Schmerz, kalter Stahl in meiner Brust schneidet mir das Wort ab. Langsam senke ich den Kopf, um einen Blick auf die Klinge zu werfen, die aus meinem Unherzen ragt. Jemand hat mich von hinten erstochen. Blut tropft von der Schwertspitze, sickert in mein Kleid und verfärbt das Schwarz in ein dunkles Rot. Aber da sind auch weiße Flecken. Ich berühre sie und verbrenne mir die Fingerspitzen. Weißes Quecksilber.

Jemand hat mich getötet. Jemand, der weiß, dass ich eine Herzlose bin.

Ich schaue auf und Lucien ist das Einzige, was ich noch sehe, doch seine dunklen Augen verraten keine Regung. Verzweifelt und ohne jede Hoffnung strecke ich ihm die Arme entgegen.

»Lucien …«, krächze ich. »Es tut mir leid. So … *unendlich* leid.«

Meine Beine geben unter mir nach und die Erde rast auf mich zu. Ich habe den Geruch von Fichtennadeln in der Nase, den Geruch von Blut. Ich kenne das alles. Ich habe oft so in Nightsingers Wald gelegen, nachdem mich Söldner umgebracht hatten. Oder hungrige Wildkatzen. Aber heute ist es anders. Ich kann kaum etwas sehen und mich nicht bewegen, erkenne aber trotzdem, dass heute Gavik mein Mörder ist. Ein merkwürdiger Gavik – ungepflegt und in eine zerlumpte braune Robe gehüllt. Die weißen Haare und der Bart sind staubig von der Reise, doch seine blauen Augen sehen aus wie immer – zwei Eissplitter, die grausam auf mich herabblicken. Ich höre, wie er mit Lucien spricht, aber ich verstehe kaum etwas.

»… gerade noch rechtzeitig. Euer Leibwächter hat mir gesagt, wo Ihr seid … Herzlose scheinen das Bewusstsein zu verlieren … von einer solchen Waffe getroffen, aber in Wirklichkeit sterben sie … Auf dem Schwarzmarkt hatte sie keine Angst vor dem Tod … Als ich das Duell sah, hatte ich den Verdacht … eine Verräterhure, ein Miststück …«

Mein Genick knackt, als Gavik meinen Kopf an den Haaren hochzerrt, doch es klingt, als käme das Geräusch aus weiter Ferne. Er verspottet mich, das kann ich an seinem Tonfall hören, aber mein Gehirn stirbt zu schnell, um mehr zu verstehen.

»… das ist perfekt … Euer Vater wird untröstlich sein … auch sein Sohn von einer Herzlosen getötet.«

Lucien? Getötet … von einer Herzlosen? Das habe ich nicht getan. Er lebt noch, ich sehe ihn doch vor mir …

»… das ganze Land … betrauert den Verlust seines Kronprinzen … brennen auf Rache, meint Ihr nicht? Ein weiterer Krieg wird ausbrechen …«

Ich sehe Varias Schwert aufblitzen. Lucien hat es erhoben. Gavik lacht nur und dann ertönen die schweren Schritte von einem Dutzend Männer in Rüstungen. Gesetzeshüter? Sie umstellen uns.

Lucien. Sie werden Lucien umbringen! Mein Sehvermögen droht zu erlöschen, doch ich zwinge meine Augen wieder auf. Nein – nicht so.

Zu schwach, röchelt die Glut in mir, als läge auch sie im Sterben. **Du bist zu schwach, und das hast du nun davon. Er stirbt deinetwegen und du stirbst seinetwegen. Wie romantisch.**

Ich kann sie spüren, selbst durch die Dunkelheit des Todes spüre ich die rote Glut immer noch. Sie ist stärker als alles andere, das noch in mir ist – irgendwelche Gefühle oder Energie. Sie ist alles, was ich noch habe. Alles, was ich bin, hier, an der Schwelle des Todes.

Ich bin schon ein Dutzend Mal gestorben, aber jetzt aufzustehen ist so schmerzhaft wie niemals zuvor. Nadelstiche in meiner Haut, Säure in meinen Adern – ich kann kaum blinzeln, ohne dass Krämpfe meinen Körper durchzucken. Meine Knie zittern, selbst meine Fingernägel schmerzen unerträglich. Ich kann nichts erkennen außer verwaschenen Farben und Bewegungen. Ein silberner Kreis, eine weiße Gestalt und eine rabenschwarze.

Doch der Wind trägt den Geruch zu mir.

Mensch, keucht die Stimme. **Angst!**

Zum zweiten Mal in meinem Leben gebe ich mich der Glut hin.

Die Welt ist dunkel, aber plötzlich kann ich Hitze spüren, Farben sehen. Keine Gedanken – nur Verzweiflung. Der verzweifelte Drang, die Hitze, die mich umgibt, zu vernichten. Ich bewege mich wie der Wind, wie Wasser, in Sprüngen und Sätzen, es braucht nur zwei Schritte, um die schreienden glänzenden Menschen in ihren Rüstungen zu erreichen. Sie sind schwer aufzureißen, aber da sind Schwachstellen in ihren Brustpanzern – Schwachstellen, die bluten. Sie stechen mit ihren Waffen auf mich ein, aber es tut nicht mehr weh. Nichts tut noch weh.

Ich höre Geschrei und Gebrüll, aber es verstummt, denn jetzt sind die silbernen Menschen nur noch ein Haufen Knochen und Fleisch. Die verblichene Eibe ist rot gefärbt. Etwas Weißes steht noch dort – Gavik, der sich vor Angst vollgepinkelt hat, ein beißender Geruch. Ich stürze mich mit einem Schwert auf ihn, das ich am Boden gefunden habe. Wie es die Banditen mit mir gemacht haben. Welche Banditen? Ich kann mich nicht mehr erinnern – ich höre nur die Todesschreie des Mannes, den ich gerade auslösche. Ein Teil von mir triumphiert, doch es ist nicht nur die Glut, die jetzt zufrieden ist. Ich werfe den Leichnam von mir wie eine tote Puppe.

Hinter mir spüre ich noch einmal diese Hitze und wirble

herum. Er ist dunkel, seine Augen und Haare schwarz wie Mitternacht, sein Gesicht das eines Habichts, seine Kampfstellung auch die eines Habichts.

Ihn nicht.

IHN DOCH, verlangt die Glut mit einem letzten verzweifelten Aufbäumen. Ich will mich auf ihn stürzen, aber der furchtbare Schmerz in meinem Kopf lässt mich taumeln. *Ihn nicht. Ihnnichtihnnicht!*

Ich bin innerlich so leer. Ich kann es fühlen, dieses Ziehen in der Brust. Die Wunde ist noch da, aber der leere Raum, in dem mein Herz sein sollte, blutet stärker. Es tut so weh – alles tut weh. Langsam komme ich zurück. Die Glut wehrt sich dagegen. In einem letzten verzweifelten Versuch, die Kontrolle zu übernehmen, will sie das Feuer in meinem Kopf neu anfachen.

Ihr seid in dieser Stille. Ihr seid diese Stille. Reginalls Worte. *Legt die Hand auf Euer Unherz. Dort werdet Ihr es finden.*

Was soll ich finden? Ich lege die Hand auf mein Unherz und lausche. Warte auf die Illusion, die einer Lüge innewohnt. In meiner Brust wird nichts schlagen. Genau wie in den vergangenen drei Jahren.

Ihn nicht. Ihn nicht. Nicht Lucien.

Da! Ein Herzschlag! Er pocht gegen meinen Brustkorb, so heftig, dass es unmöglich Einbildung sein kann. Wie? Wie ist das möglich? *Lucien*, denke ich. Der Name strahlt, ein Licht in dieser blutbesudelten Dunkelheit. *Lucien.* Mein Unherz – nein, mein Herz schlägt noch einmal. Und noch einmal. Jedes Mal, wenn ich seinen Namen denke, daran denke, was dieser Name mir bedeutet, schlägt es. Lucien, der mich jetzt hasst. Lucien, der mich geküsst hat. Lucien, der jetzt vor mir steht und nur noch Angst vor mir hat.

Lucien, der mein Herz zum Schlagen bringt.

Die Schmerzen sind wieder da und löschen alles um mich herum aus, doch in meinem Kopf herrscht vollkommene Stille. Die Glut scheint erloschen zu sein. Mein Körper fühlt sich ungewohnt leicht an. Ich kann mich nicht erinnern, mich seit meiner Verwandlung ein einziges Mal so leicht gefühlt zu haben. Ich bin Luft, Seide, und doch ist die eisige Leere meines Unherzens schwerer als vorher. Dort ist jetzt ein Gewicht – warm und tröstlich.

Zwei Rinnsale fließen über mein Gesicht und etwas tropft rot auf die Blätter. Tränen aus Blut. Ich weine, wie Reginall es beschrieben hat. Ich weine, weil ich in diesem Moment frei bin.

Um mich herum ist alles rot, überall liegt verbogenes Metall, und mitten in all dem steht Lucien, mit Blutspritzern im Gesicht und vollkommen ausdrucksloser Miene. Ich höre auf zu weinen, als ich begreife, dass es Körper sind, die mich umgeben. Das Gefühl der Leichtigkeit verblasst, an seine Stelle tritt Entsetzen. Menschliche Körper, zerfetzt. Gesetzeshüter – wie viele waren es? Ich kann es nicht sagen. Was heraussticht, ist das weiße Haar von Erzherzog Gavik, das sich langsam mit seinem eigenen Blut vollsaugt.

»Nein …« Ich kann kaum sprechen. »Nein, nein, nein! Nicht wieder!« Ich drehe mich zu Lucien um und flehe ihn an. »Bitte, Lucien …«

Doch er richtet Varias Schwert auf mich und seine Hand zittert kaum merklich. Sein Blick ist leer, doch ich spüre, was er empfindet.

Panische Angst.

»Bleib weg von mir«, sagt er leise, aber so entschlossen, dass es mich bis ins Mark trifft. Ich sehe es in seinen Augen – er hat nicht mehr das Mädchen vor sich, das er erst vor Kurzem noch umarmt hat.

Jetzt sieht er ein Monster.

»Bitte …«

»Keinen Schritt weiter …« Lucien knirscht mit den Zähnen. »Ich töte dich auf der Stelle.«

Ich erstarre.

Sein Blick huscht von mir zu den Leichen. Am liebsten würde ich mich übergeben, aber ich wage es nicht, mich zu bewegen, weil ich Angst habe, dass er zustößt. Was soll ich sagen? Was kann ich sagen? Ich bin angewidert und entsetzt und vollkommen verwirrt. Aber das ist er auch. Niemals wieder – ich würde mich niemals wieder so fühlen, wenn ich nur sein Herz hätte.

NIMM ES DIR, meldet sich die Glut, die wieder in meine Gedanken kriecht. Ich schaue zu Lucien auf.

»Lauf«, flehe ich ihn an. »Lauf weg von mir, solange du noch kannst.«

Der Kronprinz von Cavanos steht nur da und kann keine Entscheidung treffen. Sein Zögern beruht auf Bedauern, da bin ich ganz sicher. Er gibt mir eine letzte Sekunde, um ihn noch einmal anzusehen, mir sein Gesicht einzuprägen, bevor es für immer aus meinem Leben verschwindet. Eine letzte Sekunde, um in unseren gemeinsamen Erinnerungen zu schwelgen, bevor sie endgültig in tausend Scherben zersplittern.

Ich hätte es wissen müssen – ich gehöre in Wälder wie diesen. Dort sollte ein Ding wie ich bleiben. Die Hexen haben einen Fehler gemacht, als sie eine ihrer monströsen Marionetten zum Spielen schickten. Ein Dutzend Gesetzeshüter und ein Erzherzog haben dafür bezahlt. Und nun bezahlt Lucien mit seinem Herzen.

UNSERE LETZTE CHANCE, geifert die Glut. **HOL IHN DIR!**

Lucien läuft nicht weg. Ich begreife es nicht – er weiß doch inzwischen, wozu ich fähig bin. Er weiß, dass ich nicht das Mädchen bin, in das er sich verliebt hat. Warum? Warum steht er immer noch da und setzt sein Leben aufs Spiel? Ich presse meine Hände an den Kopf, denn die Glut schreit immer lauter. Ich bin furchtbar wacklig auf den Beinen, schwach wegen meiner Wunden und weil ich so lange nichts mehr gegessen habe. Ich will nicht, dass mich die Glut wieder in dieses … *Ding* verwandelt, aber sie schreit mir zu, dass ich töten soll. Ich versuche, die Stille zurückzuholen, wieder zu weinen, wie Reginall es beschrieben hat und wie es mir in diesem einen verzweifelten Augenblick gelungen ist, aber die Glut ist zu stark.

»Lucien, bitte! Ich kann es nicht mehr lange unter Kontrolle halten. Du musst wegrennen, *sofort*!«

»Du hast sie gehört«, sagt eine Mädchenstimme. »Du solltest wirklich rennen. Aber das hast du noch nie gekonnt. Du musstest immer bleiben und abwarten, wie alles ausgeht, wie ein Idiot.«

Lucien und ich starren auf den mit Blut befleckten Stamm der Eibe, wo ein Mädchen in meinem Alter auf den Wurzeln steht. Sie hat ein rundes Gesicht und wirkt so ruhig wie ein See an einem Wintermorgen. Eine formlose Robe umweht ihren Körper. Die Haut hat die Farbe von goldener Eiche, die Augen sind dunkel wie Onyx und die langen Haare schwarz wie die Flügel eines Raben. Unverkennbar. Unvergesslich. Das kann nicht sein – das ist unmöglich. Bestimmt habe ich Halluzinationen. Lucien gelingt es als Erstem, ein Wort herauszuwürgen, doch es klingt halb erstickt.

»*Varia.*«

Das Mädchen lächelt, obwohl es mit den Füßen im Blut steht. »Hallo, Bruder.«

Danksagung

Mit dreizehn hatte ich den Traum, eine Fantasy-Trilogie zu schreiben – etwas Großartiges, Mitreißendes und Unvergessliches. Auch wenn manche Leser vielleicht finden, dass dieses Buch nichts davon ist, bin ich doch stolz darauf und möchte mich bei den vielen Menschen bedanken, die dazu beigetragen haben, dass mein Traum Wirklichkeit wurde. Man kann so ein Buch nur schreiben, wenn es Menschen gibt, die einen daran hindern, verrückt zu werden, sobald man in eine andere Welt eintaucht. Ich danke meinen Lektorinnen Stacy Abrams und Lydia Sharp, ohne die ich vermutlich die Geschichte nicht geschrieben hätte. Jessica Faust, die klug und geduldig genug war, meine Launen zu ertragen. Griffin, der immer für mich da war und die beste Quesadilla der Welt macht, Deborah, die mich immer wieder inspiriert hat, und allen im Verlag, die mich und meinen Traum unterstützt haben. Ein großes Dankeschön geht auch an Yumin Yin für das tolle Cover der amerikanischen Ausgabe, auf dem Zera lebendig geworden ist.

Ich danke auch dir, lieber Leser, dass du mir in das Kaninchenloch gefolgt bist. Die Reise hat erst begonnen und ich bin sehr aufgeregt, dass wir sie gemeinsam fortsetzen werden. Möge dir Lesen immer eine Freude sein und dein Leben voller Glück.